中世の王朝物語

享受と創造

金光桂子 著

臨川書店 刊

目次

はじめに

本書には、主として中世王朝物語『有明の別』『我身にたどる姫君』および物語歌撰集『風葉和歌集』に関する論考を収めた。論をはじめるに先立って、それぞれの作品について概要を述べつつ、本書全体の見取り図を示しておきたい。

『有明の別』は、『無名草子』(一二〇〇年頃成立)に「今の世の物語」として名の見える物語で、近年「中世王朝物語」と称されるようになった作品群の中でも比較的初期のものである。全三巻のうち、巻一は、ゆえあって男子として育てられた関白家の姫君を主人公とする。先行する『とりかへばや』の影響が著しいが、男女主人公が互いに入れ替わるのではなく、一人で男女二役を演じる点に独自性が見られる。主人公が男装を解き女の姿に戻った後の巻二・巻三は、次世代の左大臣という男性を中心とした恋物語が繰り広げられる。作者は不明だが、早くから藤原定家の周辺に擬せられてきた。

本書第一章では、この物語の題号が物語の主題を象徴するものであることを明らかにし、第二章では、物語中の和歌の用語から物語成立の場と成立時期を絞り込んだ。

以上の基礎的な考察を踏まえて、第三章では、この物語の特異な設定の背景にあるものを読み取ろうとした。成立の場と目される九条家において、嫡男の早世、娘の入内という、物語の内容と符合する出来事が実際に起こっていた。男女二役という一見奇抜な趣向には、そうした出来事に際会した人々の嘆きや期待が託されているというのが、最終的な結論である。

『我身にたどる姫君』の成立時期は、少し下って鎌倉中期と推測されている。全八巻、物語内の年数は四十五年に及ぶという長編である。登場人物の数も多く人間関係は極めて複雑だが、大局的に見れば、水尾院の皇后宮と中宮という二人の后にはじまる二つの系統が、対立しつつも婚姻や秘密の男女関係を通じて融和してゆくという枠組みでとらえることができる。超人的な能力を持つ女帝、特定の女房を偏愛する前斎宮といった風変わりな人物も登場し、伝統的な物語の範疇には収まらない要素を多々含む作品でもある。

物語は大きく巻三までの前半と巻四以降の後半に分けられる。第四章では、前半を中心に、先行物語を模倣しながらも破局的な状況に陥ることを巧妙に避けつつ調和的な大団円へと導いてゆく、物語の方法を分析した。

第五章以降は、主として後半の物語を扱う。第五章と第六章は、物語中に七人登場する帝たちに注目した論である。第五章では、特に際立った存在感を放つ女帝の人物造型を論じ、第六章では、女帝以前の帝たちが史上実在の天皇の系譜をなぞるように造型されていることから、この物語に独特の歴史物語への志向を読み取った。

物語が綴ってきた虚構の歴史は、最終的に申し分ない聖代に到達する。第七章と第八章では、その聖代描写が、『松浦宮物語』に描かれた唐の聖代に倣いつつ、当時の日本の現実を踏まえた理想を具体的に展開していることを検証し、そこに天皇への教誡の意味が込められていることを、当時の物語享受のあり方から推測した。

第九章と第十章は、前斎宮の登場する巻六についての考察である。物語の中でも特に異質な印象を与える巻六であるが、当時物語に不可欠とされた仏教的教誡の役割を担いつつ、物語全体の中に有機的に位置づけられていることを述べた。

右の二作品を論じるにあたって常に意識していたのは、これらの物語が先行物語をいかに受容し、活かしつつ、新しい物語世界を築き上げているかということである。ここでいう「先行物語」には、『源氏物語』等のいわゆる作り物語だけでなく、『栄花物語』をはじめとする歴史物語の類も含まれる。中世王朝物語の作者たちは、まずそうした物語の読者であった。物語を楽しみ、感動し、時には批評的に見つめ、時には憧れる、その体験こそが、新たな物語を生み出す原動力だった。先行物語を比較的素直に受け止め、自らが語りたいことのために巧みに利用する『有明の別』に対し、先行物語を揶揄的に扱ったり、それを乗り越えようという姿勢を見せたりする『我身にたどる姫君』と、それぞれ先行物語と向き合う態度に違いはあるけれども、先行物語の享受から創造へと向かう筋道がおのずと浮かび上がるよう努めたつもりである。

そうした先行物語の中でも、特に大きな影響力を持っていたのが『源氏物語』であることは言を俟たない。続く二章は『源氏物語』を中心とした論だが、いずれも中世王朝物語への展開を視野に入れている。第十一章は、『我身にたどる姫君』が受容した可能性のある若紫巻の「ゆくへ」という語に関する考証であり、第十二章では、『有明の別』ほか多くの物語にさまざまなヴァリエーションを生んだ六条御息所の物の怪について私見を述べた。

最後に、『風葉和歌集』は、文永八年（一二七一）、後嵯峨院の后であった大宮院の下命によって編集された物語歌撰集である。二百有余の物語の中から千数百首の歌を選び、勅撰集に倣った部立、配列を施すという、前代未聞の試みであった。今では散逸してしまった物語からの採録も多く、物語史の欠を補う上でも重要な資料である。

このように虚構の物語中の和歌を集めた歌集でありながら、その配列や詞書を子細に検討すると、当代の後嵯峨院と外戚西園寺家、および両者の協力によって築かれる治世への讃頌意識を如実に読み取ることができる。そこに、当時の歌壇に浸透していた政教的和歌観の反映を見、和歌ばかりでなく物語にも同様の理念が及んでいたことを推測したのが第十三章である。その過程で、後嵯峨院下命による勅撰集『続古今和歌集』が『風葉和歌集』撰進のきっかけを作ったという説について再考し、附論として添えた。

第十四章では、『風葉和歌集』雑部の構成を考えた。散逸した雑四部の推定はまったく憶測の域を出ないが、物語歌集ならではの個性が発揮されていたであろうという見通しは得た。『風葉和歌集』は物語享受の産物であると同時に、文学史上前例のない歌集の創出でもあった。

以上すべての論考について、本書に収めるにあたり、初出時より表現を改め、単純な誤りは訂した。論旨を明確にするためやや大幅に加筆した部分もあるが、論旨自体が変わることのないよう心がけた。『我身にたどる姫君』の最新の注釈書（中世王朝物語全集）ほか、近年の研究成果を十分に反映させることはできなかったが、本書の内容と関わって特に重要ないくつかの論については、章の末尾に【補注】の形で紹介した。

本書における引用は、個別に注記したもの以外は次のテキストによる。ただし、適宜仮名に漢字をあて、濁点、句読点、返り点を施すなど、表記を改めた。

○『有明の別』『石清水物語』『いはでしのぶ』――鎌倉時代物語集成
○『浅茅が露』『海人の刈藻』『苔の衣』『雫に濁る』『むぐら』『我身にたどる姫君』――中世王朝物語全集
○『源氏物語』――新潮日本古典集成
○『竹取物語』『うつほ物語』『落窪物語』『紫式部日記』『浜松中納言物語』『夜の寝覚』『狭衣物語』『栄花物語』『大鏡』『とりかへばや』『松浦宮物語』『無名草子』『とはずがたり』『十訓抄』『沙石集』――新編日本古典文学全集
○『宝物集』『平治物語』『高倉院升遐記』――新日本古典文学大系
○『太平記』『のせ猿草子』『烏帽子折』『愚管抄』『神皇正統記』――日本古典文学大系
○『今鏡』――笠間索引叢刊『今鏡　本文及び総索引』
○『五代帝王物語』『職原鈔』『賦光源氏物語詩』『禁秘抄』『おもひのままの日記』『安元御賀記』――新校群書類従
○『年中行事抄』『明文抄』――続群書類従
○『花鳥余情』『源氏物語提要』『源氏釈』――源氏物語古注集成
○『源氏古系図』『原中最秘抄』――源氏物語大成　資料篇
○『奥義抄』『歌苑連署事書』『延慶両卿訴陳状』『井蛙抄』『八雲御抄』――日本歌学大系
○『大日本国法華経験記』『拾遺往生伝』――日本思想大系
○『法華経』――岩波文庫
○『玉葉』――図書寮叢刊
○『明月記』――冷泉家時雨亭叢書『翻刻明月記』
○『春記』『中右記』『三長記』――増補史料大成
○和歌・歌集全般、『和漢朗詠集』――新編国歌大観

第一章　『有明の別』の〈有明の別〉──題号の意味するところ──

一

『有明の別』は、『無名草子』に「今の世の物語」の一つとして挙げられることから、平安時代末期の成立と推定される物語である。(1)男装の姫君が主人公として活躍する点、男女兄妹の入れ替わりを趣向として好評を博した『とりかへばや』の影響下にある作品として注目される。

この物語の題号は、大槻脩氏が考察するように、

A　つれなく見えし別れより、うき物に思ひはてにし有明の空ばかり、かはらぬかたみにて、待ちいづる長月の暮れは、ましていひしばかりのかたみだに、虫の音とともによはりはてぬる心ちするも、「函谷に鶏鳴く」とかや、うち誦じて出で給にし朝けの御姿は、この世のほかにても、え忘るまじくのみ思ひいできこえ給。（巻一・三〇九頁）

という書き出しをはじめ、物語の随所に主要人物の印象深い〈有明の別〉の場面があり、その描写にしばしば用いられる壬生忠岑の和歌、

有明のつれなく見えし別より暁ばかりうき物はなし（『古今集』恋三・六二五番）

に由来する、というのが大方の理解となっている。(2)

ただし厳密にいえば、この冒頭部分は男女の別れそのものを描くのではない。右の引用部に続いて、

女君、あれゆくふるさとをつくづくとながめ給ままに、

君とはでいく夜へぬらん浅茅原葉末の露の色かはるまで

とあるように、かつて男と「つれなく見えし別れ」を経験した女君が、その後の長い途絶えを嘆いている場面なのである。男の訪れを待つうちに、長月の暮れにまでなってしまった。有明の空はあのつらい別れ以来の形見、しかしその月影さえも、秋の果ての虫の音と同様、だんだん細く弱くなっていく。それにつけても、あの別れの朝、「函谷に鶏鳴く」(3)と口ずさみながら出て行った男の姿が思い出され、この世の外までも忘れられそうにない。

このような待つ女の心情は、有明を詠んだもう一つの有名な古歌、

今こむといひしばかりに長月の有明の月を待ちいでつるかな（『古今集』恋四・六九一番・素性）

を下敷きに綴られている。藤原定家が「帰るさのものとや人のながむらん待つ夜ながらの有明の月」（『新古今集』恋三・一二〇六番）と詠むように、有明の月は、暁の空に残って後朝の別れを彩る一方で、遅い月の出に「待つ」思いを託されることの多い景物であった(4)。忠岑の「有明の」歌にしても、「別より」という時の経過を示す語があり、一別以来おそらく逢うこと叶わず、暁が来るごとに憂いを重ねている状況を想像させる。別れ際に「つれなく」見えた相手の様子も(5)、再会が難しいことを予感させるものであろう。この忠岑歌を女の立場に転じ、素性の「今こむと」歌と組み合わせることによって、『有明の別』冒頭には、有明の別れ以来訪れのない男をひたすら待ち、忘れがたく偲びつづける女君が描き出されたのである(6)。

ところで、物語冒頭に登場するこの女君と相手の男（やや後に「きみえ□の大夫にて、但馬の介かけ給へり」と紹介される）は、後の物語にはまったく現れることも言及されることもない、素姓不明の人物である。つまりこの場面は物語本体から一見浮き上がっており、別の作品からの竄入が疑われたこともあるほど、奇妙な書き出しなのである。このような形で物語を開始する意図について、明確な答えを出すのは難しい(7)。しかし少なくとも、この冒頭の

場面が、物語の題号ともなる〈有明の別〉の典型的な例を提示していることは予想されよう。

そうすると、その典型例が、別れ自体よりむしろ別れの後の待つ思いに焦点を合わせていることは、どのような意味を持つだろうか。以下、他の〈有明の別〉の場面をも検討し、物語の題号である〈有明の別〉がいかなる性格のものであるかを考察する。それをもとに、この題号の意味するところを考えてみたい。

二

〈有明の別〉は、次の五組の男女の逢瀬について描かれている。

巻一　A　きみえ□の大夫と女君
　　　B　帝と右大将
　　　C　右大将と承香殿の女
巻二　D　左大臣と中務卿宮北の方
　　　E　左大臣と四条の上

巻一の主人公は、関白家の姫君に生まれながら、家に継嗣がなかったため男子として育てられた右大将[8]。Bは、その右大将が帝に男装を見破られ、女姿に戻る契機となった事件である。物語の大きな転換点であり、描写も際立って濃密で、大槻氏もいうように、〈有明の別〉諸場面の中でも最も重要なものであろう。その帝と右大将の逢瀬の場面から、暁方に右大将が退出する部分を引用する。八月十六日、空には雲一つなく澄みきった夜であった。

B　有明の月くまなうすみわたりて、昼よりも掲焉なる光に、人の御さまはいとどもてはやされつつ、かくてしもえぞゆるしやらせ給はぬ。ただこの暮れをのみ、なをの給はせ契りて、むげに明けゆく空にぞ、からうしてまぎらはしいださせ給に、……なを御袖をひかへて、えゆるしやらせ給はず。

「いかにせんただこの暮れとたのめどもゆくかたしらぬ有明のかげ(9)

人目つつまむほどのいとたえがたかるべきを、あが君や、などかくひがひがしき御もてなしに、さだめそめ給ける契りの心うさぞ」とだにえの給はせやらず、こぼしかけさせ給に、いとどきこえやらんかたぞなき。

つれなくもなを有明のかげとめて身の世がたりになりやはてなん(10)（巻一・三四二〜三頁）

この場面で注目したいのは、帝が右大将との別れを惜しみ引き止めようとするばかりでなく、傍線部のように「ただこの暮れ」という言葉を繰り返し、今宵再びの逢瀬に強い執着を示していることである。一方の右大将は、正体を見破られた上、帝の無体な振る舞いに遭って動転、困惑し、一刻も早く逃れ出ようとしていた。もともと右大将の「ひがひがしき御もてなし」ゆえ尋常ならざる関係である上に、そのような右大将の態度が帝に不安を与えたのであろう、右大将を「ゆくかた」のわからない「有明のかげ」にたとえている。

その不安は的中する。この後、帰邸した右大将は、心痛から床に伏してしまう。帝は、右大将が自分から逃れるため仮病を使っているのではないかと恨めしく思い、「まづこの暮れの御心いられ、せんかたなくぞおぼさるる」（三四六頁）と、焦燥を募らせる。しかし右大将の病は長引き、帝まで心身に不調を来たすようになる。そして、「ただつれなく見えし別れの面影のみ、つと御身にそひて、よろづほれぼれしうおぼしならるる」（三四七頁）と、「つれなく」見えた別れ際の右大将の面影をひたすら偲ぶのである。別れの後には、逢えない日々、面影を偲びつつ待つしかない日々が続く。そのことは別れの際に予感され、別れの悲しみを増幅させていた。こうした点は、男女の立場こそ違え、Aの〈有明の別〉に共通するといえよう。

次のCにも同様のことがいえる。「承香殿の女」とは、Bの場面に先立つ八月十五夜の暁近く、宮中から退出しようとする右大将が承香殿の細殿の前を通りかかった時、御簾の内から「時のまも袖にうつしてなれ見ばや雲ゐにすぐる月の光を」（三四〇頁）と詠みかけてきた女である。右大将はしばし足を止めて「雲井にてうはの空なる月かげをいづれの袖とわきてたづねん」と返したが、そのまま足早に立ち去り、女は「あかずくちをし」と思っていた。そして翌日、Bの場面の直後、帝のもとから逃れ出た右大将が、再び通りすがりに女と歌を交わすのが、Cの場面である。もう一度右大将に逢いたいと切望する女は、空を眺めて物思いにふけっていた。

C　ただ夢ばかりのなげの御言の葉にも、かかりそめぬる限りは、いかで今一たびとのみ心をつくしきこゆるならひにて、よべもいで給はずと見しに、かの戸口はささざりけり。開けながらながめけるほど見えて、うち嘆くなり。かやうのまじらひも、いまいえ（く）夜かはとおぼさるれば、なを人にしのばれまほしきなげのすさみにや。

　忘るなよ夜な夜な見つる月のかげめぐりあふべきゆくゐなくとも(11)

すぎがてに、いふともなき御けはひを、げにとびたつばかりぞ思ふべき。

　めぐりあふ光までとはかけずともしばしもやどを(12)有明の月

とまで思けるこそいとをしけれど、心ちかき乱りなやましければ、明けはてぬさきにと、いそがれ給。（三四四頁）

右大将の歌は、「忘るなよほどは雲ゐになりぬとも空ゆく月のめぐり逢ふまで」（『伊勢物語』十一段、『拾遺集』雑上・四七〇番・橘忠幹）を踏まえるが、本歌と違って「めぐりあふべきゆくゐ」がないことを予想する。「月のかげ」は実際の情景であるとともに、前夜の女との贈答と同じく、右大将自身のたとえでもあろう(13)。女もまた、将来のめぐり逢いまでは期待しないが、今しばらくここにとどまってほしいと、「有明の月」＝右大将に訴える。しかし右大将は、またしても急いで去ってしまう。

Cは実際には女性同士のやりとりなのだが、承香殿の女にとってみれば、つれない男との〈有明の別〉であった。そしてこの女も、その後再び逢うことの叶わぬ右大将を思いつづけることになる。Bの事件のショックで病床についた右大将は、一度持ち直して賀茂行幸に供奉したものの、その後また容態が悪化し、ついには死亡が公表される（実は男装を解いて女姿に戻っただけなのだが、世間には逝去と信じ込ませた）。その訃報に接した承香殿の女は、巻二で明らかになることだが、悲嘆のあまり遁世し、大原のあたりに庵を結んだ。しかし、出家して二十年近い年月が流れてもなお、いまだにあの時の右大将の様子を思い出しては涙にくれ、煩悩を晴らすことができないと、女自身が語っている。

なを今はとならせ給し八月十六日のあか月にや侍けん、夜ふかくすぎさせ給しが、ただしばしたちどまらせ給て、「忘るなよ」との給はせし御けはひ、その夜の御笛の音など、思いづる折々なん、むなしき色と思はなれ侍りぬる道にたちかへり、涙のそむるくれなゐを、え思かへし侍らぬ。（巻二・四〇四頁）

変則的な男女関係とはいえ、別れ際の相手のつれなさ、めぐり逢いへの不安感、面影を恋い偲びつづけることなど、Cにもやはり A・Bの〈有明の別〉に共通するものが見出せよう。以上の三例から、この物語の描く〈有明の別〉の特質が、おおよそ見えてきたように思う。

残る二例、巻二のD・Eについては、概観するにとどめたい。いずれも、巻二以降の物語の中心人物、左大臣に関わる事例である。Dの中務卿宮北の方は、その呼称が示すとおり人妻であるが、夫を厭い西山に逃れていた時に左大臣と出逢う。Eの四条の上は、母とともに都を離れ粟津に隠棲しているところを左大臣に見出された姫君である。身分高く多忙な左大臣にとっては、いずれも容易に通える相手ではなかった。それぞれ最初の逢瀬の場面で〈有明の別〉が描かれるが、その時点で左大臣自身、D「人のとがめきこゆばかりなる通ひ路のはるかさを、いといたく思みだれ給」（巻二・三七九頁）、E「心よりほかならんとだへは、いと苦しかりぬべき」（三九五頁）と、その困難を予測していた。

女の側からも、それぞれ待つ思いが語られる。中務卿宮北の方は、翌日さっそく、

人はいさ我たましひはあくがれぬまつこの暮れの心さはぎに（三八〇頁）

という歌を左大臣に贈り、「この暮れ」の来訪を危ぶみつつ待つ気持ちを表していたが、日が暮れるに従って不安を募らせ、「そこはかとなくおぼしみだるる風の音も、いたくふけゆくに、限りなんめりと御身もくだくる心ちする」というほどに待ち焦がれる。四条の上の場合、本人の内心にはあまり触れられず、母親が代弁する。たとえば、二夜目は左大臣から文のみが届いたため、「いつしか待つとはなくてなげきあかす心」の母君は胸を痛め、

あけながら待つにただよふ横雲のたへなばなにを命とかせん（三九六頁）

という返事をしたためている。

D・Eの場合、別れ際の相手の態度がつれないとか、逢えない相手の面影を偲ぶといった要素は、特に見られない。しかし、別れの後再び逢うことが難しく、待ち焦がれるという点は、A・B・Cに共通する。以上諸例の検討から、この物語の描く〈有明の別〉の情趣とは、いずれも別れの後まで長く続く逢えない苦しみ、待つ思いの深切さまでを含めたものであることが、その特徴といえるだろう。

〈有明の別〉のこのような性格は、Aの冒頭の一文に凝縮されているように、忠岑、素性の有明歌二首に基づく有明月のイメージから生まれたものと、ひとまずは考えられる。しかしそれに加えて、B・Cにおいて「ゆくかたしらぬ」「ゆくゑなくとも」と詠まれた、行方の不分明さという点もまた、有明月の特性と思われるので、節を改めて検討する。

三

月の行方を不安に思う歌は、『有明の別』にもう一首ある。B・Cから遡ること半年前の二月、宮中の梅花の宴で

右大将が笙の笛を吹くと、「月の光まさりて、空の光ちかづく心ちす」（巻一・三三二頁）という奇瑞が起こった。その翌朝、右大将は、妻として邸に迎えている対の上を相手に、長生きできそうにもない心細さを訴える。それを聞いて不吉に感じた対の上が詠んだものである。

　すみはてん月のゆくゑのあやうさにうかべる雲をながめてぞふる（三三四頁）

この場面には日付が記されておらず、有明の時分であるか否かは不明。しかし、右大将によそえた「月のゆくゑ」が気がかりだと詠む点は、Bの「ゆくかたしらぬ有明のかげ」、Cの「めぐりあふべきゆくゑなくとも」と相通ずるものがあろう。

「月の行方」という語の和歌での初出は、『源氏物語』花宴巻かと思われる。二月二十日あまりの花の宴の後、遅い月が上った頃、「弘徽殿の細殿」の「三の口」から忍び入った光源氏は、「朧月夜に似るものぞなき」と口ずさみながらやって来る女性と、一夜の契りを結ぶ（五二頁）。名のらずに別れた女のことが心にかかり、弘徽殿女御の妹の一人かと推測をつけつつ、何とかしてその素姓を突き止めたいと思案する源氏の歌である。

　世に知らぬここちこそすれ有明の月のゆくへを空にまがへて（五六頁）

この歌について、三条西実枝『山下水』は、「明はててよりは有明の月の行ゑはいづくとも知れざる《ざる也》、まがへてとは行ゑを失たる心也、……面《ママ》を月をしたふ義也、下の心は、朧月夜誰ともしらず其人ともわかぬは、譬へば有明の月の行ゑなきが如也」（一五五頁）と注する。[14] 暁方まで空に残る有明月は、夜が明け果て朝日が昇るにつれ、空の途中で光を失い見えなくなってしまう。名のらずに姿を消し、源氏にあてどない思いをさせた女が、有明月にたとえられる所以である。一般に朧月夜と称されるこの女性は、花宴巻では「かの有明の君」（五八頁）と呼ばれる。「有明の月のゆくへ」のおぼつかなさが、この巻での彼女のあり方を象徴するゆえであろう。

以後の物語にも、これと似た状況で詠まれた「月の行方」という語を、いくつか見出すことができる。『浜松中納言物語』では、在唐中の中納言が、「月いみじう霞みおもしろきに、花はひとつににほひ合ひたる夜」（巻一・六五頁）に山里で出逢った女、やはり名のらぬまま姿を消したその女（実は唐后）を、尋ねるあてもなく詠んだ歌に見られる。

春の夜の月のゆくへを知らずしてむなしき空をながめわびぬる（七九頁）

中納言が女と逢った日は、後に明かされるところによると三月十六日、有明の時期である。

また、『松浦宮物語』では、主人公氏忠が華陽公主から琴の伝授を受ける場面に見られる。夜通しの伝授を終えた明け方、公主に促され、ためらいつつようやく立ち去ろうとした氏忠の歌である。

よしここに我が玉の緒は尽きななむ月のゆくへを離れざるべく（巻一・四四頁）

ただしこの日は九月十三夜で、有明の時期ではない。また、先の二例とは少し事情が異なり、女の素姓が不明なわけではない。しかし、相手は尊貴な女性である上、そもそもの出逢いからして夢のように不思議な関係であったから、氏忠としては再会を確信できる状況ではない。下の句「月のゆくへを離れざるべく」には、相手がいつ手の届かぬところへ行ってしまうともしれない不安を込めているのであろう。以上の諸例において、「月の行方」は、いずれも行方を見失った、または見失いそうな女性をたとえる語として用いられている。

次に、男装の姫君という趣向において『有明の別』への影響が著しい『とりかへばや』（今本）の例を見ておく。巻二の末尾、女大将が麗景殿の女と歌を交わす場面である。この女は、ある年の五節の折、「麗景殿の細殿の一の口」から、「逢ふことはなべてかたきの摺衣かりめに見るぞ静心なき」（巻一・一九七頁）という歌を女大将に贈ってきた人物である。それをきっかけに女と少し言葉を交わした女大将は、麗景殿女御の妹でもあろうかと推測していた。それから三年目の三月、男装を捨て都を離れることを決意した女大将は、麗景殿に立ち寄る。

内裏の御宿直なるに、二十日あまりの月もなきほど、闇はあやなしとおぼゆるにほひにて、五節の頃、「なべて

かたきの」とありし人を思ひ出でて、殿上人などしづまりたるに、麗景殿のわたりをいと忍びやかに立ち寄りて、

冬に見し月の行方を知らぬかなあなおぼつかな春の夜の闇

と、末つ方おもしろくうそぶきたるに、ふとさし寄りて、

見しままに行方も知らぬ月なればうらみて山に入りやしにけん

と答ふる、ありしけはひなり。（巻二・三〇九〜一〇頁）

こうした女大将と麗景殿の女との交流が、『源氏物語』花宴巻の源氏が朧月夜と出逢う場面、及び同巻の後半、三月二十日あまりの藤花の宴において二人が再会する場面の影響下にあることは、人物、場所、季節等の設定からして明らかである。『とりかへばや』の引用場面も有明月の頃であり、女大将が女の在処を求めて「月の行方を知らぬかな」と詠むのも、源氏の歌に基づいていると考えてよい。有明月を行方の見失われやすいものとするとらえ方は、『源氏物語』から『とりかへばや』へ受け継がれているのである。また、「月の行方」が行方を見失った女性のたとえであることも、他の物語での使われ方と同様。ただし女大将の歌の場合、月の行方のわからない要因を実景に即していうならば、「二十日あまりの月もなきほど」の「春の夜の闇」、つまり月の出が遅いためということになる。その点、明け方の空に紛れたと詠む源氏の歌とは異なるけれども、いずれにしても有明月の特性から導き出された発想であるとはいえよう。

『有明の別』のBで、右大将との再会を確信できない帝が「ゆくかたしらぬ有明のかげ」と詠むのは、まさにこのような先行物語の流れに沿って、右大将を行方さだかならぬ有明月にたとえたものである。Cの右大将の歌「めぐりあふべきゆくゑなくとも」も、有明月に託した言い回しであり、発想の基盤は共通すると思われる。Cに登場した承香殿の女が、『とりかへばや』の麗景殿の女と似た役どころの人物（男装の女主人公が宮中で恋愛まがいの場面を

演じる相手であり、かつ男装を解いて女姿に戻る直前に歌を詠み交わす相手でもある点）であることも、その推測を裏づけよう。別れの後再び逢うことが容易でないという〈有明の別〉の特徴は、冒頭部に引用された忠岑、素性の有明歌二首に加え、先行物語が培ってきた、行方が紛れやすいという有明月のイメージをも取り込んで、形作られたのではなかろうか。

しかしながら、『とりかへばや』等の「月の行方」がいずれも女性を指していたのに対し、『有明の別』では必ずしもそうではない。Bはともかく、Cや、本節冒頭に挙げた対の上の歌では、男性の立場にある右大将を月にたとえる。[15]行方を危ぶまれるのは、男女の立場に関わりなく、一貫して右大将なのである。また、対の上の歌の「月のゆくゑのあやうさ」が、来るべき右大将の死（に見せかけた男装解除）の伏線であることは明らかだし、Cで右大将が「めぐりあふべきゆくゑなくとも」と詠むのは、帝に男装を見破られた以上、もはや男として宮中に出入りするわけにはいかないことを予期しているからである。同様のことは、Bの贈答歌にもいえる。つまりこの物語における「月の行方」は、男女の〈有明の別〉の特徴を形成すると同時に、右大将が男装を解くという重要な物語展開とも密接に関わっているのである。

そうすると、物語の題号『有明の別』にも、右大将の男装解除との関わりが見出せるのではないか。この点に関しては、すでに樋口芳麻呂氏が、物語の題号が依拠するのは、〈有明の別〉諸場面のうちでも、右大将が男装との訣別を予感する歌を詠むBであろう、という形で言及している。[16]その見解にはおおむね従えるのだが、ではなぜ男装との訣別が〈有明の別〉を背景に描かれるのか、また、この題号が巻二以降を含めた物語全体をいかに覆うのかという点について、男装解除後の物語をたどりつつ、さらに考えてみたい。

四

主人公が男装を解いた後の物語では、ありし日の「故右大将」がしばしば追憶の対象となる。[17]それは、右大将の死を信じ込んでいる人々ばかりではない。事情を熟知している人物たち、たとえば、女姿に戻った主人公を妃に迎えた帝でさえ、次のように故右大将を追慕する場面がある。

中院の行幸のほど、げに御覧じなれにしかたは、ふと御胸ふたがりて、かへらせ給ほどはいみじくふけぬれど、

光なきはしのみぎりのさびしさに見しよの月をまづしのぶかな（巻一・三六〇頁）

新嘗祭の神事のため、中院（中和院）に行幸した帝は、いつも供奉していた右大将の姿がそこにないことに心を痛める。和歌の第二句「はしのみぎり（階の砌）」には、「階の右」の意が込められていよう。物語の中で右大将の行幸供奉が描かれるのは、前年九月の賀茂行幸のみ。そこでは、帝の出御にあたり、南殿の「みはしの右」に立つ右大将の麗姿が、次のように描かれていた。

上はなにの儀式も御心にもとまらず、ただよそにだに、いつしかそれとばかりも見るべきことのみ、心もとなくいそがれさせ給に、上達部みな参り、大臣も参り給まで、あやにくに心もとなければ、かさねて御たづねあり。乱り心ちなをよろしからぬよしを奏し給て、よろづのことみなととのひはてて参り給よし奏すれば、南殿に出でさせ給て、よろづの事は御目にもとまらず、ただいつしかと待たせ給もしるく、いとはなやかなる前駆の声、いきおひことにいつかれいで給える御さま、いへばさらなりや。みはしの右に立ちわたり給ほど、こがらしのさと吹きいでたるも、折知り顔なるに、桜のもみぢのほろほろとかごとがましくをつるかげをぞ、わけいで給。菊の上の袴、紅葉の下襲、すこし吹きかへされたる裾のほどまで、たをたをとあてになまめかしきものから、あたりもにほふ心ちする御かたち、つねよりもけに、ただ今ぞ光ると見え給。（三四八〜九頁）

この行幸は、Bの帝との逢瀬の後寝込んでしまった右大将が、「今ひとたび人の目をどろかさん」（三四八頁）と思い立って久々に人前に姿を現した機会であり、その最後の晴れ姿となった。中院行幸の折に帝が偲んだ故右大将の姿も、第一には、この賀茂行幸時のものであっただろう。

さて、この行幸の際、引用部分の前半に記されているように、右大将はなお病を理由に参内の時刻を引き延ばし、待ち焦がれる帝に気を揉ませた。しかも、やっと現れても最後まで供奉したわけではなく、

都のほどばかりつかふまつりて、心ちなやましきよし奏して、とまり給ぬるは、よろづのことはへなうくちをしきに、（三五〇頁）

とあるように、京外にある賀茂社まで行き着かぬうちに辞去し、帝を大いに落胆させた。そしてそのまま復帰することなく、翌月には右大将死去が公表されるのである。なかなか姿を現さずさんざん待たせること、途中で姿を消し、そのまま行方知れずのようになってしまうこと、いずれも先に述べたような有明月の特性さながらといってよい。帝が故右大将を「見しよの月」と偲ぶ時、「ただ今ぞ光ると」見え、有明月のごとく現れかつ消えてしまった、この賀茂行幸時のイメージが想起されていたのではなかろうか。

それに先立つBの〈有明の別〉の場面でも、帝は右大将を有明月にたとえ、「ゆくかた」の不安を訴えていた。女姿に戻った主人公を妃に迎えた今、その嘆きは解消されたはずである。しかし一方で、男として振る舞う主人公を二度と見ることのできない無念も大きい。その喪失感は、やはり有明月の行方を見失ったようなものだったのではなかろうか。

そうした思いは、今や女御となっている主人公自身も共有している。中院行幸の折、彼女は出産を控え里下がりしていたが、「光なき」歌を帝から贈られ、次のように返歌する。

月かげの入る山のはすみな《（う）》くてなれしみぎはを恋ひぬ間ぞなき（三六〇頁）

第四句「なれしみぎは」には、帝の歌と同じく「右」を掛けていよう。現在の境涯を山の端に隠れた月にたとえ、右大将として帝に近侍していた頃が恋しいという。この前後の場面で、女としての我が身に馴染めない主人公は、しばしば男装時代をなつかしみ、その境遇に戻れないことを無念に思っている。こうした男装への未練が、『とりかへばや』の女主人公に比べて、『有明の別』の大きな特徴であることは、すでに指摘されているので繰り返さない(18)。ここでは、帝の贈歌を受けた形とはいえ、その思いがやはり月に託されていることを確認しておきたい。

次の歌も同様である。

年へにしみかさの山をさしはなれ秋の宮この月ぞかひなき（三六一頁）

皇子を産んで立后の宣旨を受けた主人公は、正月二日、里邸に帝の行幸を迎える。その際、「所せく追いののしる大将のさきの声」を聞くにつけても往時を思い出し、心の中で詠んだ歌である。「みかさの山」は近衛府を、「秋の宮この月」は中宮を意味する。同じく月と関係の深い存在ながら、中宮という女性の最高位も、近衛大将に比べれば価値がないというのである。

もう一人、主人公の父左大臣の場合も見ておこう。同年二月十七日の明月の夜、宮中で作文と管絃の宴が催された。それにつけても人々が思い出すのは、二年前の梅花の宴でみごとな詩と笙の笛を披露し、奇瑞まで起こしかけた故右大将のこと。今の宮廷にそれに匹敵する人材はいない。そうした人々の思いを代表して、まず右大臣という人物が「めづらしき雲ゐひびきし笛の音の恋しさまさる春の夜の月」と詠んだ。これに和して、左大臣も次のように詠む。

月はなをなじ雲ゐをてらすともたえにし笛の音こそつらけれ（三六三頁）

上の句は、かつての右大将が今また中宮として宮中にあることを暗に意味している。この宴の際、中宮は上の御局にいる。しかし、「なにごとの折々につけても、花のにほひ、月の光も消たるる御ありさまの、げに九重の霞ふかきそ《（に）》、御簾の外《と》のひきかへたるはえなさは、いみじくくちをしき」とあるように、御簾の内に引きこもったままであって、その姿を人前に現すことも、笛の音を披露することもできない。中宮という「月」も、右大将時代に比べれば、宮中の奥深くに光を隠してしまったに等しいのである。遡って、右大将の死（の偽装）は、「その神無月の嵐のうちに、光かくれ給にしかば」（三五一頁）と語られていた。「光かくれ給」とは、『源氏物語』で光源氏の死去を告げる表現であったが、主人公が本当に死んだわけではないこの物語では、表面的には死を言いつつ、その内実は、主人公がもはや男性として光を輝かすことができなくなったことを含意していたのだろう。

以上、「故右大将」がいわば幻の存在であることを承知している父左大臣、帝、さらには当人までもが、それぞれ月に託して故右大将を偲ぶ様を見てきた。ましてや事情を知らない世の人々が、「はえなき世の光なさ」（三五七頁）と、故右大将の不在を嘆いたのはいうまでもない。

故右大将追慕は、二十年近い年月が経過した巻二以降もなお続く。

故大将なくなりにしのち、さやうのこと、いとはへなうのみ思なられしままに、琴の緒のみならず、よろづのことのたえはてにしかな。（巻二・三七五頁）

院はかやうなるにつけても、れいのふる事おぼしわするる世なし。（三八四頁）

げになに事につけても、またたぐひきこえさせたる人のありがたきこそくちをしけれ。（巻三・四二四頁）

巻一の帝はすでに位を退いて院となり、主人公も女院となっている。一つ目の例はその院の発言、二例目も院の立場から、三例目は語り手から、管絃、詩作、詠歌などの機会につけて、故右大将の「ふる事」を思い起こし、それに匹敵する人材のいないことを「はへなう」「くちをし」と嘆くものである。表向き故右大将の子として育てられ、摂関家を継いだ左大臣（巻一の左大臣とは別）は、巻二以降の物語の中心人物ではあるが、実際は右大将の血を引いていないため、その資質を受け継ぐ人物ではなく[19]、「光」と形容されることもない[20]。その代わりに、故右大将の後継者として徐々にせり上がってくるのが、主人公の産んだ第二皇子である東宮である。

東宮は、誕生時から「ただ母宮をうつしとらせ給へれば、今より山口しるき御さま」（巻一・三六七頁）と、母親似であることが強調されていた。一方、兄の第一皇子（今上帝）は父親似だったため、父帝は「なにのあかぬにか、くちをしう」（三六一頁）思っていたという。故右大将の不在を嘆く帝としては、その当人の産んだ皇子が、成長して故右大将の再来となることを期待していたのではないか。主人公自身も東宮には期するところがあったらしく、自らが男装時代に身につけた、笛をはじめとする知識教養を、[21]秘かに伝授していた。その期待に違わず、東宮は故右大将の光を受け継ぐ人物に成長してゆく。[22]

御琴の音などかきあはせて、かしこく教へきこえさせ給ければ、故大将の御世にたえにし笛の音を、世の人もこの大臣（左大臣）もさらに伝え給はぬをさしこゑ、おぼえなき御伝えにたがふ所なくかよひたる御いきざしを、聞きしるかぎりは涙落とすべし。（巻二・三八六頁）

ただ春宮にのみぞ、とりわきいはけなくより、朝夕よろづをきこえさせ給しかば、なにごとにつけても、ただ光かくれ給し故大将（の）御かはりには、この宮のみぞ末の世てらさせ給べき。（巻三・四二四〜五頁）

東宮が故右大将の再来として明確に立ち現れたのは、巻三も後半に入った、院の四十賀の場面である。この日の東宮の姿は、

この宮はあやしきまで母宮の御かたざまに似させ給えれば、故大将の忘られぬ面影も、あらぬかたにつたはり給える、見たてまつるかぎり、涙落とすたぐひおほかり。（巻三・四三二頁）

かたじけなけれど、ただ春宮の御さまかたちなん、たとえんかたなく目をどろかせ給。今日はわきてもあやしきまで、光をそえさせ給えり。（四三三頁）

と、故右大将の面影を伝え、いつも以上に光を放っていた。やがて宴がはじまり、東宮は女院が精魂込めて教えた

笛の音を吹き立てる。その笛自体も、女院が右大将時代に愛用していた物だった。すると、「三月十四日の月いたくをぼれたる空、にはかにはれて、いひしらず香ばしき風、さと吹きいでたる」（四三三頁）という異変が起こる。誘われるようにして女院も琵琶を合奏すると、「花の女七人」（四三四頁）が降臨して舞うという奇瑞が現出する。この賀宴は、主人公の前生が実は天女であったことを明かす、物語のクライマックスであるが、同時に諸人の待望した故右大将の光が、東宮によって復活した場面でもあった。

そのことはさらに、病床にある入道大殿（主人公の父、巻一の左大臣）を見舞いに東宮が行啓する場面で、再度確認される。

わけいでさせ給夕ばへの御かたち、掲焉なる御衣の色にもてはやされたる、似る物なくめでたきを、やがて見たてまつり送らせ給に、年月ふれど忘るる世なくしのばせ給むかしの御かげ、さやかにうつしとどめたる御光を、いかがなのめにおぼさん。（四四三～四頁）

このあたりの文脈は、東宮を見送りつつ感慨を催しているのが入道大殿なのか、父親の看病に来ている女院なのか、ややわかりにくい[23]ものの、いつまでも忘れ得ぬ故右大将の面影をさながら宿す光として、東宮の姿が描き出されるのである。

故右大将の不在は、しばしば月が光を隠したことにたとえられていた。故右大将の資質を受け継ぐ東宮の登場は、賀宴の場面で東宮の吹く笛によって月が輝きを増したことに象徴されるように、その光の再来を意味していよう。それまでの長い年月、人々は故右大将の面影を偲び、その後継者を待ちつづけたのである。こうした様相は、本稿で述べた有明月の特性、そこから導き出された〈有明の別〉の特徴と相通ずるといえよう。右大将の男装解除が有明月の行方の危うさになぞらえて予期されていたこととあわせて、主人公右大将のあり方そのものが、行方を見失われ面影を偲ばれる有明月のようなものだったのではなかろうか。

もう一人、世の人々とはやや異なる形で、故右大将を偲びつづけた人物がいる。Cの場面で右大将との〈有明の別〉を経験し、右大将死去後、出家して山里に籠ってしまったという承香殿の女である。先にも少し触れたが、この女は巻二で再登場し、偶然出逢った左大臣に、出家のいきさつや、故右大将をいまだに忘れられないことなどを語る。その話は、左大臣を通じて女院の耳にまで達する。女の真情に感じ入った女院は、

かくれにし月のゆくゑを忘れずはそなたの空の道をたづねよ（巻二・四〇六頁）

と、右大将時代の筆跡でしたため、腹心の女房に命じて、こっそり女の庵の籬のあたりに置かせた。この歌は、Cで右大将が詠んだ「忘るなよ夜な夜な見つる月のかげめぐりあふべきゆくゑなくとも」を踏まえ、月＝右大将の隠れた方向、すなわち西方の浄土を目指すよう促すものである。暁方にこの文を発見した女は、「くれなゐの涙」を流す。右大将の死を疑うべくもない女にとって、これはあの世の右大将からの便りにほかならない。〈有明の別〉の際には、右大将の「めぐりあふべきゆくゑなくとも」という心細い言葉に対し、女も「めぐりあふ光までとはかけずとも」と半ば諦めていたようだが、二十年の歳月を経て、はからずも故右大将からの消息を待ち得、しかも「月のゆくゑ」にめぐり逢う希望を与えられたのである。その後女は、「いとどしく浄き衣を着、念仏たゆみなくして、仏にむかひたてまつりて、たてこもりにけるままに」、三日後に息を引き取る。おそらく往生を遂げたのであろう。

世を挙げた故右大将追慕の風潮の中でも、承香殿の女は最も純粋に故右大将を思いつづけた人物である。その女は、Cの別れ以来、有明月のごとき右大将の面影を偲びつづけた末、その行方にめぐり逢うことができた。俗世の人々は、もう少し先、東宮が故右大将の再来として現れる時まで待たされることになるが、世の光であった故右大将を行方知れぬ有明月のように恋い慕っていた点では等しい。そして『有明の別』という題号は、巻一後半から巻三に至る物語を貫く、この故右大将喪失感を表すものだったと考えられるのである。

この承香殿の女の後日譚にも、『とりかへばや』の麗景殿の女からの影響があるかもしれない。麗景殿の女は、失

踪直前の女大将と歌を詠み合った約一年後、四月二十日あまりのやはり有明の頃、女大将と入れ替わって宮廷に戻ってきた今大将に言葉をかける。

思ひ出づる人しもあらじものゆゑに見し夜の月の忘られぬかな（巻四・四七六頁）

今大将も女大将からこの女の話は聞いていたため、同一人物のふりをして「おどろかす人こそなけれもろともに見し夜の月を忘れやはする」（四七七頁）と返歌し、女と契りを結ぶ。(24) この女も、（女）大将を忘れることなく月によそえて思いつづけた結果、（今）大将との再会を果たしたわけである。しかし、待つ期間の長さ、出家してなお消えなかった思いの切実さにおいて、『有明の別』の承香殿の女は、麗景殿の女をはるかに上回る。

『とりかへばや』でも女大将の失踪は世の中の大騒ぎとなり、「世の中に光さすべきかげの、雲にまがひなんばかりに」（巻三・三二九頁）嘆かれた。けれども、入れ替わる兄弟のいた『とりかへばや』では、光の不在もせいぜい数ヵ月のことだった。『とりかへばや』の趣向を受け継ぎながら、一人の主人公が男女二役を演じる『有明の別』では、人々は光の再来を次世代の東宮まで待たねばならない。『とりかへばや』では男女入れ替わりの必要性から生じたに過ぎないともいえる不在期間を、『有明の別』は大きく引き延ばし、その間長く続く喪失感を主題化したのだといえよう。(25)

五

『有明の別』における〈有明の別〉の特徴は、別れそのものの悲しみもさることながら、再会が難しいことへの不安感や、その後相手の面影を偲びつつ待つ思いを伴うことであった。こうした〈有明の別〉の性格は、有明を詠んだ恋の古歌や、行方の紛れやすい有明月をモチーフにした先行物語の恋の場面から導かれたものだったと思われる。

そのような〈有明の別〉を多数取り上げることによって、物語が、ままならぬ恋の情趣、特に待つ側の女の悲哀や苦悩を描こうとしているということは、もちろんいえるだろう。また、和歌の世界でも、ちょうど『有明の別』の成立と前後する『千載集』『新古今集』のあたりから、有明を詠んだ歌が急増するという現象があり[26]、時代の嗜好の反映を見て取ることもできよう。

しかし、『有明の別』という題号に込められた意味は、物語中の別れの場面のイメージにとどまらず、主人公右大将の男装解除という物語の骨格に関わるものであったと思われる。男装を捨てることによりこの世から光を隠した右大将は、さながら明け方の空に行方の紛れてしまう有明月であった。人々は故右大将をいつまでも忘れることなく、追憶しつづける。それは、物語も終盤になって[27]、東宮が待望の後継者、故右大将の光を受け継ぐ人物として立ち現れるまで続いた。こうした故右大将追慕のあり方は、この物語の描く〈有明の別〉の性格をなぞるかのようである。

この物語は、巻一と巻二との間に二十年近い隔たりがあり、中心人物も交替するため、一見断絶があるようにも思われる。その中で、巻一後半から巻三まで、物語の大半を貫いているのが、右大将という世の光の喪失を嘆き、その再来を待ち望む思いであった。それはまた、主人公自身の男装への未練とともに、『とりかへばや』から発展させ、主題化させたものでもあった。恋の嘆きにも通うそうした思いを表すのが、『有明の別』という題号だったと考えられるのである。

（1）『有明の別』の成立時期に関しては、本書第二章で論じる。

（2）大槻脩『在明の別の研究』（桜楓社、一九六九年）。この忠岑歌を、女との逢瀬の後、帰ってゆく男の歌と解釈して引用していることも、同書の考察に従う。

（3）「遊子猶行於残月　函谷鶏鳴」（『和漢朗詠集』暁・四一六番）。

（4）細田恵子「八代集のありあけのイメージ」（『文学史研究』第十五号、一九七四年七月）は、八代集の「有明」の用例を七種に分類している。その中で最も多いのは自然詠、次いで「待つ」、「別れ」と続く。

（5）忠岑歌については、「つれなく」見えたのを女と取るか月と取るかで解釈が分かれていたようだが（『六百番歌合』恋四・四番判詞）、この物語では、後に挙げるBの場面を回想する帝が、右大将の「つれなく見えし別れの面影」を偲んでいる例もあり、別れ際の相手の態度を含めて解釈していたと思われる。

（6）なお、Aの文章中、「有明の空ばかり、かはらぬかたみにて」の部分には『とりかへばや』（今本）の今大将の詠「心ざし有明がたの月影をまた逢ふまでのかたみとは見よ」（巻四・四八〇頁）が、「この世のほかにても…思ひいできこえ給」の部分には「あらざらんこの世のほかの思ひいでに今ひとたびの逢ふこともがな」（『後拾遺集』恋三・七六三番・和泉式部）が、参考歌として指摘されている（注（2）著書の注釈）。

（7）冒頭部の問題については、樋口芳麻呂「『有明の別』論」（石川徹編『平安時代の作家と作品』武蔵野書院、一九九二年）、横溝博「『在明の別』冒頭場面・再説」（田中隆昭編『日本古代文化と東アジア』勉誠出版、二〇〇四年）などの論がある。

（8）以下、「主人公」という場合は、この右大将（巻二以降は女院）を指すものとする。

（9）『風葉和歌集』（恋二・八九一番）では第三句「たのめても」、第五句「有明の月」。

（10）『風葉和歌集』（恋二・八九二番）では初句「つれなくて」、第三句「かげとめば」。『有明の別』の本文を天理図書館本の影印（天理図書館善本叢書）で確認すると、第三句の「て（天）」は「は（者）」に近い字体であり、本来「かげとめば」であった可能性が高い。

（11）『風葉和歌集』諸本の中には、この歌（雑二・一二七七番）の第五句を「ゆくへなりとも」とするものもあるが、より原本に近いと思われる阿波国文庫旧蔵本（桂切本丙本の臨写本）等では「なくとも」である（中野荘次・藤井隆『増訂校本風葉和歌集』友山文庫、一九七〇年）。

（12）「やどれ」または「やどせ」の誤か（妹尾好信「『在明の別』本文校訂覚書――その一・巻一――」『広島大学文学部紀要』第五十

八巻、一九九八年十二月)。

(13) 注(2)著書の注釈では、前夜の右大将の歌について、「雲井にてうはの空なる月かげ」は女を指すとするが、これは女が右大将を「雲ゐにすぐる月の光」にたとえたのを受けて、「宮中にいても心落ち着かない私(右大将)」を意味するものであろう。

(14) 引用は榎本正純『源氏物語山下水の研究』(和泉書院、一九九六年)による。

(15) 右大将がしばしば月にたとえられることは、常盤博子「『在明の別』の「天人降下」考」(『実践国文学』第四十三号、一九九三年三月)に指摘がある。

(16) 注(7)樋口氏論文。

(17) 松浦あゆみ「『有明の別れ』の笙の笛——女右大将の奇瑞の光と影——」(『論究日本文学』第六十九号、一九九八年十二月)は、〈女右大将おはせぬ嘆き〉とも呼べる傾向が作品全体にわたって続くことを指摘する。

(18) 松浦あゆみ「『有明の別れ』の〈笛の別れ〉——『とりかへばや』の音《ね》の行方——」(『古代文学研究 第二次』第三号、一九九四年十月)、同「『とりかへばや』古本・今本と『有明の別れ』——男装の姫君の〈笛の別れ〉——」(物語研究会編『新物語研究二 物語——その転生と再生』有精堂、一九九四年)。

(19) 竹原邦子「『在明の別』の奇瑞再考——物語史の主題へ——」(『語文』第百十三輯、二〇〇二年六月)。

(20) ただし巻一で誕生した時のみ「玉光る男」(巻一・三二八頁)と形容されている。

(21) 笛が主人公の男装への未練や東宮による継承を象徴する楽器であることは、小嶋菜温子「『有明の別れ』と『源氏物語』——音楽の相伝をめぐって——」(関根慶子博士頌賀会編『平安文学論集』風間書房、一九九二年)および注(18)松浦氏の諸論参照。

(22) 西本寮子「『在明の別』再考——家の存続と血の継承——」(稲賀敬二・増田欣編『継承と展開5 中古文学の形成と展開——中古から中世へ——』和泉書院、一九九五年)。

(23) この問題は、本書第三章注(15)で改めて扱う。

(24) この逢瀬の後朝に今大将の詠んだ歌が、『有明の別』冒頭部分の参考歌として指摘されるものである(注(6)参照)。麗景殿の女の挿話が『有明の別』の発想に少なからず寄与していることが窺えよう。

（25）　辛島正雄「「とりかへ」考――『とりかへばや』とその周辺――」（『文学』第七巻第五号、二〇〇六年九月）は、『とりかへばや』が女大将失踪中の〈空白〉を男尚侍との間の〈交換〉と〈代替〉で埋めるのに対し、『有明の別』は「〈代替〉不可能のゆえに生ずる〈空白〉にこだわる道を選んだ」と述べる。

（26）　注（4）論文。

（27）　現存する『有明の別』の本文は、巻三の末尾が文の途中で断ち切られたような形で終わっているため、後続が脱落した可能性も指摘されているが、現状で完結と見てもかまわないと考えている（拙稿「『松浦宮物語』の省筆・偽跋について」『国文学研究資料館平成17年度研究成果報告　物語の生成と受容』、二〇〇六年三月）。

第二章　『有明の別』と文治・建久期和歌
――定家ならびに九条家歌壇との関係について――

一

『有明の別』巻一に、次のような歌がある。

時のまの別れの道と思へども落つる涙をえこそとどめね（巻一・三一六頁）

三位中将という人物が、まだ夜深いうちに女のもとから出て行く際に詠んだ歌である。これを、次に掲げる藤原俊成の歌と比較してみたい。

かりそめの旅の別れと忍ぶれど老いは涙もえこそとどめね（『新古今集』離別・八八九番・俊成、『俊成五社百首』四九二番）

俊成が文治五～六年（一一八九～九〇）にかけて詠作したという五社百首のうち、日吉社百首の一首で、題は「別」。後に『新古今集』にも撰入されている。二首を比べてみると、結句が共通する上、他の箇所も、少しずつ措辞を異にしているもののほぼ同意であり、構文としてはまったく等しいといってよい。三位中将の歌は、老人の旅の別れを詠んだ俊成歌をもとに、恋人たちの別れの場面にふさわしく、手を加えられたものなのではなかろうか。

もっとも、別離に際しての感慨として特に珍しい発想というわけではなく、単なる偶然の一致と見なせなくもない。また逆に、いささか考えにくいことではあるが、俊成の方が物語から学んだという可能性も、ないとは言い切

れない。しかし、三位中将の歌に対する女の返歌、

涙だに心にかなふものならばしばしは袖にとどめみてまし

を見ると、こちらは『古今集』の著名歌、

命だに心にかなふ物ならばなにか別のかなしからまし（『古今集』離別・三八七番・しろめ）

と、やはり構文、用語ともによく似ている。(1) その他、

・君とはでいくよへぬらん浅茅原葉末の露の色かはるまで（巻一・三〇九頁）

君とはでいくよへぬらん色かへぬ竹の古根のおひかはるまで（『拾遺集』雑賀・一一九四番・よみ人しらず）

・秋をへてのどけき山のかげなれどかかる紅葉の色は見ざりつ（巻二・三九四頁）

秋をへて時雨ふりぬる里人もかかる紅葉のをりをこそ見ね（『源氏物語』藤裏葉・三〇七頁）

等、この物語には、先行歌を、もはや本歌取りともいえず、模倣、剽窃したに近い和歌が散見される。そこから類推すれば、「時のまの」歌も同様に、俊成歌を——意識的にか無意識にかは問わず——模倣したという可能性が高いだろう。その場合、『有明の別』成立の時点で『新古今集』は未成立のはずだから、この物語の作者は、まだ撰集に入っていない俊成の五社百首歌中の一首を知っており、かつ勅撰集や『源氏物語』の歌に劣らず親しんでいた人物、ということになろうか。

『有明の別』の作者について、大槻脩氏は、物語冒頭の文章が踏まえている二首の『古今集』歌「有明のつれなく見えし別より暁ばかりうき物はなし」（恋三・六二五番・壬生忠岑）、「今こむといひしばかりに長月の有明の月を待ちいでつるかな」（恋四・六九一番・素性）を、『顕註密勘』に見られるような定家的解釈に従って引用していることから、「定家の作風に相当深く私淑していた人」と推測し、さらに「定家の周辺に身を置き易く、常に定家の文芸批評を傾聴し易い立場にあった人」である可能性を示した。(2) 大槻氏はまた、成立年代についての考察の中で、物語中

の一組の贈答歌、

はれくもる空につけても思やる心いくたびゆきかへるらん

ゆきかえる心のはてもいかならん身のうき雲の空にまじらば（巻一・三五五頁）

のうち、「はれくもる」「心のはて」「身のうき雲」の語句が、いずれも『千載集』から『新古今集』の時期に使用頻度の高い語であり、かつその使用者は「定家およびその系列に入ると考えられる」者が多いことを指摘した。それ以前、中村忠行氏も、物語巻二の虫合の場面の先例として、八条院（鳥羽天皇皇女暲子内親王）の女房たちが行った虫合という事例を紹介し、八条院と御子左家との関係から、定家周辺の女性を作者に想定していた[3]。

先に見た俊成歌との類似例も、定家の周辺、定家の系列という従来の説を支持するものであろう。ただ次の問題は、俊成の五社百首歌からの影響を認めるならば、物語の成立が少なくとも文治五年以後になるということである。大槻氏は、諸々の内部徴証を勘案した結果、仁平・保元頃（一一五〇年代）以降の約五十年間と、やや長めに成立時期を設定している。他の先行研究による推定年代もほぼその間に収まっているが、上限をここまで下げる論は、管見の限り見あたらない。

もちろん、この俊成歌の事例のみで判断することはできない。しかし、『有明の別』中の和歌を子細に検討すると、近い時代の歌人たちから学んだと思しい用語や表現が、ほかにも少なからず見出せるのである。そして、特に関連の深いのはやはり定家らしいが、中でも文治（一一八五～九〇年）、あるいはそれに続く建久期（一一九〇～九九年）の詠作から、直接的な影響を受けているように思われる。さらに、一人定家にとどまらず、その頃彼が出入りしていた九条家における和歌活動、九条家周辺の人々が、この物語と関わりを持つと推測される節がある。

以下、具体的に『有明の別』の作中歌や和歌的表現を検討し、物語の成立時期および成立の場を考察してゆきたい。なお、成立の下限については、『無名草子』で批評対象になっているという確かな根拠があるため、その成立下限とされる建仁二年（一二〇二）を前提として論を進める。

二

まずは、定家からの影響を確認しておきたい。大槻氏の指摘した「はれくもる」「心のはて」は、確かに定家にも、

はれくもる空にぞ冬もしりそむる時雨は峰の紅葉のみかは（『拾遺愚草』(4)五一番・初学百首・冬、養和元年）

花の春紅葉の秋とあくがれて心のはてや世にはとまらん（同・三八九番・閑居百首・雑、文治三年）

等、建久年間以前の作にそれぞれ三例程見られ、若年期に愛用の言葉だったようである。ただしそれ以前、「心のはて」は『千載集』に俊恵の例歌があり、「はれくもる」も、「はれくもり」の形まで含めれば『堀河百首』『久安百首』などに前例があって、これだけでは必ずしも定家の影響とは言い切れない。

しかし、『有明の別』の和歌は、定家以前にはほとんど用例のない語句や、定家の創出になると思われる表現を含むことがある。たとえば、

我さへにうらみやせましあだ人になびきそめぬるもとのちぎりを（巻一・三一六頁）

思ひいでよ君もききけん若草のひきたがえてしもとのちぎりは

若草のもとのちぎりを思ふとていかさまにかはむすびかふべき（巻三・四四〇頁）

と、この物語で複数使われる「もとのちぎり」は、定家が、

猶ぞうきこの世にききし言の葉はかはるもものちぎりとおもへど（『拾遺愚草』二六六番・皇后宮大輔百首・逢不遇恋、文治三年）

恋ひ死なば苔むす塚に柏《かへ》ふりてもとのちぎりのくちやはてなん（同・八八七番・六百番歌合・寄木恋、建久四年）

のように詠んでいるが、それ以前の用例は乏しい。また、次の例、

見しはみな昔の夢になりはてゝあらぬ命ぞいきてかひなき（巻一・三五四頁）

見しはみな昔とかはる夢のうちにおどろかれぬは心なりけり（『拾遺愚草』一七一番・二見浦百首・述懐、文治二年）

は、初句「見しはみな」とはじまる歌が極めて稀な上、「昔」「夢」まで共通しており、(5) 偶然の一致とは考えがたい。

さらに例を挙げる。次の物語歌は、昔の恋人のつれなさを嘆く女（中務宮北の方）が「あだ人の心のあきの見えしより我身にとをる荻のうは風」とつぶやき、それを立ち聞きしていた男（左大臣）が、咄嗟に応じたものである。

下荻の我にしなびく風ならばあだなるあきの声はしらせじ（巻二・三七八頁）

女を下荻にたとえ、自分に靡いてくれたならば、秋の声、つまり「秋＝飽き」を告げる風の音を聞かせはしないという。この「秋の声」にも定家の用例がある。

荻の葉にかはりし風の秋の声やがて野分の露くだくなり（『拾遺愚草』八三〇番・六百番歌合・野分）

さえわたる霜にむかひてうつ衣いくとせ秋の声をつぐらん（同・二三二五番・おなじころ大将殿にて五首歌・秋声、建久六年）

それぞれ風の音、砧の音を、秋の訪れを告げる音、秋の風情を感じさせる音として、「秋の声」と詠む。「秋の声」という言葉続きだけで探せば、

まぶしさす賤のをの身にもたへかねて鳩ふく秋の声たてつなり（『千載集』恋四・八四八番・藤原仲実、『堀河百首』一二二三番・旅恋）

という例もあるが、この場合の「声」は、秋に鹿を狩る猟師の声、つまり実際に人が発する声を指すものである。(6)

『有明の別』の例のように擬人的な用法としては、定家が最も早いのではなかろうか。(7)

定家の一首目「荻の葉に」歌について、『六百番歌合』の評定では、「秋の声」を取り上げて「心ゆかぬ」と難じている。それは、「秋の声」という単独の語句に対する非難というより、第二句から第三句にかけての凝縮された表現の難解さを指弾しているのかもしれないが、その分、詠者定家としては、特に意を凝らしたところであったともいえよう。判者の俊成は、「かはりし風の秋の声、よろしきにや侍らん」と、かえってこの部分を評価しているのである。『有明の別』の「秋の声」の例歌は、「飽き」を掛けて恋歌に転用しているものの、風を詠み荻と取り合わせる点で、この定家歌に近いことが注目される。

最後にもう一つ、作中和歌ではなく地の文において、定家歌の利用が推定される例を見ておきたい。

正月二日、中宮に行幸あり。おほかたの空の気色さえ思ことなく、そのいろふしなき賤のすみかだに、をのがさまざま千歳をいはふ松のみどりに、まして玉のうてないかばかりかはあらん。（巻一・三六〇頁）

新年のめでたい情景を描写するこの文章が、『源氏物語』初音巻冒頭を手本にしていることはほぼ間違いない。

年立ちかへる朝の空のけしき、名残なく曇らぬうららけさには、数ならぬ垣根のうちだに、雪間の草若やかに色づきはじめ、いつしかとけしきだつ霞に、木の芽もうちけぶり、おのづから人の心ものびらかにぞ見ゆるかし。まして、いとど玉を敷ける御前は、庭よりはじめ見所多く、磨きましたまへる御方々のありさま、まねびたてむも言の葉たるまじくなむ。（初音・一一頁）

晴れ渡った空の様子からはじまって、卑賤の家々の情景に及び、翻って玉の御殿の申し分なさへと進んでゆく文章の流れは、まったく一致している。ただし、賤家に言及する時、初音巻では草木の芽生えと人心の安定をいうのに対し、『有明の別』では「松のみどり」に各々が祝意を込める様を述べる点で異なっている。このあたりの表現は、次の定家の歌に基づくのではなかろうか。

門ごとに千代の春とやいはふらん松きる賤のおのがさまざま（『拾遺愚草員外』一九九番・一句百首・冬、建久元

年六月）

百首歌のうち、冬の部立の終わりから二首目にあたる歌で、歳暮を主題として、新春に備え門松を伐る賤を詠む。一句百首は、あらかじめ用意した歌句を所定の位置に詠み込むという制約のもとになされたもので、当該歌の場合、第四句「松きる賤の」がそれである。この歌句の典拠として、直前に制作された『文治女御入内和歌』が指摘されている。[8]『文治女御入内和歌』とは、文治六年（四月に建久と改元）正月、藤原（九条）兼実の娘任子の入内の際に調進された屛風絵に合わせて、定家を含む数名の歌人が詠進したものである。その絵柄の一つに、「歳暮に下人等自山松切て出たる所」（『拾遺愚草』一九一四番詞書）があった。門松は『堀河百首』あたりから和歌の素材となっているが、『文治女御入内和歌』にも「年くれて今ぞみ山をいだすなるかねていはひの賤の門松」（二八二番・藤原実定）などとあるように、一貫して賤家の習俗という扱いである。『年中行事絵巻』（十二世紀後半制作）の正月朝覲行幸の図には、行幸を見物する庶民の家々に門松の立つ様が描かれている。『有明の別』の「賤のすみか」で祝われたという「松のみどり」も、行幸の道筋に立ち並ぶ民家の門松を指しているのであろう。

また、引用本文の傍線部中にある「をのがさまざま」という語句は、『有明の別』ではこの箇所を含めて四度用いられている。一方、定家も好んだ言葉のようで、右に挙げた一句百首歌をはじめ、特に文治・建久年間の和歌にたびたび詠み込んでいる。和歌でも散文でもさほど頻繁に使われる言葉ではないだけに、両者の多用傾向は注目に値する。その他、「千歳─千代」「いはふ」「松」「賤」と多くの語が共通しており、『有明の別』引用本文の傍線部が、定家の一句百首歌に基づいた表現である可能性は高い。

以上、『有明の別』の作中歌または地の文の和歌的表現において、定家の和歌の影響が看取される事例を挙げてきた。やはりこの物語と定家との関係は、和歌を通して深かったようで、特に定家の文治・建久期の詠作から、直接に表現を摂取していることが察せられた。次節以降は、定家のみならず、その周辺に視野を広げてみたい。

三

『有明の別』巻一の主人公、関白家に生まれ男子として育てられた姫君は、巻一後半には男装を解いて帝の女御となる。次の歌は、懐妊のため里下がり中の女御が、五節の頃、殿上人たちの華やいだ姿を見るにつけ、昨年の節会には右大将として奉仕し人々の注目を集めたことを思い出して詠んだものである。

もろ人のかざすひかげをよそに見てなを忘られぬ山あゐの袖（巻一・三五九頁）

この歌にも、「もろ人の花さく春をよそに見てなほしぐるるは椎柴の袖」（『千載集』雑中・一一一六番・藤原長方）という類似歌がある。また、『源氏物語』幻巻の五節の日の場面における光源氏の詠歌「宮人は豊明にいそぐ今日日かげもしらで暮らしつるかな」（一五〇頁）の影響も見て取れる。だが、ここで取り上げたいのは結句「山あゐの袖」である。山藍で模様を摺り染めにした神事用の小忌衣を意味するこの語に関して、正治二年（一二〇〇）に行われた『石清水若宮歌合』における二条院讃岐の詠「あしびきの山あゐの袖をふく風にかざしのほかの花ぞちりける」（桜・三十三番左）に対し、判者源通親が次のように述べている。

左、山あゐの袖いかが、山あゐにすれるとも、又あゐもてすれるなどこそ古くもよみたれ、

古歌に詠まれた「山あゐにすれる」等ならともかく、「山あゐの袖」と短縮した表現はいかがなものか、と言う。「山あゐの衣」（または「山ゐの衣」）ならば平安中期の私家集などに散見するので、「摺れる」の省略がさほど不自然であったかどうかわからないけれども、「山あゐの袖」の用例が古くに見られないことは事実である。

『新編国歌大観』で検索する限り、「山あゐの袖」の最も早い例は、治承二年（一一七八）『別雷社歌合』における、定家の兄成家の詠「山あゐの袖ふる数はかさなりぬいつかうれしき事をつつまん」（述懐・二十三番左）である。判者を務めた父俊成は、この表現については特に言及していない。そして俊成自身、後年次のように詠んでいる。

月さゆるみたらし河に影みえてこほりにすれる山あゐの袖（『新古今集』神祇・一八八九番・俊成、『文治女御入内和歌』二五六番）

先にも触れた『文治女御入内和歌』のうち、「臨時祭」の題で詠まれた一首で、「山あゐの袖」を用いた歌の中では最も名高く、俊成も「こほりにすれるといへる心ばかり、すこしおもかげおほく侍る」（『慈鎮和尚自歌合』）と自賛する歌である。

それと前後する時期、定家もまた、この語句をよく用いている。

神垣や霜をくままにうちしめり月かげやどる山あゐの袖（『拾遺愚草』二四六番・皇后宮大輔百首・冬）

たちかへる山あゐの袖に霜さえて暁ふかきあさくらの声（同・四六六番・奉和無動寺法印早率露胆百首・冬、文治五年）

たちかへり猶ぞ恋しきつらねこし今日のみづのの山あゐの袖（同・二七三〇番）

一首目は賀茂臨時祭を、二首目は神楽を詠む。三首目は、詞書によると、定家が四位に叙せられた（文治六年）後の石清水臨時祭の日、まだ五位で舞人を務めていた家隆に贈ったもので、懐旧を主題とする点、『有明の別』の歌に通うものがある。

このように、「山あゐの袖」は御子左家の人々が相次いで用いた語句なのだが、文治・建久期の定家に多いという傾向は、前節に挙げた諸例と等しく、ひとまず定家からの影響に含めてかまわないだろう。だがこの場合、『文治女御入内和歌』で俊成が用いていることにも意を留めておきたい。

これと同じような事例を、もう一例見出すことができる。次の物語歌の傍線部「雲ゐの庭」である。

待ちかぬる月の光の遅ければ雲ゐの庭の秋ぞかひなき（巻二・三八六頁）

「雲ゐの庭」は、やはり俊成が『文治女御入内和歌』で用いており、かつそれ以前の用例は見あたらない。

ことわりやあまのいは戸も明けぬらん雲井の庭のあさくらの声（『文治女御入内和歌』二七二番・十二月・神楽）

その後、定家や九条良経らが相次いで用いている。

春くればいとど光をそふるかな雲井の庭も星のやどりも（『拾遺愚草員外』一〇一番・一句百首・春）

いつしかと春のけしきにひきかへて雲ゐの庭にいづるあおむま（『拾遺愚草』七六一番・十題百首・獣、建久二年）

星あひの空の光となる物は雲ゐの庭にてらすともし火（『秋篠月清集』三二六番・六百番歌合・乞巧奠）

ここのへや雲ゐの庭の竹のうちにあか月ふかきうぐひすの声（同・四〇八番・治承題百首・鶯、建久六〜七年）(9)

定家の一首目は一句百首の冒頭歌で、前節で述べた「松きる賤の」の事例から類推して、『文治女御入内和歌』の俊成歌の影響下にあると見なしてよいだろう。「星のやどり」は廷臣たちの比喩であり、元日の朝賀または小朝拝の行事を詠んだものとされる。(10)その他、俊成歌の題が内侍所御神楽であったのをはじめとして、白馬節会、乞巧奠など、「雲ゐの庭」は宮廷行事の行われる場として詠まれることが多い。定家には、年次は不詳ながら少将時代（文治五年〜建仁二年）の詠作として、

よもの空星のやどりにいのります雲井の庭の春の明がた（詠年中行事和歌・正月　四方拝）(11)

という例もある。

そもそも『文治女御入内和歌』は年中行事題の占める比率が高く、そこには、公事を重んじその復興に力を注いだ九条兼実の理念が反映されているという。(12)四年後にその子良経が主催した『六百番歌合』にも、行事題は多い。年中行事への関心は、この時期の九条家における和歌活動の一つの特色といえよう。「雲ゐの庭」という歌語は、そうした九条家周辺の雰囲気の中で誕生し、流行した歌語だったのではなかろうか。定家の用例のうち、一句百首は慈円、藤原公衡らとともに試みた速詠の百首であり、十題百首は慈円、寂蓮とともに良経家で行われたもので、いずれも九条家に関連する詠歌機会であった。

『有明の別』の「待ちかぬる」歌は、帝が久しく宮中に姿を見せない母に贈ったものであり、直接に年中行事との結びつきはない。しかし一方で、この物語の全体を見渡すと、描写の精粗こそあれ、実に多くの行事や儀式が記されていることに気づく。その中には、「すまゐのせち（相撲の節）」のように平安末期にはほぼ廃絶していたものや、「さくてん（釈奠）」のように物語に登場することの珍しいものもある。また、大規模な行幸が都合四度あり（賀茂社行幸、皇子誕生による行幸、御賀の行幸、外祖父を見舞う行幸）、そのたびに供奉の武官や女官たちの動きまでが精細に描かれている。そうした晴儀は、男装の女主人公の麗姿、才学を際立たせるための舞台設定として機能している面もあるが、男装の姫君という趣向の先蹤である『とりかへばや』（今本）に比べても、『有明の別』における行事、儀式の比重は圧倒的に大きい。次の引用文のように、左大臣が新年の多忙に紛れてなかなか女のもとへ行けなかったことをいうために、数多の行事名を列挙する箇所などもあって、行事や儀式そのものへの関心の高さを窺わせる。

ついたちの院の拝礼、やがて女院の拝礼うちつづき、大殿、関白殿へまいりありき給。……また、小朝拝、節会など、夜にいるまでありて、二日、関白殿の臨時客、二の宮の大饗、三日、朝覲の行幸、さまざまひまなきおほやけごとに、あるかぎりいとまなくて過ぎぬ。四日ぞすこしひまあれば、人しれぬ所にかくろえをはして見給に、……五日は叙位の儀[13]にみなまいり給えるに、（巻二・四〇七頁）

朝儀の復興は、院政期以降の貴族社会において、広く共有されていた理想だったかもしれない。しかし、そうした年中行事重視の姿勢とあわせて、「雲ゐの庭」のような、行事と関連の深い歌語の使用において共通していることは、『有明の別』と九条家歌壇との抜き差しならぬ関係を示唆している。

先述した「山あゐの袖」も、臨時祭や五節などの行事に関連する語であった。また、前節の最後に取り上げた門松の事例も、年中行事と無縁ではない。門松は宮廷行事の景物ではないものの、万民が千代の春を寿ぐ光景は理想的な治世の象徴であり、天皇を中心に群臣が寄り集って御代の繁栄を祝う朝儀の情景と、根本において相通じているといえよう。[14]『年中行事絵巻』の行幸図に並立つ門松が描かれるのも、『有明の別』の行幸の場面で門松に言及するのも、単なる点景というわけではないだろう。

「雲ゐの庭」に話を戻すと、これにも定家の用例がある以上、直接には定家の歌から摂取した表現であったかもしれない。しかし、その定家歌が、『文治女御入内和歌』に代表されるような、年中行事重視という九条家周辺の風潮から生まれたものであり、一方『有明の別』にも、行事、儀式への関心という共通した傾向が窺われるとすれば、単なる歌語の摂取や定家個人からの影響といった問題を超えて、この物語は、定家も所属していた九条家歌壇の雰囲気を映し出しているのではなかろうか。

『有明の別』が定家に近いところで成立したであろうことは、もはやほぼ確実だとして、その上でさらに、文治・建久当時の定家の主な活躍の場であった、九条家周辺の和歌活動との関わりを考えたいのである。そうした見通しに立って、次節では、九条家歌壇のもう一人の重要な構成員であった、慈円の和歌からの影響について検討する。

四

まずは、第一節で触れた大槻氏指摘の歌句のうち、「身のうき雲」である。この表現は、平安中後期の私家集に若干見られるけれども、全体的にさほど用例が多いとはいえない中で、

わしの山すむ月影を見ぬことは身のうき雲のおほふなりけり（『拾玉集』九七番・初度百首・釈教）

をはじめとして、慈円の初期の百首歌（述懐百首、堀河題百首、取集百首、宇治山百首）[15]に、しばしば詠み込まれているのが目を引く。

次に、物語も終盤の和歌に現れる「やみぢ」という語。

てる月の雲ゐのかげはわかねどもまがふやみぢを聞くぞかなしき（巻三・四二六頁）

詳しい事情は省略するが、時の中宮が実は我が子だと知った内大臣が、「かきくれし心の闇をそれながら雲ゐの月のかげを見ぬかな」と、秘密を知っている女房に遣わした。それに対する返歌である。ここでの「やみぢ」は、子を思う親心の闇ということになる。

「やみぢ」の使用状況を調べてみると、最も多く和歌に詠んだのは慈円であり、また、それ以前の用例はほとんど見出せない。(16) 特に比較的初期の作に、冥途や煩悩の意で頻繁に用いている。

やみぢにはたれかはそはむ死出の山ただひとりこそこえむとすらめ（『拾玉集』四七七番・日吉百首・無常、文治三年）

月を見る心のやがてうれしきはやみぢの末を思ふなりけり（同・五三三番・御裳濯百首・秋、文治四年）

かへりいでてのちのやみぢをてらさなん心にやどる山のはの月（同・一三八三番・花月百首・月、建久元年）

また、次に挙げる歌は、詠歌年次不詳だが、建久末年頃成立の『慈鎮和尚自歌合』に選ばれており、後に『新古今集』にも入集した、慈円の代表作の一つである。

ねがはくはしばしやみぢにやすらひてかかげやせまし法のともし火（『新古今集』釈教・一九三一番・述懐歌の中に、『慈鎮和尚自歌合』九七番）

慈円の甥にあたる良経にも、

たのむべしひよしのかげのあまねくはやみぢの末もてらさざらめや（『秋篠月清集』二八七番・十題百首・神祇）

という作があるが、「ひよし」、すなわち慈円の拠点である比叡山の地主神であり、慈円も深く尊崇した日吉社への帰依を主意とする歌であるから、良経も「やみぢ」が慈円の愛用語であることを意識した上で用いているのではなかろうか。その他、定家にも年次不明の用例が一つあるものの（『拾遺愚草』二九六二番）、「やみぢ」は慈円を中心に使用された語であったことが看取される。

さらに、右に掲げた慈円の「ねがはくは」歌のうち、結句「法のともし火」もまた、慈円がしばしば詠んだ歌句である。仏教語「法灯」を和らげた「法のともし火」という語自体は、

夢さめんその暁をまつほどの闇をもてらせ法のともし火（『千載集』釈教・一二二〇番・藤原敦家）

等、それ以前から用いられている。しかし、「ねがはくは」歌について、『新古今集』の諸注釈が、

あきらけく後の仏の御代までも光つたへよ法のともし火（『新拾遺集』釈教・一四五〇番・伝教大師）

を参考歌として引くように、慈円にとって「法のともし火」とは、比叡山を開いた伝教大師以来灯されつづけている天台の法灯のことであり、末世においてそれを継承し守ってゆくという悲願を込めた語であった。そうした使命感は、早くは文治六年三月頃、兄兼実との贈答歌に見えている。

すでにきゆる法のともし火かかげずは猶うかるべき闇とこそ見れ（『拾玉集』五一七三番）

大岳の峰さわがしく吹く風をしづめずはいさ法のともし火（同・五一七五番・兼実）

後に良経が、慈円とともに行った南海漁夫北山樵客百番歌合において、

さりともと光はのこる世なりけり空ゆく月日法のともし火（『秋篠月清集』五九七番・南海漁夫百首・述懐、建久五年）

と詠んでいるのも、「法のともし火」という語に託した慈円の特別な思いを酌んだ上で、仏法不滅の期待を寄せているのであろう。

その「法のともし火」という語が、やはり『有明の別』にも見られる。物語も末尾近く、外祖父を見舞いに大堰へ行幸した今上帝が、御堂に参拝し、常行堂の灯明料を寄進して詠んだ歌である。

末の世をひさしくてらせかかげをく今日のみゆきの法のともし火（巻三・四四二頁）

ここでの「法のともし火」は、特に天台の法灯を指すわけではないが、帝自ら法灯を掲げ、末長く世の光とならんことを祈念するこの歌には、単なる個人的感懐や救済願望にとどまらず、為政者としての意志が認められよう。そうした使命感、「世」への意識という点において、慈円が「法のともし火」に託した思いと通い合うものがあるように思う。

「やみぢ」「法のともし火」ともに、慈円が愛用し、周囲にも慈円を象徴する語として認知され、広まっていったと思われる語句であった。それらを『有明の別』の和歌が共有しているという現象は、やはり九条家周辺との密接な関わりを示唆しているのではなかろうか。

五

以上、『有明の別』の和歌を検討することによって、従来いわれていたような定家との親近性、中でも文治・建久期の和歌からの影響を確認し、さらに、定家もその一員であった九条家歌壇の雰囲気を反映していると見られることから、九条家周辺に物語成立の場を求めることができるのではないかという見通しを得た。成立時期の上限については、第二節で取り上げた「秋の声」が『六百番歌合』の定家歌に拠っているとすれば、建久四年まで繰り下がることになるが、この一例のみで即断はできない。しかし少なくとも、『文治女御入内和歌』は一つの基準となろう。冒頭で述べた俊成の五社百首ともほぼ同時期であり、文治五、六年以降という推定が妥当性を帯びてくるだろう。『無名草子』はこの物語を「今の世の物語」に分類しているが、それはたかだか過去十年ほどの間に成った作品だったことになる。

文治と建久のあわいのこの頃は、良経が本格的に歌壇活動を開始した時期でもある。すでに定家、慈円らの推進していた和歌新風の動きが、良経歌壇という活躍の場を得てますます活性化する、そうした文学的環境においてものされた物語が、『有明の別』だったのではなかろうか。『拾遺愚草員外』には、建久三年九月十三夜、良経の求めにより、素性の「今こむといひしばかりに」歌の各文字を歌頭に置いて詠んだ、三十三首の和歌が収められている（三四六番〜三七八番）。忠岑の「有明のつれなく見えし」歌を、定家と家隆が一致して推賞したという話も伝わる（『古今著聞集』『古今集童蒙抄』など）。この二首の古歌を冒頭から引用する『有明の別』は、新風歌人たちと嗜好を共にしていたといえよう。本稿は些細な歌語の共通性を指摘するに終始したが、今後はより深いレヴェルでの表現や物語の作風を、当時の歌壇と関わらせて分析する必要があろう。

また、『文治女御入内和歌』については、年中行事への関心のみならず、女御入内ということそのものに、『有明の別』との関連が窺われるように思う。任子の入内が兼実の悲願であったように、物語でも摂関家の姫君入内は大きな懸案事項なのである。こうした点を含めて、『有明の別』と九条家の関わりについては、次章で改めて論じることとする。

（1）さらに、「わりなしや心にかなふ涙だに身のうきときはとまりやはする」（『後拾遺集』雑一・八八四番・源雅通朝臣女）をも踏まえるか。
（2）大槻脩『在明の別の研究』（桜楓社、一九六九年）。以下、大槻氏の所説は同書による。
（3）中村忠行「『有明の別』雑攷――成立をめぐって――」（『山邊道』第四号、一九五八年三月）。
（4）『拾遺愚草』の引用は冷泉家時雨亭叢書による。ただし歌番号は新編国歌大観による。
（5）定家歌の典拠として、「往事眇茫都似夢　旧遊零落半帰泉」（『和漢朗詠集』懐旧・七四三番・白居易）が指摘されている（久保田淳『訳注藤原定家全歌集 上巻』河出書房新社、一九八五年）。定家は後年にも、同じ詩句を題として「見しはみな夢のただぢにまがひつつ昔は遠く人はかへらず」（『拾遺愚草員外』四九四番・文集百首・無常、建保六年）と詠んでいる。

（6）「猟師の鹿まつには、人をよばむとても、又人にししありとしらせむと思ふにも、手をあはせてふくを、鳩ふくとはいふ也。鳩といふ鳥の鳴くに似たるゆゑなり」（『奥義抄』三六〇頁）。

（7）漢語「秋声」は、「煙葉蒙籠侵夜色　風枝蕭颯欲秋声」（『和漢朗詠集』竹・四三〇番・白居易）、「紅栄黄落　一樹之春色秋声」（同・老人・七二六番・菅原文時）のように、風、落葉など秋の風物が発する音の謂として用いられており、それに由来する歌語か。

（8）田仲洋己「建久元年「一句百首」考」（『国語と国文学』第六十四巻第四号、一九八七年四月）。

（9）良経和歌の詠歌年次は、久保田淳『新古今歌人の研究』（東京大学出版会、一九七三年）を参考にした。

（10）久保田淳『訳注藤原定家全歌集 下巻』（河出書房新社、一九八六年）。

（11）冷泉為臣編『藤原定家全歌集』（文明社、一九四〇年）三七四五番。

（12）谷知子『中世和歌とその時代』（笠間書院、二〇〇四年）第一章第二節「文治六年任子入内屏風と和歌」。

（13）原文「しよくゐ」とあるが、注（2）著書の解釈に従い、「く」は衍字と見る。

（14）谷知子氏は、和歌における「諸人」という語が、晴儀の場の歌に集中して用いられ、天皇の治世の平穏と繁栄を証立てる群衆として描かれていること、またその用例が新古今時代に急増することを、『文治女御入内和歌』や『六百番歌合』の例を含めて論じている（注（12）著書第三章第二節「「諸人」の景――『六百番歌合』「元日宴」を起点として――」）。

（15）山本一『慈円の和歌と思想』（和泉書院、一九九九年）の「『拾玉集』編成表」によれば、初度百首―治承頃以前、述懐百首―治承二年（一一七八）、堀河題百首・取集百首―文治三年以前、宇治山百首―建久元年。以下、慈円和歌の詠歌年次は同書を参考にした。

（16）『平家物語』延慶本や『源平盛衰記』は、源頼政が宇治川合戦の際に詠んだものとして、「思ひやれくらきやみ路の三瀬河瀬々の白浪はらひあへじを」という歌を伝えるが、他の歌集等には所見がない。

【補注】

第二節で取り上げた「秋の声」の擬人的用法については、次に挙げる藤原家隆の「後度百首」中の二首が、定家歌に先行するらしい（小山順子氏のご教示による）。

松風に山田のさなへ打ちなびき聞く心ちする秋の声かな（『壬二集』一二六番）

月はさえ岩もる水は秋の声夏のよそなる夜はのうたたね（同・一三四番）

家隆「後度百首」の成立時期に関しては、文治五年頃とする説（茅原雅之「藤原家隆の「初心百首」成立についての一考察」『中世文学』第四十号、一九九五年六月）、建久二〜四年の間とする説（川野良「藤原家隆「後度百首」の成立について」『文芸研究』第百五十四集、二〇〇二年九月）などがあるが、いずれにせよ『六百番歌合』に先行する。「擬人的な用法としては、定家が最も早い」と述べた点は訂正が必要である。

第三章　『有明の別』と九条家

一

『無名草子』に「今の世の物語」として名の見える物語『有明の別』は、早くから藤原定家の周辺に作者を推定されてきた(1)。本書第二章では、この物語の作中和歌が、文治・建久期頃の定家の和歌から、用語や表現の面で影響を受けていることを指摘した。さらに、そうした影響関係は定家一人にとどまるものでなく、定家もその一員であった九条家歌壇との間にも接点があることを述べ、物語の成立の場について、従来いわれてきた「定家周辺」と矛盾するものではないが、文治・建久期の九条家周辺に求められるのではないかと推測した。

それを承けて本章では、物語の内容面から九条家との関わりを探ってみたい。九条家の祖兼実は、関白藤原忠通の三男として生まれ、長らく二人の兄の下風に甘んじてきたが、平家滅亡後の文治二年（一一八六）、ようやく念願の摂政に任ぜられ、その四年後にはもう一つの宿願であった娘の入内を果たす(2)。このように、ちょうど摂関家として出発したばかりの時期の九条家に起こった出来事が、この物語の背景にあると思われるのである。まずは、前章において物語の和歌と特に関連が深いものと考えた、『文治女御入内和歌』を手がかりとしたい。

二

『文治女御入内和歌』とは、文治六年（建久元年）正月、九条兼実の長女任子が後鳥羽天皇に入内する際、誂えられた屏風のために、兼実自身を含む貴顕、歌人らが詠進したものである。その歌人の一人、藤原俊成が、「屏風の歌ひさしくたえたるを、上東門院御入内、長保の例にて、このたびおこされたるなるべし」（『長秋詠藻』）と記しているように、長保元年（九九九）に入内した上東門院彰子の先例に倣い、企画されたものであった。(3)

『有明の別』の主人公は、その上東門院になぞらえられていると思われる節がある。主人公とは、はじめ右大将として登場する人物のことだが、実は時の関白左大臣の一人娘で、跡継ぎの男子がなかったために男として育てられた姫君である。彼女は物語巻一の途中で男装を解き、姫君の立場に戻って入内、相次いで二人の皇子を産む。物語後半ではその皇子たちが帝、東宮となり、主人公も女院と呼ばれ、国母として重んじられている。まずその点において、後一条・後朱雀二代の国母となった、上東門院を髣髴とさせる。

さらに、すでに指摘されていることだが、具体的な場面描写においても、上東門院の出産前後の模様を記録した『紫式部日記』の摂取が二箇所に見られる。(4)一つは五節の舞姫参入の場面、もう一つは、物語第五年の正月二日、帝が生まれたばかりの第一皇子との対面のため行幸する場面である。そのうち後者を、『紫式部日記』に記された一条天皇の土御門殿行幸の場面と比較すると、

れうどうぐゑいすの生ける姿をあらはしいでて、（巻一・三六〇頁）

竜頭鷁首の生けるかたち思ひやられて、（『紫式部日記』一五三頁）

という船の描写をはじめ、

宮づかさ、殿の中の人々、あるかぎり加階し、母宮も二品の御位にさだまらけ（せ）給宣旨あり。今宮の御よろこび

に、氏の上達部つらねて拝したてまつり給。（巻一・三六一頁）

宮司、殿の家司のさるべきかぎり、加階す。頭の弁して案内は奏せさせたまふめり。あたらしき宮の御よろこびに、氏の上達部ひきつれて拝したてまつりたまふ。（『紫式部日記』一五九頁）

のように、『紫式部日記』の文章と見紛うばかり似ているところがある。

また、物語の巻三、ほとんど終結部に近いあたりに、主人公の父親（大殿）の病が重くなり、まず帝（主人公の第一子）が、続いて東宮（同じく第二子）が見舞いに訪れるという場面がある。大殿はこの時すでに出家して大堰に隠棲しており、孫にあたる帝、東宮の見舞いを受けた後まもなく、極楽往生を願いつつ静かに息を引き取る。この場面から連想されるのは、藤原道長の臨終が近い頃、後一条天皇と東宮（後朱雀）とが相次いで行幸、行啓したという史実である。それについては『栄花物語』に記述があるので、抜粋して物語の本文と対照してみる。

・『有明の別』巻三（四四一～二頁）

八月廿日のほどに行幸あり。……うち見たてまつらせ給に、その人にもあらずよはらせ給へる御気色を、いみじうかなしうおぼさる。さまざまきこえさせ給ことども思ひやるべし。「かかるみゆきを待ちとりきこえさするに、すぎたる面目侍るべきにもあらず」と返々かしこまりきこえさせ給。をはします御堂にも、ことそえおほせ事たまふことどもいとこちたし。「暮れぬさきに、とくとく帰らせをはしましね」といそがしたてまつらせ給へば、しぶしぶにたたせ給ても、女院の御前にをはしまして、いみじくうち泣かせ給。

・『栄花物語』鶴の林（一五六～八頁）

さて、その日になりて、辰の時ばかりに行幸あり。……上いといみじうあはれに見たてまつらせたまひて、塞きもとどめず泣かせたまふ。あさましうあらぬ人に細らせたまへる御有様、あはれに悲しく心憂く見たてまつらせたまふ。「さて、何ごとをか思しめすこととてはある」と聞えさせたまへば、……「すべて思ふことさぶらはず。世始まりて後、この行幸こそはためしにさぶらふめれ。これよりほかのことは何ごとかは。ただし、この御堂のこと仕うまつりつる男どもをなん、一度のことをせんと思ひたまへつる」と申させたまへば、いとやすきことなりとて、……また御堂には五百戸の御封寄せさせたまふ宣旨同じく下りぬ。……女院の御方に入らせたまへれば、女院いみじく泣かせたまひて、「殿のいみじううれしきことに喜び泣きたまふが、かへすがへすうれしきこと」とよろこび申させたまひ、「あはれに心憂きこと見たまふる」と、いみじう泣かせたまふ。

先掲の『紫式部日記』の場合ほど、表現の上で酷似しているわけではないものの、祖父の衰弱ぶりを目にした帝の悲しみや、この上ない名誉と喜ぶ祖父の様、御堂への寄進、帝と女院（『有明の別』では主人公、『栄花物語』では上東門院）との対面など、共通する要素は少なくない。作者がこの場面を描くにあたって、『栄花物語』の伝えるような道長の臨終の様子が念頭にあったと考えてよいだろう。こうした事例から察するに、この物語の主人公は上東門院に、その父親は道長に、それぞれなぞらえられているのではなかろうか。

この物語で最も目を引く趣向は主人公の男装ということであろうが、それは摂関家に継嗣がいないという問題を解消するための方便であった。その点が、同じく男女の交替を扱っていても、本人たちの生来の性質によると説明されていた『とりかへばや』と、大きく異なるところである。また、後に主人公は女の姿に戻って入内するが、これも父親が当初から計画していたことであった。彼は、年をとってから授かったただ一人の娘を男子として育てると同時に、その娘をやがては姫君に戻して后妃となすべく、もう一人の子ども——深窓の姫君——がいるように装っていたのである。主人公が男性として立派に成長し、世の光と称えられるのを見るにつけ、父親は男装を続けさせたいという気も起こる一方、そうなれば架空の姫君が架空のままで終わってしまうことを、「姫君の帳のうちも（に）こもりをはすとて、いづべき世なきも、はへなくわびしく」（巻一・三三六頁）思い悩んでいた。後継者確保と娘の入内という、摂関家の抱えていた二つの課題が、主人公の人生を導いてゆく原動力だったのである。[5]

このように、総じて摂関家の立場から描かれているといってよい物語なのだが、さらにその主要人物の造型にあたって、道長、上東門院という、摂関家の全盛期を築いた実在人物たちが意識されている。皇子誕生に伴う一条天皇の行幸といい、死の間際における天皇、東宮の見舞いといい、いずれも道長の類い稀なる栄誉を物語る出来事であった。

とはいえ、『有明の別』が物語の時代として道長の時代を設定しているのかというと、おそらくそうではない。物語中には、大臣たちが院の御前で「まことまことしき御物がたりども」（巻二・三七七頁）をしているという場面もあり、物語が成立した院政期の現実を踏まえていることも確かであろう。また、巻三では、院の四十賀という行事が帝と東宮の臨幸のもと盛大に行われているが、これなども、院政期にしばしば行われた上皇の御賀の行事を偲ばせるものである。[6]

しかしながら、この賀宴の場面では、祝われる立場の院の威光や長寿を称えるような記述は一切ない。この行事のクライマックスは、主人公女院と東宮との合奏によって天女が舞い降りるという奇瑞が起こる場面であり、その二人を賛美することに終始している。そして、賀宴が終わった直後には、「大殿このたびの御まじらひに、御ゐいぐわひらけはてさせ給へれば、今はしづかなる御すまゐにとおぼしさだむるを」（巻三・四三六頁）とあり、この行事によって最も面目を施したのは、女院の父にして東宮の外祖父たる大殿だったといわんばかりである。「御ゐいぐわ（栄花）ひらけ」とは、『栄花物語』という書名にもなった、道長の栄光を象徴する表現にほかならない。『有明の別』の大殿は、院政期の体制の上で、道長の時代にも匹敵する摂関家の栄光を達成したととらえるのが適切であろう。

さて、道長や上東門院といった人物たちが、後世の摂関家において尊崇の対象であったことはいうまでもないが、特に摂関家の娘が入内するにあたって上東門院の故実が嘉例として重んじられていたという。[7]それは九条兼実も例外でなく、長女任子の入内の際、上東門院の先例に倣って屛風和歌を詠進させたことは、先述のとおりである。兼実の日記『玉葉』の入内当日の記事にも、「依二長保・永久例一行レ之」（文治六年正月十一日条）とあり、永久つまり待賢門院璋子の例と並んで、上東門院（長保）の先例を用いたことがわかる。

また兼実は、任子の入内に先だって、その成功を祈るため、特別に祖先の「三墓」に使者を立てていた。

此日、入内祈立二三墓使一、此事雖レ無二先規一、殊有レ所レ思所二告申一也、就レ中於二木幡一者、雖二他事先規已希一、思二先年夢告一所二祈申一也、……多武峯ハ氏之始祖也、万事可レ祈レ之、淡海公者、我氏王胤出来給始也、其後継レ踵不レ絶、御堂者、累祖之中為二帝外祖一之人雖レ多、繁華之栄、莫レ過二彼公一、宇治殿以後、絶而無二此事一、為レ取二其始終一、尤可レ祈二申此両所一歟、入内之本意、只在二皇子降誕一者歟、所レ憑二只御社御寺之霊応一也、（『玉葉』文治五年十一月二十八日条）

藤原氏の祖である鎌足（多武峯）、藤原氏で初めて天皇の外戚となった不比等（淡海公）、そして、天皇の外祖父となった数多くの先祖たちの中でも最も繁栄を極めた道長（御堂）の三人である。特に、木幡にある道長の墓に使を立てることは、ほとんど先例がないにもかかわらず、夢告げによって殊更に行ったという。道長の子の頼通（宇治殿）以来、摂関家の娘に皇子の誕生が一度もないことを、兼実は自覚している。「入内の本意、只皇子降誕に在るものか」と言い切るように、任子が上東門院にあやかって皇子を産み、道長のように確固たる外戚の立場を得て摂関家の栄光を取り戻すことが、兼実の宿願だったのである。

『有明の別』の主人公の女に戻ってからのあり方、あるいは、その父親の、まるで道長を再現したかのような栄華の様は、まさにこうした兼実の宿願を実現しているように見える。道長と上東門院への志向の現れである『文治女御入内和歌』が、物語の和歌に影響を与えていることとあわせて、『有明の別』と九条家との関係を考える上で、まずこの点を確認しておきたい。

三

女姿に戻ってからの主人公が、上東門院という実在人物になぞらえられているとすると、では男装時代はどうなのか。そう考えた時に注目される人物がいる。藤原頼通の長男、通房である。上東門院の甥にあたり、世代は一つずれるものの、同時代の人物といってよい。男装時代の主人公と通房との共通点は、大きく二点挙げられる。一つは摂関家待望の跡継ぎとして生まれたこと、もう一つは、にもかかわらず二十歳前後の若さで急逝したことである。

まず一点目について、頼通がなかなか子宝に恵まれなかったことは、『栄花物語』に何度か語られている。長和四年（一〇一五）には、山井の四の君という女性が頼通の男子を産んだが、まもなく母子ともに亡くなり、「大将殿の御有様、かやうにて、御子のおはしますまじきにや」と噂されたという（玉のむら菊・六五頁）。そのことは頼通の両親にとっても嘆きの種であった。しかし万寿二年（一〇二五）、頼通三十四歳の年の正月、ようやく待望の男子が誕生した。それが通房である。道長も大喜びで、待ちかねた孫の誕生を「松のわかばえ」にたとえた歌を贈っている。

関白殿（頼通）年ごろ御子といふもの持たせたまはぬ嘆きを、入道殿（道長）、上までに思しめしたるに、…（憲定女、懐妊）…かかるほどに、いと平らかに大男君ぞ生れたまへりける。殿聞しめすに、あさましきまで思されて、御剣など遣はすほどぞめでたきや。大殿もうれしきことに思しめして、七日だに過ぎなば、殿のうちに迎へさせたまひて、そこにて養ひたてまつらせたまふべく思しめしける。……入道殿よりかくのたまはせたり、

年を経て待ちつる松のわかばえにうれしくあへる春のみどり子（若ばえ・四四〇〜一頁）

これより四ヵ月後の万寿二年五月を語りの時点とする『大鏡』も、鎌足から頼通に至る藤原北家の系譜を語る中で、「この殿の御子の今までおはしまさざりつるこそ、いと不便にはべりつるを、この若君の生まれたまひつる、い

とかしこきことなり」（藤原氏物語・三四〇頁）と、通房の誕生が摂関家にとって待ち望まれた慶事であったことを述べている。

一方、『有明の別』では、関白左大臣に男子のなかったことが物語のそもそもの発端であったわけだが、そのあたりの事情は次のように説明されている。

大臣のをとなび給まで、男君生まれ給はで、つぎをはしますまじき世を、かしこき道にもかんがえたてまつりけるを、いみじくおぼしなげきしあまり、さまざまの御祈りをし給しに、この君ばかりがに《（ママ）》ごもり給て、神の御しるべ示し告げ給やうありければ、かく思のほかなる御さまに、見なしきこえ給てしなるべし。（巻一・三一二頁）

かなり年をとるまで男子に恵まれなかった左大臣は、「つぎをはしますまじき世」と占われたのを嘆き、さまざまな祈禱を試みた。その結果やっと女の子を授かり、神意によってその子を男子として育てたのである。

次に二点目について、摂関家待望の嫡子として誕生した通房は、やがて成人し、順調に昇進を遂げつつあったのだが、ちょうど二十歳の年、流行病で命を落とす。それについては、『栄花物語』蜘蛛のふるまひ巻に詳しい。

世の中いと騒がしう心のどかならぬに、関白殿（頼通）春より久しく悩みわたらせたまふに、四月になりてはすこしよろしくならせたまふに、大将殿（通房）世の中の御心地わづらはせたまひけり。七日といふにうせさせたまひぬ。あさましなども世の常なることをこそ。今年ぞ二十にならせたまひける。殿の思しめし埋ませたまへるさま、ことわりにいみじ。母上の御心の中、大納言殿（源師房。通房の舅）など、取り集めいはん方なき御心の中どもなり。まねびつくすべくもあらず。おほかたの世にもいみじく惜しみきこえさす。御年のほど、かたち、有様のめでたくものせさせたまへる、「世の中にかかることはなかりけり」など、男などは、昔の例を引きて惜しみきこえさす。……これはただ一所たぐひもなくて、御かたち、有様もすぐれたるに、御年のほど、

　官位惜しかるべき盛りなりかし。（蜘蛛のふるまひ・三二一〜二頁）

発病後わずか七日のあっけない死で、両親の悲嘆は言うに及ばず、「おほかたの世」にもいたく惜しまれたという。引用部分の最後には、その死が特に惜しまれた理由として、頼通のただ一人の子であったこと、姿かたちもすぐれ、年齢といい官位といい、今が盛りであったことが挙げられている。

　これらのことは、『有明の別』の主人公が死去した時にも、ほぼすべて当てはまる。もっとも、この主人公は本当に死んだわけではない。男として育ち右大将となった主人公は、継父との間に不義の子を宿して困惑していた対の上という女性を妻に迎え、生まれた男児を我が子として披露する。これによって、家の後継者は確保された。主人公はもはや男装を続ける必要はなく、女に戻って入内することが次の課題となる。そのためのトリックとして、右大将は死亡と公表され、実のところは、あらかじめ父親が用意しておいた姫君の立場にすり替わった、というのが真相である。しかし、物語の本文では、まずはあくまでも右大将死去として語られている。

　その神無月の嵐のうちに、光かくれ給にしかば、殿の中[8]おほかた火をうち消ちたるやうにおぼしまどえるさまども、いかがはあらん。女君（対の上）、母宮などはさらにもきこえず、世にありとある人、をよばぬ賤の男までも、なのめにやは惜しみきこゆべき。（巻一・三五一頁）

　これが偽装であることは、続きを読み進めるうちに徐々にわかってくるのだが、少なくともこの部分では、家族はもちろん世を挙げて惜しまれている様など、一見本当に死んだのかと思わせる描写である。この時の主人公は、関白の一人息子であり、年齢は十八、九歳。官職は権大納言兼右大将で、これは通房と完全に一致している。

　大納言兼右大将という官職は、物語の主人公として特に珍しいわけでもなかろうが、摂関家の嫡子として見た場合、やや特異に思われる。というのは、道長の時代頃から、摂関家嫡流の人物は、右大将を経ず左大将に直任されることが一般的になっていたからである。頼通以降、摂関職を継承してゆく師実、師通、忠実、忠通らは、いずれも左大将に任ぜられている。彼らに譲るために、現職の左大将が辞任したと見られる事例もあるという(9)。

その中にあって、通房のみ、摂関家の嫡子でありながら右大将に任ぜられているのである。当時の左大将は、彼の叔父にあたる教通であった。教通は、『古事談』などによれば、父道長の遺志によって頼通の次の関白に予定されていたという。つまり、摂関家の長男ではないものの、それに準ずる扱いを受けていたと思われる人物であり、通房といえども、その叔父に譲らせるわけにはいかなかったのだろうか。一方、『有明の別』でも、主人公が右大将であるのに対し、左大将はその叔父ということになっている。簡単に系図を示しておく。

しかも、こうした一致はここだけのことではない。仮に、主人公右大将を通房に、叔父の左大将を教通に、さらに父親の左大臣を頼通に当てはめてみると、その先も符合することが多いのである。たとえば、頼通は晩年、弟の教通に関白を譲る。同様に『有明の別』では、巻一の終わりの方で、左大臣から弟の左大将へと関白職が譲られている。
関白に就任した左大将は、同時に大将を辞任するのだが、その際、

大将は御子になさまほしくおぼせど、ことにいで給はず、内の大臣ぞかけ給。(巻一・三六七頁)

とあるように、彼の本音では、自分の息子(三位中将)に大将を譲りたかったのだけれども、その希望は表明されることなく、内大臣が大将を兼任したという。内大臣とは、主人公右大将と対の上との間の子として披露された若君

の、成長した姿である。彼が生まれた翌年に右大将は世を去っているから、その後はおそらく祖父左大臣の養子になっているのであろう。左大将がなぜ我が子に大将を譲ることを断念したのか、その理由ははっきりとは書かれていない。しかし、この少し前に、兄左大臣が関白職を譲ってくれることに対し、「かぎりなくうれしき御心ざし」（三六五頁）と感激する様子が描かれているので、その兄の厚意に報いるつもりだったかと思われる。

これに対応する史実として、康平五年（一〇六二）、教通が頼通の子である内大臣師実に左大将を譲ったことが挙げられる。『栄花物語』によると、その際、教通の周囲には、「かく御心なることを、大納言殿に譲りきこえたまはで」と、教通の息子である大納言信長に譲ればよいのにと言う者もいたらしい。しかし教通は、

若き人のためかけざらむは口惜しきことなり。わが若かりしをり、関白殿（頼通）の辞したまひて譲りたまひたりし、いとうれしかりき。（煙の後・四一三頁）

と言って左大将を辞し、師実がその後任となる。大将には若い人になってほしい、自分自身も若い頃、頼通から大将を譲られたことがあり、それが非常にうれしかったというのである。教通としては我が子に譲るという選択肢があったにもかかわらず、あえて甥の師実に譲った。その理由の一つには、かつて兄頼通が示してくれた厚意への返礼の意味があったかと、読み取ることのできる文脈である。

こうした対応関係は、この先もまだ続いていくようであるけれども、煩雑になるので省略する。頼通・教通兄弟の間では、その子息たちの代まで含めて、関白や大将の地位を譲ったり譲られたりしているのだが、それとよく似たことが『有明の別』でも行われているのである。前節では道長の栄華を再現したかのような場面を取り上げたが、同時にこの物語は、頼通、教通らの人間関係をも下敷きにしているのではなかろうか。

もっとも、頼通・教通兄弟の間柄が、実際このようにうるわしいものであったかは、疑わしいところである。『古事談』には、頼通が教通に関白職を渡そうとせず、直接息子の師実に譲ろうとして、姉の上東門院に阻止されたと

いう話など、二人の軋轢を伝える逸話がいくつか見られる。歴史的には、こうした摂関家内部の争いが尾を引いて、摂関政治の衰退につながったとも評価されている。(10) しかし、たとえば九条兼実の弟慈円の『愚管抄』では、頼通が教通に関白を譲ったのは、若い師実に越されるには惜しい器量の持ち主と見込んだためということになっている。そして、そうした頼通の決断に対する、「宇治ドノノ御高名、善政ノ本体」（巻四・一八七頁）という世評をも記しとどめている。また、『玉葉』には、教通が太政大臣に就任した際、わざわざ宇治まで赴いて頼通に拝賀を行ったという故事を、兄弟の間で礼を尽くした美談として引用しているところもある（建久二年四月二十四日条）。摂関家の兄弟争いといえば、兼実や慈円の父である忠通と頼長の兄弟のように、保元の乱という武力衝突につながるほど、こじれにこじれたものもあった。そのような例に比べれば、頼通と教通の間のいざこざなどは、まだしも穏やかなものだったといえよう。少なくとも兼実や慈円の周辺では、理想的な兄弟関係としてとらえられていたのではなかろうか。『有明の別』もそれに近い評価に立って、物語の人物関係に取り込んでいるように思われる。

このように、『有明の別』の左大臣・左大将兄弟が頼通、教通になぞらえられているならば、主人公と通房もおのずと重なってくることになろう。しかし、両者の共通点として最も重要なのは、先述のように、摂関家待望の継嗣であったことと、夭逝したことの二点である。それは男性としての主人公の出発点と終着点であり、そうした人物造型の根幹ともいえるところに、通房が関わっていると考えられるのである。

若くして亡くなった通房については、その人柄や行いを伝える資料が豊富に残っているわけではない。しかし、先に引用した『栄花物語』の蜘蛛のふるまひ巻は、ごく短い巻ではあるものの、その大半が通房の死を悼む話題にあてられており、ある意味で彼が主人公のような巻である。短命の貴公子という点で、物語化されるだけの要素は具えている人物だったと思われる。

四

夭逝した摂関家の嫡子という点で、主人公の造型に通房が関わっていることを見てきたが、九条兼実もまた、嫡子を若くして喪うという経験をしている。文治四年二月二十日、兼実の長男良通は二十二歳で急死した。前日の十九日は兼実の父忠通の忌日で、兼実も良通もその仏事に参列していた。その後、親子は共に邸まで帰り、しばらく語らった後、良通は自分の居所に引き上げたが、夜更けになって突然、良通危篤の報せが兼実のもとにもたらされた。誦経その他あらゆる手段を尽くすも甲斐なく、翌二十日の朝方に絶命したと、『玉葉』には記されている。もっとも、この日以来、前後不覚の状態に陥った兼実は、長年書き綴ってきた日記の筆を三ヵ月近く絶ってしまったため、良通終焉の記は、五月になってから、周囲の人に尋ね記憶をたどって記したものだと自ら断っている。

『玉葉』の同日条には、良通を追悼する長大な文章も載せられている。その冒頭には「抑内大臣正二位兼行左近衛大将藤原良通ハ、僕之家督也」とあり、「家督」という比較的新しい言葉遣いから、家の後継者という意識の強さが窺われる。[11] 別の箇所では「為二摂籙之家嫡一之者」ともいい、その死を「誠是家之尽也」ととらえているところもある。兼実が摂政に任ぜられたのは、この二年前の文治二年のことで、良通もその年のうちに内大臣となっていた。摂関家として出発したばかりの九条家の後継者として、地歩を固めつつあった矢先の不幸であった。

続いて、良通の生前の人柄を、いかに親孝行で公務にも精勤していたか、和漢の学問や種々の芸能に卓越していたかを述べ、そのような嫡子を喪った父親の悲しみを切々と訴える。その中で兼実は、父に先立った子の例を、「我家」に求めている。そこに、寛徳元年（一〇四四）に没した通房の名が現れるのである。

別離之悲、恋慕之思、更非レ可二堪忍一、父之哭レ子、古今多レ例、我家寛徳通房、康和二条殿、皆是雖レ為二希代之悲歎一、比二今之哀憐一、曾不レ足レ為レ類、有二何罪過一、天与二此災一哉、

ここにはもう一人、「康和二条殿」、つまり藤原師通の名も挙がっているが、師通が父師実に先立った時の年齢は三十八歳、すでに父親から関白の地位を受け継いでもいた。これから家を継ぐべき二十歳前後の若者という共通点において、真っ先に想起されたのは、やはり通房の例だったのではなかろうか。

良通の逝去については、『愚管抄』にも記載がある。

サテソノ二月ノ廿日ノ暁、コノ内大臣ネ死ニ頓死ヲシテケリ。コノ人ハ三ノ舟ニ乗リヌベキ人ニテ、学生職者、和漢ノオヌケタル人ニテ、廿一《ママ》ナル年ノ人トモ人ニ思ハレズ。スコシ背チイサヤカナレド、容儀身体ヌケ出テ、人ニホメラレケレバ、父ノ殿モナノメナラズヨキ子モチタリト思ハレケリ。皇嘉門院ニヤシナイタテラレテ、ソノ御跡サナガラツギタル子ニテアリケル。カカル死ヲシテケレバ、ヤガテ忌ミニケガレテ、ソノ由院ニ申テアリケル程ニ、「我ヨシナシ。ウケガタキ人ニ生レタルト云ハ、仏道コソ本意ナレ。経ベキ家ノ前途ハトゲツ。出家シテン」ト思フ心フカク付ナガラ、ソノ妹ニ女子ノマタヲナジク最愛ナルヲハシケリ。イマノ宜秋門院ナリ。ソレヲ昔ノ上東門院ノ例ニカナイ、当今御元服チカキニアリ。八ニナラセ給、十一ニテ御元服アランズランニ、コレヲ入内立后セント思フ心フカケレド、法皇モ御出家ノ後ナレド、丹後ガ腹ニ女王ヲハス、頼朝モ女子アムナリ、思サマニモカナハジト思テ、又コノ本意トグマジクバ、タダ出家ヲコノ中陰ノ果テニシテント思テ、二心ナク祈請セサセラレケルニ、又アラタニトゲンズル告ゲノアリケレバ、思ヒノドメテ、善政トヲボシキ事、禁中ノ公事ナドヲコシツツ、摂籙ノハジメヨリ諸卿ニ意見召シナドシテ、記録所殊ニトリヲコナイテアリケリ。文治六年正月三日主上御元服ナリケレバ、正月十一日ニヨキ日ニテ、上東門院ノ例ニ叶テ、ムスメノ入内思ノゴトクトゲラレニケリ。（巻六・二七四～五頁）

これによると、「ナノメナラズヨキ子」と思っていた嫡男を喪い、悲嘆にくれる兼実は、一時出家を考えたらしい。しかし彼には、もう一人の「最愛ナル」子、後に宜秋門院と呼ばれる任子という娘がいた。その娘を「上東門院ノ例」に倣って入内させることが、兼実の宿願であった。傍線部のように、兼実は、「コノ本意」が実現しないようであれば良通の中陰の果てに出家を敢行するとの決意で、祈請させていたところ、「アラタニトゲンズル告ゲ」があったため、出家を思いとどまったのだという。

任子の入内について「アラタニトゲンズル告ゲ」があったということは、『玉葉』の記事によって裏づけられている[12]。文治四年四月八日が良通の四十九日にあたるが、その四日前の四月四日に、「女房」つまり兼実の妻が「最吉夢」を見た。「祈二請春日大明神一事、一事已上有二納受一之由」の夢ということであるから、『愚管抄』の記述と照らし合わせれば、その具体的な内容は入内に関することと解せよう。ついで四十九日の法要が行われた八日には「今夜以後、更増二哀憐一、更非レ可二堪忍一」、翌九日には「自二今日一徒消二永日一、悲涙無レ乾」等々、忌が明けてさらに募る悲しみを縷々述べている。しかし一方で、その九日には、兼実自身が「最吉夢」を見たという。今回は「三五日之中、法皇御心可レ帰二聖化一、天下政可レ反二淳素一、又大明神ニ祈請事、毎事可二成就一之由」と多岐にわたるが、やはり「大明神ニ祈請事」が入っており、入内の実現を予告するものでもあったらしい。こうした夢に望みをつないで出家は思いとどまったのだろうが、この時期の兼実の心境として、良通を喪った尽きることのない嘆きと、任子の入内にかける期待とが混在している様を窺うことができる。

この後も『玉葉』には、日常的な日々の記録の中で、兼実の悲痛な心情がしばしば吐露されてゆく。五月には喪が明け、兼実は出仕を再開するが、宮中でも何かにつけては悲嘆を催し、ここまで生き長らえた自らを「実不レ異二禽獣一」という（五月二十一日条）。次男の良経が出仕するのを見れば、公事の折には常に兄弟並んで参仕していたことを思い、悲涙を禁じ得ない（同二十六日条）。公の行事に参加すれば、かつて良通が上卿を務めていたことを思い出し、今その人のみ欠けていることを痛感して、「触レ事之傷、経二世々一不レ可レ忘」と悲しみを新たにする（同二十八日条）。その一方で、任子入内の話も進行してゆく。翌年の文治五年四月には後白河法皇より許可が下り、実行されたのはさらにその翌年の正月であった。

今少し『玉葉』の記事を追う。建久二年（一一九一）二月、良通の死から四回目の周忌にあたって、丈六の阿弥陀如来像を供養することになり、文章博士の業実という人物が願文を作成していた。命日に先立つ十六日、その業実から、良通の夢を見たという報告がある。夢の中で良通は、「なげくなよすぎにし夢の春の花さめずはさとりひらかましやは」という歌を詠み、その旨を父に伝えよと言ったという。それを聞いた兼実は、「悲泣歓喜、涙已数行」。二十日の命日には、阿弥陀像の供養とともに法華八講を催した。翌二十一日が八講の結願で、その日には兼実の妻の一人である「女房三位殿」が吉夢を見たという記事もある。「可レ有二皇子降誕一、則可二践祚一之吉瑞」の夢ということで、兼実は大いに喜んでいる。夢の話ゆえ因果関係は何ともいいがたいが、ここでもまた、良通を喪った悲しみと、すでに中宮となっている任子が皇子を産むことへの期待とが、相接して現れていることは確かであり、両者が分かちがたい関係にあったことを示唆しているように思う。

『玉葉』には、特に兼実にとって重要な時期に夢の記事が頻出すること、それも兼実自身ばかりでなく、家族や近しい人々が、吉夢を見たといっては兼実に報告し、ともに一喜一憂していたことが指摘されている[13]。良通死去の嘆きや任子にかける期待も、兼実周辺の人々の間で共有されていたものなのだろう。なお、『有明の別』でも、主人公の男装など、重要な事柄の多くは神意に基づいて行われているが、そうした神の啓示はやはり夢告げの形をとっていたようである。夢が人々の行動を促してゆくという点でも、この物語と兼実周辺の雰囲気とは似通っているように思われる。

ここで『有明の別』に目を転じると、主人公右大将は、男装を解くために死を装い、架空の存在であった姫君の立場に戻って入内を果たした。この事態は、主人公の側からいえば、男から女に戻ったということであるけれども、外側から見れば、摂関家の嫡男が急死した後、その妹が入内したということにほかならない。つまり、良通、任子の場合とまったく同じ形なのである。主人公の入内について、物語は次のように語っている。

かく光なき御なぐさめとにや、すがすがとおぼしたちて、あくる年のきさらぎのほどに、ついに参り給にしかば、時しもあれ、はなやかなる御いそぎを、かたぶき思ひし人もありしかど、うち御覧じつけたらん御心のうち、中々をしはかりつべし。さらに又人やあるともおぼしめしたらず、朝まつりごと怠らせ給ぬべき御さまなめり。さるは契りやふかくをはしけん、めづらしきさまになやみわたり給を、うちにも殿（左大臣）にも、いかでかなのめにおぼされん。まことに御心はゆきはてて、今よりこちたき御祈りをしつくし給へど、人目は、げに光かくれたる御なげきぞさむる世なかるべき。（巻一・三五二頁）

右大将の死が十月のことで、その翌年の二月に入内が行われた。服喪の期間は嫡子の場合も兄弟の場合も三ヵ月という規定であるから、喪が明けてまだ間もない時期ということになる。そのような時期に行われた「はなやかなる御いそぎ」を、不審に思う者もいたようだが、これはもちろん、右大将が本当に死んだわけではないことを、ごく限られた関係者は承知しているためである。ただし物語本文では、この入内が性急に行われた理由を、「かく光なき御なぐさめとにや」――右大将という光を失った嘆きを慰めるためか――と推測している。この場合、「御なぐさめ」の対象は、右大将の訃報に接して悲嘆にくれている帝であるようだが、いずれにせよ、この入内を、右大将死去の埋め合わせのような意味合いでとらえていることに注目される。

入内した主人公は、やがて懐妊する。帝も父親の左大臣も大喜び、特に左大臣はすっかり満足の体である。長年の悩みの種であった継嗣問題が解決した上、娘の入内というもう一つの望みも叶い、さらには皇子誕生の期待も膨らんできたのだから、当然であろう。しかし一方では、「光かくれたる御なげき」、つまり右大将不在の嘆きも継続しているという。もっとも、そこには「人目は」という限定があるため、左大臣のこの嘆きは、右大将の死が偽装であること、ひいては主人公が男装していたという秘密を守るための演技なのかと取れるところである。

左大臣は、右大将が本当に死んだわけではないことを誰よりもよく知っている、というより、そもそも娘を男子として育てたのも、やがては女子に戻すべく計画していたのも、すべて彼の仕業なのであるから、今さら右大将の不在を嘆くのは筋違いともいえよう。「人目は」右大将の死を嘆いているように見せていたというのは、そうした立場にある左大臣の態度として、納得できるものである。しかし、物語をさらに読み進めると、この左大臣の嘆きは、必ずしも人目を取り繕っているばかりではないように思われてくる。ふだんはともかく、何かのきっかけでふと、自慢の息子であった「故右大将」を思い出してしまい、涙にくれる父親の姿が、何度か見られるのである。

その一例が、入内から一年後の二月に、帝の御前で開かれた花の宴の場面である。(14) これは、右大将の死後はじめて行われる遊宴ということで、全体的に右大将がいない喪失感の漂う場面になっている。たとえば、出席者の一人の右大将という人物（主人公の後任である現職の右大将）は、かつては故右大将の陰で目立たなかったものの、最近立派になってきたという。その姿に目をとめた帝は、しみじみと故右大将を思い出す。人々の作った詩が披露されるが、故右大将なき今、帝の御製を除いてたいしたものはない、ともいう。このような雰囲気の中で管絃がはじまり、宰相中将という人物が笙を吹く。その時、左大臣が思わず涙をこぼした。

上の御あそびはじまりて、物の興せちなるほどに、左大将の宰相の中将、笙の笛給はりて、はなばなと吹きたてたるをぞ、左の大臣おぼしわくかたなくうちしほれ給を、見るかぎり、ゆゆしきまでをしのごひ給。右の大臣、折りすぐさず、

めづらしき雲ゐひびきし笛の音の恋しさまさる春の夜の月

左大臣、

月はなををなじ雲ゐをてらすともたえにし笛の音こそつらけれ（巻一・三六三頁）

これより二年前の春、同じように御前で宴が行われた時、故右大将が笙を吹き、奇瑞を起こしたことがあった。

それを思い出してであろう、「おぼしわくかたなく」とあるように、本来嘆く必要などないはずの左大臣でありながら、分別を失い落涙してしまう。

一座の人々も涙を拭う中、右大臣という人物が故右大将の笛の音が恋しいと詠む。それに和した左大臣の歌は、すでに中宮となっている娘を「月」にたとえ、かつて故右大将が宮中で光り輝いていたように、今も中宮が「をなじ雲ゐ」を照らしてはいるけれども、やはり故右大将の「たえにし笛の音」がつらいという。故右大将と中宮とが同一人物であることを知っているか否かによって、上の句の受け取り方は多少変わってくるであろうが、中宮の存在によっても癒されることのない、故右大将不在の嘆きを訴えていることに違いはない。

その中宮は、上の御局を華やかにしつらえて、この宴に臨席している。しかし、右大将時代とは打って変わって、「九重の霞ふかき」御簾の内部に姿を隠してしまっていることが栄えなく残念であると、この場面のはじめの方で語り手の立場から言われていた。その思いは、左大臣も共有するものであろう。同じ我が子が今は中宮として存在していることは十分承知の上で、なお「故右大将」を偲ばずにはいられない。娘の栄達を誇らしく喜ばしく思う気持はもちろんであろうが、一方で息子を喪った嘆きは消えないという、その二つの感情がいわば背中合わせの関係にあることが、左大臣の詠歌から窺われる。このような左大臣の心境は、良通に先立たれた後の兼実の心情と、相通ずるものがあるのではないか。

左大臣のこうした思いは、その生涯にわたって、かつ物語のほぼ最後に至るまで続いたようである。第二節で道長の臨終を連想させる場面として挙げた、帝と東宮が大殿（巻一の左大臣）を見舞う場面を、再び取り上げたい。先ほどの引用箇所より少し後、帝が還幸するところである。

暮れはつるほどにぞかへらせ給。大門いでさせ給ほど、大将の御さきの声の遠くなりゆくを、つくづくと聞かせ給ても、いみじく泣かせ給。めづらしからんことのやうに、女院の御宿世を返々きこえさせ給。（巻三・四四

二頁）

行幸の先払いを務める大将の声を聞いて、大殿は涙を流す。当時の大将は、特に大殿と縁の深い人物というわけでもなさそうなので、この涙はやはり故右大将を思い出してのものであろう。そしてそれに続いて、故右大将の現在の姿である、女院の宿世を繰り返し賛嘆している。息子を喪った悲しみと娘が栄達した悦びとが、ここでも相接して湧き起こっているのである。

行幸の翌日には東宮の行啓が行われた。次に挙げるのは、その東宮の姿を描写した部分である。

げに吹きから《は》ふこがらしに、ものをいとあはれにおぼしいりて、とばかりやすらはせ給えば、えもいはずえりすかされたる唐垣のもと、隅の高欄につづきて、たかき壇の上に咲きこぼれたる女郎花の、いたく吹き乱されたるに、わけいでさせ給夕ばへの御かたち、掲焉なる御衣の色にもてはやされたる、似る物なくめでたきを、やがて見たてまつり送らせ給に、年月ふれど忘るる世なくしのばせ給むかしの御かげ、さやかにうつしとどめたる御光を、いかがなのめにおぼさん。（巻三・四四三〜四頁）

女院の第二子である東宮は、誕生時より母親によく似ているとされていた。それはすなわち故右大将にそっくりということであり、成長するにつれ、容姿のみならず、あらゆる点で故右大将の資質を受け継ぐ人物となってゆく。(15)この行啓より少し前に行われた院の四十賀において、東宮は故右大将遺愛の笛を吹いて奇瑞を起こしたが、その折の東宮の姿は、「わきてもあやしきまで、光をそえ」、「故大将の忘られぬ面影」（四三一〜三頁）を如実に伝えていると描写されていた。ここで再びそのことが、長い年月偲び続けてきた故右大将の面影を東宮がさながら写し取っていることが、確認されるのである。(16)

このように見てくると、この行幸・行啓場面の意味は、二代の外戚の地位を得た大殿の栄誉を語るばかりではないように思われる。故右大将の再来として東宮が立ち現れることによって、大殿の嘆きが鎮められ、心穏やかに最期を迎えるという場面でもあるのではないだろうか。このことを兼実との関連で考えた場合には、道長の栄華の再現というだけでなく、良通の死の衝撃を、任子の入内、皇子誕生に期待をかけることで乗り越えようとした、兼実あるいは九条家周辺の人々の悲願が、究極的な形でここに描き出されていることになろう。

もっとも、『有明の別』は、成立年代を遅く見積もったとしても、良通の死後せいぜい十数年以内の作品である。そのようなごく最近亡くなった人をモデルにして、しかも実は女であったなどという物語に仕立て上げることは、さすがに差し障りが大きい。物語の登場人物たちの人物造型が拠り所としているのは、直接にはやはり、歴史上の人物である通房や上東門院、あるいは道長、頼通らであろう。その時代は、兼実の志向した摂関政治の理想的な時代であるとともに、摂関家の嫡男が夭逝するという事件の起こった時代でもあった。その時代の人物たちに枠組みを借りつつ、そこに、良通死後の、兼実を中心とする九条家周辺の人々の悲しみや願いを託した――『有明の別』とは、そのような物語だったのではなかろうか。

この物語は、巻一の末尾付近で一気に十数年の年月が経過し、巻二以降は、故右大将の遺児である左大臣（主人公の父親の左大臣とは別）を中心に物語が展開してゆく。しかし、そのように世代交代を果たしてもなお、何かの折々につけて、故右大将哀惜の念がしばしば語られる。(17)それも、すべてを承知しているはずの父親までもが、「故右大将」を死者のように偲んでは嘆くところに、いささか不可解な印象を禁じ得ないのだが、その背景には、実際に嫡子を喪った父親の嘆きがあったのではなかろうか。

また、物語の前半と後半で世代交代するというあり方は、『源氏物語』のいわゆる正編、続編の構造を思い起こさせる。『有明の別』の右大将死去を告げる箇所では、「光かくれ給」という、光源氏の死を意味していたのとまったく同じ表現が用いられてもいる。しかし、『源氏物語』の源氏亡き後の物語が、最後まで光の失われた状態であるのに対し、『有明の別』は、右大将の死によって一度失われた光が、東宮によって復活するところまで描くところに独自性がある。『有明の別』という題号にも、右大将という光の喪失を嘆き、再来を待ち望む人々の思いが込められていると考えられるのだが[18]、かくまで光の復活に関心を寄せるところにも、良通を喪った近親者たちの切実な心情が反映されているように思うのである。

五

先に触れた『玉葉』記載の追悼文では、生前の良通が学問に励み和漢の典籍を渉猟していたこと、漢詩、歌曲、横笛、和歌等に才能を発揮していたこと、政務にも高い見識を有していたことを褒め称えていた。実際『玉葉』には、良通が公事の場で活躍する様や、師のもとで学問や芸能の習得に勤しむ様が、しばしば記しとどめられている。慈円によれば、「容儀身体」もすぐれていたという。いずれも近親者の立場からの、贔屓目の混じった評価であるにしても、少なくとも九条家周辺の人々にとっては、物語の主人公にも匹敵する貴公子ととらえられていたと考えてよいだろう[19]。

右に挙げたような良通の美点は、ほぼすべて『有明の別』主人公の男装時代にも当てはまる。ただ、こうしたことは物語の主人公としては当然ともいえるし、特に男女差の明確に現れる漢詩や笛は、『とりかへばや』(今本)の女主人公でも強調されていたものである。しかし、次のような記述はどうだろうか。

やうやう御身もあつかはしくなりゆくに、御里住みはましてまぎるることなく、しづかにのみながめくらされ給ひまひま、ふるき御ふみどもなど、しのびてとりよせて御覧ずれば、我しをきしことどもなれど、ただ月ごろに昔のこと、人《(ママ)》たたりにけるほど[20]、あはれにしのびがたくのみおぼさる。御まじらひのほどにつけても、心にいれて書きをき給し御日記どもなども、ただ目の前の心ちのみするを、またはいつかはとのみ、むもれいた

くおぼしつづくること、いとおほかり。（巻一・三五三～四頁）

すでに女の姿に戻った主人公が、出産を控えて里下がり中、自らの男装時代をなつかしむ場面である。ここに、「ふるき御ふみどもなど」と並んで「御日記ども」が出てくる。「御まじらひのほどにつけても」書き置いたものということであるから、旅日記などではなく、公務や儀式の次第を記録した漢文体の日記であろう。物語の主人公がこのような日記を記していたとされるのは、珍しいのではなかろうか。

良通には日記があったらしい。現存してはいないが、『玉葉』に、兼実が欠席した行事などについて、「凡今日儀式、具見二大将記一」（寿永二年二月二日条）、「委旨在二内府記一」（文治二年十二月七日条）等、良通の日記を参照せよという記述が時折見られるのである。兼実自身、膨大な『玉葉』を執筆したわけだが、摂関家の長男でなかった彼は、先祖の日記を完全には受け継いでおらず、その欠を補い家記となすべく、自ら詳細な記録に努めたのだとされる。[21]そしてその息子たち、良通はじめ弟たちも、日記の執筆に励んでいたらしい。『有明の別』に、物語には珍しい「日記」が登場する背景には、そのような九条家の風潮があったのかもしれない。

年次未詳の兼実主催の舎利講において、良経、定家らも参加した十如是の和歌で、慈円は、二月二十日に没した良通を思い、

果如是にはなにをかおもふきさらぎの廿日の夢をさましてしかな（『拾玉集』四二〇七番）

と詠んだ。[22]『拾玉集』『秋篠月清集』には、良通の死や任子入内に際して、慈円と良経が交わした贈答歌も見える。『文治女御入内和歌』の制作といい、この二つの出来事が、文治年間の九条家歌壇の人々にとっても重大事件であったことは間違いない。『有明の別』は、そうした環境の中で生まれた物語だったのではなかろうか。

しかし、任子入内にかけた兼実の悲願は、物語のようには実現しなかった。入内から五年後の建久六年、任子に生まれたのは女子であった。そして翌年、いわゆる建久七年の政変によって、兼実は関白の地位を失い、任子も宮

中から退出する。『有明の別』が九条家の人々の願いを託して作られた物語だったとすれば、それは、任子にまだ皇子誕生の期待が残っている時期であったかと思われる。また、本稿では漠然と兼実ないし九条家の周辺と述べてきたが、その距離をどのように測るかは、なお検討すべき課題であろう。

（1）中村忠行「『有明の別』雑攷――成立をめぐって――」（『山邊道』第四号、一九五八年三月）、大槻脩『在明の別の研究』（桜楓社、一九六九年）。
（2）九条兼実および九条家については、主に多賀宗隼『論集中世文化史 上 公家武家篇』（法蔵館、一九八五年）を参照した。
（3）上東門院入内の屏風歌については、『御堂関白記』『権記』等の古記録のほか、『栄花物語』かかやく藤壺巻にも記述がある。なお『文治女御入内和歌』については、久保田淳『新古今歌人の研究』（東京大学出版会、一九七三年）、谷知子『中世和歌とその時代』（笠間書院、二〇〇四年）を参照した。
（4）注（1）大槻氏著書の注釈に指摘がある。
（5）西本寮子「『在明の別』再考――家の存続と血の継承――」（稲賀敬二・増田欣編『継承と展開5 中古文学の形成と展開――中古から中世へ――』和泉書院、一九九五年）では、継嗣確保と皇子出産という主人公の二つの役割を、「家」を媒介として、存続と繁栄という一連の糸で結ばれているもの」とする。
（6）本書第十三章第三節参照。
（7）高松百香「院政期摂関家と上東門院故実」（『日本史研究』第五百十三号、二〇〇五年五月）。
（8）原文「の、中」。注（1）大槻氏著書の校訂に従う。
（9）笹山晴生『日本古代衛府制度の研究』（東京大学出版会、一九八五年）。
（10）坂本賞三『藤原頼通の時代』（平凡社、一九九一年）。

（11）高群逸枝『平安鎌倉室町家族の研究』（国書刊行会、一九八五年）。
（12）日本古典文学大系補注。
（13）菅原昭英「夢を信じた世界――九条兼実とその周囲――」（『日本学』第五号、一九八四年十月）。
（14）以下の論述は、本書第一章第四節と重複するところがある。
（15）注（5）論文。
（16）この場面で東宮の姿に感慨に催している人物を、前掲注（1）大槻氏著書の注釈では左大臣（故右大将の遺児）、同氏による『有明けの別れ』（創英社、一九七九年）の現代語訳では女院として解釈しているが、故右大将の面影を長年偲んできた人物としては、大殿が最もふさわしいであろう。なお、この前後、大殿に対しては原則として「～（さ）せ給ふ」型の敬語が用いられている。
（17）松浦あゆみ「『有明の別れ』の笙の笛――女右大将の奇瑞の光と影――」（『論究日本文学』第六十九号、一九九八年十二月）。
（18）本書第一章参照。
（19）定家作の物語『松浦宮物語』についても、主人公橘氏忠のモデルを良通とする見解がある（森晴彦「『松浦宮物語』橘氏命名の意味――橘氏忠の造形と良通と定家と――」『東京学館浦安高等学校研究紀要』第二号、一九九三年三月。深沢徹『自己言及テキストの系譜学』森話社、二〇〇二年）。
（20）「へだたり」の誤写か（妹尾好信「『在明の別』本文校訂覚書――その一・巻一――」『広島大学文学部紀要』第五十八巻、一九九八年十二月）。
（21）松薗斉『日記の家』（吉川弘文館、一九九七年）。
（22）注（3）谷氏著書。

第四章　破局を避ける物語
――先行物語の利用から見る『我身にたどる姫君』――

一

鎌倉中期成立の物語『我身にたどる姫君』は、伝統的な王朝物語の範疇に収まりきらない要素を数多く含む作品である。そのためかつては頽廃的、猟奇的という評価もなされたが、近年はそうした偏見を乗り越えて、その独自性を正面から追求する論が主流となっている(1)。しかし一方で、中世の王朝物語の通例に漏れず、この物語の作者は伝統的な王朝物語に精通し、数多の先行物語を取り込んでもいる。しかも決して安易な模倣ではなく、自らの物語世界を構築すべく巧みに利用している。本章では、そうした先行物語の影響が顕著な事例をいくつか取り上げ、先行作品との落差から窺われるこの物語の独自性を検討したい。

二

物語の冒頭に登場する人物は、音羽の山里で尼君にひっそりと育てられている姫君（我身姫君）である。彼女は成人するにつれ、周囲の人々の話などから、自分が尼君の子ではないことを知るようになったが、かといって実の両親の名もわからない。「さはいかなりし我が身の行方ぞ。それや誰」と思い乱れるばかりで、「問ひ合はすべき人もなし」（巻一・一二頁）という状態の姫君は、次のような歌を詠んだ。

いかにしてありし行方をさぞとだに我が身にたどる契りなりけむ（一一頁）

物語の題名の由来ともなったこの歌は、『源氏物語』続編の主人公、薫の最初の独詠を踏まえている。[2]

おぼつかな誰に問はましいかにしてはじめも果ても知らぬわが身ぞ（匂兵部卿・一六七頁）

いうまでもなく薫は女三宮と柏木との間の不義の子で、光源氏の息子として成長するが、「幼ごこちにほの聞きたまひしことの、をりをりいぶかしう、おぼつかなう思ひわたれど、問ふべき人もなし」と、自らの出生に疑惑を抱いて苦悩していた。実は我身姫君も、後に徐々に明らかになってゆくように、時の帝（水尾院）の皇后宮と関白との密通によって生まれた子で、その秘密を守るため、皇后宮の親戚にあたる尼君のもとに預けられたのだった。『源氏物語』以来、密通は物語の常套的なパターンであり、数多くの不義の子の物語が生まれた。その中でも特に、物語の冒頭から不義の子自身が出生を怪しみ思い悩むという点において、『我身』は『源氏物語』続編を直接に受けているといえよう。

ただし、我身姫君が薫と異なるのは、父親のみならず両親ともに不明という点であった。そのことは当の姫君がはっきり自覚している。

おのづから片つ方はうちそひ、思ふさまならぬたぐひあれど、かう二道に行方なきやうやはある、などのみ、いたづらなるままに思し乱るるに、（一三～四頁）

確かに多くの物語に登場する不義の子たちを見ても、母親の手元にとどまるなり実の父親に引き取られるなり、いずれかの親のもとで育つ、つまり「片つ方はうちそひ」が普通であり、二親と離ればなれという例は稀である。出生の疑惑に加え、父も母も知らずに育ったという異常さが、我身姫君の物思いを深めることになる。

しかし、不義の子に限らなければ、同じく両親を見知らぬ数奇な境遇を嘆く姫君を、他の物語に見出すことができる。『石清水物語』の女主人公、木幡姫君である。

『石清水物語』の冒頭部で語られるところによると、木幡姫君の母宰相の君は、左大臣の寵愛を受けて懐妊したが、左大臣の正妻女四宮の激しい嫉妬に耐えかね、姉の常陸守北の方を頼って常陸に下り、姫君を産み落としてまもなく死去した。残された姫君は常陸守夫妻に大切に養育され、常陸守も没した後、尼となった北の方に伴われて上京、木幡に寓居して、父の前に名のり出る機会を待っていた。その頃、姫君は次のような述懐を漏らしている。

いかにさる事有とも、しられたてまつらん。などてかく人のかたちと生まれながら、親といふ人を一人だに、夢のうちにも見ずしらぬ身となりにけん。なべては一人かけぬるをだに、うれへ深きことに、今もむかしもいひならはしためるを、空より落ちくだりたる物のやうにて、世をすぐす身の契り心うく、この世におはせぬこそ力なきことならめ、おなじ世ながら、影をだに一目見たてまつらぬ事よ。（上・二四〜五頁）

木幡姫君の場合、両親の素姓ははっきりしている。しかし、生まれた時に母と死に別れ、都の父とは遠く隔たったまま、両親の顔を知ることなく成長した。そうした自らの生い立ちを、傍線部のように、片親のみ失った者の場合と比較して嘆くところに、我身姫君との共通点が見られる。

我身姫君と木幡姫君との相似は、これにとどまらない。まず、物語が実質的に動きはじめる時点において、都の郊外の山里で近親者の尼君とともにひっそりと暮らしており、勤行も二の次に世話を焼いてくれる尼君の気持ちを思いやって、心中の懊悩を隠しているという状況。

かたちは日に添へて光りまさるを、ほどなき柴の枢《とぼそ》も心苦しうのみ、はぐくみかね給へるも、また濁りなき御行ひは多く紛れぬべし。うちかすめのたまふこともなきを、我れさかしう問ひ出でむにつきなきすぢなれば、ただおほどかにもてなして絵物語などに慰み給へど、それにつけては例なき身のあはれに思さる。（『我身』一

四頁）

しほれがちにて、年月を送り給へど、さばかりかなしきものに、尼君の思ひはぐくみて、まことならんも限あれば、かくしも思はぬ事もあるを、朝夕、後の世のいとなみをばさしおきて、おもひいたらぬことなく、心ざしをつくすめるに、思ふかひなくおもはれんとおぼせば、さらぬ顔にもてなして、明しくらし給。（『石清水』二五頁）

やがて、偶然にもそれぞれの兄が山里を訪れ、妹とは知らずに姫君たちを見そめてしまう。『我身』では、関白の嫡子中納言（姫君の異母兄）が音羽で姫君を垣間見し、それ以来しばしば言い寄るようになる。皇后宮所生の二宮（同じく異父兄）もその様子を察知し、姫君のもとに忍び込むが、二人が兄妹であることを知る尼君に阻止される。その後、皇后宮が臨終間際に姫君の存在を関白に明かしたため、関白は実母の名を隠して姫君を自邸に引き取る。中納言は、その「妹」が音羽で見かけた女性とそっくりであることに驚きつつ、同一人物であることには気づいていないのだが、あこがれの女三宮（皇后宮の娘、つまり我身姫君の異父姉）の面影も重なる姫君に心惹かれてしまう。

一方『石清水物語』では、左大臣の次男秋の中納言が木幡で姫君を垣間見て心奪われ、ある日突然忍び入るが、妹である由を尼君から告げられて思いとどまった。それを機会に姫君の存在は父左大臣の知るところとなり、左大臣の正妻が亡くなった後、父のもとに引き取られる。秋の中納言は妹と知ってなお姫君への未練断ちがたく、道に外れた思いを訴えることもあった。

このように、両親の顔も知らぬ生い立ちへの嘆きにはじまって、兄との間に間

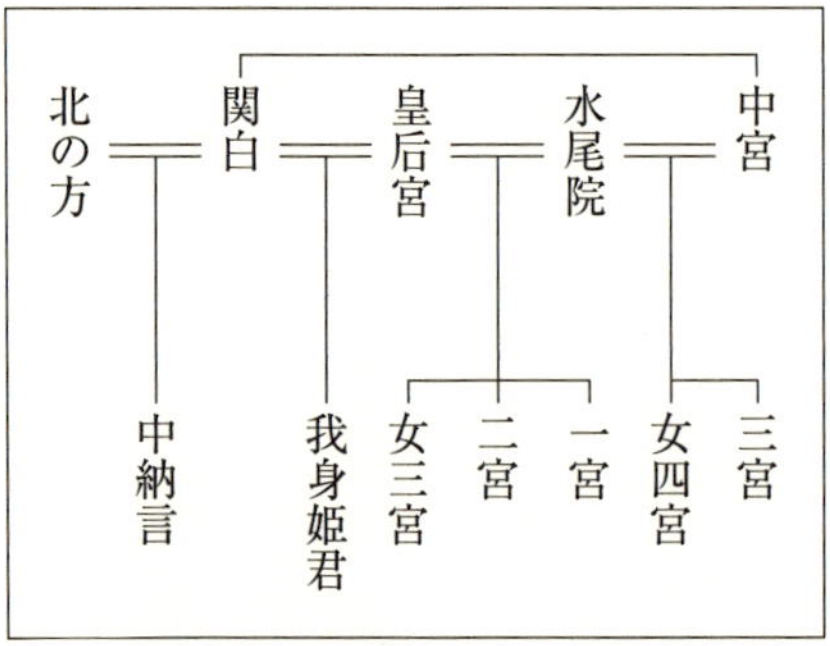

違いが起こりかねない局面を迎えるも事なきを得ること、実父の邸に入ってからもなお兄に思慕されることまで、我身姫君の物語と木幡姫君の物語は似通った道筋をたどっており、影響関係が想定されるところである。

ここで『我身』と『石清水物語』の先後関係を考えてみると、両者はともに『風葉和歌集』（文永八年成立）に初めて名が見える物語だが、『我身』の執筆は『風葉集』編纂とほぼ重なる時期だったと推定される。[3]『石清水物語』の成立年代は確定しがたいものの、『我身』より先行していた可能性が高い。また、木幡姫君の生い立ちや異母兄に懸想されるという展開が、語句、表現のレヴェルまで『源氏物語』の玉鬘の物語に大きく依拠していること、[4]我身姫君の物語の方が関係する人物も多くより複雑になっていることを考えあわせれば、玉鬘→木幡姫君→我身姫君という順序での影響関係が最も妥当であろう。『我身』には『源氏物語』や『狭衣物語』ばかりでなく、『無名草子』に名の見える『有明の別』『松浦宮物語』、さらにはやはり『風葉集』初出の『いはでしのぶ』などをも取り入れた形跡があり、[5]『石清水物語』がそこに加わったとしても不自然ではない。

もっとも我身姫君にも、木幡姫君ほど顕著ではないものの、玉鬘の面影を見て取ることができる。たとえば先ほど引用した部分の末尾、「絵物語などに慰み給へど、それにつけては例なき身のあはれに思さる」は、玉鬘が絵物語に興じる場面の、

さまざまにめづらかなる人の上などを、まことにやいつはりにや、言ひ集めたるなかにも、わがありさまのやうなるはなかりけりと見たまふ。（螢・七三頁）

に倣っているであろう。また、我身姫君に仕える女房のうち、

使い馴らし給ふなかにだに、はかばかしうつれづれ慰むばかりうち語らひ、世のなかのとあるかかるを分くばかりなるもなし。某の宰相の娘、親などなくて、心苦しげなりと聞きて、さうざうしき御慰めにもと、迎へ寄せ給へるも、ただ父母のなきをのみ恋ひ泣きて、いとはればれしからぬさまなり。（一四～五頁）

と紹介され、後には中納言の応対係となる「宰相の君」は、玉鬘付きの同名の女房と関連があろう。

人々も、ことにやむごとなく寄せ重きなども、をさをさなし。ただ母君の御をぢなりける、宰相ばかりの人の娘にて、心ばせなどくちをしからぬが、世におとろへ残りたるを、尋ねとりたまへる、宰相の君とて、手などもよろしく書き、おほかたも大人びたる人なれば、さるべきをりをりの御返りなど書かせたまへば、(螢・六一頁)

この「宰相の君」については、木幡姫君にも「宰相とてみやこ人なるが、なれたるけしき、くちをしからぬ」(二七頁)女房がおり、秋の中納言の応対をしている。些末な事柄だが、三者の共通点として注目される。

また、尼君とともに山里に住む木幡姫君が秋の中納言に見出されるという『石清水物語』の設定は、光源氏が北山で幼い紫の上を発見する『源氏物語』若紫巻を想起させる。三月の花盛りという季節、「五十ばかりにやあらんとみゆる尼の、よしづきてきよげなるが」(一七頁)にはじまる垣間見の叙述、秋の中納言が姫君に贈った歌「朝霞ほのかに花の色みれば心そらなる春の旅人」[6](一九頁)など、この場面が全体的に若紫巻に拠っていることは明らかである。一方『我身』でも、中納言が音羽を訪れた場面の、

尼上ぞ数珠ひき鳴らしてゐざり出で給ふ。(一七頁)

尼上、例の数珠の音古代にて寄りおはするけはひすれば、いますこしすくよかに聞こえなし給ふ。おほかたの御物語も、いとこまかに聞こえかはし給ひつつ、ふけゆくまで出で給はず。さるべきついでつくり出でて、おぼつかなき御うへを、かけかけしき筋にはあらず、推し当てにたづね聞こえ給ふに、[7](二六頁)

という表現や、中納言が尼君と血縁関係にあることを言う際に使った「紫のゆかり」(二六頁)という言葉などは、やはり若紫巻と無関係ではあるまい。

以上のように、木幡姫君の物語に大きく関わっていた玉鬘の物語および若紫巻が、いずれもやや程度を薄めつつ

我身姫君の物語にも投影されている。これは偶然の符合ではなく、我身姫君の物語が木幡姫君の物語を踏まえているという推定を裏づけるものではなかろうか。もちろん、『我身』が『石清水物語』から『源氏物語』を孫引きして用いているわけでは決してないが、木幡姫君の背景に玉鬘や紫の上があることを見抜いた『我身』の作者が、直接『源氏物語』まで遡って利用したということではないかと推測されるのである。(8)

物語発端部の我身姫君には、確かに出生の疑惑に悩む薫のイメージが大きい。しかし、姫君の嘆きを特徴づけていた「二道に行方なき」という境遇、そして親兄弟に知られず育ったため実の兄から求愛されるという展開には、『石清水物語』の木幡姫君を先蹤として考えねばならないであろう。

我身姫君と木幡姫君の共通点をさらに挙げてゆけば、入内して帝の寵愛を受け、皇子を産んで后の位に上る段階まで至る。(9)しかも、次に述べるように、両人とも后がねとして出現が待望されていた姫君であり、入内は物語の初めから予定されていた。

まず『石清水物語』の左大臣は、兄の関白が娘を后に立てているのに対し、自分には一人も娘がいないことを「さうざうしきこと」に思い、唐土から渡ってきた相人に占わせて、次のような予言を得ていた。

　御子三人おはしますべし。男二人、いづれもめでたくて、おほやけの御うしろみとなり給べし。女は、をとり腹にていでものし給べきが、上なき位におよび給なん。（上・六頁）

この「上なき位」を予言された「をとり腹」の娘こそ、遠い東国で生まれ育った木幡姫君であった。

『我身』の場合は、今少し事情が複雑である。物語開始直後に紹介されるように、当時水尾院の後宮には、皇后宮、中宮の二后が並び立っていた。若い頃から皇后宮を恋い慕っていた関白は、中宮の兄でありながら皇后宮方に肩入れしており、中宮所生の三宮をさしおいて皇后宮所生の一宮を先に皇太子に立てたため、中宮に恨まれている。さらに、関白と北の方との間の一人娘の嫁ぎ先をめぐって次のように述べられている。

殿には、ただ一所おはする女君を、かぎりなくもてかしづき給ふさま、なのめならむやは。また、たぐひおはせむだに、なほすぐれたるはことなるべし。ましてとりかへも持給へられねば、これをさへあらぬ方にやと、中宮は恨めしくのみ思し召したるもことわりにいとほしけれど、誰がせしことならぬ御位も、いつしかと心もとなきには、なほぞ釣する海人なめる。げに、とてもかくてもとけがたき妹背の山の御恨みなめり。（巻一・二〇～一頁）

一般的に言って、皇子が関白の娘を妃に迎えるということは、政治的に大きな後ろ盾を得ることを意味する。中宮は、我が子三宮が、皇太子の座ばかりでなく関白のただ一人の娘まで一宮に取られるのではないかと危惧している。関白もそうした妹の不満は承知しているが、自らの責任でなしたこととはいえ、一宮が先に立坊している以上、三宮に即位の順番が回ってくるのは「いつしかと心もとなき」ため、娘をどちらに入内させたものか迷っているというのである。この状態を解決するためには、関白にもう一人の娘が望まれるところである。

また、当の三宮は男女関係に堅い人柄で、並々の女性には目もくれず、

かぐや姫なにがしを、山のなか、空の雲より求め出でずは、人にさばかり心とどむとも見え聞かれじ、女といふとも、なのめに思ひなずらふばかりならむには、さぞおはしますと見ゆるばかりはあらじ。（二二頁）

と心に決めていたという。その願望に応じるように、まさに「山のなか」から見つけ出されてきたのが、我身姫君だったのである。

このように、いずれの父親も入内させる娘を必要としていたところに、姫君たちが出現した。しかし木幡姫君の場合、予言が実現する過程は一直線でない。姫君入内の準備が余念なく進められていた最中に、かねて思いを寄せていた伊予守（常陸守の息子）が、秘かに姫君と通じてしまったのだ。姫君の身に不祥事が起こったことは、八幡大菩薩の夢告げで父親の知るところとなり、入内は急遽中止される。やがて姫君は年老いた中務宮の妻となるが、姫

君に執心していた帝は、中務宮の病に乗じて姫君を奪うように宮中に入れ、女御にしてしまう。それを見届けた伊予守の出家遁世をクライマックスに、帝の寵を受け第一皇子を産んだ姫君の果報を語って物語は閉じられる。木幡姫君の入内、立后という結末は既定のものでありながら、そこに至るまでに多くの紆余曲折を盛り込み、予言がいかに実現するのか、意外な展開で読者の興味をつないでゆくのである。

一方の我身姫君は、父関白邸に引き取られると三宮の配偶に定められ、日取りはやや延びたものの、翌年の年末、すでに東宮となっていた三宮のもとに輿入れする。その間、姫君は父の膝下で平穏な暮らしを送っており、その運命を揺るがすような大事件は起こらない。姫君を取り巻く二人の男性（兄たち）のうち、中納言は女三宮にそっくりの姫君を心の慰め所とし、二宮はまだ姫君の素姓も所在も知らぬままその面影を恋い慕っているが、もちろん彼らとの間に間違いが起こることはなく、彼らが悲恋の末に出家してしまうわけでもない。入内までの過程が波瀾に富む木幡姫君とは異なり、父邸に入った後の我身姫君をめぐる物語は、急速に発展性を失い収縮してしまうのである。かわって巻二、巻三の展開の軸となるのは、中納言と女三宮、女四宮という二人の女性との間の恋愛や結婚にまつわる物語であった。

物語の冒頭に紹介され、しかもその最初に詠んだ歌が物語の題名の由来にもなっていた我身姫君が、巻二の段階で早くも影を薄めてしまう。こうした姫君のあり方は、しばしば指摘されるように、統一的な主人公が存在しないというこの物語の性格を端的に示すものである。では、主人公か否かという問題は別にして、我身姫君が物語において担う役割は、どのようなものだったのだろうか。

主人公不在という特徴と密接に関連して、この物語は歴史物語への接近という観点からもしばしば論じられている。[10] 諸氏の論に私見を加えて要約すれば、『我身』が語る「歴史」とは、水尾院の後宮における皇后宮と中宮の反目にはじまり、両者に発する皇統がそれぞれ摂関家と結びつきを重ねてゆき、最後には双方の流れを汲む今上帝の即位により融和が果たされ、英邁の帝が摂関家との協力体制のもと聖代を築く、というものである(11)。その調和的な大団円をめざして、物語は当初から一貫した構想に基づいて周到に準備を行っていたと思われる。我身姫君の入内も、早い段階でのその一例だったといえよう。中宮の兄である関白を父に、秘事ながら皇后宮を母に持つ我身姫君は、その存在自体が皇后宮系と中宮系をつなぐ立場にある。さらにその姫君が中宮所生の帝の后となり、次の帝となる皇子を産むことは、両統融和への重要な布石であった。摂関家の側でも、姫君の登場によって、双方の皇統に后を入れ、バランスをとることが可能になった。次世代の活躍する巻四以降、我身姫君が物語の前面に出てくることはますます少なくなるが、皇太后あるいは女院としてなお存在感は大きく、我が子三条院の後宮において、中宮系の藤壺に押されがちな皇后宮系の後涼殿を援助するなど、両系統の均衡と融和に貢献している。

このように我身姫君は、その出生の事情と入内によって、皇后宮系と中宮系の融和という物語の構想を支える重要人物なのであった。巻一では両系統の血を引く姫君の出生の秘密が徐々に明らかにされ、父親がその存在を知るまでの過程が描かれるが、姫君が関白邸に引き取られて入内の条件が整った後は、予定通り入内する日を待っていればその役割は果たされる。その間に姫君の運命を掻き乱すような事件を起こすことは、不必要なばかりか、物語の進行を延滞させることになりかねない。かくして以後の物語は、次節で述べるように、中納言と女三宮の密通、中納言と女四宮の結婚といった、次の布石に重心を移してゆくのである。

もっとも、絶対的な主人公を定めず、むしろ「家」の歴史に重きを置くことは、中世の王朝物語の多くに共通する特色とされている。『石清水物語』もまた、特に物語の前半では、何人かの人物に話題が分散する傾向があるし、結尾には姫君の栄達に伴う一家の繁栄を語る。しかし、後半の物語では伊予守の木幡姫君に対する悲恋が中心となり、変転する二人の運命に焦点が絞られてくる。また、結末で一族の繁栄が寿がれるといっても、それは姫君を襲った数々の深刻な事態と、伊予守の出家遁世という悲劇に支えられていた。入内直前の姫君に不祥事が起こった

ことを夢告げで知った父親は、

かかる夢の告げなからましかば、知らずして参らせたらんは、いかにびんなきことにおぼされまし。……親たちそひ世にひびき、女御、后だちなどののしりてまいらせたらん人の、人に見へたらん程の親の恥、おそれふかきことやはあるべき。（下・一一五頁）

と考えて入内を取りやめた。それより先、姫君との逢瀬叶った伊予守自身も、「うちのおぼしめさんことの、誰に結びける帯ならんと、びんなき様にをぼされば、ゆゆしき疵にこそはなり給はめ」（一〇五頁）と、姫君の不名誉を思いやっていた。この「びんなきこと」「親の恥」「ゆゆしき疵」という事態は、姫君がいったん中務宮に嫁したために隠蔽されたわけだが、後に姫君が略奪に近い形で帝の寵を受けるようになった時にも、父親はやはり「人聞きのかろがろしさ」（一四〇頁）を嘆いていた。『石清水物語』の大団円は、こうしたマイナスの要素を抱え込んで成立したものだったのである。

一方、『我身』がめざしたのは、多数の登場人物がみなしかるべき境遇に収まり、すべてが円満に調和する理想的な大団円である。(12) その調和を円滑に実現するため、後に挙げる事例でも見られるように、物語の進行の中で、人々の関係や個人の運命に破局をもたらすような事態に陥ることを避ける傾向があるように思われる。我身姫君をめぐる物語が波瀾に富んだ展開を見せず、順調に予定通りの入内に至るのも、その傾向に沿うものと説明できよう。

ところで、我身姫君に懸想する男性が二人とも実の兄であったことは、ある意味では姫君の身に不祥事を起こさせないための予防線だったといえる。『石清水物語』でも、木幡姫君に恋する男性は秋の中納言と伊予守の二人だったが、実際に姫君と通じた伊予守は、姫君と義理の姉弟のような立場でこそあれ、血はつながっていない。秋の中納言は妹と判明してもなお姫君に執心しているものの、過ちは犯さなかった。(13) 一般的に物語の世界で、兄妹間の恋愛が、『伊勢物語』四十九段などを踏まえ可能性として取り上げられることはあっても、やはり禁忌となっていたならば、我身姫君と二人の兄との間の物語にさほどの発展性がないことは、読者にも大方予想されたことだろう。

しかし、この二人の兄たちは、巻二、巻三でも姫君の周辺に現れ続ける。中納言は同邸内に住む我身姫君をしばしば訪れ、そのたびに目の前の「妹」が音羽で見そめた姫君と瓜二つであることに驚き、さらには恋い慕う女三宮とも、容貌から筆跡まで酷似していることにまた驚く、というパターンを繰り返す。三人の女性たち（実は二人だが）の関係にまったく思い至らず、彼女らの間で翻弄されている中納言の姿は、やむを得ぬこととはいえ迂闊という印象を免れず、しかも反復されるにつれて滑稽味を増してくる。一方の二宮は、相手が妹とも知らぬまま、神仏に「この人の行方知らせ給へ」と一心に祈願しているが、その様を語り手は「をこがましや」と評する（巻二・八五頁）。二宮はもともと「うたて世の人のそしり聞こゆるまであだめきすぎて」（巻一・二二頁）いた好色人だったが、姫君への思いのあまりに「えもいはぬ聖になりて、ひとり寝をのみし給ふさま」が、やはり語り手から、「なほこの方にもの狂ほしき御さまなり」と、やや皮肉めいた口調で語られている（巻三・一二六頁）。

密通によって生を受け、父母を知らずまた知られずに育ったという数奇な生い立ちの我身姫君をめぐる人間関係は、ただでさえ複雑である。そこに二人の実兄が求婚者として現れ、秘密や誤解を重ねることによってますます錯綜してゆく。我身姫君が入内に至るまでの物語の最大のおもしろさは、このように巧みに構えられた複雑な状況の中で翻弄される人々が漂わせる、ほのかな哀感と滑稽さにあるように思われる。

そうした複雑な設定の圧巻というべきものは、我身姫君の居場所を突き止めた二宮がその寝所に忍び入るという、巻三も終わりに近い場面であろう。その夜、姫君は今や父関白の妻となっている女三宮の部屋に泊まっていたのだが、そこへたまたま中納言も、女三宮との逢瀬を狙って忍び込んで来る。我身姫君の方は、「女といふなかにもいみじう心深く強きところおはする君にて、さしも侮らるべうもあらず」（一四九頁）と毅然とした態度を示し、乳母子の侍従も「恥を捨てて」「すべていみじき鬼のやうに」（一五〇頁）懸命に阻止したため、かろうじて事なきを得た。一方、中納言は女三宮との逢瀬を果たした。

この場面もまた、ある先行物語の影響を受けているらしい。『有明の別』巻三、左大臣が東宮妃宣耀殿のもとに忍び入る場面である。この左大臣にも出生の秘密があり、実は宣耀殿とは異母兄妹の間柄であった。そうとも知らぬ左大臣は宣耀殿に近づいて思いを訴えるが、強い拒絶に遭ってむなしく帰ることになる。兄妹間の危機という状況が一致する上、「をなじ女ときこゆれど、……よろづの事ふかく思わきまへられ給える心の中なれば、いといふかひなげに、あなづらはしかるべくもあらず」（巻三・四三九頁）という宣耀殿の態度など、表現面でも二宮侵入場面とよく似たところがあり、『我身』が『有明の別』のこの場面を参考にしたものと思われる。

しかし、『我身』はそこに二組の男女を配し、「歌舞伎のダンマリにも似た展開」[14]といわれるように、暗闇の中での四人の動きを活写した。一般にこの物語の文章は、主語が省略されたり文の途中で転換したりすることが多く、難解をもって知られている。だが、この場面に限っていえば、この切羽詰まった状況での混乱した様子を描き出すのに、そうした文体が効果を上げているように思う。長大な場面なので引用は差し控えるが、確かに動作主は頻繁に交替して紛らわしい。しかしよく読めば決して取り違えることのないよう記述されており、むしろ読者はこの明晰でない文章を解きほぐしながら読むことによって、混乱状態にある登場人物たちと同様の緊迫感をもって、この場面に立ち会うことができるだろう。

我身姫君はこの事件の直後に入内する。思いを遂げられずに帰った二宮は、夢の中で亡き母皇后宮より姫君が妹であることを暗示され、ほぼ断念することになる。我身姫君をめぐる物語は、この場面をクライマックスに、実質的にここで終結したといってよいだろう。姫君の人生を狂わせるような事件は未然に防がれ、すべて予定通りの結末とはなったが、複雑な人間関係の中で、起こってはならない波瀾が起こりそうな状況が生じ、それがまた回避されてゆく過程を巧みに描き出すことによって、物語は平板さを免れているといえよう。

三

前節で述べたように、巻二、巻三の物語は、中納言と女三宮・女四宮姉妹との関係を中心に展開する。本節ではそのうち、中納言と女四宮の結婚について考察したい。

まず、二人が結婚に至る経緯を略述しておこう。かねて皇后宮所生の女三宮に思いを寄せていた中納言に、中宮は我が子女四宮を降嫁させようとする。その縁談に気が進まない中納言は、秘かに女三宮と契を結んだ後、重病で寝込んでしまう。降嫁はいったん延期されたが、中宮の意向はなお強く、中納言の快復を待って婚儀を強行した。

意中の人がありながら他の女性との結婚を余儀なくされる男君、しかも相手が皇女ということになると、まず想起されるのは『狭衣物語』であろう。実際、中納言と女四宮の結婚にまつわる物語の叙述が、狭衣と一品宮の結婚をもとにしているらしいことは、以下に挙げるような類似点から推測できる。

まず、当初予定されていた婚礼の日取りをいよいよ明日に控えた中納言が、

さりとて、いかやうに隠ろへもてなし給ふべきにもあらず、なべての世のためもものぐるほしかるべきに、思ひほれて今宵も明かし給ひつ。姫宮も、にはかにいかに悩み給はむなど、よしなきあらましをし給へど、みな羊の歩みにて、かひなく日は暮れゆく。（『我身』巻二・九三～四頁）

と、世間体を憚って逃げ隠れもできず、追いつめられている様は、一品宮との婚礼が迫った頃の狭衣の、げに、この後はいかさまにして逃るるわざもがなと、多くの願をさへ立てさせたまふ。かかれど、しるしもなく、そのほどと聞く日も近くなりぬ。さりとても、このことによりて、山林になん入りにけると、言ひ騒がれ

ん世の音聞きもの狂ほしう、人の御為、むげにいと惜《ママ》しかりぬべければ、ひたすらに思ふままにもえなりたまはで、まことに現し心なきやうにぞ思されける。（『狭衣』巻三・一〇二頁）

という様子に通じよう。(15)

続いて中納言は、つれない女三宮に思いの丈を書き送る。

かひなきこととは、例の書き尽くし給ふ。

いかなりし代々の契りぞ夢ながら我が身も我れにあらずなりなば

とあるや、なほ御目とまりけむ、

憂き夢も変はる契りもさまざまにいかに結びし代々のつらさぞ

とばかり、同じうへに書きけがさせ給へるを拾ひて、包みたるを読み続け給ふままに、押し当ててえ念じ給はず、堪へがたく悩ましきさまにもてなして、沈み臥し給へるに、大臣思し騒ぐ。（『我身』九四頁）

一方、狭衣も、一品宮との婚礼が近づいたある日、嵯峨院の女二宮に同情を求める歌を贈っている。かつて狭衣との仮初の契によって一子を儲けた女二宮は、出家して父院とともに嵯峨に隠棲していた。狭衣にとって永遠の女性といえば従姉妹の源氏宮だが、不本意な結婚を前に狭衣が最も未練を残していたのは、むしろこの女二宮であった。その文を見た女二宮は、返歌ともなく歌を書きつける。

少し御目留らぬにしもあらで、筆のついでのすさみに、この御文の片端に、

夢かとよ見しにも似たるつらさかな憂きは例もあらじと思ふに

「起き臥しわぶる」などあるかたはらに、

下荻の露消えわびし夜な夜なも訪ふべきものと待たれやはせし

身にしみて秋は知りにき荻原や末越す風の音ならねども

など、同じ上に書きけがさせたまひて、細やかに破りて、（『狭衣』一〇〇〜一頁）

その破り捨てられた手習は、取り次ぎ役の中納言典侍から狭衣の手に渡り、「かかる破り反故を見たまひて、せちに継ぎつつ見続けたまへる心地、げにいま少し乱れ増さりたまひて、引き被きて、泣き臥したまへり」（一〇二頁）と、『我身』同様、男君をますますの悲嘆に陥れている。

先の『我身』引用部分にあったように、中納言が寝込んでしまったため父関白が大騒ぎするのに対し、母北の方は、

上はものも給はず。御心に、もしこのことや心にかなはざらむといとほしくて、などかけふしもかからむ、めでたきことなりとも、いとわびしきわざかなと、息の下に嘆き給ふ。（『我身』九四頁）

と、息子の心中を思いやり嘆いているが、これは、狭衣がしぶしぶ一品宮のもとに出かける場面で、

「心地のまことに悩ましきかな。旅所にて、かく苦しくは、いかが」とて、御まみなども泣きたまひけると見ゆるを、母宮、いと心苦しう、かくまで思したることを、我さへ何しにあながちに聞こえつらんと、胸塞がりて思さるれど、今宵になりて、すべきやうもなければ、泣く泣く出でたまひぬる後に、灯をつくづくと眺めて、人やりならず、うしろめたくいみじと、思しやりたり。（『狭衣』一〇三〜四頁）

と描かれた母親の態度を想起させる。

その後、快復した中納言は、ついに逃れられず女四宮のもとに通いはじめる。その翌朝、彼がしたためたのは、後朝の文ではなく女三宮に宛てた文だった。

暗きにいつしか急ぎ書き給ふは、中納言の君（女三宮の女房）になるべし。

恋ひわぶる命のせめてながらへてあるにもあらぬ音をも泣くかな

とあるにも、御覧ぜぬはかひぞなき。（『我身』巻三・一二〇頁）

『狭衣物語』でも、結婚初夜、まだ夜深いうちに自邸に戻ってきた狭衣は、新妻の一品宮宛かと思いきや、女二宮への文を書いていた。

硯引き寄せて、御文書きたまふ。今朝の宮へかと見ゆれど、嵯峨院へなるべし。（『狭衣』一〇六頁）

このように、中納言―狭衣、女四宮―一品宮、女三宮―女二宮と対応させれば、中納言と女四宮の結婚前後の物語は、狭衣と一品宮の場合と符合するところが大きく、(16)『我身』が『狭衣物語』を利用していることはほぼ間違いない。当時の読者の多くもまた、皇女との結婚をしぶる中納言の姿に、狭衣を重ね合わせて読んだことであろう。

狭衣と一品宮の結婚は、最後まで夫婦が互いにうち解けることなく、失敗としかいいようのない結果に終わる。狭衣のほかにも、光源氏と葵の上の場合をはじめとして、思う人のある男君が別の女性との結婚を強いられ、その妻の美質は認めつつも馴染むことができないというのは、物語によく見られるパターンである。それらを連想すれば、中納言と女四宮の結婚の行方も危ぶまれるところだが、その予測はすぐに裏切られることになる。

まず、結婚当夜の狭衣と中納言それぞれの様子を比較してみよう。

待ちきこえたまふ宮のありさま、世の常ならんやは。女宮は、三十歳にも当らせたまひぬれば、大人しう、飽かぬところなく、ねびととのほらせたまひて、恥づかしげに気高き御ありさまなど、ただほの見たてまつり聞きしに違はず。いかさまにして明し暮さんずらんと、独り寝の明しかねつるのみ恋しくて、（『狭衣』一〇五頁）

さいひながらも、人の御身はかぎりありければ、いつかれ参り給ふほどの儀式、世の常ならむやは。つくろひたてられ給へる女宮の御さま、何ごとかあかぬところおはせむ。あくまで子めき愛敬づき給へる人の、いと誇りかに思ふことなきさまして、いみじからむ罪もえうとむまじう、らうたうけぢかきさまぞし給へる。さるは、かなしいみじと思ひむすぼほれて、さしも堪へがたき夜の長さにはあらざるべし。身のしろ衣思ひ返さむ方はなけれど、あいなきひとり寝は多く慰みぬるなめり。（『我身』一一九～一二〇頁）

「独り寝の明しかねつるのみ恋しくて」という狭衣と、「あいなきひとり寝は多く慰みぬるなめり」という中納言との対比は際やかである。以後ますます女二宮や源氏宮への思いを募らせてゆく狭衣に対し、女四宮との結婚にほどほどに満足したらしい中納言は、

うち向かひ聞こえ給へるにも、もの思ひは多く慰みぬべし。
時の間も忘るるならねど、多くはまぎれ給ひぬるもあはれなり。（一二二頁）

と繰り返されるように、女三宮への恋ゆえの苦悩も、完全にではないものの、大方は紛れてしまったというのである。

この中納言と女四宮の結婚にもやはり、前節で述べたような、皇后宮系と中宮系の対立から融和へという物語全体を貫く構想が関わっていたものと思われる。中宮が中納言を女四宮の婿にと望んだ理由は、

女宮のさせる御後見なくただよひ給はむもあぢきなく、さりとて皇女たちの覚えぬ幸ひの好ましとて、奉るべき帝もおはせず、うれしきふしもなけれど、また誰をかは頼み聞こゆべき。この中納言に、見る世にあづけてむと思し定めて、（巻二・八五頁）

と説明されているが、その裏には皇后宮所生の女三宮への対抗意識もあったらしい。後に水尾院のはからいで女三宮が関白に降嫁した際には、女四宮を関白の嫡男の妻とすることで女三宮を圧倒しようとしていたのに、かえって女三宮がその上位に立ってしまったことを悔しがっている。

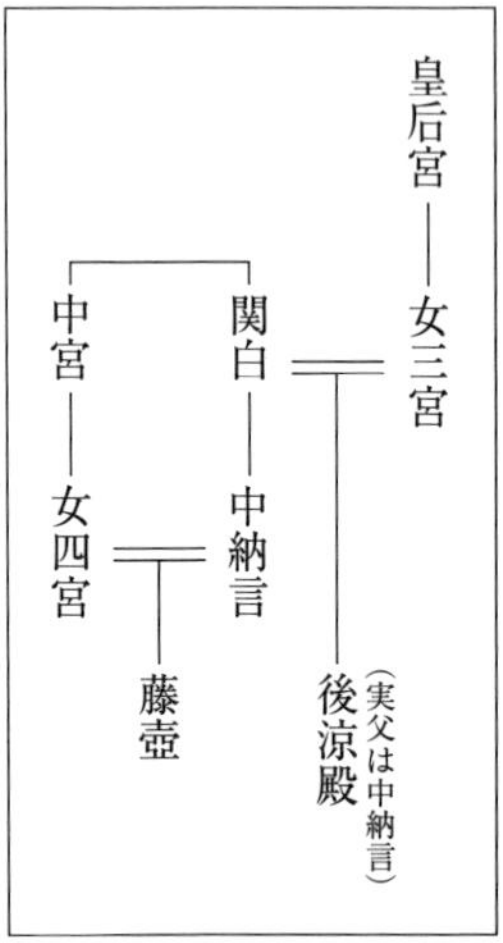

中宮は、中納言の御ことにおしたちていとようもて消たむと思し立ちつるあたりを、めざましう心づきなき御若やぎと、心づ

きながり給へど、いかがはせさせ給はむ。（巻三・一二八～九頁）

また、中納言が結婚をしぶっていた間、中宮から「何ごともおのが聞こゆるを思しとどむるにはあらねど、男の御ためさへ、かく面目なき目を見るなむ契りも心憂きを」（一一〇頁）云々と嫌味を言われた関白は、ただでさえ皇后宮の皇子の立太子の件につき「憂きふしに思し結ぼほれたる」中宮を、ますます怒らせるようなことになっては、「この中納言のためも、長き御恨みとこそならめ」と心配し、病の息子を急き立てていた（巻三・一一一頁）。

この摂関家の父子は、いずれも美貌で知られる皇后宮系の女性たちに魅せられており、ともすれば政治的判断までそれに左右されかねない有様だった。女四宮の降嫁は、そうした摂関家の男性たちを中宮系方につなぎとめる意味を持っていたと思しい。この後、巻四では三条院の後宮において、女四宮の娘藤壺と女三宮の娘後涼殿が反目することになるが、藤壺の入内は、女三宮に気兼ねして消極的な夫に相談もせず、女四宮が母の協力を得て取り仕切ったものだった。そしてその藤壺が次代の帝となる皇子たちを産み、中宮系の皇統と摂関家との一体化した繁栄に多大な貢献を果たす。中納言の女三宮への思慕が皇后宮系と摂関家との結びつきを保証するものならば、一方で中納言と女四宮の結婚が上首尾に運ぶことは、皇后宮系、中宮系のバランスをとるために必要だったのではなかろうか。

『狭衣物語』では、一品宮との満たされない結婚生活はますます狭衣に厭世観をつのらせ、積年の願望であった出家をついに実行しようと決意する動機の一つとなる。出家は未然に阻止されたものの、一品宮との仲は疎遠となるばかりで、不慮に狭衣が帝位に即いた折にも入内を拒んだ宮は、己が宿世のつたなさを嘆きつつ世を背き、まもなく死去する。このような人間関係の破綻や不幸な結末は、予定調和的な大団円をめざす『我身』のとるところではなかったのであろう。

では、狭衣の場合と異なって、中納言と女四宮の結婚生活が円満に営まれるようになったのは、いかなる要因に

よるものであろうか。それを端的に示すのは、先に引用した結婚当夜の場面における、

大人しう、飽かぬところなく、ねびととのほらせたまひて、恥づかしげに気高き御ありさま（『狭衣』）

あくまで子めき愛敬づき給へる人の、いと誇りかに思ふことなきさまして、いみじからむ罪もえうとむまじう、らうたうけぢかきさま（『我身』）

という、男君たちのそれぞれの妻に対する第一印象の差であろう。狭衣と一品宮の不幸な夫婦関係を特徴づけるキーワードとして、「恥づかし」「わづらはし」を挙げることができる。狭衣より十歳近く年上である一品宮には、当初から夫に対する引け目があり、それがよそよそしさとなって現れた。

まれまれのどかにおはする折も、ことの外に若うめでたき御さまの似げなく恥づかしさに思しつつみて、宮さらに昼は渡りたまはず、せちに恥ぢきこえさせたまふを、「なほ」なども聞こえたまはず、ただ畏まり従ひきこえたるさまにて、（巻三・一一三頁）

さらに、狭衣の秘密主義が一品宮の不信感をあおる。もともと狭衣を「さばかり心の隈多かりげなる」（一二二頁）人と思っていた宮は、自分の手元で養育している幼い姫君が、実は狭衣の娘であることを知り、しかも狭衣がその事実を隠し、姫君について「つれなく」語るのを聞いて、

あながちに隠すべきことかは、さるまじきことをさへも、隔つる心のほどかな、まいていかになど、思しやる心の中、恥づかしう心憂し。（一二四～五頁）

と、もっと秘密を持っているのではないかと疑う。

しかし、一品宮はそうした疑惑を夫に問いただすこともしない。狭衣がある女房と親しくしているという噂を聞いたときにも、「心づきなく」は思いながら、「かかる方の物憎みして見えんも、いと恥づかしく、我が心の中に、

事違ひたるなるべし」（一三四頁）と自制して無関心を装い、ただ出家を願って勤行に身を入れていたという。「恥づかし」という思いゆえに距離を置こうとする一品宮を、狭衣の方でも、「なまわづらはしければ、言少なにて」（一一六頁）、「目尻、らうらうじげにわづらはし」（一一七頁）と繰り返されるように、「わづらはし」と感じて敬遠していた。狭衣が源氏宮の面影に通う式部卿宮の姫君を自邸に迎え入れた後、夫婦の状態はますます悪化する。

されど、もとより、通ひ参りたまひし夜数は、かうて後とても変ることなう、目安くもてなしたまへるを、ただ常のことにて、今はただあてやかにて、見知らぬさまにもてなして物したまはば、なかなか心苦しう、かたじけなき方には思ひきこえさせたまふべきを、あさましう、うちゆるぶ世もなう、疎く恥づかしうつらきものにのみ思して、はかなき言の葉の答へも、稀々は思ひの外にとりなして、言少なに答へないたまひつつ、恥づかしげにらうらうじげなる御目尻に、心よからず見おこせたまへる、月日に添へては、煩はしさのみ勝りたまひて、かうやうのことも、とやかくやと、うち語り、言ひも慰めたてまつりたまふべくもなければ、ただ、互みにおしこめて、谷の埋れ木にてぞ過したまひける。（巻四・三二三頁）

相変わらず口数は少なくただ冷たい視線を送る一品宮に、狭衣もますます押し黙るばかり。互いに胸襟を開くことなく、心の隔てを幾重にも重ねてしまったことが、この夫婦の最大の不幸であった。

『我身』の中納言と女四宮の場合は、それとまったく対照的だったといってよい。「らうたうけぢかきさま」（巻三・一二〇頁）をした女四宮には、「かばかりの御ほどに、聞きならはずあさましきまでさがなげなる御癖」（一二一頁）、つまり極度に嫉妬深いという欠点があった。ただし、

心にくく我れはと思はむあたりなりとも、ましてなみなみならずあやしからむ山賤のなかにもあれ、かうとも聞こえ、その人とも許し給はむには、さらにさがなくにくげなる御心もなし。わざとうらなくうつくしき御本性の、ただあらましごと、おし当てごとにても、心にくくうち隔て心に籠めて深く思すにや、など心得給ひぬ

るに、人をも身をもいたづらになすばかり、泣きこがれ恨みまつはれし給ふに、いみじうぞ苦しきや。（一二二頁）

とあるように、夫の浮気相手がいかなる身分の女性であれ、その名を知り自分が認めていさえすれば、一向にかまわない。ただ、夫が秘かに心の奥深く誰かを思っているのではないかと疑ったが最後、激しく身悶えして泣き恨むのだった。

こうした妻の態度に、中納言は「あさましう」（一二二頁）、「思はずにむつかし」（一二三頁）と閉口しながらも、一方で「えさし放つまじう、あはれになつかしき」様に惹かれるうちに、「思ふことしつることもえ隔てずぞ、くづほれはて」てしまったという（一二二頁）。もっとも、今や父の妻となった女三宮との関係だけはさすがに隠していたが、やがて勘づいた女四宮は、

さばかり聞きどころなくすずろなるすさびをだに、隔てなきよしつくりていとよう語りならし給ふを、いかばかりいひ契りたる仲なれば、さばかりは掲焉に思ひだに寄らずとかけ離れ給ふらむ。（巻三・一三五〜六頁）

と想像し、「身も堪へがたげに泣きもまれ」て嫉妬する。しかしそれでも中納言は、妻に愛想を尽かすことはなかった。

むつかしうわびしけれど、堪へがたう心づきなからぬや、心ざしのあるならむ。……この君は、いみじうはづかしげに心深かりしも、かうぞくづほれ給へる。（一三八頁）

一品宮から絶えず「恥づかし」と思われていた狭衣と同様、中納言も本来「はづかしげに心深かりし」人柄だったのに、女四宮にかかってはすっかり頭が上がらなくなっている。ここにもあるように、中納言は女四宮の嫉妬を「むつかし」と感じることが多い。「わづらはし」も「むつかし」も、ともに面倒な物事に対する不快感を表す語だが、対象との心理的距離という点では開きがあるようである。「わづらはし」の方は、

例はいとわづらはしうはづかしげなる御まみを、（『源氏』葵・八五頁）

見るにはわづらはしかりし人ざまになむ。（『源氏』若菜下・一九一頁）

のように、「はづかしげ」とともに葵の上にも用いられた語で、近づきがたく敬遠される感じを表していよう。一方「むつかし」は、この場合、

（東宮が）もろともに臥させたまふを、「あなむつかし。暑くさぶらふに」と、ひこしろひたまへる御あはひいとをかしう、（『狭衣』巻一・七三頁）

例のいと親しく添ひ臥すを、「あなむつかし。なにのなごりぞとよ。……」とたはぶれ給ふものから、（『我身』巻四・一九七頁）

といった、親しい友人同士の戯れ言に見られるような、身にまとわりついてくるものを厄介扱いする用法に近いであろう。

心の内を容易に見せない一品宮が、狭衣にとって気詰まりなだけの存在だったのに対し、嫉妬心をむき出しにしてまとわりついてくる女四宮は、中納言にとって、小うるさいものの決して憎めない妻である。そして彼もまた、秘密の多かった狭衣と異なり、女三宮との一事を除いて隔心なく接している。その結果、二人の結婚生活は、いざこざを繰り返しながらも仲睦まじく営まれてゆく。今井源衛氏が、この夫婦の姿に、戯画的に描かれた女四宮の激しい嫉妬ぶりのおもしろさばかりでなく、「かなり自由で柔軟な洞察と造型の跡」を見ている[17]ように、心の隔てを取り払えぬまま不幸な結果に終わった狭衣と一品宮の例を逆手に取るようにして、意に染まぬ結婚という同じ条件のもと、互いに心中をさらけ出すことによって築かれた、中納言と女四宮の円満な夫婦関係が描写されるのである。

中納言と女四宮の結婚にまつわる物語においては、『狭衣物語』のように、不本意な結婚がもたらした悲劇的な事態の中で深まってゆく登場人物たちの懊悩を追求することではなく、その先蹤を巧みに利用しつつ、それとはま

た違った人情の機微を突き、ユーモアと軽い揶揄を交えつつ描き出すところにこそ、作者の本領が発揮されているといってよいだろう。

四

以上、我身姫君の入内までの過程、中納言と女四宮の結婚という二つの事例について、『我身』が先行物語をいかに取り入れ、またいかにそこから離れているかを検討してきた。物語が先行作品の趣向や人物像を利用する際、ある時点、ある側面で原拠からずらし、その落差を効果的に用いるとともに独自性を出そうとするのは、常套的な手段であろう。特に『我身』の場合、先行物語の陥った深刻な事態、破局的な状況、あるいは悲劇的な結末を避けようとする傾向があり、極限的な状況におかれた人間の心理や行動を追求するよりはむしろ、波瀾や悲劇がいかに回避されるかを巧みにおもしろく描くところに、作者の手腕を見ることができた。

この物語がかくまで悲劇的な展開を避けたのは、繰り返し述べてきたように、皇后宮系、中宮系の皇統が対立から融和へと向かい、摂関家とも一体化した理想的な聖代を実現するという結末をめざしていたことが、大きな原因だったと思われる。歴史物語に近い作風の他の物語、たとえばその典型として挙げられることの多い『海人の刈藻』では、女御と密通した新中納言が出家遁世、やがて即身成仏するという悲恋遁世譚を物語の中心に据えている。『石清水物語』もそうであったように、結末部では「めでたし」が繰り返され大団円となるが、その陰にはいかんともしがたい悲哀感が漂い、むしろ栄華が強調されるほど、犠牲となった新中納言の悲劇性が浮かび上がる。しかし『我身』の場合、結末の調和世界に暗い影を投げかけるような要因は、あらかじめ排除されていたのである。

この物語は、後宮を中心に、皇族や上流貴族たちの乱脈な関係の数々を描いているが、そうした密通が露見して大きな波紋を引き起こすという例もほとんどない。たとえば、前半部のもう一人の重要人物である女三宮の場合、親子ほど年の離れた関白に降嫁し、中納言との間に不義の子を儲ける点、明らかに『源氏物語』の女三宮、光源氏、柏木の関係に拠っている。しかし、その密通が光源氏に発見され大きな不興を買い、女三宮の出家、柏木の悶死に至るような破局は、『我身』では決して生じない。

関白は、女三宮の降嫁以前に、宮がすでに誰かと通じていることを夢の中で暗示されており、その相手は我が子中納言ではないかと疑っていた。女三宮を妻に迎えてそのことを確認しても、「とがめむの御心はなくて、ただ我れすずろはしくわびしく」思うばかりで、むしろ中納言の思惑を憚り、「いとはづかしうて、子ながらあやまちしたる心地」がしたぐらいだという（巻三・一二九頁）。また、思う人を父に奪われて悲嘆していた中納言も、二節で述べた巻三巻末の二宮侵入事件の折、首尾よく女三宮と再度の逢瀬を果たした。その逢瀬によって女三宮は懐妊したが、関白は自分の子と信じて喜んでいる。

女三宮の関白への降嫁および中納言との密通は、二つの系統の対立という観点からいえば、皇后宮系と摂関家との紐帯を強化し中宮系との均衡を維持する意義を持つ。そしてそれらの出来事は、柏木と女三宮の場合のように秘密の露見による破滅に終わることもなく、また、『いはでしのぶ』の後半部に登場する右大将が、父の妻である姫宮への叶わぬ恋に苦しんで出家遁世したような悲劇を生むこともなかったのである。

柏木と女三宮の事件をもとにした挿話を、もう一例見てみよう。『我身』巻四、前述の密通により中納言（当時関白）と女三宮との間に生まれた娘で、今や三条院の寵妃となっている後涼殿女御が、権中納言（二宮の息）との密通を帝に知られる場面である。褥の下に不用意に押し込んでいた恋文を帝に発見されるというこの場面が、『源氏物語』若菜下巻に倣っていることは、改めて論ずるまでもないほど明らかである。しかし、その文をそっと持ち帰って読んだ三条院の反応は、光源氏の場合と大きく異なる。

いつしか引き開けさせ給へれば、何にてかはあらむ、手はその人とも見えず、御覧じ知らぬにはあらねど、ことのさま、筆のゆくち、権中納言の書きかへたるなめりと見ゆるを、うち返し僻目ならむと御覧ずるに、まづ憂きはさしおかれて、よしなきものを取りてけるかな、見つけていかにはしたなく思さむと、いとほしきにうちぞ泣かれさせ給ひぬる。さるは心の通ひけるとも見えず。「一行の返りごとをだに見ず」とは見えたり。こはいかにありけることぞとぞあさましううち返し御胸ふたがりて、久しうながめおはします。（巻四・二一三頁）

若い二人の犯した罪に、「いであな心憂や」と呻き、「え思ひなほすまじくおぼゆる」と不快を隠せない光源氏（若菜下・二三三頁）に対し、三条院も無論大きなショックを受けてはいるが、「見つけていかにはしたなく思さむ」と、むしろ後涼殿を案じ気遣っている。しかも、「まぎるべきかたなく、その人の手なりけりと見たまひつ」（若菜下・二三〇頁）という光源氏と違って、三条院は文の書き手にも確信が持てない。権中納言に目測をつけてはいるが、右大将（関白の息）かとも疑って、彼らの詠草を取り出し見比べたりしても、やはり「いとぞおぼつかなきや」（二一三頁）というのだから、密通の相手に対して当然発せられるであろう怒りも、その矛先が定まらないのである。

そのころ後涼殿の側では、後涼殿自身も文を取り次いだ宰相の君という女房も、互いがうまく文を隠したのであろうと勝手に了解して、帝の手に渡ったとは思いも寄らない。

上帰りおはしまして後、宰相さし寄りてけしきばみかい探りて去ぬれば、女御は取りつるなめりと思す。宰相はよく隠し給ひてけりと思へば、誰もそよとうなづき合はすることこそ何ごとも晴るくれ、いとほしきことも知らず。（二一四頁）

微塵も気づいていないのは権中納言も同様である。彼は後涼殿への慕る思いに耐えかね、「いかで思ひやむわざもがなと思ふあまりに、神の御験や」（二一四～五頁）と、熊野詣を思い立っているが、かといって悲恋を嘆き遁世するわけでもない。

後涼殿を非難するどころか、「知りけりとも知られぬわざもがな」（二一三頁）と思う三条院は、「ただひまなくもてなすばかり」（二一四頁）と、かえってますます寵愛を深める。また、権中納言が病と奏して参内しない上、急に熊野詣に出かけたと聞いて、疑惑をほぼ確信するが、「なほめざましさのまじらざらむや」（二一五頁）という程度で、特に表だって咎め立てするわけでもない。かくして権中納言と後涼殿の密通は帝の心一つに納められ、当事者たちも発覚したことを知らぬままに過ぎてしまい、やはり『源氏物語』の悲痛な結末とは程遠い展開となる。

先にも述べたように、三条院の後宮では、水尾院後宮における皇后宮と中宮の対立の延長線上に、それぞれの孫娘にあたる後涼殿と中宮藤壺とが反目していた。現関白の娘という立場上、権勢では圧倒的に優位に立つ藤壺に対し、祖母、母譲りの美貌を誇る後涼殿は、帝の第一の寵妃ということでかろうじて対抗していたのである。また、権中納言と後涼殿の間には後に娘が生まれるが、三条院はかつての不祥事を忘れたかのように、我が子と信じて疑わない。その姫君（初草姫君）は物語の最終部に至って実の父親に引き取られ、摂関家の後援を受けて東宮妃となり、大団円の一角を担うことになる。密通を知ってもそれ以上波紋を広げなかった三条院の対応は、後涼殿と藤壺の均衡が崩れるのを防ぎ、また初草姫君の東宮入内にまで遠く影響を及ぼしているといえよう。

この密通発覚事件は、何よりもまず三条院の後涼殿への愛情の深さを強調した。しかしそれと同時に、筆跡も判別できず対処に迷うばかりの帝の気弱な態度や、露見したとも知らず平気な顔をしている当事者たちの迂闊さ、さらには、先の引用部分にあった「誰もそよとうなづき合はすることこそ何ごとも晴るくれ」（何事もきちんと確認し合えば間違いはないのに）という類の、いかにも真面目くさった語り手のコメントが、柏木・女三宮密通事件の深刻な展開を知る者

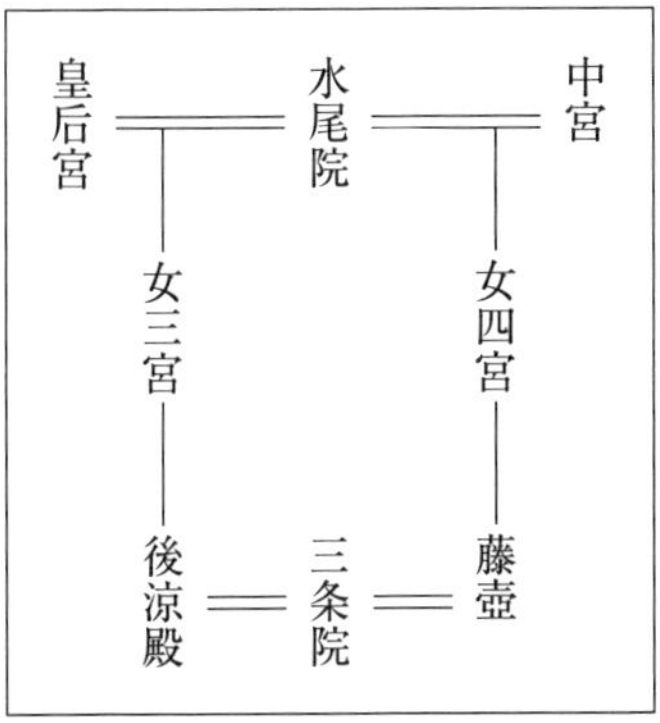

にとっては、おかしみを帯びることもまた事実である。『源氏物語』とそっくりの場面を構え、悲劇的な事態に陥るかもしれない状況を作っておきながら、それを回避してゆくところに読者の興味を惹きつけるという手法を、ここにも見ることができるであろう。

五

ただし、この物語に悲劇的な事件が皆無というわけではない。巻七では、時の帝悲恋帝と皇太后宮の密通という、至高の存在の男女による不祥事が起こり、さらにそれは両者が相次いで崩御するという破局に終わる。皇太后宮は我身姫君（当時女院）の長女で、母の方針により、独身のまま皇太后の位を与えられていた。まだ元服したばかりの幼い悲恋帝（三条院の長男）は、叔母にあたる皇太后宮の美しさに心奪われ、ある夜激情にまかせて契を結んでしまう。皇太后宮は衝撃のあまり発病し、母に出家を願って聞き届けられたが、まもなく息を引き取る。それを聞いて絶望した悲恋帝も、後を追うように逝去した。この帝に与えられた「悲恋帝」という名がいみじくも示すように、この物語で唯一といってよい悲劇的な結果に終わった恋であった。[18]

しかし、この悲劇は決して同情的に扱われていない。「あらぬ世に姿は変はるとも、かの御身を離れじ」（巻七・一七六頁）という妄執にとらわれたまま絶命した悲恋帝はもちろん、被害者というべき皇太后宮の臨終にも、「念仏など、よそ目ばかりはあらまほしく、阿弥陀仏おはしましげにて」（一七五頁）と、往生の可能性を否定するかのような表現が付されているのである。また、残された近親者が彼らの死を悼み供養する様子も、まったくといっていいほど描かれない。二人の死後すぐ巻八に入った物語は、悲恋帝の弟の今上帝による聖代を語ることに終始する。そこでは悲恋帝と皇太后宮の不祥事は、「あさましく世の常ならず、うち続かせ給ひにしことのさま」とされ、「世人さへ聞き苦しういひ扱ふ」対象であり、今上帝に、「いかでこの道に人のそしり負はず、何ごとにつけても、ただ世のまつりごとすなほに、民安からむことを作り出ださむ」と自誡させるに過ぎない（巻八・一八六頁）。栄華の陰で犠牲となった人々へ深い哀惜の眼差しを注いでいた『石清水物語』や『海人の刈藻』などと違って、悲恋帝らの悲劇は、まるで封印されてしまったかのごとく冷たい扱いを受けており、調和的な大団円にとって瑕瑾となるものではない。その意味では、『我身』に描かれた他の密通事件と同様といってよいだろう。

そして、この事件にもやはり先行物語が影を落としていることに注目したい。次に掲げるのは、出家の希望が叶えられたにもかかわらず、さらに死を決意する皇太后宮の心中である。

宮は、一方に心やすく思し召せど、さかしき御心のうちに、「かく憂き目見つる人の、そこらの物語などを見るに、さてやむやうもなかめり。そのたぐひのかならず我が身に心得知る人やはありける。月日経てこそは、人にも見つけられ、我れも思ひ入るめれ。この一ふしにてのがれぬる身の憂さとやは思ふべき。さるゆゆしきことのあらむに、女院などに思ひ嘆かせ奉らむに、常のためしに思す二宮[19]などのやうにて長らへむよ。ただ死ぬるよりほかのめやすきことはあらじ」と、心強く思し取らるるに、（一七三頁）

皇太后宮が懸念している「さるゆゆしきこと」とは、不慮の逢瀬による懐妊を指すらしい。確かに密通による懐妊というパターンは、『源氏物語』の藤壺、女三宮、『狭衣物語』の女二宮をはじめ、「そこらの物語」に頻出し、王朝物語では最も典型的な話型の一つだったといってよい。

逢瀬の場面の直後にも、次のような記述があった。

今ぞ、さはうつつなりけり、と思し召し続くるに、あらためていとゆゆしう、心憂く、恥づかしく、女院にいかで見合はせ聞こえむと、御顔の置きどころなく、少しことといたくおはしましけるにや、差し仰ぎゐるべき心地もせさせ給はず、さりとて、かかることこそありつれとて、狭衣の女二の宮のやうに、汗水にて見え聞こえむも、こともおろかなることやありけむ。恥づかしく心憂きを、とにもかくにも、いかにせむ、いかにせむと、思し召し焦がるるに、さぶらふ人の中にも、王命婦、中納言の典侍など、心しらひ召し使ふべき心地もせさせ給はず。恥づかしくあさましきには、なかなか思し召し起こして、起き上がりて、御衣などもおしやり隠させ給ふ。（二六三〜四頁）

悪夢のような事態に遭遇した皇太后宮の行動は、同じような状況に置かれた物語の女君と対照される。「狭衣の女二の宮」のように、「よもすがら泣きあかしたまへりける御衣のけしきも、いとしほどけげにて、ひき被きたまへる御髪、いといたく濡れたる」（『狭衣』巻二・一七八頁）様を母親に見つけられるわけにはいかない。かといって、『源氏物語』藤壺の「王命婦」や『狭衣物語』女二宮の「中納言の典侍」のような、「心しらひ」のある女房もいない[20]皇太后宮は、気を奮い起こして涙に濡れた衣を自ら片づけたという。

中でも「狭衣の女二の宮」は、皇太后宮にとって、特に母との関係において、最も身によそえられる人物だったに違いない。「宮たちは、ただなにとなくて過したまふこそ世の常なれ」（『狭衣』一七八頁）――皇女は独身を貫くべきという考えの持ち主だった女二宮の母親と同じく、皇太后宮の母我身女院も、「宮たちただささながら朽ち給ふものぞとのみ思し掟て」（『我身』巻四・二二〇頁）ていた。狭衣の子をみごもった女二宮は、母に庇われて秘密裡に出産を済ませることができた。しかしその直後に、母宮は心労のあまり死去する。女二宮の出家は、主にその母親に対する自責の念によるものだった。それに対し、数多の物語の例から懐妊を予測した皇太后宮は、そんなことになって母を嘆かせるよりはむしろ死を選ぼうとする。

『狭衣物語』の女二宮に限らず、先行物語の女君たちの大半は、こうした不慮の事態に遭ってもただ泣き沈むばかりで、その後の身の処し方もせいぜい出家でとどまっていた。それに対し、事後の処理を自分で行ったばかりか、出家してもなお、さらなる憂き目を恐れて主体的に死を選ぶという皇太后宮の気丈さは、確かに物語の類型を超えた特異な性格造型といってよい[21]。

しかし、ここで気になるのは、皇太后宮に死を決意させた、「かく憂き目見つる人の、そこらの物語などを見るに、さてやむやうもなかめり」という判断の根拠が、はたして妥当なものだったのかということである。確かによくいわれるように、物語は貴族の女性にとって人生の指針となるものであった。結婚を拒み死を願った女性として、皇太后宮の人物造型に関わったであろう『源氏物語』の宇治大君が、薫に迫られた際、「昔物語にも、心もてやはとあることもかかることもあめる」（総角・三〇頁）と、女房たちを警戒していたような例は、往々見られるものである。しかし、密通に続く懐妊という展開が、いかに物語の世界では類型的であるにせよ、現実においても常にまた然りというわけではもちろんない。それを自分の身にも必ず起こると思い込み、死まで決意するというのは、いささか飛躍があるのではなかろうか[22]。

皇太后宮自身、「そのたぐひのかならず我が身に心得知る人やはありける」といっているように、『狭衣物語』の女二宮をはじめ、同じような状況に立たされた先行物語の女性たち、特に未婚の姫君の場合は、周囲に察せられるまで自らの懐妊にまったく気づかないのがふつうである。皇太后宮がそれら物語の例に鑑みて最悪の事態を予測したのは、彼女が「さかしき御心」の持ち主だったことによるとされている。

しかし、「さかし」という形容詞は、特に女性に対して用いられる場合、必ずしも肯定的な評価を表すものではない。たとえば、先にも一部挙げた、光源氏による葵の上評には、次のようにある。

ただいとあまり乱れたるところなく、すくすくしく、すこしさかしとやいふべかりけむと、思ふにはたのもしく、見るにはわづらはしかりし人ざまになむ。（若菜下・一九一頁）

あるいは、出家を願いつつ「さかしきやうに」（若菜下・一六二頁）思われるのを憚って言い出せなかった紫の上のように、「さかし」は往々にして、控えめを美徳とする価値観に反する性格であった。

『我身』には「さかし」の用例が他に十三例あるが、そのほとんどが右のようなニュアンスで理解されるものである。たとえば、二節でも引用したように、「女といふなかにもいみじう心深く強きところおはする君」（巻三・一四九頁）といわれるほど、気丈な性格の我身姫君でさえ、

憎げに、ここはいづくぞ、君は誰ぞとも、さかしうえ問ひ給はざりしかば、（巻二・六七頁）

かくなむともうち出でむにさかしうつきなかるべきを、（巻三・一四三頁）

のように、「さかしう」物を言うことは、「憎げ」で「つきなかるべき」こととして控えている。その娘である皇太后宮自身も、かつて父院が崩御した折に出家を望んだが、「さかしう」言い出すことはできなかったという。

いかでこの御本意をと思し召せど、大宮ののたまはせ出でぬにはさかしうもえ聞こえさせ給はず。（巻四・二二四頁）

「さかし」が「御心」を修飾するものとしては、男性の悲恋帝についてのものだが、次のような例がある。

上はいみじう御心もゆかぬに、ただ今さかしき御心にしも、先帝のなつかしくうち向かはせ給ひし御けはひ、御衣のかをりの忘れず恋しう思ひ出で聞こえさせ給ふにつけて、（巻七・一三九頁）

入内した女御に飽きたらない悲恋帝が、美しかった亡き女帝（先帝）を偲ぶという文脈である。この場合の「ただ今さかしき御心」とは、「まだ幼いのに、ませている」というぐらいの意味合いかと思われるが、この女帝恋しの思いが皇太后宮への恋慕につながり、悲劇を導いてゆくのであって、決して肯定的に用いられているとは思えない。

こうした「さかし」の使われ方から類推すれば、皇太后宮に対する「さかしき御心」という表現も、やはりなにがしか否定的な含みを持っているのではなかろうか。物語でしか世の中を知らない深窓の姫宮が、思いも寄らなかった出来事に遭遇し、なまじ気をしっかり保って物語の類例を想起したがために、妄想に近い想像にとりつかれ、自らを追い込んでいってしまった。そうした皇太后宮に対する、非難とまではいわずとも、皮肉の混じった冷やや

かな視線を、「さかし」の一語から読み取ることができるように思う。このような語り手の姿勢は、先に引いた、「念仏など、よそ目ばかりはあらまほしく、阿弥陀仏おはしましげにて」という、臨終にあたっての揶揄的な口調にも相通ずるものといえよう。

前節まで見てきたように、この物語は、先行物語に倣っていかにも一波瀾起きそうな状況を構えつつ、巧みに翻して、破局的な事態に陥ることを避けてきた。それは、皇后宮系、中宮系の対立から融和へ、そして調和的な大団円という物語の設計図に沿ったものであるが、そうした破局がいかに避けられるかというところに読者の興味を惹き、あるいは滑稽味を交えつつ人間の微妙な心理を突いていた。特に『源氏物語』『狭衣物語』のようによく知られた作品の有名な場面を用いる場合には、それら原典における深刻さとの落差がもたらす効果を狙っていたと思しい。

このような傾向の中、巻七に至ってほぼ唯一の悲劇が生じる。悲恋帝と皇太后宮の事件は、特定の物語をそっくり模倣しているわけではないようだが、『狭衣物語』の女二宮の名を持ち出し、皇太后宮に物語のパターンを過剰に意識させ、より悪い方へと自らを追い込ませる。そして、密通当事者の双方、それも帝と后という至高の存在が相次いで悶死するという、先行物語にもここまで悲惨な事態はあるまいと思われるほど悲劇的な不祥事となった。しかもその悲劇に対する語り手の態度は、同情的というよりむしろ冷ややかで、皮肉さえ込められている。

こうした『我身』のあり方が、特に中世流行した悲恋遁世譚に顕著なように、悲劇的な出来事を中心に据え、登場人物たちの苦悩や嘆きを哀感込めて丹念に描き、読者の共感を呼ぼうとする他の多くの物語と、大きく異なっていることはいうまでもない。それも単に異なっているばかりでなく、『源氏物語』以来の物語の典型を踏まえた上で、それをある意味で相対化しているのではなかろうか。

六

『我身』には、「狭衣の女二の宮」のほかにも、先行物語の登場人物の名を出す箇所がある。次に挙げる二例は、いずれも巻六より、前斎宮のお気に入りであった中将の君という女房に関するものである。

中将の君、局より来て、障子を引きあけたれば、いと荒らかに這ひ起きて、何となく御顔、けしきも変はり、つつましきにや、まめだち給へるを見て、いと強く引き閉てて、「移れば変はる世の中を」と、長やかにうち詠めて、紫の上よりはことのほかにもの荒く、御簾もふたりとうち懸けて、局ざまへ去ぬ。（七四頁）

中臣とて、いふよしなく痴れたりし者の、鼻高く、丈は低《ひき》なりしが、心をやりて、「いふべき人は思ほえで」など、放ちあげて吠ゆるやうに詠めしに、源氏の御ためもくちをしく、「袖振ることは」など詠め合はせて髪振りかけなどせしに、（一一三頁）

前者は、主人の前斎宮が別の女房を寵愛しているのを目撃した中将の君が荒々しく立ち去る場面で、去り際に『源氏物語』若菜上巻の紫の上の歌を口ずさんだというものである。(23) 後者は、中将の君と「中臣」という男との馴れ初めを述べた部分で、同じく『源氏物語』紅葉賀巻にて、青海波の舞をめぐって交わされた贈答のうち、藤壺から光源氏への返歌を引いている。(24) もちろんいずれも、紫の上や光源氏とは比べものにならないほど乱暴で低級な彼らの姿を滑稽に描写するために用いられたものであろう。しかしそれにしても、女三宮降嫁に伴う紫の上の苦悩や、光源氏に対する藤壺の複雑な心情は、あまりにも卑俗な次元で比較されているのではないか。

『我身』の中でも巻六は、全体的にとりわけ滑稽さ、卑俗さの度合いが強く、特異な巻ではある。(25) しかし、ここに見られた、『源氏物語』の権威をものともせず、からかいの対象の引き合いに持ち出すようなやり方は、本章で述べてきた先行物語を利用する際の態度と、通底するものがあるように思われる。

『我身』が書かれた鎌倉時代中期は、『風葉和歌集』の編纂に加え、なお多くの物語が誕生し続けており、王朝物語が隆盛を誇った時期だった。繰り返しになるが、それらの物語が概して、『源氏物語』等の先行作品を模倣しつつ、悲劇的な場面や破局的な展開に力を注いでいるのに比べるとき、『我身』の姿勢はかなり特異である。

『我身』の作者が数多の物語に親昵し、それらを縦横に自らの作品に利用できるほどに読み込んでいたことは間違いない。また、当時の宮廷周辺の政教的文学観に沿って、自らの作品に教誡性を盛り込む[26]など、物語愛好の気運の盛り上がりの直中にいて、その雰囲気にも敏感な人物だったと思われる。しかし、『我身』という作品から窺われるところでは、この作者は『源氏物語』等の先行物語に対して、その登場人物たちに身を寄り添わせ、彼らの悲しみや苦しみに共感するというよりは、むしろかなり冷めた目でもって見つめていたように思われるのである。

こうした作者の態度は、後の章で論じるように、この作品に真摯な信仰心がほとんど感じられないという現象[27]とも、通い合うものである。そしてそれは、第一にこの作品の、作者の個性に帰せられる問題ではあろう。しかし、物語愛好熱がとりわけ高まっているさなかにあって、伝統的な物語の真髄ともいうべきものを冷めた態度で相対化するこの作品は、中世の物語文学史を考える上で、少なからぬ意味を持っているのではなかろうか。

辛島正雄氏が、『風葉集』を境として、その前後の物語に質的に大きな落差が見られることを指摘した[28]ように、『風葉集』はやはり物語史における一つの画期であっただろう。その『風葉集』とごく近い時期に成立したと推測される『我身』は、時期的な面ばかりでなく、本章で述べてきたような性格からも、伝統的な王朝物語がいよいよ飽和状態に達し、衰微の時を迎えようとしている、まさにその転換期の作品として位置づけられるのではなかろうか。もちろんこれは限られた事象に基づく見通しにすぎないが、そうした観点も含めて、なお課題の多い作品であると思われる。

（1）主なものに、今井源衛『王朝末期物語論』（桜楓社、一九八六年）、辛島正雄『中世王朝物語史論』（笠間書院、二〇〇一年）がある。
（2）今井源衛・春秋会『我身にたどる姫君』（桜楓社、一九八三年）に指摘がある。
（3）『我身』の成立時期に関しては、本書第八章で論じる。
（4）田村俊介「『源氏物語』を超えて――問はず語り、秋霧、石清水等――」（『論集源氏物語とその前後5』新典社、一九九四年）。
（5）『有明の別』からの影響については注（1）辛島氏著書および本書第五章、『松浦宮物語』については本書第七章参照。『いはでしのぶ』については、本書第六章で簡単に触れた。
（6）「夕まぐれほのかに花の色を見てけさは霞の立ちぞわづらふ」（若紫・二〇四頁）
（7）いと忍びたれど、数珠の脇息に引き鳴らさるる音ほの聞こえ、（若紫・一九八頁）
「かの大納言の御女、ものしたまふと聞きたまへしは。すきずきしきかたにはあらで、まめやかに聞こゆるなり」と、おしあてにのたまへば（同・一九五頁）
また、紫の上の祖母北山尼君は、後に「古代の祖母君」（末摘花・二八二頁）と呼ばれている。
（8）『石清水物語』で秋の中納言が木幡姫君の手を取ってかきくどく場面（下・八二〜三頁）は、『狭衣物語』巻一の、狭衣が源氏宮に初めて告白する場面を模しているが、『我身』巻三にも同じような場面があり、そこでもやはり『石清水物語』を通して『狭衣物語』まで遡って描写を構成しているように思われる。
（9）木幡姫君は物語の中では立后しないが、帝の第一皇子を産んだため「相違なき后の宮」（下・一五二頁）といわれている。
（10）「作者が描こうとするのは、個々の人物ではなく、むしろ貴族の家々であり上層階級の限られた社会圏であり、そういう家々の年代記なのであった」（市古貞次『中世小説とその周辺』東京大学出版会、一九八一年）。その他、注（1）に挙げた諸氏の論、生澤喜美恵「女帝実現の物語としての『我身にたどる姫君』」（『池坊短期大学紀要』第二十七号、一九九七年三月）など。
（11）本書第六章参照。
（12）本書第六章参照。

(13)　ただし木幡姫君の父親は、姫君の不祥事の相手は秋の中納言ではないかと疑っていた。
(14)　注(1)今井氏著書。
(15)　注(2)注釈に指摘がある。なお、この後中納言が発病し、世間の人々に「このことをのがれむとの御心なり」と口さがなく噂され、中宮が「人目もをこがまし」と憤るあたり(巻二・九五頁)も、『狭衣物語』の「言ひ騒がれん世の音聞きもものほしう、人の御為、むげにいと惜しかりぬべければ」の部分に通じる。
(16)　女四宮との縁談が初めて持ち上がったときの中納言の歌、
　身にしめし身のしろ衣それならであらぬにほひをいかが重ねむ(巻二・八六頁)
も、諸注指摘するように、『狭衣物語』の天稚御子降下事件に際し、狭衣に女二宮を降嫁させようとした嵯峨院と狭衣との贈答、
　紫のみのしろ衣それならば少女の袖にまさりこそせめ(巻一・五一頁)
　みのしろも我脱ぎ着せん返しつと思ひなわびそ天の羽衣
と、源氏宮を思いその縁談に気が進まない狭衣の独詠、
　いろいろに重ねては着じ人知れず思ひそめてし夜の狭衣(五四頁)
とを踏まえていよう。この場合も、人間関係はややずれるが、意中の女性(源氏宮)がいるため皇女(女二宮)との結婚をしぶる男君という状況は一致する。
(17)　注(1)今井氏著書。
(18)　注(2)注釈において命名された呼称。
(19)　この「二の宮」を、諸注は次に触れる『狭衣物語』の女二宮のこととするが、『狭衣物語』の女二宮を「いつも女院が世間の例にお引きになる」(注(2)注釈)というのは、やや唐突の感がある。これは『我身』の作中人物で、皇太后宮の妹の女二宮を指すという可能性もあろう。皇女としての誇り高く、「さま悪しう人に馴らされず、もの遠く」振舞っていた皇太后宮に比べ、妹の女二宮は、「絵物語につけてをかしきふしを御覧じ知るさまにもあり」と、より世間並みの感覚を持った姫宮だった(巻四・一九四頁)。母女院も、この女二宮に対しては独身を守ることに固執しておらず、左大将に降嫁させていた。そのことを「常のためし」といったのではなかろうか。

(20) 注(2)注釈は「王命婦、中納言の典侍」を皇太后宮の女房の名としているが、そのような名の女房は他に登場せず、疑いが残る。徳満澄雄『我身にたどる姫君物語全註解』(有精堂、一九八〇年)に従い、『源氏物語』『狭衣物語』の登場人物を引き合いに出したものと解釈しておく。
(21) 大脇亜矢子「『我身にたどる姫君』試論——一品宮を中心に——」(『中古文学論攷』第十号、一九八九年十二月)。
(22) 『狭衣物語』の今姫君が、宰相中将に忍び入られたことを母代に責められ、「昔物語に、憂きことのあるには、さこそしけれ」(巻三・七三頁)と思い出し、浅慮にも自ら髪を削ぎ落としてしまった例も思い合わせられる。
(23) 「目に近くうつればかはる世の中を行く末遠く頼みけるかな」(若菜上・五六頁)
(24) 「唐人の袖振ることは遠けれど立居につけてあはれとは見き」(紅葉賀・一三頁)
(25) 巻六については、本書第九章・第十章参照。
(26) 本書第八章参照。
(27) 本書第十章参照。
(28) 注(1)辛島氏著書第Ⅳ部・五「『いはでしのぶ』の影響作——『恋路ゆかしき大将』と『風に紅葉』と——」。

第五章　『我身にたどる姫君』女帝の人物造型
――兜率往生を中心に――

一

『我身にたどる姫君』には、個性的な女性が多数登場する。その中で最も目を引く一人が「女帝」であろう。「女帝」とは、物語中二代目の帝である嵯峨院とその后との間の一人娘として生まれた皇女で、長じて三条院の皇后となる。やがて夫から位を譲られ即位し、藤壺（三条院中宮）との共同統治の末、位を退いた直後に崩御するという人物である。この物語の中でも奇抜な趣向の好例とされがちだった女帝だが、辛島正雄氏は、物語の世界に女帝誕生の前史をたどり、女の物語という伝統を継ぐものと位置づけた(1)。また、女帝の発する超人的な光輝、芳香や、辞世に詠んだ「月の都」「立ち帰る雲居」等の歌句は、彼女の前身が天女であり、その死は天上への帰還となることを示している。やはり辛島氏は、そこに『竹取物語』が深い影響を及ぼしていることを、女主人公の系譜という観点から詳しく論じている(2)。

女帝の死にまつわる記述には、かぐや姫の投影ばかりでなく、仏教的要素も少なからず見受けられる。その点はすでに諸先学の研究や注釈書で指摘されているのだが、おおむね「時代思潮を映してか、困難とされる女人往生とダブらせてある(3)」とか「仏教色を加味し、かれ（稿者注・かぐや姫の昇天）の超現実性をやや合理化したもの(4)」という程度の扱いしか受けていないようである。しかし女帝の場合、往生といっても一般的な極楽ではなく、殊更に兜率往生と設定されており、仏教色を時代思潮の反映や合理化のレヴェルで済ませてよいか、疑問が残る。

女帝の人物像を全体として把握するには、帝位、天女、往生といった諸要素を総合することが必要になろう。そしてその造型には、辛島氏が指摘したものも含め、さまざまな先行物語の人物たちが関与していると推測される。本章では、兜率往生の意味を吟味することからはじめ、女帝の人物像が、数多の既存の物語の主人公像をいかに摂取し、あるいはそれを乗り越えて形成されているかを検討する。そして、この物語における女帝の存在の重要性を改めて確認したいと思う。

二

女帝は巻五の最後に崩御するが、その後、巻六の末尾近くに、女帝追善に余生を送った近習女房たちが兜率内院に生まれ変わり、女帝のもとで歌会を催した旨が語られている。当然、女帝も兜率天に往生していたことを意味しよう。

後の世は、みな、兜率の内院へ参られけるとかや。果ては、なほうらやましき人にぞ定まり果てにける。かの近習女房たちに仰せて、和歌の会ありけるにや。(巻六・一一七頁)

極楽往生に比較して、兜率往生が物語で取り上げられることは珍しく、女帝を論ずる上で注目に値する。ただし、兜率天の名を記すのが巻六のみという点は問題になるかもしれない。巻六はいわゆる「ならび」の巻で、内容、用語ともに他の巻々と相当性格を異にしており、別作者や後補を想定する論もある。(5) 成立の事情はともかくとしても、兜率往生の設定は巻六独自のものではないかという疑いは生じよう。本系の巻々でも兜率往生が意図されていたかどうか、確認しておく必要がある。

ここで兜率天について簡単に説明しておくと、(6)欲界の第四天に位置し、その内院は補処の菩薩の居所で、現在は弥勒菩薩が説法している。釈迦入滅から五十六億七千万年の後、弥勒菩薩は地上に下って成仏し、竜華三会を催して衆生を済度するという。その三会に値遇しようと願うのが下生信仰で、弘法大師が高野山に入定して弥勒の出現を待っているという伝説で知られる。一方、死後ただちに兜率天に昇り、弥勒とともに地上に戻って三会に参加することを願うのが上生信仰である。当来仏弥勒の住む兜率内院は、六道の内ながら浄土と呼ばれ、そこに生まれることを往生という。

さて、女帝の臨終の場面を見ると、往生譚の要素は見られるものの、極楽と特定する指標、たとえば西方に向かう、念仏を唱える等の表現がまったく見あたらないことに気づく。代わって印象的なのは、最期を迎える女帝が、全巻暗誦しているにも関わらず、法華経を殊更手に持っていたという記述である。

法花経は十巻ながら覚えておはしませど、などにか、持たせ給へる時もあれど、八の巻の奥ほどにぞありける。（巻五・五六頁）

「八の巻の奥ほど」と特筆する以上、『法華経』巻八のいずれかの経文を暗示していると思しい。今井源衛氏らによる注釈(7)では二つの可能性を示した上で、開結二経を加えた場合、「八の巻」は『法華経』巻七に相当するとの解釈から、巻七・薬王菩薩本事品第二十三の、女人（極楽）往生を説いたくだりが妥当かとする。しかし、たとえば法華講で最も重視される巻五・提婆達多品にあたる日が、開経・結経を加えた十巻を講ずる法華十講であれ、一品ずつ講ずる三十講であれ、八講の場合と同じく「五巻の日」と呼ばれる（『栄花物語』初花巻など）ように、『法華経』の巻序数はほぼ固有名詞化していたものと思われる。開結二経は別格として、『法華経』のみの巻数を考えるべきであろう。

とすると、注釈書の挙げるもう一つの説が浮上してくる。巻八のまさに最後に位置する、普賢菩薩勧発品第二十

八、『法華経』読誦等の功徳により、兜率天に生まれることを述べた部分である。

若但書写。是人命終。当生忉利天上。……何況受持読誦。正憶念。解其義趣。如説修行。若有人受持読誦。解其義趣。是人命終。為千仏授手。令不恐怖。不堕悪趣。即往兜率天上。弥勒菩薩所。弥勒菩薩。有三十二相。大菩薩衆。所共囲遶。有百千万億。天女眷属。而於中生。（三三六～八頁）

この経文は、後述するように『狭衣物語』に引用されるほか、『いはでしのぶ』にも、

すこしよみさしてまどろみ給へる、八の巻の奥、「そくわうとそつてんじやう、みろくぼさつ」などいふわたりを、すごううち上げよみ給へる御声のたうとさ、（三三二頁）

と、「八の巻の奥」の一節として引用されている。(8) また、『大日本国法華経験記』によれば、生前悪業の限りを尽くした阿武大夫は、臨終の際、「第八巻」のこの箇所が誦まれるを聞いて蘇り、一念発起して仏道に精進し、やがて兜率天に生まれたという（巻下・第九十七）。その他、治安元年（一〇二一）、皇太后妍子の女房たちが主催した法華経書写供養における講師永昭の説法は、

法華経書写供養の者、かならず忉利天に生る。いかに況んや、この女房のいづれか法華経を読みたてまつらざらん、兜率天に生れたまて、娯楽快楽したまふべし。（『栄花物語』もとのしづく・二四〇頁）

と、やはり勧発品のこの一節を引用していた。

このように、「即往兜率天上。弥勒菩薩」のくだりは、勧発品ないし「八の巻」の中でも比較的著名な部分だった。女帝が「八の巻の奥ほど」を誦んでいたという思わせぶりな記述も、この経文への連想を誘うものではないだろうか。そして、死の直前に『法華経』を含む五部大乗経を書写供養した上、『法華経』全十巻を暗誦し、臨終まで手放さなかったという女帝の兜率往生を、暗に告げているのではなかろうか。

巻八にも、女帝と兜率天との関わりを示唆する場面がある。八月十五夜、時の帝今上帝の病を癒すために天降っ

た女帝が、藤壺（今上帝の母后）の夢枕に立ち、二首の歌を詠みかける。その二首目は、

暁を玉敷く庭に待つ人を深き濁りの袖はかはかず（巻八・一八八頁）

というものであった。

一般に釈教歌において、釈迦涅槃後のこの世を闇夜に、弥勒の竜華三会を暁にたとえることが多い。特に「暁を待つ」は、弥勒の出現を待望する表現として定着していた。

勧発品　即往兜率天上
はるかなるその暁を待たずとも空の気色はみつべかりけり（『長秋詠藻』四三〇番）

高野に参りてよみ侍りける　寂蓮法師
暁をたかのの山に待つほどや苔の下にも有明の月（『千載集』釈教・一二三六番）

前者は例の勧発品の経文を、後者は弘法大師の入定伝説を踏まえ、それぞれ弥勒下生の時を「暁」と詠む。女帝の歌の上句も、三会の暁を待つ、の意に解釈できよう。歌に続いて「逢ひ見むことを思せかし」という女帝の言葉があるが、これもまた、契の深さを弥勒の世での再会に託す慣用表現に基づくものと思われ、女帝自身が兜率内院に生まれて弥勒の下生を待っていればこそ、ふさわしい言であろう。

以上のように、女帝の兜率往生は本系の物語の中でもそれとなくほのめかされており、巻五以来の一貫した構想と見なしてよいと思われる。

では、なぜ女帝の往生の地として、殊更に兜率天が選ばれたのであろうか。もちろん弥勒信仰は早くから盛んであり、浄土教の広まった院政期以降の貴族社会でも、来世信仰としての上生信仰は、極楽信仰と渾融する形で存続していたとされる。また、鎌倉初期には、念仏宗に対抗して、旧仏教側の明恵、貞慶らが兜率往生を説いていた。しかし浄土としての一般性を考えると、やはり兜率は極楽に一歩譲らざるを得ないようである。また、『我身』の作

者が特に熱心な兜率信仰の持ち主だったとも思えない。概してこの物語には真摯な宗教性がむしろ稀薄なのだが、(9)散見されるものも、「西の迎へ」「阿弥陀仏」等、典型的な極楽信仰に則ったものばかりである。

もっとも、極楽往生では不都合だった理由の推測は困難ではない。極楽と兜率の優劣がしばしば議論される中(10)で、極楽優位の主張の一つに、女人の不在が数えられていた。『我身』巻六末尾の兜率天の描写に見られる、「髪上げ姿まして清げ」(一一九頁)なる天女たちが、「光をささと放ちて、舞ひ遊び合はれたりける」(一一八頁)というような情景は、極楽ではあり得ないのである。また、極楽は輪廻を解脱した浄土なので、そこから人間界に転生して再び戻って行くという論理は成り立ちがたい。女帝がかぐや姫の面影を帯びた天女である以上、やはりその帰る先は「天」でなければならないのである。

では、なぜ数ある天の中でも兜率天なのか。たとえば同じく欲界の第二天、帝釈の住む喜見城を中心とする忉利天は、兜率に劣らず著名な天である。六道を論じる『往生要集』は忉利天でもって天道を代表させているほどであるし、最高の歓楽の地として引き合いに出されることも多い(11)。また、『今昔物語集』の載せる説話によれば、妻に耽溺する難陀を教化しようとする釈尊が、より美しい天女を見せるために連れて行った先も忉利天だった(巻一・第十八)。

物語に目を転じると(12)、『浜松中納言物語』の「河陽県の后、今ぞこの世の縁尽きて、天に生れ給ひぬる」(巻四・三六一頁)という一文を、『無名草子』が「河陽県后、忉利天に生まれたる」(二三九頁)と引用していることはよく知られている。現存する『浜松中納言物語』の伝本に「忉利天」とするものはないようだが、かつてそのような本文が存在したのかもしれない。あるいは仮に『無名草子』作者の記憶違いないし解釈だったとすれば、天といえば忉利天が第一に連想されたという背景が考えられるだろう。構想を『浜松中納言物語』に負うところの大きい『松浦宮物語』でも、主人公たちの前生は「第二の天」、つまり忉利天の天衆ということになっている。

遡って『うつほ物語』俊蔭巻では、俊蔭が出会った七人の仙人が、「われは昔兜率天の内院の衆生なり。いささかなる犯しありて、忉利天の天女を母として、この世界に生まれて」（三五頁）と名乗る。男性は兜率天に、女性は忉利天に配されていることになる。『法華験記』所載の道成寺説話でも、老僧の供養により蛇身を逃れた男女は、男は兜率天、女は忉利天に生まれ変わったという（巻下・第百二十九）。『法華験記』や『今昔物語集』には、その他にも忉利天転生譚が散見されるが、大半は女人または異類の話である。釈尊の母摩耶夫人が死後忉利天に生まれたという伝[13]をはじめとして、女性と忉利天の関わりは深い。

このように見てくると、忉利天の方が兜率天以上に物語的想像力を喚起し、かぐや姫の「月の都」に重なりやすいようにも思われる。しかし、『我身』があえて兜率天を選んだ理由は、女性と結びつくことが多いという忉利天の性格にこそ求められるであろう。つまり、忉利天転生者の多くが女人や異類である背景に、来世の地として、極楽はもちろん兜率天よりも劣るという認識が看取できるのである。歓楽を享受し長寿を保つ忉利天の天女も、やがては五衰を迎え輪廻転生を免れない。『往生要集』にせよ難陀を導いた釈尊にせよ、忉利天の快楽を示す真の目的は、その虚しさを説くところにあった。忉利天への転生は、人間界に比較すれば望ましいものであるが、決して理想的な往生とはいえないのである。

同じ欲天に属するとはいっても、兜率内院に生まれる者は不退転で、将来弥勒の三会に値遇して得脱することを約束されている。その意味で極楽にも匹敵する浄土なのだが、一方、人間界への通路も失っていない。要するに兜率内院とは、天と浄土、双方の性質を兼ね備えた場所なのである。そうした二重性は、天界へ帰還する天女にしてかつ往生を遂げるという女帝の性格を照らし出すのに効果的であろう。兜率往生という構想は、女帝の人物像の根幹に関わって選択されたものと考えておきたい。

三

女帝の兜率往生の意味は、『狭衣物語』を踏まえることにより、一層鮮明になる。先に掲げた勧発品の一節は、早く『狭衣物語』の用いるところであった。物語冒頭近くに、主人公狭衣の妙なる笛の音に感動して、天稚御子が降下するという著名な場面がある。天稚御子から天へと誘われた狭衣だが、帝の涙に引き止められ断念した。その翌朝、狭衣は昇天の機会をむざむざ逃してしまったことを悔やみ、兜率内院へ行くのならば迷わなかったのにと述懐する。

ありし楽の声、御子の御ありさまなど思ひ出でられて、恋しうもの心細し。兜率天の内院かと思はましかば留らざらまし、と思し出で、「即往兜率天上」といふわたりをゆるらかにうち出だしつつ、押し返し「弥勒菩薩」と読み澄ましたまふ。まことにかなしくて、また兜率天の弥勒の迎へや得たまはんずらん、と聞こゆ。（巻一・五四～五頁）

この天稚御子降下事件は、狭衣にとって、逡巡と後悔を繰り返す人生の出発点であった。降下場面の叙述によれば、天稚御子は「月の都の人」（四三頁）と不可分の存在のようで、かぐや姫昇天場面の投影は明らかである。(14) さらにそれは兜率天とも限りなく近接していたことが、右の引用部分から察せられる。(15)

また、天稚御子事件と並んで狭衣の悔恨の種となるのは、粉河寺にて「普賢の御光」（巻二・二九九頁）を見るという霊験に出遭いながら、その時点で出家を敢行できなかったことである。この粉河寺参詣は、「弘法大師の御姿常に見たてまつりて、なほ、この世をものがれなん、弥勒の御世にだに少し思ふことなくて」（二九二頁）と思い立ったという、やはり弥勒信仰に基づく高野詣の途次のことであった。阿弥陀信仰と併存する形ではあるが、弥勒信仰は狭衣の道心の大きな核をなしており、出家・現世離脱願望は兜率上生願望と置換可能なものであったといってよい。

『我身』が『狭衣物語』を摂取した形跡は随所に見られ、「狭衣の女二の宮」（巻七・一六四頁）と、その名を挙げることさえある。[16] この場面も、兜率内院を媒介として、『我身』への影響関係が予想されるところである。ただし、『狭衣物語』の当該部分には少なからぬ本文異同がある。勧発品を引用するのは深川本および同系統の諸本のみで、流布本系統の古活字本などは兜率天に一切言及しない。[17]『我身』が依拠した『狭衣物語』の本文系統を決定できない以上、ただちに両者の関係を論じるわけにはいかない。

しかし、女帝の物語に『狭衣物語』の影響が窺えるのはここばかりでない。むしろ、狭衣という最終的に天皇となった主人公の先蹤を、意識的に踏まえているように思われる。まず、登極の次第を見てみると、狭衣の場合、時の帝が病のため退位しようとした際、次期東宮候補には嵯峨院の若宮（実は狭衣と女二宮の間に生まれた秘密の子）しかいなかった。しかし、若宮の実父で、しかも比類ない器量を備えた狭衣が臣下のままでは不都合である旨、天照神の託宣があったため、現在の東宮を差し置いて狭衣即位の運びとなる。思いも寄らぬ展開に、本人は「ふさはしからぬ身の宿世」（巻四・三四五頁）と嘆くが、逃れる術もない。一方『我身』では、三条院には二人の皇子がいたが、継嗣のない伯父嵯峨院（女帝の父）の心情を酌み、かつ女帝の才質を見込んで位を譲ることになる。当人は「あさましう思ひのほかなる御宿世をいと見苦しうわびしと」思いながら、「ただあきれてぞおはします」という状態であった（巻四・二二六頁）。

片や二世源氏、片や皇女と、通例を覆し、しかも第一継承者を差し置いての即位であり、本人たちは不測の運命に茫然とするばかり。世人は批判を内に秘めつつも承服するしかない。

　近き世に、かかる例も殊になきことなりと、おほやけを誇りたてまつるべきやうもなければ、なほ、いかなる事にかあらんと、言ひ悩む人多かるに、（『狭衣』三四四頁）

久しう絶えたることをいかがと、世人かたぶけど、これはいとさま変はりたる御譲りなれば、また久しくおはしますべきにしあらねば、誰もいかがは聞こえ給はむ。(『我身』二二五頁)

彼らの即位によって傍系皇族の王権復帰が果たされる点といい、両者の登極の状況はよく似通っている。[18]『狭衣物語』の次期東宮選定の過程で、「げに、女帝も、かかる折や、昔も居たまひけん」(三四〇頁)と、女帝の可能性が云々されていたことも示唆的である。[19]

さて、帝位に違和感を捨て切れぬ狭衣は、「今二三年だに過しては、いみじからん絆どもをもふり捨てて、世を背きなん」(三六二頁)と、頻りに退位、出家を願う。『我身』の女帝もまた、一時的な在位のつもりであったが、退位の意向は度々阻まれる。特に、いよいよ譲位を決意した矢先に東宮が発病し、「隠れても顕れても、ただ天照御神の惜しみ聞こえさせ給ふゆゑのみあらたに見え聞こゆる」(巻五・二九頁)というのは、『狭衣物語』では狭衣の即位を促すために設定された帝の病と天照神の託宣を、別の局面に転用したものと思われる。

しかし、狭衣と女帝との間には決定的な相違が生じることになる。退位と出家の素志を実行に移したか否かという点である。そしてそれは、問題の兜率天と密接に関わる事柄であった。

狭衣は、出家を志すたびに挫折を繰り返しながら、ついに帝という現世最高の地位に到達する。しかしそれは、彼を仏道からさらに遠ざける結果となった。物語の範囲では退位を果たせなかった狭衣は、物語最後の場面に至ってもなお、すでに出家した女二宮に執着する迷妄の姿をさらすのである。一方女帝は、幾度の妨害にも退位の意志を捨てず、六年目に敢行する。そして、別れを悲しむ三条院や藤壺にあわれを催されながらも決然と死に赴き、兜率内院に往生する。同じく帝位を極めた両者ながら、迷いと悟りの対照は際やかである。先に『我身』が天照神の登場する場面を移動させていることを指摘したが、それもまた、より甚大な抵抗を押し切って退位を断行した女帝の意志の固さを強調する意図によるものであろう。

退位と兜率往生による現世離脱の実行こそ、女帝と狭衣との分岐点であった。兜率天への憧れと挫折を、しかもかぐや姫の面影をも漂わせつつ語る本文が、現に『狭衣物語』自体に存在することは、偶然の一致とは思えない。そこには、女帝の兜率往生の証であった例の経文まで引用されているのである。『我身』が深川本に近い本文を持つ『狭衣物語』を参照し、『法華経』の文句を鍵として、女帝と狭衣との懸隔を兜率往生の可否によって際立たせたのだと考えたい。

光源氏をも上回り帝という現世最高の地位を得た狭衣だが、結局迷妄の世界にさまよい続ける凡夫として終わる。一方、同じように帝位を極めた女帝は、一切を捨てて浄土へと向かった。兜率往生は、狭衣を凌駕する女帝の理想性を如実に物語っているのである。

四

天に出自を持つ女帝に対し、仏の再誕か天人の生まれ変わりかと噂されても、やはり狭衣は人の子であった。兜率往生を果たすか否かという差は、詮ずるところそこに起因するのであろう。

帝をめぐる二つの物語は、それぞれの治世の描き方にも大きな相違を見せる。『狭衣物語』は、女の書く物語の例に違わず、狭衣帝の天皇としての事績やその御代の有様を描くことにほとんど関心を向けない。しかし『我身』は、女帝の徳のもと、宮廷はもちろん国中がいかに平穏に治まったか、言葉を惜しまず縷述する。

人間界に転生した天女が聖代を築くという話柄は、藤原定家作とされる『松浦宮物語』に先蹤を見出すことができる。唐の文皇帝の死後、燕王、宇文会らが反乱を起こし、幼帝とその母鄧皇后は都を追われるが、住吉神の加護を受けた弁少将氏忠の働きにより、反乱軍を撃破して平和を取り戻す。そして、母后の後見と訓育のもとに善政が布かれる。後に皇后自ら明かしたところによると、彼女は忉利天の天衆であったが、唐国滅亡をもくろむ阿修羅の化身（宇文会）に対し、皇帝の要請を受けた帝釈の命により、「天上に時の間のいとまをたまはりて、この国に生を享けて、乱を治め、国を興すべき御使ひ」（巻三・一二三頁）として降誕したのであった。氏忠もまた、女身の皇后を助けるために遣わされた天童であったという。救国という明確な目的をもって人間界に現れた天女が、その使命を全うした上で、徳政を施し明王の養育に力を注いだというわけである。[20]

『松浦宮物語』とほぼ同時代の成立と思われる『有明の別』も、やはり天女を主人公とする。彼女は嗣子に恵まれぬ関白左大臣の祈禱に応じてこの世に生を受け、神の指示により男（右大将）として育てられる。成人後、手段を講じて継嗣を確保するが、帝に正体を見破られて女姿に戻り、入内して二皇子を儲け、中宮、女院に至る。一身にして男女の役割を果たし、左大臣家に繁栄をもたらした『有明の別』の主人公は、同時に天皇家の継承にも寄与している。時の帝も皇子のないことが悩みの種であったが、ある時、夢想を得た。

そのころ、御かどの御夢に、あやしく心えぬことども、うちしきり御覧ずれど、ことにおぼしめしわかず。いかなるゆへにかありけん、さばかりの御末より、思ふことかなふべきにやなど、こぞむまれ給しも女におはすれば、心えずおぼしまはせど、いかがはたしかにたどらせ給はん。（巻一・三四〇頁）[21]

この夢は、帝と主人公との逢瀬の直前に位置していることから、皇子誕生を予告するものであったと思われる。こうした夢告げは、具体的に描かれてはいないものの、主人公の誕生の折にも働いていたらしい。天皇家と左大臣家、いずれの継嗣獲得も、神意のなすところであったと解せよう。

やがて主人公女院の産んだ一宮は即位し、二宮は東宮となる。東宮は特に母親似で、女院が右大将時代に身につけた見識、才芸を伝授され、将来を嘱望されている。

ただ春宮にのみぞ、とりわきいはけなくより、朝夕よろづをきこえさせ給しかば、なにごとにつけても、ただ

光かくれ給し故大将御《の》かはりには、この宮のみぞ末の世てらさせ給べき。（巻三・四二四〜五頁）

主人公のこの世での使命は、左大臣家のみならず、天皇家にも後継者をもたらし育成するところにまで及んでいたと思しい。(22) 人間界からの要請により遣わされた天女、幼君を補佐、教導する男まさりの母后という点、『松浦宮物語』の鄧皇后に通じるものがあろう。

辛島氏は、かぐや姫から『我身』の女帝に至る女主人公の系譜の間に『有明の別』の女院を位置づけているが、(23) 『有明の別』は『我身』に少なからず直接的な影響を与えた先行物語の一つだと思われる。女帝の周辺に限っていえば、女帝が藤壺所生の二宮を養子とするのは、『有明の別』の女院が次男の東宮を偏愛したことに倣っているのではなかろうか。女帝亡き後、一宮（悲恋帝）の御代は不祥事が続くが、次に即位した二宮（今上帝）は女帝の教えを守って聖代を回復する。『有明の別』では、女院（＝右大将）の愛児東宮が故右大将に代わる世の光となるであろうと、兄帝を凌いで期待されている。

また、『有明の別』の女院は跡継ぎのいない家に申し子として生誕したが、『我身』の女帝もその性格を幾分か有している。巻三末尾には、東宮御息所の懐妊を知った嵯峨院（当時在位）の羨望が語られているが、結局皇子に恵まれなかった嵯峨院の、一粒種の姫宮が女帝なのである。「我が世の末なくてやみぬる」代わりに、「ただいかでもかぎりあらむ御位ひとつを」（巻四・一九〇頁）という嵯峨院の期待を背負って入内した彼女は、立后によってその望みを叶えたばかりでなく、ついに帝位を践み、父の無念を晴らした。(24) 家系継承の責務を一身に担って誕生し、性差を越えた活躍によってそれを果たした上、次代の後継者をも用意した天女という点で、女帝は『有明の別』の女院につながっているのである。

『有明の別』の女院の前生が天にあったことは、物語終結部近くの院御賀において、東宮の笛と女院の琵琶の演奏を称えて天女が降臨した時に明かされる。『我身』でそれに対応するのは、女帝の譲位と崩御の直前に行われた宸筆法華八講の際、藤壺が見た夢であろう。

いささか眠るとも思しわかれぬに、いひ知らず気高げなる人々の、姿、かたちをはじめ、見もならはずいつかしげなる、この設けられたる御帳のあたりの四王の座に着き給ふべきとおぼしきも、上の御前のおはします御簾の前にいみじう畏まりて過ぎぬ。またまたもてかしづき聞こゆるさま、たぐひなきに、またあやしく、上のまたおはしけるにやと見えて、えもいはず清らなる御姿にて、この御かたはらにおはしける、いといたくうち泣かせ給ふ。

あらたまの三年の月日なほ照らせ天つ空には君を待つとも

とのたまふを、上は聞き入れさせ給ふけしきもなし。端をながめ入らせ給ひて、

匂ひ添ふ御法の花に急がれてかひなき月日いかがとどめむ

とのたまはするを、「いかに」と聞こえむと思し召すほどに、うち見上げたれば、上は、ただ見つるながらにながめ入りておはします。（巻五・四四〜五頁）

女帝と天との関わりが、天人の登場によって初めて明確に示される場面である。これを『有明の別』の天女降下と比較してみよう。

まず、事件のきっかけが片や楽の音、片や仏事という違いに注目される。『我身』ではこの直後の八月十五夜、女帝が「あやしき前の世のとかやの御手」（四七頁）で琴を弾く場面があり、いかにも奇瑞の起こりそうな雰囲気なのだが、その場は特に何事もなく終わる。天人降下は、弾奏場面から仏事の場へと故意に移されているようである。

それに応じて、天降って来る者もやや性格を異にする。『有明の別』では、『うつほ物語』以来の音楽奇瑞譚の伝統に則って、楽の音を賛嘆する「あまつをとめ」（巻三・四三四頁）である。『我身』の場合、「四王の座に着き給ふべきとおぼしき」は、まさしく四天王を指すとして、問題は、「上のまたおはしけるにやと見えて、えもいはず清ら

なる御姿」をした者である。女帝と瓜二つということから、その母嵯峨女院や祖母の水尾院皇后宮（嵯峨院の母）をあてる説がある。[25] 確かにこの物語は、血統、特に女系に容貌や性格が遺伝することへの関心が強く、中でも水尾院皇后宮とその子孫の美しさは特筆されている。[26] しかしこれまでのところ、女帝と水尾院皇后宮ないし嵯峨女院との容貌の類似には、まったく触れることがなかった。[27] この八講自体の目的が嵯峨女院追善であるため、女院説も一概に捨てがたいが、病床の母を見舞うこともできなかったことを痛恨していた女帝にしては、再会した亡母に対する態度があまりにそっけないようにも思われる。また、嵯峨女院がなぜ娘の意に反してまで「三年の月日なを照らせ」と在位の継続を願うのか、判然としない。

「上のまたおはしけるにやと見え」たというのは、血縁関係ではなく、女帝が天女であることの証なのではなかろうか。『有明の別』では、女院の「あやしく昔より世の常の人に似ず、しるき御にほひ」が、降下した天女の「今宵の風のにほひ」（四三五頁）と同じであることによって、女院の前生が明らかになっている。同様に、容貌の類似でもって女帝もその族類であることを示す天女、それが「えもいはず清らなる御姿」をした者の正体だと考えておきたい。あるいは、帝位にとどまるよう求める姿からは、女帝の退位を惜しみ阻んでいた天照御神を連想できるかもしれない。[28]

いずれにせよ『我身』では、女帝の甚大な功徳に応じて、仏法の守護神四天王をはじめとする天衆たちが、女帝礼拝のためにやって来たのである。その「いひ知らず気高げなる人々の、姿、かたちをはじめ、見もならはずいつかしげなる」という風貌も、『有明の別』の天女が「いひしらずめづらしきさましたる」「なまめかしくいふかぎりなき」（四三四頁）であるのに比して、一層高貴な威厳を備えているといえよう。

『有明の別』の天女は、「おとめごが花の一枝とどめをけ」という東宮の呼びかけに対し、女院の袖の上に「花のかづらひとふさ」を奉り、

この世にはいかがとどめむ君とわが昔たをりし花の一枝（四三四頁）

と詠む。「この世にはいかがとどめむ」と言いながら、天女の証拠である「花のかづら」を女院に奉るということは、ともに天へ帰るよう女院に促しているのであろう。(29) しかし女院は、

花の香は忘れぬ袖にとどめをけなれし雲ゐにたちかへるまで（四三五頁）

と、まだその時ではないと返答する。それを聞いた天女は、涙を「気色ばかりをしのう《（こ）》ひて」天へ昇っていった。

一方、『我身』の天女は、逆に、なお地上にとどまって世に君臨するよう、涙ながらに女帝に勧める。しかし、女帝の譲位と死への決意は固い。その意志を支えるのは、いずれ五衰を迎えて消滅する「花のかづら」ならぬ「御法の花」、すなわち『法華経』に代表される仏法であった。同じく天人の要請を拒否し、天人を涙ぐませるのだが、『有明の別』の女院とはまったく方向が反対なのである。

『有明の別』の女院は、使命を担ってこの世に転生した、紛う方なき天女である。本人はその記憶をほとんど失っていたようだが、それでも夢うつつの状態で「なれし雲ゐにたちかへるまで」と詠んでいるように、いずれ天へ帰ることは約束されている。同じように楽によって奇瑞を起こし天人の誘いを受けても、所詮人の子に過ぎなかった狭衣とは、そこが大きな違いである。しかし、いまだ使命が完了していないのか、あるいは人間界の絆を断ち切るに至っていないためか、物語の範囲では、女院はなおもこの世にとどまり続ける。(30)

その点は、『松浦宮物語』の鄧皇后にも共通する。彼女は前世の記憶を保っており、「帰らん道も疑ふところなければ」（巻三・一二六頁）と、天への帰還を確信している。しかし、「人の身を享けてけるまどひ」（一二四頁）を免れず、氏忠への愛執に引かれ、潔くこの世と訣別できそうにないと言う。

さてもはかなき世の命のほどを忘れて、この世ながら、いま一度の対面の待たるるこそ、待ちつけずはとまる心もやとあぢきなきまで。（一三一頁）

その皇后の行末は、物語が途中で断ち切られたように終わっているため明らかにされず、やはり昇天まで語られることはない。

『我身』の女帝は、これら先行物語の天女たちと対照的に、天上・地上双方からの引き止めを振り切って、ついに天へ帰って行く。そしてその強靱な意志は仏法に裏づけられており、昇天は往生という形を取るのだった。

五

天との交渉という観点から大雑把に物語史をたどるならば、天と人間との断絶を告げた『竹取物語』を受けて、人間の物語に徹した『源氏物語』の後、『狭衣物語』等の後期物語は再び天を持ち出して主人公を美化する。しかしそれは同時に、彼らが結局天に到達できない人間であることの証でもあった[31]。続いて『松浦宮物語』『有明の別』は、正真正銘の天人の物語を復活したが、その焦点は現世に生を受けた彼らの葛藤にあり、やはり昇天を語ることはなかった。

天女の物語を継承した『我身』は、その天への帰還までを描き切った点、さらに『竹取物語』に近づいたといえる[32]。女帝は嫉妬や愛執といった人間的煩悩とはまったく無縁の存在で、皇后時代も他の后妃との確執を避けて里がちであったし、在位中は関心を寄せる廷臣たちにも一切隙を見せなかったという。まさにこの世の濁りに穢れることなく、天女の清らかさを保持したまま、決然と天へ帰って行ったのである。

しかしもちろん、それは単なるかぐや姫の再来ではなく、天をめぐって展開してきた物語史を確かに反映している。まず、『竹取物語』には、かぐや姫の生まれの賤しさ、皇権力との不調和に対し、世俗的価値観からの批判があった。

かくや姫ののぼりけむ雲居はげに及ばぬことなれば、誰も知りがたし。この世の契りは竹のなかに結びければ、下れる人のこととこそは見ゆめれ。ひとつ家の内は照らしけめど、百敷のかしこき御光にはならばずなりにけり。（『源氏物語』絵合・一〇四頁）

『竹取物語』以後、天と人間とを切り離した物語において、主人公の理想性を保証するのは、類稀なる容姿、才質とともに、この上ない社会的地位であった。その極点が狭衣の到達した帝位、あるいは女性ならば后ということになろう。まさしく天女である鄧皇后や『有明の別』の女院も、この流れから外れない。彼女らは元来人間の要請に応じて下されたのであるから、地上の権力と矛盾することなく、后、国母としてこの世に恩恵をもたらすことができた。『我身』の女帝は、皇女、皇后、天皇と、性差を超越した最高級の地位を次々と経て、「百敷のかしこき御光」そのものとなり、遍く世を照らす。かぐや姫の難点は、ここに完全に克服されたといえよう。

次に、女帝の篤い道心が語られ、昇天は死、往生という形を取ること。もっとも、仏教思想がすでに『竹取物語』にも反映していたことはよく知られるところである。月世界という理想郷への昇天は、浄土への往生と容易に重なり合う。仏教が一層浸透するにつれ、『竹取物語』の影響を蒙った後代の物語が、それを仏教的世界観、死生観と融合させてゆくのは、自然の成り行きであろう。早くは『うつほ物語』から『狭衣物語』『松浦宮物語』に至るまで、『竹取物語』的な天と仏教的な天とは、必ずしも一致しないまでも、渾然として不可分の様相を呈していた。

また、物語内に実体的な天を持ち込まない『源氏物語』において、かぐや姫の昇天は、紫の上や宇治大君の死、浮舟の出家等に投影しているとされる[33]。特に、「白露の消えゆく心地する」（巻五・五七頁）という終焉の形容において、女帝死去の場面が紫の上のそれを範としていることは明らかであった[34]。加えて、死を前にして女帝が催した法華八講もまた、『源氏物語』御法巻において紫の上が行った法華経千部供養に倣うものであろう。源氏に協力を求めず、「いつのほどに、いとかくいろいろおぼしまうけけむ」と賛嘆される盛大な供養を自力で催した紫の上は、すでに死を予感して、「何ごとにつけても、心細くのみおぼし知る」状態であった（一〇四頁）。同様に、五部大乗経を自ら書写し、「わざと夜昼の御暇いることも見えざりしかど、いといみじうとのへさせ給へる」（巻五・四三頁）八講に臨む女帝もまた、「いといたくもの心細くのみ思し召して、ながめがち」（四四頁）だったという。昇天を前に、月を眺めては「心細く」思うかぐや姫の姿を、それぞれ仏事の場に置き換えているのである。

『源氏物語』の中に紫の上の往生が明示されているわけではないが、法華経供養の功徳や手厚い追善により安穏な来世を得たであろうことは、「夢にだに見えこぬ」（幻・一四九頁）という源氏の嘆きからも察せられる。かぐや姫の昇天と往生とが結合してゆく兆しを紫の上に認めることができようが、女帝の場合、往生譚の色合いがさらに強くなる。改めて列挙すると、まず、法華八講の功徳に感応して、四天王をはじめ天衆たちが降臨したこと[35]。また、三条院が夢に見たという、女帝の迎えと思しい「御覧じなれたる行幸のにもあらぬ玉の輿の、いひしらず飾れる」（巻五・四九頁）は、かぐや姫を迎えに来た「飛ぶ車[36]」とともに、往生者が乗る輿[37]をも想起させよう。やがて退位した女帝は、自ら死期を悟って潔斎し、法華経を手にしたまま[38]静かに息を引き取った。生前の功徳、往生の瑞相、臨終の行儀と、往生伝の主な要素をひととおり備えているのである。

王朝物語の世界では、『無名草子』に言及のある『海人の刈藻』の即身成仏を早い例として、往生譚もすでに話型の一つとなっていた。同じ趣向を用いる『雫に濁る』では、帝が退位直後に出家し、即身成仏を果たす。『石清水物語』のように、主人公の極楽往生を後日談として締め括っている作品もある。また、往生の前段階ともいうべき出家遁世譚は、中世に盛行した話型であり、散逸物語まで含めれば枚挙に遑がない。もちろんそれは時代風潮の反映なのだろうが、物語史的観点からいえば、道心を抱きながら逡巡するばかりであった薫や狭衣から、さらに一歩彼岸へと前進した主人公像がもてはやされたことになる。女性の方では、浮舟や『狭衣物語』の女二宮など、出家を遂げる人物が早くから登場していた。『我身』がこれらの物語のいずれかを直接の源泉と仰いだ徴証は今のところ見あたらないが、女帝の死を彩る仏教的荘厳が、当時流行の往生譚、遁世譚とまったく無関係だったとはいえないだろう。

ただし、源氏が女三宮を妻に迎えたことをきっかけに出家を切望するようになる紫の上を含め、一般に物語で遁世や往生を遂げる人々は、失恋なり愛する者との死別なり、何らかの悲痛な体験を契機として、憂き世を厭い仏に救いを求めたのだった。人間としての悩み苦しみが大きければこそ、それを通り抜けた悟りが共感を呼ぶ。ところが『我身』の女帝の場合、仏道帰依に至る経緯がはっきりしない。母女院の死が幾分関与しているようだが、先行物語の往生譚、遁世譚のような痛切な動機は皆無である。道心は生来のものと考えるしかない。やはり天女たる彼女は、かぐや姫同様、人間的煩悩に穢されることから免れているのである。

とはいえ、決して人情を解さぬ悟り澄ました聖人というわけでもない。両親とのこまやかな情愛が強調されるほか、里住みの多かった皇后時代には夫三条院と文を交わし、登極後は孤閨の寂しさを託ち、死を前に三条院や藤壺と別れを惜しむ等、女帝は情感あふれる歌を多く残している。[39] 巻四以降、女帝が登場するたびに、物語中屈指の情緒漂う場面が描かれてきたといってよい。しかし、それらの場面はあまりに耽美的、感傷的に過ぎ、生々しい感情を伝える力は乏しいように思われる。女帝においては、愛情や悲しみまでが美化、浄化され、情理を知る人という理想化に寄与しているのではなかろうか。

たとえば、女帝との別れを予感して取り乱す三条院に、「かぎりなくあはれと」（巻五・五〇頁）同情を寄せる条。[40] 昇天間際に「君をあはれと思ひいでける」（七五頁）と詠んだかぐや姫はもちろん、「年ごろの御契りかけ離れ、思ひ嘆かせたてまつらむことのみぞ、人知れぬ御心のうちにも、ものあはれにおぼされける」（御法・一〇一頁）と、我が亡き後の源氏の悲嘆を気遣う紫の上[41]を連想させる場面である。しかし、紫の上の感慨は、源氏との長く平坦でない夫婦生活の末に至った境地であった。また、かぐや姫が最後に漏らした「あはれ」は、それまで彼女が地上の論理を峻拒してきたからこそ哀切を深める。一方、愛憎を超越したところにある女帝は、常に三条院の側から身を引き、かといって頑なに拒むわけでもなかった。現世に深入りすることなく適度に調和してきた彼女の心情は、迫真性において紫の上やかぐや姫に及ぶべくもない。

女帝の見せる人間的感情は、確かにかぐや姫の「あはれ」を継承するものであろう。しかし女帝の場合、それ自体が主題性を担うわけではなく、より完全な理想像の要件として付与されているように思われる。身分、容姿、才芸とともに豊かな人間的情愛を兼ね備え、かつ俗世の濁りに染まることなく、仏道に精進して往生を期すという、あらゆる点で非の打ち所のない理想性、それが女帝の人物像の真髄なのだろう。

いずれの物語でも主人公は理想的に描かれるが、それぞれ何らかの点で綻びを残していた。多くの場合、その欠陥こそ、物語の追求するものであったといってよい。『我身』の女帝は、それら先行物語の主人公たちの理想性を貪欲に摂取し、統合して造型された。かぐや姫から天女の清らかさを、紫の上から悲しくも美しい静かな死を、狭衣から帝位を、鄧皇后や『有明の別』の女院から現世への貢献を、往生者たちから道心と悟りを、という風に。そして彼らすべてを凌駕する最高の理想像――世俗の論理、天上の価値観、仏教の教理、いずれの立場から見ても完全無欠な存在となったのである。その女帝にとって、天女の歌舞する天であり、当来仏弥勒の浄土であり、かつ現世とも紐帯を保つ兜率内院ほど、ふさわしい世界はなかったといえようか。(42)

六

女帝の造型にこれほど力が注がれているからには、物語におけるその役割の重要性が予想されるだろう。現に、女帝は巻五で聖代を実現したばかりでなく、その死後まで大きな影響力を持ちつづけることになる。巻七の悲恋帝の御代は、女帝追慕の色調に覆われ、不本意な暗い事件が連続した。続いて最終の巻八に即位した今上帝は、女帝の後継者として再び善政を布く。その今上帝が重病に陥った時、救ったのは亡き養母女帝であった。

八月十五夜、今上帝の夢枕に立った女帝は、「今よりも、いささかの御身につつがあらば」と、「花の一房」を授けた（巻八・一八九頁）。『有明の別』の天女の「花のかづらひとふさ」、さらに遡って『竹取物語』の「死なぬ薬」につながる霊物である。[43] しかし、『竹取物語』の不死の薬は帝の命により焼却され、『有明の別』の花の鬘は特に現実的な機能を持たなかったのに対し、この「花の一ふさ」は、明王の生命を、ひいては聖代の存続を保証する霊薬として、確実に宮中に保管されることになる。女帝によって三十六年の治世を予言された今上帝は、全快してますます政務に励み、今度こそ真に申し分ない世が到来する。女帝はその死後まで、後継者今上帝を守護するという形で、現世に多大な恩恵を与えつづけたのである。

同夜、藤壺も夢の中で女帝に再会する。苦境に沈む遺児を救うために冥界から訪れ生者の心迷いを誡める亡き帝という設定、夢を見た人物の反応や、目覚めた後に残る月など、『源氏物語』明石巻で源氏の見る故桐壺院の夢を踏まえたと思われる場面である。[44] しかし、ここでも重要な差異は、罪障に沈む桐壺院が「いたく極じ」（二六五頁）た状態で現れたのに対し、間違いなく往生を遂げた女帝が、「昔の御けしきよりは誇りかに」（一八八頁）見えたというところにあろう。そして、桐壺院の教示はあくまでも現世的であったが、女帝は藤壺の「涙もろなる御さま」を誡め、前掲の「暁を」歌を詠みかけて、来世を思うよう諭す。

また、女帝の残したもう一首、

君ゆゑはいたらぬ方もなきものを何人知れぬ袖濡らすらむ（一八八頁）

の傍線部は、たとえば、

法のためきぬと見れども身をわけていたらぬかたはあらじとぞ思ふ（『公任集』二八三番・妙音品）[45]

のように、衆生済度のため、仏菩薩が変幻自在にあらゆる場所に出現することを踏まえた措辞である。彼我の世界を自由に往来して迷いに沈む人々を誡め、弥勒の世での再会を約束する女帝には、天女を超えて仏菩薩の風貌さえ漂っていよう。後年、女帝の父嵯峨院が、「先帝（女帝）の御迎へいちじるく、花降りしくといふばかりにて、思し召すこと」（巻八・二〇一頁）を叶えたというように、女帝の威光はこの世の人々を来世に導くところにまで及ぼうとしている。

この物語はしばしば歴史物語的と評されるが、それは単に七代四十五年という長期間を描いたというばかりのことではない。特に後半、巻四以降の巻々では、ほぼ天皇一代が一巻に充当し、物語世界の基調は天皇のあり方によって決定されることになる。[46]その虚構の「歴史」は、女帝という超人的存在に領導されて、聖代の大団円で幕を閉じるのである。作品全体を貫く主人公を定めがたいこの物語の中で、少なくとも後半部において誰よりも大きな存在感を保ちつづけたのが、女帝だったといえるだろう。

女帝の存在の重要性は、彼女の治世下の物語が、例外的にもう一巻追加されたことからも察せられる。その巻六において、女帝の兜率往生が四人の近習女房たちとともに再び取り上げられることの意味については、後の章で改めて考えたい。

（1）「物語史〈源氏以後〉・断章――『夜の寝覚』『今とりかへばや』から『我身にたどる姫君』へ――」（今井源衛編『源氏物語とその周縁』和泉書院、一九八九年）。
（2）「『我身にたどる姫君』の女帝――物語史における女主人公の系譜――」（『徳島大学国語国文学』第二号、一九八九年三月）。
（3）注（2）論文。

（4）市古貞次「中世物語の展開」（『中世小説とその周辺』東京大学出版会、一九八一年）。
（5）巻六の成立論については、本書第九章参照。
（6）弥勒信仰、兜率信仰については、速水侑『弥勒信仰』（評論社、一九七一年）、平岡定海『日本弥勒浄土思想展開史の研究』（大蔵出版、一九七七年復刊）を参考にした。
（7）今井源衛・春秋会『我身にたどる姫君』（桜楓社、一九八三年）。
（8）『浅茅が露』にも「八巻の奥つ方」を誦む場面があるが、そこでは妙荘厳王本事品第二十七より、「於八万四千歳」の文句が引かれている（一八九頁）。
（9）本書第十章参照。
（10）『往生要集』大文第三に、諸論が集成されている。
（11）たとえば、前掲の永昭の説法にも、「九重の宮の内に遊戯したまふこと、忉利天女の快楽を受けて、歓喜苑の内に遊戯するに劣らず、喜見の宮殿に興ずるにも勝る」（二四〇～一頁）などと見える。
（12）中世、『古今和歌集』注釈等の場で様々に展開した竹取説話のうち、『大江広貞注』所載のものは、竹取翁が地上の求婚者を退け、「帝釈にたてまつらん」と、姫を連れて空へ昇ったとする（片桐洋一『中世古今集注釈書解題一』赤尾照文堂、一九七一年）。やはり帝釈の居所忉利天がイメージされているのかもしれない。
（13）『今昔物語集』巻一・第二にも見える。
（14）深沢徹「往還の構図もしくは『狭衣物語』の論理構造（上）――陰画としての『無名草子』論――」（『文芸と批評』第五巻第三号、一九七九年十二月）。
（15）『狭衣物語』巻三には、女二宮の法華八講の場を浄土に比す描写の中に、「月の光さへ隈なくて、兜率天までも、易く昇りぬべかめり」（一七二頁）という表現がある。『狭衣物語』の「兜率天」は、『竹取物語』的な天、月世界と仏教的浄土とを媒介する、あるいは両者の渾融する世界のようで、その点、前節で見た『我身』の兜率天の扱いに近似する。また、鈴木泰恵「『狭衣物語』と『法華経』――〈かぐや姫〉の〈月の都〉をめぐって――」（『国文学解釈と鑑賞』第六十一巻第十二号、一九九六年十二月）は、兜率天という新たな〈月の都〉が普賢品（勧発品）を介して創出されたと論じている。
（16）本書第四章参照。
（17）中田剛直編『校本狭衣物語』（桜楓社、一九七六年）による。
（18）本書第六章参照。
（19）注（1）論文。
（20）『松浦宮物語』の鄧皇后から『我身』の女帝への影響関係については、本書第七章で改めて論じる。
（21）底本は「などこそ」と区切り、「こ」は「こ」の誤記かと傍記している。大槻修訳注『有明けの別れ』(創英社、一九七九年)は、「などこそ」と校訂し、「むまれ給し」は、左大臣家に主人公が生まれたことを指す、と解釈している。しかし、次に述べるように、この「御夢」は皇嗣誕生に関するものと判断し、「これほど年が経ってから念願の皇子誕生が叶うのだろうか、しかし去年生まれたのも皇女であったので、不審に思った」と解しておく。
（22）西本寮子「『在明の別』再考――家の存続と血の継承――」（稲賀敬二・増田欣編『継承と展開5　中古文学の形成と展開――中古から中世へ――』和泉書院、一九九五年）は、女院の役割を、家の存続、家の繁栄につながる皇嗣を産むこと、右大将時代の栄光を東宮に継承させること、の三点にまとめている。
（23）注（2）論文。
（24）本書第六章参照。
（25）徳満澄雄『我身にたどる姫君物語全註解』（有精堂、一九八〇年）は水尾院皇后宮、注（7）今井氏注釈は嵯峨女院とする。
（26）宮田光「『我身にたどる姫君』に於ける人物の対比と系統性について」（『熊谷武至教授古稀記念国語国文学論集』笠間書院、一九七七年）。
（27）巻六では、女帝の容姿を「異人と聞こゆべくもあらず故宮に似奉らせ給へる」（七八頁）と述べており、この「故宮」は水尾院皇后宮と思われる。ただしここでは、続いて「夢ばかりかよひ聞こえ給はぬ人」（七九頁）つまり異母妹前斎宮との格差を強調するために、共通の祖母である水尾院皇后宮との相似が持ち出されたのであろう。巻六の特異な性格を考えても、不用意に物語全体に敷衍することは控えたい。女帝に関しては、嵯峨女院およびその母（故関白北の方）より続く系統性が語られるが、この系統が伝えてきたのは、「御心せちに清らにおはしまして、昔の祖母上（故関白北の方）の御心にや、いささかもまさなき御恨みなどまじらぬ」（巻四・一九二頁）という性格的美質であって（生澤喜美恵「女帝実現の物語としての『我身にたどる姫君』」『池坊短期大学紀要』第二十七号、一九九七年三月）、容貌の類似にはまったく言及されない。それに「えもいはず清らなる」という最上級の形容は、天女たる女帝はともかく、嵯峨女院にはそぐわないようである。

（28）この後の譲位の場面で、女帝は「ただ神などのあらはれおはします心地して」（五三頁）と描写されている。

（29）この歌の初句・第二句を、注（21）に挙げた大槻氏訳では、「この世に、どのようにしてとどめおきましょうや」と訳している。常盤博子「『在明の別』の「天人降下」考」（『実践国文学』第四十三号、一九九三年三月）も、「いかが」を疑問の意で解釈している。しかし、女院の返歌に対する天女の涙が「天稚御子、うち泣きて」（『狭衣』巻一・四五）に対応する等、『狭衣物語』天稚御子降下事件の投影を鑑みて、「いかが」を反語と取り、天女が女院を天へ誘った歌と見ておく。

（30）『有明の別』の現存本は、会話文が途中で断ち切られる形で終わっており、本来の末尾が欠脱している可能性もある。しかし、女院の物語は院御賀の奇瑞の場面で最高潮に達しており、仮にさらに物語が続いていたとしても、昇天まで描かれていた可能性は低い。

（31）天女に描き宿世を予言された『夜の寝覚』の中の君や、天に転生しながら愛執に引かれ現世に戻って来るという『浜松中納言物語』の唐后も同様。また、散逸物語『夢ゆゑ物思ふ』も、天人と人間の姫君との契と破局を描いた物語であったらしい（辛島正雄「あめわかみこ往還――お伽草子『あめわかみこ』とその源流――」『説話論集』第八集、清文堂出版、一九九八年）。

（32）辛島氏は、女帝にこの世への未練が皆無であることを、昇天前のかぐや姫の哀切な心情と対比し、「物語『竹取』を通り抜けて、それ以前に広がっていたであろう伝承の世界での主題性を継承する」「一見、かぐや姫の再現のようでもあるが、その昇天にまつわる主題のあり方は、およそ対局を向いている」と述べる（注（2）論文）。本稿も女帝の強い意志に注目する立場は同じだが、『竹取物語』を源泉とする他の物語と比較する上で、天の羽衣を着たかぐや姫が物思いのない月世界へ帰って行くという結末の一致に重点を置いている。また、後述するように、現世の人々との別れを悲しむ人情は、女帝にとっても重要な属性である。

（33）河添房江「源氏物語の内なる竹取物語――御法・幻を起点として――」（『源氏物語の喩と王権』有精堂、一九九二年）、伊藤博「死なぬ薬・死ぬる薬――竹取と源氏――」（『国語と国文学』第六十四巻第三号、一九八七年三月）、久富木原玲「天界を恋うる姫君たち――大君、浮舟物語と竹取物語――」（『国語と国文学』第六十四巻第十号、一九八七年十月）など。

（34）諸注釈および注（2）論文に指摘がある。

（35）たとえば、壬生良門の千部法華経書写供養の時、「天諸童子、華を捧げて来り」「護世の天人、合掌して敬礼す」といった奇瑞が「或は夢の中にあり、或は眼の前にあり」、その後、良門は兜率上生の瑞相を得て息絶えたという（『法華験記』巻下・第百十二）。

（36）注（7）今井氏注釈および注（2）論文に指摘がある。

（37）往生の瑞相として「宝輿」を夢に見るという話は、『日本往生極楽記』の東塔住僧某甲伝、僧尋静伝、寛忠大僧都姉尼某甲伝などに見える。その他、蓮台、車、舟等が往生者の乗り物となる場合もある。

（38）法華経を持して臨終を迎える話は、『法華験記』巻上・第二十、巻中・第四十一、同・第六十三、巻下・第百二十一などに見える。

（39）女帝の詠歌は全十七首で、巻四以降に登場する人物の中では三条院の十八首に次ぐ。しかも三条院詠のうち十七首までが、女帝との贈答、女帝への哀悼など、女帝関係で詠まれた歌である。

（40）注（7）今井氏注釈は三条院が女帝に対し「あはれと」思ったと訳しているが、前後の文脈から注（25）徳満氏注釈の解釈に従う。

（41）この箇所の紫の上とかぐや姫との関係については、注（33）河添氏論文参照。

（42）極楽に対し兜率信仰が根強い支持を集めた理由の一つは、下生という形で現世に再帰可能という点にあったとされる（注（6）速水氏著書）。

（43）注（2）論文。

（44）注（7）今井氏注釈に指摘がある。

（45）「華徳。汝但見妙音菩薩。其身在此。而是菩薩。現種種身。処処為諸衆生。説是経典」（『法華経』妙音菩薩品・二三〇頁）による。

（46）本書第六章参照。

【補注】

女帝の人物造型に関して、本稿初出後、小島明子氏は、その前身が必ずしも天女であるとは読み取れないと論じ、女性往生者という観点からとらえ直している（『中世宮廷物語文学の研究——歴史との往還——』（和泉書院、二〇一〇年）第二部第六章「『我身にたどる姫君』の女帝像——女性往生者の投影——」）。

第六章　『我身にたどる姫君』の描く歴史

一

中世の王朝物語の傾向の一つとして、歴史物語的作風ということがよくいわれる。その特徴は、統一的な主人公を設定せず、貴族社会を舞台に多数の人々の動向を描きつつ、おおむね数十年にわたる年代記的な物語を展開するところにある。そうした物語の早い例である『海人の刈藻』が、「言葉遣ひなども、『世継』をいみじくまねびて」（『無名草子』二四八頁）と評されているように、『栄花物語』に代表される歴史物語の手法を取り入れたものとされる。(1)

同様の作風を持つ鎌倉期の物語として、『苔の衣』や『我身にたどる姫君』が挙げられる。そのうち『我身』については、「物語を一貫させるだけの、自他共に認め得るような主人公が無」く、「作者が描こうとするのは、個々の人物ではなく、むしろ貴族の家々であり上層階級の限られた社会圏であり、そういう家々の年代記なのであった」と概括されたこともある。(2)ただし『我身』の場合、歳月の推移をこと細かに追ったり、行事、儀式を煩瑣なまでに記録したりする傾向が、『海人の刈藻』『苔の衣』などに比してさほど顕著でなく、その点では『栄花物語』のような歴史物語の特徴から少しく距離がある。

しかし、『我身』は他の作品とは少々異なった意味で、歴史物語に近い性格を持っているように思われる。(3)しかも、人物の系譜などの点で史実を大幅に取り込み、それに改変を加えることによって、いわば独自の虚構の歴史を描いているように見受けられる。以下本章では、この物語がいかなる点で歴史物語に接近しているのかを検討し、さらに史実から創り上げた虚構の歴史を追うことによって、作者の歴史意識のあり方をも考察したい。

二

一般に歴史の書は天皇の事績に重きを置き、天皇一代を基準に構成される。六国史をはじめとする漢文体の歴史書は、編年体を基本とする一方、天皇の代替わりで一区切りとし、帝紀の体裁をも兼ね備えているのが通例である。仮名作品でも『大鏡』『今鏡』『愚管抄』等はいずれも冒頭に天皇の歴史を据えており、『六代勝事記』『五代帝王物語』に至っては書名自体に代々の天皇を打ち出している。藤原道長の栄華を主題とする『栄花物語』でさえ、形式の上ではさほど顕著でないが、「世継」という別称が端的に示すように、皇位継承史がその根幹にあったとされる。(4)

作り物語である『我身』も、特に後半にあたる巻四以降は、皇位継承の次第に関心を寄せ、物語が帝を中心に展開する傾向が顕著である。見やすいところでは、巻五の並びという特殊な位置にある巻六を除いて、一巻がほぼ帝一代の治世に充当することを指摘できる。それぞれの巻頭部、巻末部から、その状況を概観しておこう。

巻四	我身院		
	三条院	巻末	譲位
巻五	女帝	巻頭	「今の帝は…」
		巻末	譲位・崩御
巻七	悲恋帝	巻頭	女帝追悼→即位
		巻末	崩御
巻八	今上帝	巻頭	「新しき御代は…」

最後の巻八を除く各巻の巻末はいずれも時の帝の御代の終結を語り、巻五、巻八の巻頭は新天皇の善政を称える文章ではじまる。巻七の冒頭は巻五末で崩御した女帝を哀傷する場面がしばらく続くが、それが終わるとすぐに、「新しき御代のよろこび」「御即位の儀式」（一三七頁）という言葉が現れる。巻四のみ二代にまたがっているが、我身院が位にある部分（巻四全体の三分の一弱）は、巻三・巻四間の十七年の空白期間に生じたさまざまな変化を説明するとともに、東宮時代の三条院に妃たちが参入する経緯を述べており、いわば三条院即位前紀の役割を果たす。原則として一巻一代という帝紀風の巻立が守られているといえよう。

そして代々の帝は対照的に描き分けられている。たとえば、巻五の女帝が政務に励む様は、寵妃後涼殿を溺愛するあまり公事を怠りがちであった前代の三条院と比較する形で述べられる。

（三条院は）おのづから後涼殿におはしまし暮らして曇り日の暮るるを思し召し忘るる時もありしかど、（女帝は）何事もただすがすがとととのへられつつ、御ぐしなどかき下さるるまでつゆばかりほども経ず、（巻五・一六頁）

続いて、叔母の皇太后宮に強引な恋慕を寄せ破滅的な死に至った悲恋帝、前代の醜聞を教訓に身を修め善政に努めた今上帝という具合に、一代ごとに賢愚が入れ替わる形になっているのである。

さらに各巻の全体的な色調も、当代の帝のあり方と即応した対照性を見せている。巻四の三条院の後宮では、中宮藤壺と後涼殿の反目や二組の密通（殿の中将と麗景殿、宮の中将と後涼殿）などの不祥事が起こるが、巻五では女帝によって宮廷の綱紀が刷新され、前代の后妃たちもそれぞれの境遇に落ち着いている。巻七は女帝喪失の悲しみのうちに幕を開け、三条院が藤壺との夫婦関係を強引に復活したり、右大将（宮の中将）が再び後涼殿と密会するなどの事件が続いた末、皇太后宮、悲恋帝の相次ぐ悶死という悲劇に至る。続く巻八では、今上帝が築いた聖代のもと、すべての主要登場人物はあるべきところに収まり、あらゆる懸案が解決されて大団円の終結を迎える。要するに巻六を除いた巻四以降の巻々は、当代の帝の賢愚、明暗に対応して、混乱と秩序を交互に繰り返すのである。帝一人一人の「代」へ関心を寄せ、その連続と対照を物語展開の機軸としている様が見て取れる。

物語の前半部においては、帝と物語世界との関連が後半部ほど緊密とはいえない。巻三以前の巻々では、我身姫君をはじめ比較的限定された人物を中心とする恋愛物語が物語の進行を支えており、物語中最初の帝である水尾院から嵯峨院への譲位（巻三）も、その中に組み込まれる形になっている。しかし、物語がはじまってまもなくの時点で、長文を費やして水尾院の後宮と皇子女たちが紹介されており、三人の皇子の個性が描き分けられ、皇位継承をめぐる問題が浮上している。帝位の行方に対する関心の高さは、すでに窺われるところであった。

冒頭に述べたように、『我身』という物語には終始一貫した主人公が存在しないに等しい。その中で、物語にある程度の統一性を保証し、物語の進行を導く中心軸の役割を果たしているのが、帝という存在、それも特定の一人の帝ではなく、次々と継承されてゆく歴代の帝であるように思われる。こうした特徴は、歴史物語的作風と称される他の現存物語には見られないものである。[5] この物語を歴史物語に比し得るのは、何よりも、このように皇位継承を基本軸に物語が展開してゆく点においてではなかろうか。

しかも、それら歴代の帝やその周辺の人物の造型は、まったくの創作ではなく、ある時代の史実に基づいているものと思われる。その模様を次に検証してみよう。

三

巻四の主な舞台となる三条院の後宮では、その東宮時代から多くの妃たちが寵を競っていた。即位とともに嵯峨院の姫宮（承香殿皇后、後の女帝）と関白の姫君（藤壺中宮）が后に立てられ、二后並立の状態となる。三条院は最愛の女御後涼殿をも后にと望むが、三人の后は先例がないという世人の疑義に加え、藤壺を後押しする祖母水尾女院の強硬な反対に押されて、当面見合わせることになる。

三人は例なきことと傾く人多かれど、なほ后に立ち給ふべしと聞こゆ。されど女院のいみじうのたまはせむつかれば、いましばしと思し召すなるべし。（巻四・一九二頁）

やがて藤壺が皇子を産み威勢を増すにつれ、不遇の日々を送る後涼殿に対し、藤壺の父関白でさえ同情を寄せるが、

ただ女院などの、「三人の后と聞きならはずもあるかな。時の后の皇太后宮といはるるは、いとまがまがしかりける御代の末にありけるとかや。あるまじのことや」と諫め申させ給ふに、わづらはしうてえしも思し召したたぬなるべし。（二一三〜四頁）

と、やはり水尾女院に反対されて立后には至らなかった。

数年後、譲位を決意した三条院は、その直前になってついに後涼殿の立后を実行する。

御国譲り近くなりて、まづ太皇太后宮、太上天皇の位得させ給ひて、次々上らせ給ふ。後涼殿、后に立ち給ふ。（二一五〜六頁）

太皇太后（先々代嵯峨院の后）が女院となって、皇太后（先代我身院の后）→太皇太后、承香殿皇后→皇太后、藤壺中宮→皇后とそれぞれ移り、後涼殿が中宮に立てられた。その後まもなく三条院は承香殿に帝位を譲ったため、ごくわずかの期間ではあったが、「三人の后」が実現したわけである。

一人の帝に三人の后が並び立つ状態は、すでに指摘されているように、史実においてただ一度、後冷泉天皇の代に存在した。(6) 治暦四年（一〇六八）四月十六日、(7) 皇后藤原寛子が中宮に、中宮章子内親王が皇太后に移り、女御藤原歓子が皇后に冊立されたのである。「時の后の皇太后宮といはるる」実例も章子のみ、(8) しかも後冷泉はその三日後

の十九日に崩御している。三条院の場合、譲位後も上皇として存命するという違いはあるが、御代替わり直前の慌ただしい立后による三后鼎立という事態は、この後冷泉朝の事例に倣ったものではなかろうか。そして、「いとまがまがしかりける御代の末」という水尾女院の非難も、従来指摘されてきた、後冷泉の時代に末法に入ったという思想[9]よりは、三后出現の直後に天皇が崩御したという先例の不吉さを指しているものと考えられよう。

もっとも、一方では「三人は例なきこと」と言い、一方では当代の后を皇太后と称する先例を持ち出している点、厳密な意味で准拠と定めようとすると若干の齟齬を来すのだが、少なくとも三条院の後宮が後冷泉の後宮を参照して設定されていることは、認めてよいと思われる。それは、藤壺—寛子、承香殿—章子、後涼殿—歓子という具合に、三条院の后の一々が後冷泉の后たちと対応することからも察せられる。双方の人物関係を簡単に図示すると、次のようになる。

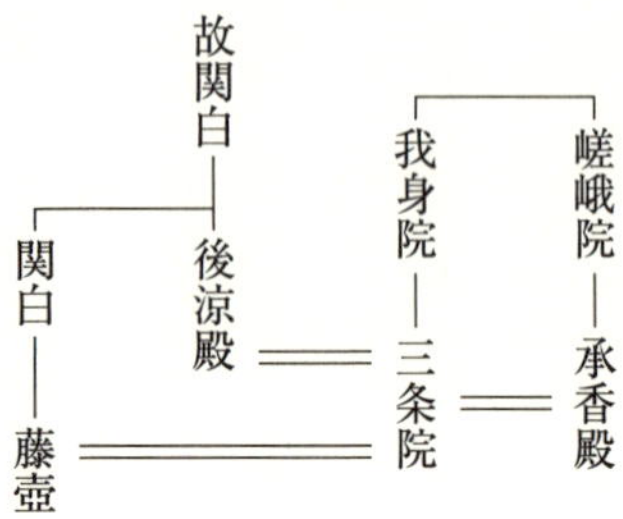

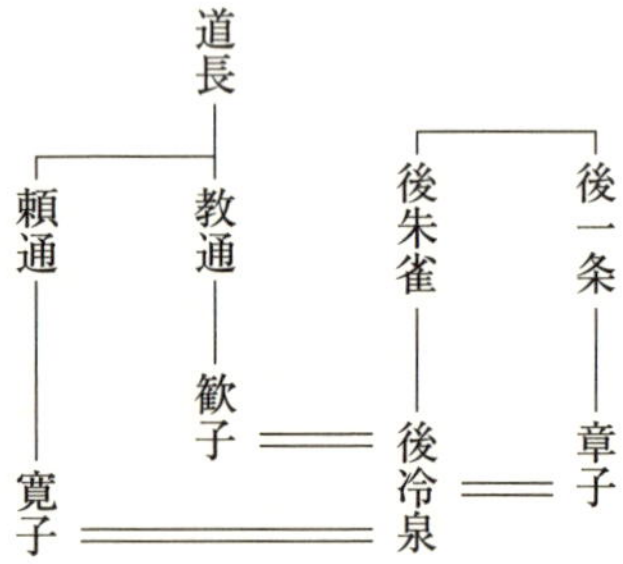

以下、后妃たちの対応関係を、後冷泉朝の後宮の有様を最もよく伝える『栄花物語』を主に用いながら、より詳しく見てゆきたい。まず関白の娘である藤壺は、関白頼通の娘寛子と同じく摂関宗家の出身で、天皇の伯父として政界第一の地位にある父の権力を背景に、最も勢威を誇る后であった。

次に承香殿と章子は、単に皇女というばかりでなく、各々の父親まで含めて共通点が多い。承香殿の父嵯峨院と章子の父後一条天皇は、いずれも皇位を受け継ぐ男子に恵まれない天皇であった。弟東宮（後朱雀）の皇子誕生を聞いた後一条が、「うらやましげに思しめされたり」（『栄花』楚王の夢・五〇九頁）と羨望したのと同じく、『我身』の嵯峨院も、異母弟の東宮（我身院）の御息所が懐妊したことを「いと羨ましく」（巻三・一五六頁）思ったという。

後一条、嵯峨院とも、后（藤原威子、嵯峨女院）についに皇子は誕生しなかったのだが、いずれも帝と后の仲は非常に睦まじく、後宮に他の女性を交えなかった点も共通する。皇子のない代わりに后との間に儲けた皇女を溺愛し、その処遇を思い悩んだ末、それぞれ「今すこし動きなく見たてまつらん」（『栄花』歌合・二五七頁）、「動きなき御位を」（『我身』巻四・一八二頁）と願って入内させることを決意する。しかも、章子を弟後朱雀の后にというのが後一条の本来の遺志であったのと同様、嵯峨院も当初は弟我身院に打診していたという点まで相似している。

入内した皇女たちは、「むつましくあはれにやむごとなき方」（『栄花』根合・三六四頁）「さまざまにおろかならずかたじけなく心苦しく」（三七九頁）、「いとおろかに思ひ聞こゆべくもあらず」（『我身』巻四・一九〇頁）「重き方の御おぼえこよなき」（二一四頁）と、その身分柄尊重されることとなる。のみならず、

御方々参らせたまへれど、さらに御覧じ入れず、ものしき御気色にもあらず、よそのことに思しめして、あてに気高く、聞しめし入るる御気色にもあらねば、いとどあはれにありがたく思ひ申させたまひて、何ごともまづと、この御方の御事をば思しめしたり。（根合・三七九頁）

という章子、

御心せちに清らにおはしまして、昔の祖母上の御心にや、いささかもまさなき御恨みなどまじらぬぞ、いまひとしほの御思ひも添ふべき。（巻四・一九二頁）

例の何心なくおほどかにもてなされ給へる御けしき、あてになまめかしきものからいみじう愛敬づきて、おくゆかしう心憎き御さまぞし給へる。（二〇六頁）

という承香殿、いずれも嫉妬を知らぬ心の高潔さが、ますます帝の愛情を深めたと記される。このように、承香殿の人物像はその両親をも含めて章子に似通うところが大きい。

最後に後涼殿は、表向き故関白と水尾院女三宮との間の娘で、現関白の異母妹にあたる。摂関家の出身であることは間違いないが、父を早くに失ったこともあって、現関白の娘藤壺と比べれば傍流的な立場にあった。いち早く后となり皇子を次々と産む藤壺の威勢が増すにつれ、なかなか后位に手の届かない後涼殿と母女三宮は、「世を憂きものに」（巻四・一九一頁）思い、「かへすがへすあさましう」（二一三頁）と嘆いていた。そして前述のように、三条院譲位の直前になって漸く立后を果たしたのである。

一方、道長三男教通の娘である歓子は、後冷泉の女御となっていたが、後から入内した頼通の娘寛子に后位を先んじられてしまう。教通は「いと口惜しうあさましく」（根合・三六四頁）嘆いて歓子を里下がりさせ、自らも籠居したという。そして念願の立后が叶ったのは、後冷泉崩御の直前であった。摂関家の嫡流からやや外れた出自ゆえに嫡流側に圧倒され不遇をかこっていた点が、後涼殿と歓子に共通する要素である。

ところで、歓子は一般に「小野皇太后」の名で知られている。女御時代から小野の山荘で勤行生活を営むことが多く（『栄花』煙の後）、出家後は「小野にのみおはします」（『栄花』紫野・五二六頁）という余生を送り、その地で逝去したことによる。歓子の小野隠棲は、白河院の小野雪見御幸の逸話[10]によって夙に著名であった。そして後涼殿もまた、物語最終の巻八、それもほぼ巻末に至って、小野に引き籠ることになる。すでに皇后に転じ、三条院と死別して出家を遂げた後のことである。

小野といふわたりに心深く思し召し設けて移ろはせ給ひにしかば、まして分け参る人もまれに、心細き御住まひなり。（巻八・二一〇頁）

晩年を小野で寂しく過ごした后といえば、小野皇太后と称された歓子へと自然に連想が赴くであろう。この点でも、後涼殿の造型には歓子が関わっていると考えられるのである。

以上のように、三条院の「三人の后」の個々の人物像は、後冷泉天皇の后たちに重なるところが少なくない。三后鼎立の設定ばかりでなく、三条院の後宮の構成そのものが、後冷泉の後宮を範として発想されていると考えてよいだろう。

ただし、三条院後宮の発想源は後冷泉後宮に限らないようである。たとえば、絶世の美貌を誇る後涼殿が、「うちはへ後涼殿にのみおはします。上の御局にもつとさぶらひ給ふ」（巻四・一九一～二頁）というほど寵愛された点は、「里に久しくおはします」（煙の後・四〇八頁）ことの多かった歓子と相違する。社会的立場の弱い妃への宮廷秩序を乱すほどの偏愛という状況が、『源氏物語』の桐壺更衣を想起させるのはもちろんだが、後涼殿の人物造型の根幹に歓子があったことを考慮すれば、歓子の姉にあたる後朱雀女御藤原生子という人物を無視できない。

生子は教通が后がねとかしずいた長女で、後朱雀天皇に入内して梅壺女御と呼ばれる。天皇は「いと愛敬づき気高くをかしげに、御髪などめでたくおはしましけり」（『栄花』暮まつ星・三〇五頁）という美貌の生子を寵愛し、「上の御局にのみおはしまさせ、御心ざし深げに聞えさせたまひし御仲らひ」（根合・三三八頁）であったという。しかし、立后はなかなか叶わなかった。

梅壺の女御殿の御おぼえ、月日に添へていとめでたく世人は申せど、いかなるにか、后にはえゐたまふまじとのみ申す。（暮まつ星・三一五頁）

やがて後朱雀が重病に陥り譲位も近くなった頃、教通はしきりに生子の立后を嘆願する。天皇自身も「いみじういとほしう」（根合・三三二頁）思っていたが、実行できぬまま崩御した。「一の人の御女ならぬ人の、御子おはしまさぬがならせたまふ例はまたなきこと」（三三三〜四頁）という理由で、関白頼通が難色を示したゆえであった。

娘を后にという教通の願望は、生子、歓子の姉妹に引き継いで託され、二度とも摂関家宗主の立場にある頼通の反対に遭ったわけである。後冷泉朝の末、頼通が教通に関白職を譲って引退した時点で可能になった歓子の立后は、まさに姉妹二人がかりでの悲願達成を意味していた。第一の寵妃でありながら、摂関家の利害を代表する水尾女院の妨害を受け続け、しかし最終的には后位に至ったという後涼殿の半生は、この姉妹のたどった運命を一つに足し合わせた形になっているのである。

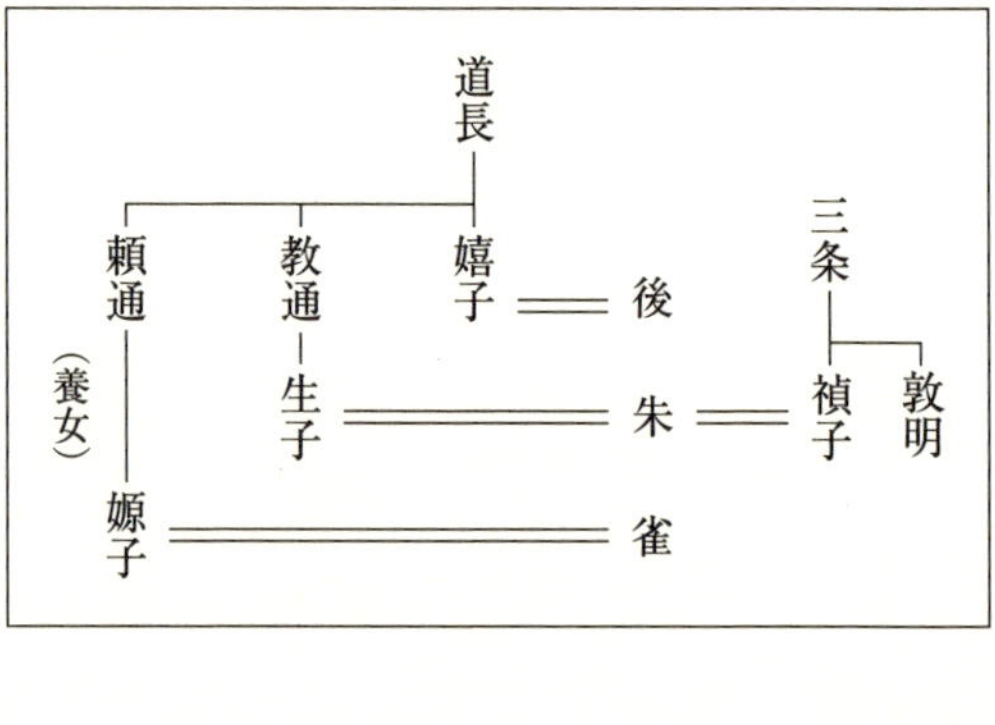

こうした合成的な人物造型は、後涼殿と生子・歓子との関係に限られたことではない。そもそも、皇女、摂関家嫡流の后、摂関家傍流の女御という三者から成る後冷泉後宮の構成は、前代の後朱雀天皇の後宮に極めて似通っていた。後朱雀に入内した摂関家嫡流の娘は、後冷泉を産んだ道長娘嬉子と、頼通の養女嫄子である。もっとも嬉子は後朱雀の即位以前に逝去しており、中宮となった嫄子も二皇女を残して早世した。

もう一人、後朱雀の東宮時代に入御しやがて皇后となったのが、三条天皇皇女禎子内親王である。その禎子は、断絶すべき運命にある皇統の皇女という点で、後冷泉中宮章子ならびに『我身』の承香殿と通じるものを持っている。三条天皇には皇后娍子との間に四人の皇子がおり、長子敦明親王が皇太子となった。しかし『栄花物語』によれば、敦明はその窮屈な身分を嫌い、

故院（三条）のあるべきさまにし据ゑたてまつらせたまひし御事をも、いかに思しめして、やがて御跡をも継がず、世の例にもならむと思しめすぞ。（『栄花』ゆふしで・一〇五頁）

という母娍子の制止や、

いとあるまじき御事なり。さは、故院の御継なくてやませたまふべきか。（一〇六頁）

という道長の諫めも聞き入れず、東宮位を辞退してしまった。それが三条皇統（より正確にいえば、三条の父冷泉天皇に発する皇統）の断絶を意味することは、娍子や道長の言葉の中ではっきり意識されている。

敦明親王自身、後年、異母妹禎子の東宮入内について噂話をする中で、己の責任で父三条天皇の皇統を絶やしてしまったことを述懐するとともに、禎子に望みを託すような発言をしている。

あはれに、故院のいみじうしたてまつらせたまはんと思したりしものを。おはしまさましかば、さりともこよなからまし。さやうに参りたまひて、思ふさまにおはせば、いかにうれしからん。あさましう院の御なごりなき、いとほしきに、人のすることにもあらず、わが心とかくてあるとは思ひながら、いとも狂ほしきことぞかし。（『栄花』楚王の夢・五三四〜五頁）

敦明の言う「思ふさま」の具体的な内容の一つに、后という女性最高位を極めることが含まれていたとすれば、禎子は皇嗣の絶えた三条皇統の期待に十分応えたことになる。そうした禎子の境遇は、摂関家出身の后（道長次女妍子）を母に持ち、父天皇に鍾愛されていた[11]という点もあわせて、章子や承香殿に相似する。

さらに承香殿が章子より禎子に近いと思われるのは、父院の住む嵯峨に下がりがちで、しばしば三条院から参内を勧められている点である。内裏に住まうことの多かったらしい章子に対し、禎子は天皇の慫慂にも関わらず、内

裏へ入ることを拒んでいたとされる（『栄花』暮まつ星）。もっとも、承香殿の里住みが他の后妃との競合を避けてのものであったのに対し、禎子の参内拒否は嫄子の入内、立后への反発に由来していたという相違があるが、それについては後で触れる。ともあれ三条院後宮における承香殿の人物像は、禎子と章子との組み合わせによってほぼ完成するといってよい。

それぞれ相似た境遇を背負って、連続する二代の天皇に入内した禎子・章子および生子・歓子、その実在の后妃たち二人ずつが合成されて、承香殿と後涼殿の人物造型に関与していることを確認した。最大の威勢を有する摂関家嫡流の后の存在をもあわせ、后妃たちの構成の上で似通うところの多い後朱雀後宮と後冷泉後宮とを組み合わせたところに、『我身』の三条院の後宮は成り立っているのではなかろうか。

四

史実に依拠した後宮の設定は、遡って物語始発部における水尾院の代にも認められる。水尾院には、故院の皇女である皇后宮と、摂関家出身の中宮（後の水尾女院）という二人の后がいた。巻四の三条院の場合もそうであったように、皇后と中宮の並立は平安中期以降特に珍しい事態ではないが、ここでは一人の天皇に初めて二后が並び立った一条朝に注目したい。

一条天皇の後宮には、元服直後に藤原道隆の娘定子が入内して中宮となっていたが、道隆を失った中関白家の没落後、権力を握った道長が長女彰子を入れる。まもなく彰子は中宮に冊立され、定子が皇后に移ったことにより、前代未聞の一帝二后状態が出現した。二代の国母となり摂関政治全盛の要の役割を果たした彰子は、孫、曾孫の代まで長寿を保ち、天皇家・摂関家双方から尊崇を集めた。先に述べた後涼殿の立后問題において顕著に見られたように、摂関家の利害を代弁する水尾女院が孫の三条院の代まで保持した発言力は、そうした彰子の存在の大きさに匹敵するものといえよう。

水尾院皇后宮と定子については、各々の出自は異なるものの、高貴な身分ながら有力な後見を失って不安定な境遇にあり、摂関勢力に支えられた中宮方に押されがちであった点は一致している。また、立場の弱い反面で、

皇后宮、御みめもうつくしうおはしましけるとこそ。院も、いと御志深くおはしましける。（『無名草子』二七八頁）

のように、後世まで伝えられた定子の美貌と天皇の深い愛情は、水尾院皇后宮の「かぎりなき御さまかたち」およびび「まことの御心ざしかぎりなくときめかせ給ふこと、皇后宮にならび聞こえ給ふ人しおはせねば」という寵愛ぶり（『我身』巻一・一九頁）に比すことができよう。

定子、水尾院皇后宮とも夫に先立って世を去ることになるが、後者の崩御の場面は、

秋風たちぬれど、露とともにのみ消えまさらせ給へば、かたへは思ひつきて、あるかぎりしめり屈じたり。夕暮の荻の上風すごく吹き出でて、いとどかごとがましき袖の露けさに、（巻一・四七頁）

以下、『源氏物語』の藤壺や紫の上の臨終場面などを取り込みつつ[12]、哀感漂う情景を描き出している。一方、『栄花物語』鳥辺野巻も、

かくて八月ばかりになれば、皇后宮にはいとものの心細く思されて、明暮は御涙にひちて、あはれにて過ぐさせたまふ。荻の上風萩の下露もいとど御耳にとまりて過ぐさせたまふにも、いとど昔のみ思されてながめさせたまふ。（三二一頁）

という巻頭から、定子の寂しい出産と逝去を哀切に語っていた。最愛の后を失った水尾院、一条天皇が、ともに深く悲嘆したことはいうまでもない。摂関家の権勢を背景に威を振るう中宮と天皇の寵愛のみを頼りとするはかない

境遇の皇后との並立、そして秋の情趣と悲哀感に彩られた皇后の死といった水尾院後宮の有様は、一条朝の史実から得たところが大きいのではなかろうか。

次に、水尾院および一条天皇の皇子女たちを比較検討してみよう。それぞれの后所生の皇子女を挙げると、次のようになる。

水尾院皇后―┬嵯峨院（一宮）
　　　　　　├二宮
　　　　　　└女三宮

定子―┬脩子（第一皇女）
　　　├敦康（第一皇子）
　　　└媄子（第二皇女）

水尾院中宮―┬我身院（三宮）
　　　　　　└女四宮

彰子―┬後一条（第二皇子）
　　　└後朱雀（第三皇子）

男女の配分が若干ずれるものの、人数等相似た構成となっている。中でも注目されるのが、『我身』の二宮と敦康親王との対応である。

敦康は、后腹の第一皇子でありながら帝位に即けなかった親王である。一条天皇は「あはれに人知れぬ私物」（『栄花』初花・四六〇頁）として敦康を鍾愛しており、譲位にあたっても、内心では「よろづを次第のままに」第一皇子の立坊を望んでいた。しかし結局、「はかばかしき御後見もなければ」という理由で断念し（四六一頁）、彰子の産んだ第二皇子を東宮に立てる。その後も二度の立坊の機会（三条天皇の譲位および敦明親王の東宮辞退）を逃した敦康は、式部卿宮として短い生涯を終えた。

一方、『我身』の二宮は、皇子たちの中で最もすぐれた容貌に、「うたて世の人のそしり聞こゆるまであだめきすぎて」（巻一・二二頁）という、『源氏物語』の匂宮のような性格を持ち合わせた人物で、水尾院にとってはやはり最愛の皇子だったらしい。しかし譲位の際には、「二の宮の御ことをいみじう思し召せど、このたびさへあるべきことならねば」（巻三・一二五頁）と判断して、中宮腹の三宮を東宮と定めている。かつて皇后宮所生の一宮が東宮に立った時でさえ、「あぢきなくぞ思しむすぼほるべかりし」（巻一・二〇頁）と不満顔であった中宮が、続いて二宮の立坊を承知するはずがないのであった。そして十数年後、巻四で再び登場した二宮は、式部卿となっている。

最愛の皇后の遺児として父帝の鍾愛を受け、しかも兄弟順からすれば第一の東宮候補でありながら、摂関家を外戚とする異母弟に敗れた皇子、という二宮の人物像の輪郭は、敦康親王に酷似する。二后の勢力関係に加えて、二宮―敦康の対応により、水尾院後宮の設定に一条天皇後宮が影響を及ぼしていることは、否定できないものとなろう。

先に、三条院の後宮が後朱雀後宮と後冷泉後宮とを組み合わせて造型されていることを確認した。一条天皇と後朱雀天皇の間に在位した三条、後一条の二代は、それぞれの皇女禎子、章子と承香殿との関係から敷衍すれば、承香殿の父嵯峨院に重なることになる。水尾院―一条の対応をもとに考えた場合にも、嵯峨院は水尾院の次代という点で一条を継いだ三条に該当する一方、水尾院の皇子の中で初めに即位したという点では後一条と同じ立場にある。つまり次に図示するように、『我身』の水尾院、嵯峨院、三条院の三帝は、一条から後冷泉に至る実在の歴代を、即位の順序もそのままになぞるような形になっている。

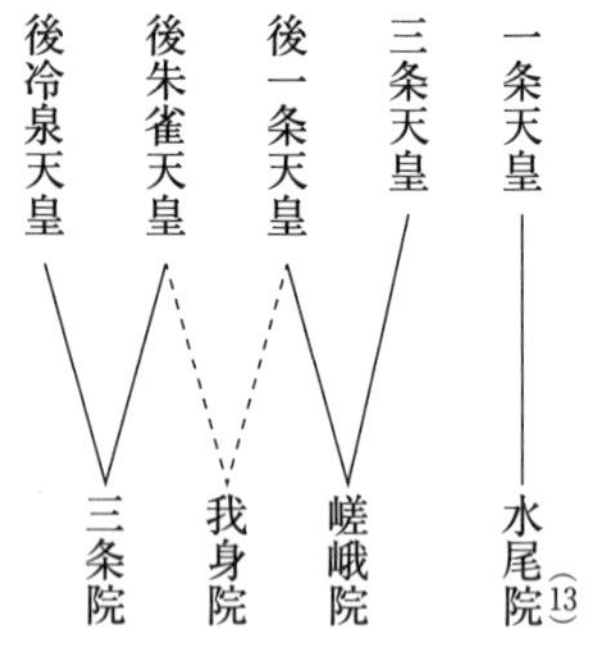

こうした史上の皇統譜との対応関係は、偶然の結果であろうか。嵯峨院と三条院の間に挟まれた我身院についても、検討する必要があろう。我身院は物語に登場する帝の中で最も影が薄く、特徴にも乏しいのだが、水尾院の中宮腹の三宮にして、水尾院の皇子の中で二番目に即位したという点に着目すれば、彰子所生の一条天皇第三皇子である後朱雀に該当するといえよう。

一方、我身院の後宮では、故関白の娘で中宮となった我身姫君一人が、「並ぶ方なき御おぼえ」（巻四・一八一頁）を誇っていた。当初我身院に打診されていた承香殿の入内も、「たはぶれにも分くる御心しおはしまさねば」（一八二頁）ということで、三条院に変更されたほどである。つまり我身院は、前節で触れた嵯峨院と同様、摂関家出身の后を生涯唯一の妻として守った帝であった。そうした例を史実に求めれば、やはり後一条天皇しか見出せない。後に後朱雀の后妃となる嫄子、生子および延子（道長次男頼宗の娘）は、いずれも本来後一条への入内が希望されていたが、「ただ今の時の后にて、また並ぶ人なく、ただ人のやうにてさぶらひおはします」（『栄花』殿上の花見・一八八〜九頁）という中宮威子に憚って実行できなかったのだと伝えられている。

以上のことから、我身院に後一条・後朱雀両天皇の面影を認めることができるならば、水尾院から三条院に至る歴代は、史実とより緊密に対応することになる。単にある実在天皇をモデルに一人の帝を造型するのではなく、連続する二人の実在天皇を組み合わせたり、逆に一人の天皇の性格を物語中の二人の帝に分与するなどの操作を加えつつ、『我身』の皇統譜は、全体として一条朝以降の皇位継承史をなぞるように形成されているのである。

五

先に述べたように、歴代の帝を軸に物語が展開するところに『我身』の特徴があり、歴史物語に似た印象を与える要因でもあったが、その皇統譜は、一条朝以降という特定の時代の史実をもとに形成されていた。その際、主な資料となったのは、すでにこれまでの比較においてしばしば用いてきたところだが、やはり一条から後冷泉までの期間を一作品の内に含む『栄花物語』であっただろう。しかし、『栄花物語』が『我身』に提供したのは、史実という素材ばかりではなかったと思われる。

『栄花物語』の歴史叙述の特徴の一つに、後宮の占める比重が大きく、政治権力の帰趨も後宮と連動して描かれる場合の多いことが挙げられる。それは女性が仮名で綴る歴史として自然な題材であったばかりでなく、天皇との外戚関係を基盤に発展した摂関政治の繁栄を語るに適切な方法でもあった。一方、『我身』においても後宮は重要な場で、物語に描かれる具体的な事件の大半は、後宮を直接の舞台としないまでも、後宮に端を発し再び後宮に収斂する。

たとえば、『源氏物語』以降物語の定番である密通事件が『我身』には五件あるのだが、その内の三件までは廷臣と后妃との間（故関白と水尾院皇后宮、殿の中将と麗景殿、宮の中将と後涼殿）に起こったものである。密通によって誕生した不義の娘たち（我身姫君、忍草姫君、初草姫君）はみな、後に実父に引き取られて帝や東宮に入内することになる。残る二件のうち、中納言（後の関白）と女三宮との密通は、中納言への女四宮降嫁、中納言の父故関白への女三宮降嫁に連動しており、それぞれの女宮たちの母にあたる水尾院中宮と皇后宮との反目が少なからず絡む事件であった。(14) やがて中納言と女四宮との間に生まれた藤壺、中納言と女三宮との密通により生まれた後涼殿は、それぞれ三条院後宮に入内して、対立関係を繰り返すことになる。もう一件は悲恋帝と皇太后宮との悲劇的な事件だが、その遠因を求めれば、関白やその子左大将（殿の中将、後の左大臣）に適当な娘がおらず、幼い帝が権門出身の妃のいない後宮に不満を抱いていたことに行き着くのである。

これらをはじめとして、物語中の主要な事件は後宮をめぐって発生し展開してゆく。それは、『我身』が男女の恋愛を主たる題材とする王朝物語である以上、代々の帝を機軸に据えて展開するならば、当然予想されることでもあったが、そうした後宮での出来事の多くは、摂関家姫君の入内や摂関家子息への内親王降嫁などによって、天皇家と摂関家がいかに結びつくかということに関わってくる。

また、この物語は、天皇を軸に展開すると同時に、随所に藤原摂関家の論理を垣間見せる。その中心が、「氏のほかの后」（巻四・一八三頁）を阻止しようと躍起になって、娘の女四宮とともに孫娘藤壺を盛り立てる水尾女院である。藤壺自身も、「かぎりありて我が氏を継ぐべかりける宿世のこよなさにこそ、かばかりも交じらひ聞こえけむ」（巻五・二七頁）と自身の責務を見極めており、母娘三代にわたって摂関家権力の支柱となる自覚を強く保持しているのだった。その他、摂関家に后候補のいない悲恋帝の御代には「大宮（藤壺）のあかぬことなき御宿世にも、いつしかうち継がせ給はば、思ふさまならましを」（巻七・一三八頁）、今上帝の御代になって左大臣がようやく娘を儲けた際には「大宮の聞こし召す御心地は、おとどにまさりてや思しけむ」（巻八・一九九頁）等、摂関家の後宮政策を支持する立場からの言は少なくない。

皇位継承の次第を主軸に据え、摂関政治の論理に基づきつつ、後宮を主たる舞台として天皇と摂関家との関係を描いてゆく。こうした『我身』の方法もまた、『栄花物語』の歴史叙述を踏襲したものではなかろうか。先に検討した史上の皇統譜との対応にしても、多くの場合個々の天皇自身の資質や事績というよりは、后妃とその皇子女を含めた後宮の有様に基づいていたが、『我身』が『栄花物語』から得たものは、素材としての史実にとどまらなかったと思われる。

ただし、後宮を政治の舞台として描く方法は、『栄花物語』以前に『源氏物語』が作り物語の世界で編み出していたものであった。『源氏物語』は公の世界の権力闘争を決してあらわには描かない代わりに、後宮という場にそれを反映させていた。物語冒頭における桐壺帝後宮の状況や、女御たちの後見勢力が絵合という風流な行事を通して鎬を削った冷泉帝の後宮がその好例である。周知のごとく『栄花物語』は『源氏物語』からさまざまに影響を受けているのだが、それは後宮を叙述の主対象とし、後見の有無を重視するなど、摂関政治の諸概念によって歴史をとらえる視点にまで及ぶという指摘もある[15]。

そしてその『源氏物語』自身が、歴史との関係を頻繁に論じられる物語であった。鎌倉時代にはすでに発生していた延喜准拠説は『河海抄』で大成され、中世古注釈の世界では、『源氏物語』を史書と同一視する認識さえ珍しくなかった。そこまで極言せずとも、醍醐天皇―桐壺帝の対応を中心に、物語の皇室周辺の系譜が史実と重なり合うという事実には、否定できないものがある[16]。特に准拠を有効に用いる第一部の物語は、光源氏に栄華の道を歩ませる過程で、皇位継承や政権闘争の始終を現実性をもって描いており、一箇の虚構の歴史の趣を備えているといえよう。

『我身』がこうした『源氏物語』から影響を受けたところも、少なくなかったと思われる。皇室周辺の人物像を系譜全体として史実に依拠する点が、第一に挙げられよう。また、光源氏の絶大な栄華を支えたのは、藤壺との間に生まれた不義の子冷泉帝であったが、『我身』でも、后妃との密通によって誕生した娘たちがやがて入内し、摂関家の地位を保証することになる。後宮における密通事件を政治の文脈に取り込むこともまた、必ずしも直接『源氏物語』をまねたとは限らないにせよ、その流れを受け継いでいることは間違いあるまい。

しかし、『源氏物語』においては、皇位継承をはじめとする宮廷史も、基本的に主人公光源氏の立場から、彼の栄華達成への道筋に合わせて描かれる。一方、統一的主人公が存在せず、代々の帝という歴史を体現する存在を機軸に、その周辺の群像の動向を語ってゆく『我身』は、やはり『栄花物語』のような歴史物語、その中でも、道長物語の性格が濃厚な『栄花物語』正編よりは、明確な中心人物を持たず、天皇家と摂関家を中心とした宮廷史を綴る続編の世界に接近している。同じく史実を取り込んだといっても、『源氏物語』の准拠は光源氏の物語のための一つの方法であったのに対し、『我身』は『栄花物語』などに取材した歴史自体を虚構の世界で描き直すことを志向していたように思われる。

史実に准拠して歴史性の濃厚な物語を構築した『源氏物語』、『源氏物語』の多大な影響を受けて仮名で歴史を書き記した『栄花物語』という具合に、歴史と物語は相互に交渉を繰り返してきた。そして再び『我身』は、『栄花物語』の伝える後宮中心の歴史に材を取り、『源氏物語』の方法をも継承しながら、いわば虚構の歴史物語を創り上げたのだといえよう。

しかし実をいうと、最も顕著な形で史実との関連が見られた「三人の后」に関する記述が、『我身』が主として拠ったと思われる『栄花物語』には存在しない。後冷泉朝の後半を語る煙の後巻は治暦三年（一〇六七）十月の宇治行幸を最終記事とするが、続く松の下枝巻の冒頭は三年後、すでに後三条朝に入った延久二年（一〇七〇）となっており、その間の歓子立后、後冷泉天皇崩御、後三条天皇践祚などの重要な出来事を欠いているのである。

とはいえ、『今鏡』には後冷泉の病中に歓子が皇后となった旨が記されているし、

皇太后諱歓子……去治暦四年四月臨二天皇晏駕之剋一、忽冊為二皇后一。（『中右記』康和四年八月十九日条）

皇太后宮歓子は……治暦四年四月十九日に后に立ちたまふ。この夕、帝崩じたまへり。（『拾遺往生伝』巻下・三七三頁）

のように、歓子の立后が後冷泉の崩御直前であったことは、諸文献の伝えるところである。また『十訓抄』は、白河院小野雪見御幸の逸話を記す中で、歓子について「入内の夜、院、隠れさせ給ふ」（第七・二九一頁）と述べる。この記述には幾分誤伝が混じっているかもしれないが[17]、歓子に天皇崩御のイメージがまつわりついていた証左となろう。後冷泉朝最末期に慌ただしく生じた一帝三后という事態は、異例が重なっているだけに、後代まで記憶されていたものと思われる。

しかし、後冷泉から後三条への御代替わり前後の記事が『栄花物語』にないという事実には、注意を払っておきたい。それは偶然の欠落ではなく、書くことができなかったのだと、煙の後巻の巻末で語り手自身が述べているのである。

世の変るほどの事どももなく、にはかに宇治の人（頼通）思しめすことのみ出で来たるこそあやしけれ。後冷泉院の末の世には、宇治殿入りゐさせたまひて、世の沙汰もせさせたまはず、東宮と御仲あしうおはしましければ、そのほどの御事ども書きにくうわづらはしくて、え作らざりけるなめりとぞ人申しし。東宮とは、後三条院の御事なり。（煙の後・四二〇～一頁）

後冷泉崩御の直前、頼通は関白職を弟教通に譲り、政務から身を引いて宇治に隠遁した。その原因は東宮（後三条）との確執にあったというのである。

やがて即位した後三条は、摂関家を外戚に持たない自由な立場にあり、親政を目指して摂関勢力と対立することになる。『栄花物語』は正編以来、摂関政治の繁栄を描いてきたが、それは天皇家と外戚摂関家との一体化によってもたらされるべきものであった。特に道長がその頂点を極めた後は、続編の頼通の代に至るまで、天皇と摂関との仲は常に良好であったように伝えられている。その『栄花物語』にとって、後三条の登場によって両者が対立関係に入り、摂関政治が衰退の兆しを見せるという実態は、確かに書きにくいものであったに違いない。

もちろん現存する『栄花物語』は、以下、松の下枝巻・布引の滝巻を経て紫野巻まで続き、後三条、白河の治世を経て堀河天皇の代に至るのだが、文体等種々の異質性から、それらは別作者によって書き継がれたものであろうとされている。では、後三条の譲位、崩御までを含む松の下枝巻において、摂関家と対立した彼の治世は、いかに語られているのだろうか。

松の下枝巻の冒頭は、後三条の皇女に仕えていた源基子（小一条院男源基平の娘）が天皇に寵愛されて皇子を産み、更衣どころか女御になるという栄に浴した話題からはじまる。摂関家とまったく関係のない基子の幸いは、「めでたし」「いみじ」としきりに称えられる一方、「いとあさましきなり」という感想も見える。やはりこの語り手は、「入道殿（道長）に后、帝はおはしますものと思ふに」（四二六頁）という摂関全盛期の通念を保持しているものと思われ、それに反する事態に驚きを隠せず、やや戸惑っているようでもある。

また、もし後冷泉の時代に同様のことがあったとしても、頼通への遠慮からこれほど皇子をもてはやすことはできなかっただろうと述べ、さらに、「何ごともただ殿（頼通）にまかせ申させたまへりき」（四三三頁）という後冷泉に対比して、後三条の性格を、

この内の御心いとすくよかに、世の中の乱れたらんことを直させたまはんと思しめし、制なども厳しく、末の世の帝には余りてめでたくおはしますと申しけり。人に従はせたまふべくもおはしまさず、御才などいみじくおはします。後朱雀院をすくよかにおはしますと思ひ申ししに、これはこよなくまさりたてまつらせたまへり。世人怖ぢ申したる、ことわりなり。（四三四頁）

と描写する。天皇と摂関家との対立をあらわに記すことは決してしないが、両者の関係が以前と変容したことは、後冷泉朝との比較という形で暗に示されているのである。

その後、師実（頼通男）の養女賢子が東宮（白河）に入内し寵を受けるといった摂関家の慶事も語られるが、無条件に摂関政治を賛美してきた煙の後巻以前に比べ、かなり色調が異なっていることは否定できない。『栄花物語』の作者がどれほど自覚していたかはわからないが、後冷泉から後三条への代替わりが歴史の一転機であったことは、作品の中に自ずと反映されているといえよう。

『栄花物語』のこうしたあり方に着目されるのは、『我身』における史上の皇統譜との対応関係が、三条院―後冷泉の代で途切れているからである。三条院を継いだ女帝に匹敵する実在天皇を摂関時代の史実から見出すことは、到底無理であろう。代々の帝の造型を史実に依拠し、一条以降の歴代天皇をひととおりなぞってきた『我身』は、ここで大きく史実から離れることになる。それがちょうど歴史の側では後冷泉から後三条への継承期、『栄花物語』が執筆を断念した時点にあたることは、『栄花物語』が『我身』の最有力資料であったとすれば、偶然の一致と片づけられない。

六

『我身』に登場する七代の帝のうち、三条院までの四代は、一条天皇から後冷泉天皇に至る史上の皇統譜をなぞるように造型されていた。ところが、次に即位したのは三条院の皇后承香殿だった。奈良時代まで遡らなければ実例を見出せない「女帝」の誕生によって、物語は平安朝の史実から大きく離れてしまったように見える。

ただし、物語最後の帝である今上帝には、再び後冷泉の次の後三条天皇に倣った造型を見出すことができる。後三条は後朱雀天皇の第二皇子、母は三条天皇の皇女禎子内親王である。つまり後三条の即位によって、皇位を子孫に伝えることのできなかった三条天皇の血統が、女系を通じて皇統の正流に復帰したことになる。一方、『我身』の今上帝は、三条院と藤壺中宮との間に生まれた第二皇子だが、出生後すぐに承香殿（女帝）の養子に迎えられていた。後に即位した今上帝は、勤行三昧の余生を送る嵯峨院（女帝の父）にも、「昔の御心掟たがはず、分きて仕うまつる志を尽くし聞こえむ」（巻八・一八七頁）と、孝心篤かった女帝の遺志を継いで孝養を尽くしたという。血のつながりこそないものの、今上帝は養母女帝を通して、皇子に恵まれなかった嵯峨院の流れをも継承しているのである。

後三条天皇と『我身』の今上帝は、ともに「両流ヲ内外ニウケ給テ継体ノ主トナリマシマス」（『神皇正統記』一四〇頁）天皇だったことになる。ここで改めて、史実と物語における天皇家の系図を比較対照してみる。先に検討したように、『我身』の登場人物には二人の実在人物が合成されていることが多いため、厳密な一対一の対応は定めがたい。しかし大局的に見て、皇統の二つの流れが後三条、あるいは今上帝によって収束されるまでの過程は、並行しているといってよいだろう。[18]

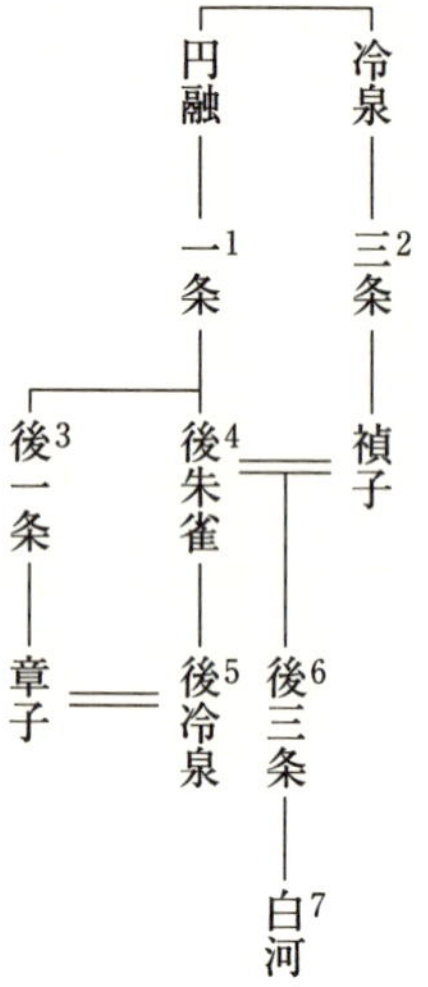

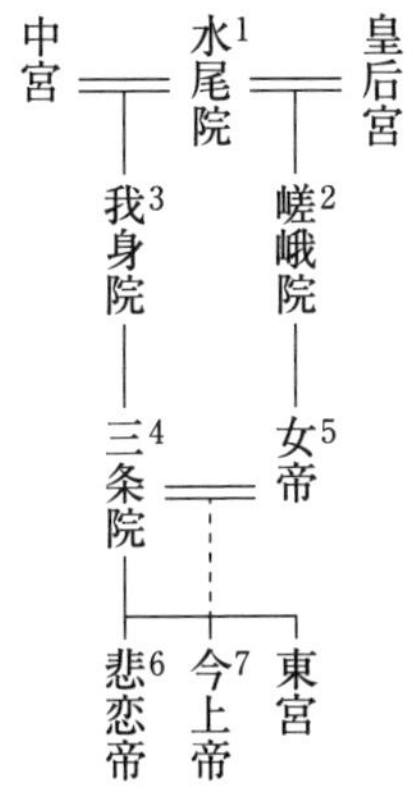

そして史実においても物語においても、二つの皇統の最も大きな差は、摂関家との外戚関係の密度にあった。三条天皇の場合、母超子は藤原兼家の娘で道長の姉にあたり、その点では同じく兼家娘詮子を母とする一条天皇と同じ立場にある。しかし、超子が早くに亡くなったこと、詮子が道長を特に引き立てたことなどから、道長との関係の深さにおいて、三条は一条に劣っていたといわざるを得ない。

一方、『我身』という物語は、皇位の帰趨をめぐる問題を含め、皇室系（水尾院皇后宮系）と摂関家系（同中宮系）との対立から融和へという枠組みでとらえられることが多い[19]。皇室、摂関家という区別は必ずしも厳密なものではないが、嵯峨院の母が皇女であるのに対し、我身院の母は関白の姉妹であるから、摂関家との外戚関係の点で両者の格差は歴然としている。一条から後三条に至る皇位継承の史実を、外戚が微弱で断絶しかけた皇統が、皇女の入内によって摂関家を外戚とする皇統と結合し、両統の流れを受け継ぐ皇嗣の誕生を見る、という流れでとらえるならば、『我身』の皇統譜がほぼ同様の過程をたどっていることが確認できよう。

後三条と今上帝の類似点は、系譜上の位置にとどまらず、天皇としての資質にも及ぶ。先述のように、「世の中の乱れたらんことを直させたまはん」と意欲的に親政を志した後三条の治世は、「よろづの事、昔にも恥ぢず行はせ給て、山の嵐、枝も鳴らさぬ世」（『今鏡』手向・三五頁）と、後代まで絶賛されている。『我身』の今上帝も、「何ごとにつけても、ただ世のまつりごとすなほに、民安からむことを作り出ださむとのみ、夜昼御心にかけ」て政務に励み、「めやすき御代」を実現したのだった[20]（巻八・一八六〜七頁）。

　また、今上帝の弟東宮と後三条の次代白河天皇との間にも、共通項が見出せる。皇太子時代の白河に師実の養女賢子が入御したことは先に触れたが、賢子の実父源顕房は、師実の妻麗子の兄という関係にあった。一方、『我身』の初草姫君は、右大臣（宮の中将）が関白の落胤である北の方との間に儲けた娘という触れ込みで、伯父左大臣（殿の中将）の後援を受けて東宮に入内している。縁戚関係を結んだ摂関家と賜姓源氏との協力のもと、源氏出身の女御が入内して寵を受けるという後宮のあり方において、『我身』の東宮は白河に重なる。このように物語最終部に至ってもなお、今上帝—後三条、東宮—白河と史実をなぞってゆく意識は見受けられるのである。

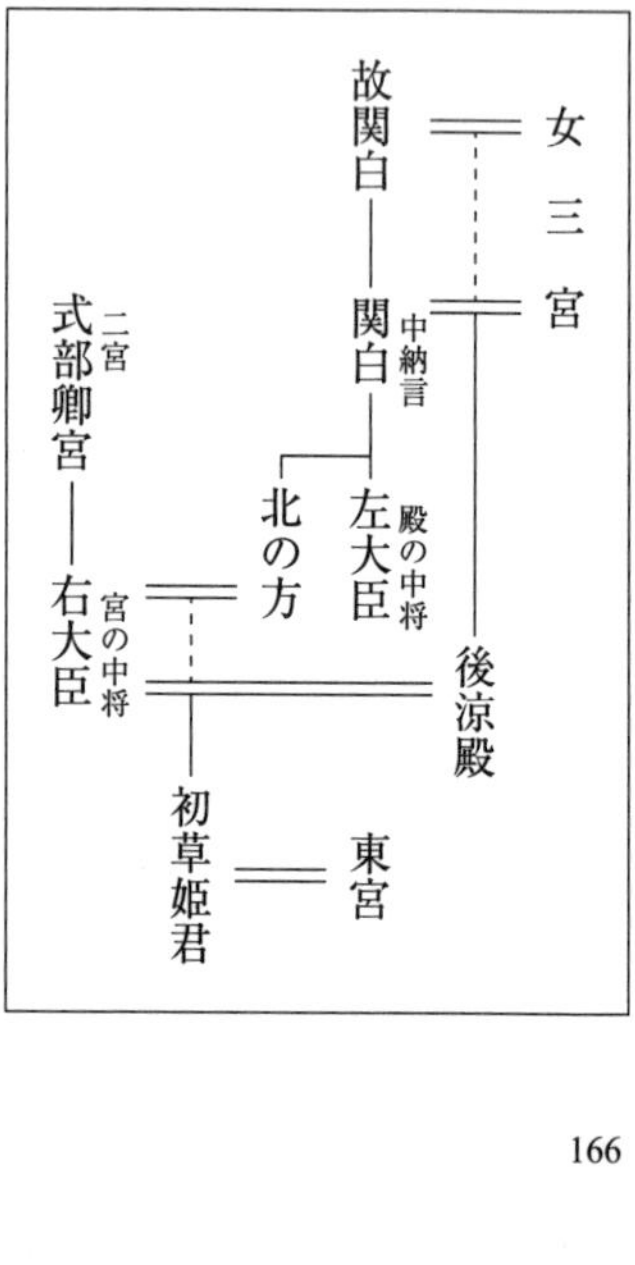

　しかしながら、天皇と摂関家との関係から考えた場合、ここでは大きな差が生じている。今上帝の実母が摂関家出身の后藤壺であり、さらに東宮も同じ藤壺所生の皇子だったのに対し、後三条、白河はいずれも摂関家を外戚としなかったという点である。後三条の母禎子内親王は道長の外孫とはいえ、摂関家からは「スコシノキ（退き）ナリケリ」（『愚管抄』巻四・一八七頁）という存在であり、しかも頼通の養女嫄子が入内、立后して以来、頼通と不和であったとさえ伝えられる。また白河の母茂子は、頼通に対抗して禎子を後見し、後三条の立太子にも尽力したという藤原能信（道長五男、頼通の異母弟）の養女であった。そもそも後三条の後宮には摂関宗家出身の娘がいなかったのに対し、『我身』の今上帝には左大臣の娘忍草姫君が入内して中宮となっており、摂関家は母后と中宮を自家

出身者で固めた上、次代東宮とのつながりをも確保していることになる。これは摂関体制の最も安定した状態の典型であり、摂関家との縁が稀薄だった後三条の御代とは対照的である。

今上帝治世下の摂関家では、藤壺の父関白が薨じた後、その子左大臣が内覧の宣旨を蒙ったという。関白には就任しなかったようだが、内覧の実質的な職掌は関白に等しいとされるし、道長でさえ一条朝、三条朝では内覧左大臣であった[21]ことを考慮すれば、内覧という地位は、決して摂関家の権力衰退を意味するものではあるまい。むしろ天皇と摂関いずれかの専制ではなく、双方がそれぞれの役割をバランスよく果たすことのできる状態という認識があったのではなかろうか。摂関家出身の慈円でさえ、

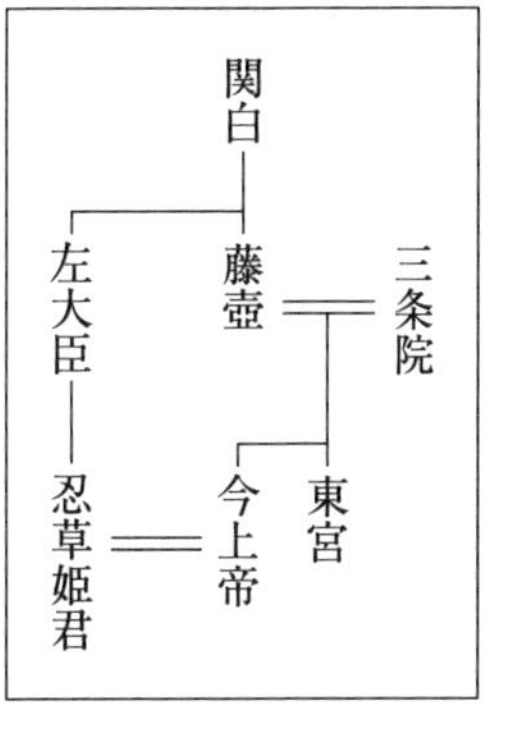

関白摂政ト云コトハ、必シモタエズナルコトニハアラズ。……時ノ君ノ御器量ガラニテ、カツハヲカルルコト也。世ノ末ハ、ミナ君モ昔ニハ似サセ給ズ、マコトノ聖主ハアリガタケレバ、今ハ様ノ事ト摂政関白ノ名ハタフルコトナシ。ソレモ御堂（道長）ノハジメ、一条院、三条院、知足院殿（忠実）ノハジメ、堀川院、コノフタタビハ内覧バカリニテ、関白ニハナラセ給ザリケリ。ヤサシキコト也。（『愚管抄』巻三・一五九～六〇頁）

と、「マコトノ聖主」には摂関は不要とし、道長や忠実が内覧のみで関白にならなかったことを評価しているほどである。

親しく政務に精励する明王今上帝とそれを補佐する外戚藤原氏、両者の協調の要となるのが母后の存在だが、その藤壺は常に宮中にあって帝を後見し、「ただ御心ひとつなる世」（巻八・二〇六頁）というほどの影響力を持っている。忍草姫君の入内、立后は、天皇と摂関家との絆をますます固くした。上皇三条院は在位中より政務を怠りがちだったが、帝の父という立場になった今も口出ししている気配はない。今上帝の御代は、天皇が摂関勢力を抑圧し

て独断専行するのでもなく、外戚が天皇を無視して専権を振るうのでもなく、院政期のように上皇が実権を握るわけでもなく、天皇、外戚、母后、上皇らが各々の分を守って、協調的に務めを果たしているのである。摂関政治という体制のもとで、これは最も望ましい宮廷のあり方なのではなかろうか。

同様に理想的な構図は、巻五で語られた女帝の御代にもあてはまる。もともと「かぎりなくらうらうじく、至り深かりし御心掟」（一二頁）の持ち主だった女帝は、その能力を控え目にではあるが徐々に発揮してゆく一方で、母方の伯父にあたる関白や、その子左大将（後の左大臣）との協力も欠かさない。

はかなきほどのことにも、おのづから人の計らひ申すべく、後にとかくなどありぬべきさまのことは、大殿をばさることにて、左大将にうるさきまでのたまはせ合はせぬことなく、かぎりなく頼み思し召したる、すぢことに人に過ぎたるものから、（三二頁）

さらに、関白の娘藤壺が常に女帝の側にあって、補佐の任を果たしていた。

そも同じ后と聞こゆる中にも、いみじう至り深くむべむべしき御心ざまなれば、関白殿の明け暮れ参らせ給はぬ御代はりにも、まだきによろづをのたまはせ掟てつつ、帝の二所おはしますやうなり。（一四頁）

女帝の母后嵯峨女院も、除目にあたって参内し後見している。一方、父の嵯峨院は、嵯峨に隠棲してほとんど都に出て来ることもなかったという。三条院も、

司召し、何やかやと、さるべき世の大事をばさらにもいはず、朝夕の九重のうち、かぎりある年のうちのおほやけごとなどは、ただ御心と行はるべきよしをのみ奏せさせ給へば、（一三頁）

と、女帝に政務を一任していた。今上帝と同様、女帝の御代においても、天皇、摂関、母后、上皇といった諸勢力のうるわしい調和のもとに、理想的な摂関政治体制が具現していたのだった。

こうした天皇と摂関家との協調的な関係を史上の後三条の治世と比較した場合、大きな懸隔があることは明らか

であろう。後三条の時代には教通が引き続き関白の地位にあったが、外戚関係のない関白は、親政を志す天皇としばしば対立した。その類の逸話は『愚管抄』『続古事談』等に伝えられ、『栄花物語』でさえ、

一院いとあざやかにすくすくしく、人に従はせたまふべき御心にもおはしまさざりしかば、関白殿も、え御心にもまかせさせたまはずなどありしかど、（布引の滝・四八一頁）

と、婉曲にではあるが両者の反目に言及している。やがて次代の白河が譲位後も権力を保持し、摂関や天皇との間に摩擦を生じつつ院政を行うようになると、摂関政治の時代は完全に終わりを告げる。『我身』はそうした歴史の流れと対照的に、摂関政治という体制を大前提に、すべてがほどよく均衡を保ち円満に調和する聖代に到達したのである。

一条朝から後冷泉朝という摂関全盛期に倣った貴族社会を描く『我身』は、主要資料とした『栄花物語』と同じく、天皇家と摂関家との一体化による協調的な体制を理想としていたと思しい。その『我身』にとって、両者が対立関係に入る後冷泉朝末期以降の歴史は、『栄花物語』同様、「書きにくうわづらはしく」感じられるものだったのではなかろうか。ちょうど『栄花物語』の記事欠落期間にあたる三后鼎立の先例を、水尾女院は「いとまがまがしかりける御代の末」の出来事と認識していた。彼女が摂関家の利害を代表する人物であったことを考慮すれば、それは立后直後の天皇崩御という凶事ばかりでなく、後冷泉朝の終息とともにはじまった摂関政治衰退をも示唆していたのかもしれない。

自らの史観に甚だしく反する事態に遭遇した時、史実という制約のある『栄花物語』は、一度そこで筆を擱くしかなかった。一方、作り物語たる『我身』は、形の上で史実をなぞる意識を保ちつつ、実際の歴史とは根本的に異なる独自の虚構の歴史を綴りつづけ、申し分ない理想の聖代を創り上げることができたのである。

七

一条朝以降の史上の皇統譜を追うように進んできた『我身』だが、単にその時代の歴史を再現すべく漫然とまねただけでないことは、史実と乖離する結末を見れば明らかであろう。しかし、そうした実際の歴史からの転換は、最後に至って唐突に起こったものではあるまい。それ以前の段階から、史実を取り込む一方で、大団円へ向けての改変を加えていたであろうことが予想される。

最も重要な分岐点は、巻四で三条院の中宮藤壺が二人の皇子を産み、将来にわたる摂関家の外戚権を保証した時点であろう。三条院の後宮に対応する史上の後朱雀、後冷泉の後宮では、頼通や教通の娘たちに皇子が誕生せず、摂関家と縁の薄い後三条の即位を余儀なくされたのである。また同じ巻四では、殿の中将と麗景殿、宮の中将と後涼殿との秘密の関係がはじまる。この二組の密通により生まれた姫君たちは、成人してそれぞれ今上帝、東宮に入内し、御代の安泰と繁栄に貢献することになる。少なくとも巻四の段階において、史実に依拠するかたわら、調和世界実現のための操作がはじまっていたことは確かである。

それと並んで重視されるのは、『栄花物語』が行き詰まった後冷泉から後三条への継承期に該当する巻四末で、女帝の即位という歴史離れを起こしたことの意味であろう。史上の皇統譜との対応関係は度外視しても、平安・鎌倉時代の現実に照らして、「女帝」の存在が極めて特異であることは否定できない。もっとも、女帝誕生に至る前史が先行物語の中に見出されることは、すでに辛島正雄氏が論じている(22)。たとえば『狭衣物語』巻四では、時の帝が退位を思い立った際に女宮立坊の可能性が云々されているし、『とりかへばや』（今本）では朱雀院の女一宮が実際に東宮に立てられて、「女東宮」が誕生する。その女東宮実現のモデルとして、近衛天皇夭逝の後、鳥羽法皇の皇女暲子内親王を女帝に擁立する動きがあったという史実も指摘されている(23)。

しかし、『我身』における女帝即位の状況は、これらの諸例と比較してもなお特異である。辛島氏も言及しているように、『狭衣物語』や『とりかへばや』で女宮の立坊が取り沙汰され、あるいは実現した背景には、皇位を継ぐべき男御子がいないというやむを得ぬ事情があった。そして、『狭衣物語』では主人公狭衣の即位という形で決着がついて女東宮は避けられたし、『とりかへばや』の女東宮も、女主人公が入内し皇子を儲けた後にその地位を退いている。両作品における女帝の可能性は、主人公に栄華の道を歩ませる過程で、物語が克服してゆくべき課題として設定されたものであり、初めから実現の見込みはなかったといってよい。暲子内親王擁立にしても、皇位継承者の人選に迷う鳥羽法皇の脳裡に兆した苦肉の策であったと思われ、結局法皇の第四皇子（後白河天皇）の践祚という妥当な解決に落ち着いている。

つまり、先行物語や史実において持ち出された女帝擁立案は、適当な男子皇位継承者を探しあぐねた場合の窮余の策であり、可能な限り回避すべきものという認識が前提となっていた。しかるに『我身』の三条院には、摂関家出身の后である藤壺所生の皇子という歴とした皇嗣が二人もおり、この皇子に位を譲ることに何ら障害もなかった。というより、そうしない方がむしろ不自然であろう。にも関わらず三条院は、「久しう絶えたることをいかが」（巻四・二二五頁）という世人の疑念をよそに、躊躇なく、いとも簡単に女帝への譲位を実行してしまう。

その第一の理由は、継嗣のない伯父嵯峨院への同情と配慮であったという。

嵯峨の院の御心掟をはじめ、皇后宮（女帝）の御ことをなほいといみじう思ひ聞こえさせ給ふあまり、かの御末の世におはしまさぬもいとほしう思し召さるるにより、昔も例なきにあらずと、御位を譲り聞こえさせ給ふ。（二二五頁）

跡を継ぐ皇子のいない嵯峨院は、「ただいかでもかぎりあらむ御位ひとつを、我が世の末なくてやみぬる御あはれみにも」（巻四・一九〇頁）と、せめてものことに姫宮の立后を期待して、すでに多くの妃のひしめく東宮（三条院）に、あえて輿入れさせたのだった。その願いは成就して、「いともうれし」（一九一頁）と喜んでいたが、さらにその姫宮が帝位に登るという僥倖にめぐりあったのである。

嵯峨院の感激がいかばかりのものであったか、想像するにあまりあるが、巻五における女帝の朝覲行幸の場面では、「押しのごはせ給ふ御袖もたゆげなり」（二一頁）、「うち笑みうち涙ぐみつつ、見奉らせ給ふ」（二四頁）等、娘の晴れ姿に感極まって涙を流すばかりの嵯峨院の様子が印象的に描かれている。同時に、女帝への異例の譲位を断行した三条院に対しても、「たが御掟ならねば、院の御志を返す返すしほたれおはします」（二五〜六頁）と、深い感謝の念を抱いている。

女帝誕生の最大の意義は、後継ぎのいない嵯峨院の嘆きを慰撫するところにあったと考えられよう。皇子のない代わりに皇女を皇位に、というわけである。これは確かに思い切った発想であるに違いない。しかし、完全に物語作者の創意であったのだろうか。参考にした先例がなかっただろうか。

継嗣のない天皇の皇女が嫡流を継いだ天皇の后となるというパターンは、実際の皇室の歴史においても幾度か繰り返されている。『栄花物語』の語る範囲でいえば、まず、朱雀天皇が「いかで后に据ゑたてまつらん」（月の宴・一九頁）とかしずいていた一粒種の皇女で、冷泉天皇の后となった昌子内親王。それにすでに論じた三条皇女禎子と後一条皇女章子、および章子の妹で後三条天皇に入内した馨子内親王が挙げられる。断絶皇統の期待を担う彼女たちは、后となることでその任を果たしたのであり、即位など実際問題として考慮の外であった。ただしその可能性、というよりはかない期待が語られていたことはあったらしい。章子内親王の場合である。

章子は万寿三年（一〇二六）の誕生で、中宮威子の入内後九年目にして初めて授かった子だけに、同じことなら男子であればとの思いはありながらも、父後一条天皇の喜びは大きかった。『栄花物語』は、残念がる女房たちを論し励ます天皇の言葉を伝えるが、その中に「女帝」の語が現れる。

こは何ごとぞ。平らかにせさせたまへるこそかぎりなきことなれ。女といふも烏滸のことなりや。昔かしこき帝々、みな女帝立てたまはずはこそあらめ。（若水・八四頁）

女子でも落胆することはない、女帝に立った先例もあるではないかというこの発言は、女房ばかりでなく天皇自身の気を引き立てるためのものであり、期待の皇子を産めなかった后へのいたわりでもあっただろう。この時点で、あるいはこれ以後も、後一条が本気で内親王の即位を考えたとは思えないが、後年もう一度、「女帝」の語が章子の周辺に現れることになる。

承保元年（一〇七四）、章子が院号宣下を受けた際、天皇の母后でないという理由で、本来女院に支給されるはずの年官を賜らなかったことに対し、

例は帝の御女、后に立ちて、後に女帝にゐたまふもなくやはありける。まして院分などかなからん。（布引の滝・四六九頁）

と異議を呈する上達部がいたというのである。諸注指摘するように、章子の年官に関する『栄花物語』の記述は他史料と齟齬しており、この上達部の発言の信憑性にも疑いが残るが、いずれにせよ、皇女→后→女帝という、『我身』の女帝とまったく等しい経路が、章子と無縁のものではないと認識されているのである。

「三人の后」の一人、また継嗣のない天皇の皇女という点で、章子は『我身』の女帝の人物造型に関与していた。その章子をめぐって、実際問題として実現の見込みはほとんどなかったにせよ、「女帝」誕生の期待が語られていたことは注目に値しよう。断絶する運命にある皇統の慰撫策として皇女を即位させるという、一見奇抜な構想もまた、章子に託された願望を発想源とし、その可能性を実現させたものなのではなかろうか。

もっとも『我身』の女帝には実子がなく、嵯峨院の皇統は再び絶えることになるが、女帝の養子今上帝が位を継いで、晩年の嵯峨院に孝養を尽くす。直接の子孫ではないにせよ、嫡流皇統とのつながりを確認した嵯峨院にはも

はや思い残すこともなかったか、先立っていた愛娘女帝に迎えられて、往生を遂げたという。このように女系を通して皇統に復帰する過程が、史上の三条―禎子―後三条という系譜と相似形であることは、先に述べたとおりである。

史実において、三条、後一条と、子孫に皇位を伝えることのできなかった天皇が二代連続し、それぞれの皇女に期待が寄せられていた。章子の場合は叶えられなかったものの「女帝」の夢が託され、禎子の方は、父天皇の崩御からずっと後になるが、所生の皇子が皇位を継ぐことによってその任を果たした。自ら天皇となり、また義理の国母となった『我身』の女帝は、この両者を足し合わせたような働きをしたことになる。それによって、嵯峨院の子孫断絶の嘆き、三条・後一条両天皇と共通する無念は、完全に慰撫されたのである。嵯峨院とその娘女帝の人物造型が、三条・禎子および後一条・章子という史上の二組の父娘に拠っていることは、この点からも確認されるだろう。このうち、三条天皇の系統との対応関係は、今上帝―後三条の代までつながってゆくだけに重要である。物語の結末において史実と乖離するに至った過程を、嵯峨院系統と三条天皇系統とを今一度対比しつつ検討しておきたい。

三条天皇は、母后を媒介とする摂関家とのつながりが薄かったばかりでなく、皇后娍子との間に多数の皇子がいたこともかえって災いし、一条天皇の二人の皇子を外孫に持つ道長に快く思われなかったらしい。道長が三条や娍子にしばしば嫌がらせを行っていたことは、『小右記』の記事などから明白である。もっとも、『栄花物語』や『大鏡』はそうしたことに一切触れず、特に『栄花物語』は、絶えず三条や娍子に好意的な道長を描いている。とはいえ、眼病や内裏焼亡などの不運も重なって早々に譲位を余儀なくされた三条天皇に、悲劇性が付きまとっていたことは否定できない。三条天皇の悲運はその没後まで続き、皇太子に立っていた第一皇子敦明親王も、即位に至る前にその地位を退いてしまう。ここでも『栄花物語』はやはり、自由な身に戻ることを望む敦明に対し、道長は翻意を促したと美化するが、『大鏡』は道長方の圧力が皇太子辞退の真因であったことをも明かしている。

翻って『我身』の場合、水尾院の中宮および皇后宮を起点として、摂関家を外戚とする系統とそうでない系統に分かれるとはいえ、後者が摂関家側から一方的に圧迫を被ったという印象はない。何といっても、中宮方の領袖であるべき故関白（中宮の兄）その人が、早くより皇后宮に思いを寄せ、秘かに子までなした仲で、「ただいかで我が心ざしと思し知るばかりのふしをとのみ、人知れぬ御心ひとつに思ひたばかり給ふ」（巻一・二九頁）と、後見のない皇后宮に誠意を尽くし、甥の三宮（我身院）を擁しながら皇后宮所生の一宮（嵯峨院）に東宮位を譲ったため、中宮に恨まれるほどであった。さらに臨終間際の皇后宮より遺児の行末を託された故関白は、北の方腹の娘を嵯峨院に入内させ、後見の姿勢を明らかにしている。

このように、政治的利害を度外視した故関白と嵯峨院との良好な間柄は、ある意味で『栄花物語』が描く道長と三条天皇の関係に通うともいえよう。ただし、道長の過分なまでの好意が彼の徳性のみに帰せられている点、やや無理が残っていたのに対し、『我身』の故関白には、母后への恋情という説得力のある理由が与えられている。

退位して嵯峨に隠棲した後の嵯峨院の暮らしぶりは、「おほかたの御心いとよしありてなだらかにおはします」院の人徳と、后嵯峨女院の勢望に引かれて、「今しもなかなかなびき仕うまつらぬ人なく、はなやかなる御住まひ」だったという（巻四・一八二頁）。こうした嵯峨院夫妻の人望は、嵯峨院の造型に関わったもう一人の天皇後一条と、その后威子を想起させるものがある。二人は幼い皇女たちを残して相次いで早世したが、頼通、教通をはじめその遺徳を偲ぶ人々は誠意を込めて遺児たちに奉仕し、「めでたうおはします帝の御名残はかくこそはおはしましけれ」（『栄花』暮まつ星・三一七頁）と噂されたという。後一条の投影をどこまで認めるかはともかく、ここでは、摂関家との関係の稀薄な嵯峨院がさして不遇を味わっておらず、故関白の積極的な支援、その没後は嵯峨女院の存在に院自身の徳が加わって、在位中も退位後もそれなりに安定した境遇にあったことを確認しておきたい。

そうした嵯峨院にとって唯一の心残りが継嗣のないことであったが、その無念は女帝および今上帝の即位によって解消され、皇位を継いだ異母弟の系統へ恨みや対抗心を抱くどころか、その厚意に感激するばかりとなる。系譜上対応する位置にある史上の三条天皇が、たとえ道長からの圧力をあらわに伝えられずとも悲劇性を帯びており、特に皇嗣問題では大きな痛手を被っていたのと比較する時、嵯峨院の生涯ははるかに恵まれたものであったといえよう。子孫の断絶を遺憾に思う嵯峨院の存在が、たとえ中宮系皇統との敵対関係に発展するところまではゆかずとも、結末の理想的な調和世界に一抹の影をさすものとなりかねないことを思えば、確かに女帝の即位は、継嗣に恵まれない皇統を慰撫し、「理想的な世の中に導く方法」(24)であったに違いない。

さらに史実においては、三条天皇の皇女禎子内親王も、摂関家との軋轢による不遇を経験していた。後朱雀天皇の東宮時代から妃となっていた禎子に憚ることなく、頼通が養女嫄子を入内させ中宮に立てたため、禎子は参内せず里邸で嘆きがちの日々を送ることになったのである。

　宇治殿の故中宮を参らせたてまつらせたまへりしに、女院（禎子）はやがて入らせたまはでやませたまひにき。人の御もてなしにや、わが御心と入らせたまはざりしにや。(25)（『栄花』松の下枝・四三二頁）

姪にあたる禎子を蔑ろにするかのような頼通の行為と、それに対する禎子の反発は、禎子が後朱雀の第二皇子を産んでいたことにより、感情的な問題にとどまらぬ事態に発展する。『愚管抄』によれば、後三条天皇の頼通に対する深い「御意趣ドモ」の根源は、嫄子入内にはじまる禎子・頼通間の不和にまで遡ると認識されていたらしい（巻四・一九一頁）。もっとも慈円自身は、後三条と頼通が対立していたという通念自体に否定的なのだが、状況的にごく自然な推測であろう。

この里住みの多い后という禎子の人物像が女帝（承香殿）に受け継がれていること、ただしその理由が大きく異なっていることは先に触れておいた。女帝が里に下がりがちなのは、賑やかな後宮において「あまり競ひ顔なるもつつましう」（巻四・一九二頁）という謙虚さによるものだった。他の后妃に対して嫉妬心や競合心のまったくない女帝は、摂関家の権力を背景に威勢を誇る藤壺とも「いとうるはしき御仲らひ」（二二五頁）を保ち、その皇子出産にも「さらに何とも思さざるべき」（二二九頁）という鷹揚さを見せている。

女帝のこうした性格設定が章子内親王に由来するらしいことも、すでに述べた。幼くして両親を亡くした章子は、伯父の頼通から大切に世話され、頼通娘寛子とも和やかに交歓しつつ、後冷泉の後宮において確固たる地位を占めていた。同じく断絶皇統の皇女として入内した后でありながら、摂関家との関係いかんによって、禎子と章子の境遇は大きく異なることになった。この両者の合成を基盤に造型された女帝は、摂関家と親密な関係を保った上で皇位継承者の養母ともなり、不遇感を味わうことは一切なかった。それゆえ、禎子の産んだ後三条が摂関家に反発したような事態は、女帝の養子今上帝には起こりようもないのである。

繰り返し述べるように、嵯峨院―女帝―今上帝と連なる系譜は、史上の三条―禎子―後三条に重なり合うのだが、三条や禎子が摂関家の栄華の陰で味わった不遇感は、嵯峨院と女帝においてはほぼ払拭されている。そこに介在するのが、もう一つの源泉たる後一条、章子の父娘である。継嗣がないという共通点を持つ後一条が組み合わせられることにより、摂関家とも終始良好な間柄を保つ嵯峨院の造型が可能になった。その嵯峨院の流れを受け継ぎ、しかもまさしく摂関家出身の実母を持つ今上帝であれば、摂関家と協調的な姿勢をとることは自然であろう。悲劇性を帯びた三条系統を母方の先祖に持ち、摂関家に対する母禎子の悪感情を継承した後三条と、根本的に相違する点である。

『我身』の皇統譜を見る限り、摂関家との絆の程度に差のある水尾院中宮系と皇后宮系とは、皇位をめぐって対立しているように見える。しかしその内実は、双方とも終始摂関家と紐帯を保って融和的な関係にあり、いずれかが一方的に苦杯を嘗めるようなことは決してなかった。それゆえ、両系統を統合する今上帝の御代に暗い影を投げかけるものは何もなく、誰もが自足し調和する理想的な世界が円滑に実現したのである。後三条即位に至る実際の歴史の流れを基にしながら、このように対照的な結末に達するためには、まず嵯峨院の系統から不遇感や悲劇性を取り除くことが必要だった。そのための操作は、ごく早い時期、おそらく水尾院後宮の状況を設定した物語始発の段階から、すでにはじまっていたものと考えられる。

八

もう一つ、皇位にまつわる皇后宮系と中宮系の対立という点で取り上げねばならないのは、皇后宮所生の二宮の立坊問題である。父帝に最も愛されながら、後見の欠如ゆえに東宮に立てないという、光源氏とも境遇の似た二宮をめぐって、紛争が起こる可能性は十分にあった。そうでなくとも、先述のように史上の敦康親王の例に倣うのならば、后腹しかも年長であるにも関わらず異母弟に越えられた悲運の皇子として、物語の暗部となりかねない人物であった。

しかし、肝腎の二宮自身は、「もとより位まで思ひ寄り給ひし御身ならねば」(巻二・七五頁)、「おもだたしきまつりごとのとありかかりも、むつかしうのみ思しとりにしかば」(八四頁)と、帝位にも政務にもまったく興味のない性格に設定されており、[26]弟の三宮が東宮となっても一切気にかけず、ただ理想の女性を追い求めていたという。地位や権力への恬淡とした姿勢は後年になっても変わらず、女帝の嵯峨院行幸の際、牛車の宣旨を賜り息子も加階されるという栄に浴しても、「かやうのことも御心に入らざるべし」(巻五・二五頁)という無関心さであったことが、殊更に強調されている。

片や三度も立坊の機会を逃した敦康親王は、「あさましうことのほかにもありける身かなと、うち返しうち返しわが御身一つを怨み」(『栄花』玉のむら菊・七〇頁)つつ若くして亡くなり、世人も「あさましう心憂かりける御宿世かな」(浅緑・一六一頁)と同情を寄せた。その無念は死後まで残り、物怪となって後一条天皇を苦しめたとさえ伝えられている(衣の珠巻)。そうした敦康に比して、己が境遇に満足し何ら野心も持たない二宮には、悲劇性がまったく感じられない。皇位を逸した者の恨みが物語世界に不調和を引き起こすような状況は、未然に防がれているのである。嵯峨院の場合をあわせ、皇位継承をめぐって皇后宮系と中宮系の間に深刻な事態が生じることは、ついになかったといってよいだろう。

両系の競合関係がもう一度顕在化するのは、水尾院皇后宮と中宮それぞれの孫娘にあたる後涼殿と藤壺とが反目した三条院の後宮である。それが史上の後朱雀・後冷泉両朝の後宮の状況に倣っていること、後涼殿の立后問題が教通の娘二人の合成であることはすでに論じた。しかしここでも、理想的な摂関政治体制の実現を妨げるような状況は、前もって取り除かれていたように思われる。二人の后妃の対立が後宮に混乱をもたらしたことは否定できないのだが、依拠した史実と比較した場合、後見勢力間の争いという政治的要素が欠落しているのである。

教通が娘たちに託した立后悲願の背景には、摂関宗家を継いだ兄頼通への対抗心があっただろう。生子の入内は、頼通の養女中宮嫄子が崩御してからわずか四ヵ月後のことだった。そうした教通の無神経な行為は、「宮の御事のほどなきになど、殿は思しめしたり」(『栄花』暮まつ星・三〇五頁)と頼通の不興を買っており、後に生子の立后に難色を示す一因となったようである。歓子の場合は、後から入内した頼通娘寛子が先んじて立后したため、一時后位を絶望し親子ともども悲嘆していた。その歓子が異例の三人目の后となったのは、頼通が教通に関白職を譲って引退したのとほぼ同時、しかも後冷泉臨終間際の慌ただしいさなかであった(27)。

生子・歓子姉妹の立后問題は、数世代にわたって繰り返されてきた、摂関家内部における兄弟間の権力抗争の一つだったといえよう。後年、関白職をいずれの子息に伝えるかをめぐって、頼通と教通との間に行き違いが起こったというが、(28)両者の対立はすでに後朱雀後宮、後冷泉後宮を舞台としてはじまっていた。そしてこの段階では教通の側が劣勢で、娘たちとともに苦い思いを味わっていたのである。

一方『我身』の場合、後涼殿は故関白の娘、藤壺は当代の関白の娘、ともに摂関家出身だが、父親同士が親子である上に、後涼殿の父はすでに故人となっている。しかも後涼殿の実の父親は、若き頃秘かに女三宮と通じた関白、つまり藤壺の父親その人なのである。その事実は物語の表面の意識には上ってこないのだが、「下には入道宮（女三宮）の御心のうちを思ひやり聞こえ給はぬ時の間なけれど」（巻四・二二〇頁）と、今でも女三宮に同情的な態度を示す関白は、さらに「故殿の聞こえおき給ひしを思し忘れねば、さらに御娘の御上にも思し落とさねど」（二二三頁）とあるように、父故関白の遺託を受けて、娘の藤壺にも劣らず、後涼殿のことを気にかけていたという。こうした状況であってみれば、藤壺と後涼殿が後宮でいかに反目したとしても、それが後見勢力間の権力抗争、しかも摂関家内部における争いに発展する恐れはない。そもそもこの物語に登場する摂関家の男子は常に一世代一人ずつであるから、(29)兄弟間の競合は起こりようがないのである。

そして後涼殿自身も、生子と同じく帝の第一の寵妃であった上に、歓子同様、かろうじて后位に達した以上、名実ともに満足すべき境遇を得たことになる。ここでもやはり二人の実在人物を組み合わせた造型が功を奏したというべきか、最後まで立后できなかった生子、里住みがちであった歓子、それぞれの不幸は相殺されている。その後も藤壺と後涼殿の感情的な確執や、皇子を産めない後涼殿の嘆きなどは継続して語られるが、権力抗争と無関係という原則は変わらない。

要するに、皇位の行方をめぐって、あるいは三条院の後宮において、皇后宮系と中宮系の間に対立的状況が設定されていることは確かだが、それらは史実と異なり生々しい政治的抗争を伴うことがなかったため、平穏な解決が可能であった。ではそもそもこうした対立的状況がどこから生じたのか、突き詰めて考えてみると、大半が水尾女院（水尾院中宮）に帰せられるようである。皇后宮方を憎み二宮の立坊を断念させたことといい、孫娘の藤壺に肩入れして後涼殿の立后を阻んだことといい、水尾女院の強気な性格と大きな発言力が、あらゆる対立関係の元凶であったといっても過言ではない。

その水尾女院が、史上の皇統譜との対応でいえば一条中宮彰子に該当し、その他にも共通する属性の見られることは先述した。ただ彰子には、敦康親王を愛する一条天皇の真意を思いやり、一条譲位の折にも、後年小一条院が東宮を辞退した折にも、自らの産んだ皇子を差し置いて敦康の立太子を道長に進言したという、いわば美談が伝えられている（『栄花』岩蔭巻、ゆふしで巻）。それに比較すると、二宮を退け我が子の立坊を強硬に主張した水尾女院は、正反対の性格造型がなされているといえよう。一方の二宮が敦康と違い帝位にまったく関心のない性格になっていたのと、ちょうど対照的な変容である。

この水尾女院は、娘の女四宮とともに、波瀾を引き起こして物語の展開を面白くする人物であり、やや道化的に描かれてもいる。しかし彼女たちは、必ずしも物語世界を掻き乱すだけの存在ではなく、摂関家の立場を守るという大きな責務をも担っている。水尾院皇后宮に思いを寄せ、その子嵯峨院の後見を引き受けた故関白、女三宮を思慕し、その娘後涼殿にも同情的だった関白、いずれも皇后宮系に浅からぬ好意を示し、ともすれば摂関家の利害を忘れんばかりであった。そうした男たちを牽制し歯止めをかけていたのが、故関白の姉妹である水尾女院と、関白の妻女四宮の存在であったといえよう。

摂関家代表者としての水尾女院の役割が最大に発揮されるのは、巻四における藤壺の第一皇子出産の際である。それは四日にわたる難産だったが、「多くの僧の験にすぎて頼もしきや」というほど熱心な祈禱を女院自ら捧げた結果、摂関家の将来の安泰を保証する男御子が無事誕生した。その祈願の中で、

我が氏に多くの后、国の親出でものし給ひしかど、氏の大明神に我れほど心ざし奉りて仕うまつりし人やはお

はせし。これ横ざまのことを構へ祈るにもあらず。我が家、国の継ぎを伝へ給ふべき御上なり。前の世の報い、この世の犯しなりとも、山階寺の本尊立ち翔り給へ。（巻四・二一八頁）

と、「我が家」と「国の継ぎ」を並べているように、女院の願いは、皇室と摂関家との一体化による繁栄という、まさに摂関政治の原理に基づくものだった。その点からすれば、物語に混乱を引き起こしてきた水尾女院の存在でさえ、天皇と摂関との協調体制という結末の大団円に貢献するところは少なくなかったといえよう。

『我身』の物語世界は、一条朝以降の歴史をなぞるように進行した末に、実際の歴史の流れから外れて、理想的な摂関政治体制に到達する。史実から最も大きく離れた女帝の即位が断絶皇統の無念を解消する措置であったように、悲劇的な事態の種となり得る政治的抗争や矛盾を排除すべく、依拠した史実の状況や人物の性格は、適宜改変を加えられていた。物語は当初から、すべてが円満に調和する大団円を目指していたのであろう。

九

一条朝から後冷泉朝にかけて、外戚の地位を確立した道長・頼通父子により、摂関家の権勢が絶頂を極めた数十年間は、まさに王朝盛時と呼ぶにふさわしい時代であった。数多の女御、更衣が勢を競った醍醐朝や村上朝と異なり、この時代の後宮には、摂関家の姫君や内親王など、厳選された最高級の家柄の后妃たちが集っていた。王朝文化は彼女らを中心に爛熟し、物語文学にとっても、『源氏物語』の出現から天喜三年（一〇五五）の六条斎院家物語歌合を含む、記念すべき隆昌期であった。特に後冷泉天皇の時代は、皇后寛子、中宮章子や皇妹祐子・禖子両内親王らの和やかな交流の中で、歌合などの行事が頻繁に催され、

さまざまにをかしきこと多かる御時なり。御遊びを好ませたまひ、花合、菊の宴などをかしきことを好ませた

まひて盛りの御世なり。(『栄花』根合・三五八頁)

と称えられている。

この時代の後宮文化を担った女性たちは、後代の人々の憧憬の的となった。たとえば『無名草子』の女性論で取り上げられた人物の大半は、この時期、特に一条朝に活躍した人々であり、后としては定子、彰子、それに歓子が挙げられている。また、鎌倉中期、実材卿母(30)の周辺で行われた探題の歌会では、『伊勢物語』『源氏物語』『狭衣物語』等の物語に登場する実在または虚構の人物たちと並んで、定子皇后宮、梅壺女御(生子)、堀河女御(小一条院女御藤原延子)といった、王朝盛時の后妃たちの名が歌題に選ばれている(『政範集』『親清四女集』など)。

『我身』が自らの物語の舞台に採用したのは、こうした王朝盛時であった。それも漠然とした時代設定ではなく、皇統譜の対応を軸として、意識的にこの時代の史実をなぞっている形跡が確認された。そこに歴史への、特に過ぎ去った王朝最盛期への深い関心を読み取ることができるし、とりわけ後宮の設定においてこの時代の史実に倣う点は、右に述べたような摂関期の后妃たちへの興味、憧れを反映しているといえよう。史実に依拠した皇位継承の次第を中心に据えて物語を展開してゆく『我身』は、歴史物語に極めて近い性格を有し、いわば虚構の歴史物語の趣を呈している。

もちろん『我身』は、史実そのものを描くわけではない。作り物語である以上当然のことだが、史実に基づいて設定された状況の中で具体的に生起する出来事は、『源氏物語』等先行物語の影響を色濃く受けた虚構のものである。さらに作り物語としての『我身』の特質は、依拠した歴史の流れそのものを組み替え、実際には存在しなかった理想的な大団円へと導いていったところに求められよう。そこに作者の創作手腕と歴史認識を窺うことができる。

摂関政治が全盛に達した時代、同時にその繁栄の陰で、道長や頼通の外戚・後宮政策の犠牲となって不遇をかこつ人々も、少なからず存在した。本稿で取り上げた敦康親王、三条天皇・小一条院父子、禎子内親王、教通の娘たちなどは、その代表格といえよう。摂関家賛美を基調とする『栄花物語』でさえ、その主題に抵触しない程度にではあるが、そうした人々の悲劇を同情的に描いていた。いかに美化して伝えられようと、外戚関係の薄弱な皇族への圧迫や摂関家内部における兄弟間の不和が、摂関全盛期の比類ない栄華にとって一つの瑕瑾であったことは否定できない。

『我身』はこの時期の歴史を範に取りつつ、こうした汚点をほぼ取り除いていた。敦康に該当する二宮はまったく皇位に執着しない性格となり、藤壺と後涼殿の対立からは、後朱雀後宮、後冷泉後宮のような後見勢力の絡んだ政治性が払拭される。そして最も画期的だったのは、摂関家との縁戚関係が薄く断絶の運命にある皇統への配慮である。悲運の天皇というイメージの強い三条天皇に対し、摂関家と良好な関係を保つ嵯峨院には、失意や不遇感が稀薄で、わずかに残っていた継嗣のないことへの無念も、女帝の即位という僥倖によって完全に慰撫されたのである。

実際の歴史では、後冷泉朝を最後に摂関家の外戚政策は行き詰まり、摂関勢力に対立的な後三条天皇の即位という、摂関政治の基盤を揺るがす事態に至る。その歴史の流れを直叙できなかった『栄花物語』に対し、嵯峨院皇統ともつながりかつ摂関家を外戚に持つ今上帝の聖代に到達するのが、『我身』の物語世界であった。摂関政治の栄華に伴う矛盾や悲劇がほとんど除去されていた以上、その理想的な大団円に影さすものは何もない。

結局のところ、『我身』という物語が描き上げた虚構の歴史は、初めから「予定調和の方向」[31]に向かって進んでいたといってよい。もっとも、対立的要素や矛盾が皆無なわけではなく、むしろ少なからず存在しており、物語の展開が単調に陥る弊害は免れている。しかし、公的な権力を保持する男性が概して消極的かつ善意の人であるため、いわば女同士の反目にとどまり[32]、深刻な政治的抗争に発展することはない。そしてそうした矛盾はやがて円滑に解決され、調和的な大団円にまで尾を引いて傷を残すことはないのである。

もちろん、公向きの事柄をあらわに記さないことは、『源氏物語』以来女の書く物語の約束であった。しかし、『源氏物語』の特に第一部では、女性の関わり得る世界の背後に、皇位継承問題や外戚権の獲得をめぐる政治的闘争が厳然と存在し、光源氏の栄華に至る過程に裏づけを与えていた。対するに『我身』は、天皇を中心とした史実に材を取る点で、他の物語に比較して公的世界に接近する機会を多く持っていたにも関わらず、予定調和の道を突き進むべく権力争いの側面を捨象し、安易に常套的な大団円の結末に落ち着いてしまったともいえよう。

しかし翻って考えれば、皇位継承の過程や人物造型を史実に依拠する一方で、すべての調和した理想的な摂関政治体制を目指して、実際の歴史に存在した対立関係や矛盾を周到に取り除いていった作者の見識と力量は、それなりに評価されるものではなかろうか。王朝文化の最も華やかなりし頃を物語の舞台として選択した理由は、第一にその時代への憧憬であったに相違ない。だが、過去の栄光をいたずらに賛美し追憶していたわけではなく、それに伴う汚点をも十分に見抜くだけの歴史認識を持ち合わせ、さらにその解消のための操作を加える意欲と能力とを有していたのである。

歴史や公的世界に寄せる『我身』の関心の程度は、女の書く物語の中ではやはり相当に高かったというべきであろう。そのことを確認した上で、範とした王朝最盛期の歴史の流れを組み替え、摂関体制を前提とした理想的な聖代を構築したことの意味を、物語史や当時の宮廷社会の思想的背景の中で、改めて考えてみる必要があるだろう。

（1）　市古貞次「中世物語の展開」（『中世小説とその周辺』東京大学出版会、一九八一年）。
（2）　同前。
（3）　本稿でいう史実とは、必ずしも歴史的事実とは限らず、歴史物語の類によって物語成立当時知られていたであろう事柄を指すものとする。

（4）福田景道「歴史物語の範囲と系列（上）」（『島根大学教育学部紀要』第二十七巻第一号、一九九三年十二月）。

（5）散逸物語に視野を広げれば、『風葉和歌集』に多数の和歌を残す『御垣が原』も、五人の院・帝が登場し、帝を主人公とする長編物語であったと推測され、『我身』との関連も予想される。新美哲彦「散佚物語『御垣が原』考――その特質と成立圏――」、横溝博「『風葉和歌集』入集歌数上位の鎌倉時代物語の位相――散逸『御垣が原』物語を切り口にして――」（いずれも『平安朝文学研究』復刊第八号、一九九九年十一月）参照。

（6）金子武雄「我身にたどる姫君論」（『物語文学の研究』笠間書院、一九七四年）で、成立年代推定の根拠として指摘されている。

（7）日付は『扶桑略記』『帝王編年記』『中右記』等による。『公卿補任』は十七日とする。

（8）物語の世界では、『狭衣物語』の嵯峨院后（女二宮の母）が、嵯峨院の在位中すでに「皇太后宮」と呼ばれている。ただし皇后は登場せず、一帝に中宮と皇太后宮が並立していたようである。

（9）注（6）論文。

（10）『今鏡』『無名草子』『十訓抄』などに見える。

（11）『栄花物語』や『大鏡』に詳しい。

（12）徳満澄雄『我身にたどる姫君物語全註解』（有精堂、一九八〇年）、今井源衛・春秋会『我身にたどる姫君』（桜楓社、一九八三年）の両注釈に指摘がある。

（13）三条天皇の後宮にも、一条朝と同様、後見の弱い皇后娍子（藤原済時女）と摂関家出身の中宮妍子とが並び立っていた。そして、即位に至らなかったとはいえ、また妍子に皇子がないという事情があったにせよ、皇后側から第一皇子敦明親王が東宮に立った点、皇后宮所生の一宮を立坊させた水尾院に近いといえよう。また、『我身』巻二から巻三にかけて、皇后宮腹の女三宮に恋い焦がれる中納言（後の関白）が、中宮腹の女四宮との縁談に思い煩い、重病に陥るというくだりがある。一方三条天皇も、娍子の産んだ第二皇女禔子内親王を頼通に委ねようとしたが、具平親王（頼通の正妻隆姫の亡父）の霊が頼通を苦しめたため、降嫁は沙汰止みとなったという（『栄花』玉のむら菊）。摂関家嫡子が皇女降嫁を嫌がり病にまでなるという物語の趣向が、禔子降嫁をめぐる一連の出来事を発想源としているならば、水尾院に三条天皇を重ねることも可能であろう。ただし、『我身』

の女四宮降嫁には、『狭衣物語』の狭衣と一品宮の結婚という、より近似した例があるため（本書第四章参照）、水尾院と三条天皇との関係は参考程度にとどめておく。

（14）本書第四章参照。

（15）福長進「『源氏物語』はなぜ歴史物語を生んだか」（『国文学』第四十二巻第二号、一九九七年二月）。

（16）清水好子氏は、『源氏物語論』（塙書房、一九六六年）、「准拠論」（『源氏物語講座』第八巻、有精堂、一九七二年）、「源氏物語における准拠」「天皇家の系譜と准拠」（『源氏物語の文体と方法』東京大学出版会、一九八〇年）の諸論考において、皇室関係の系譜が史実と一致する点に、特に准拠の意義を見出している。

（17）「「入内」は、皇后・中宮などが正式に内裏に参ること」（新編日本古典文学全集頭注）という解釈もあるが、歓子が立后後、後冷泉崩御以前に参内したという記録は確認できないし、立后から三日後の参内というのは時期的に早すぎるように思われる。

（18）『いはでしのぶ』でも、次に掲げる略系図から読み取れるように、両親から二つの皇統を受け継ぐ帝が誕生する。

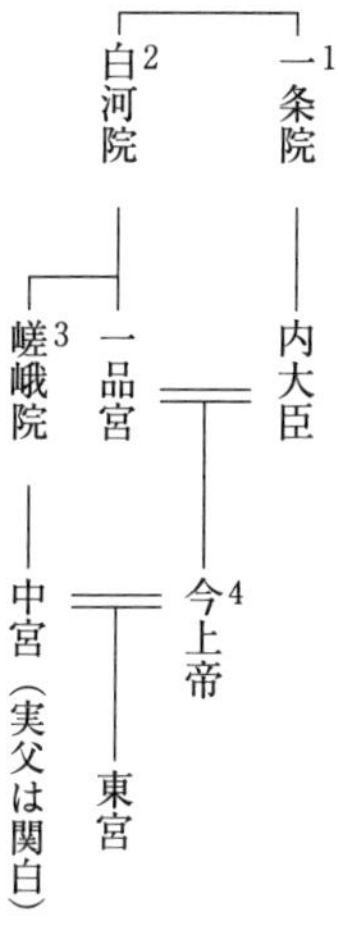

『いはでしのぶ』の今上帝の即位は、いったん臣籍降下した内大臣を通じて、一条院の系統が皇位に返り咲いたことを意味すると同時に、白河院の側から見ても皇女を通じて皇統の継続が保証されたことになる。『我身』の今上帝や後涼殿の人物像には、『いはでしのぶ』の今上帝や伏見大君（中宮の母）の投影が見られ、『我身』が『いはでしのぶ』の皇位継承過程をも参照した可能性は考えられる。

（19）注（12）徳満氏注釈の解題など。

(20) 佐々木紀一「『我が身にたどる姫君』巻六、狂前斎宮とその女房達」(『国語国文』第六十三巻第三号、一九九四年三月)では、今上帝の模範であったと思しい養母女帝の理想的帝王像の参考として、『続本朝往生伝』の後三条天皇伝を挙げている。

(21) ただし、『栄花物語』や『大鏡』は、道長を「関白殿」と呼んでいる。

(22) 「物語史〈源氏以後〉・断章――『夜の寝覚』『今とりかへばや』から『我身にたどる姫君』へ――」(今井源衛編『源氏物語とその周縁』和泉書院、一九八九年)。

(23) 『今鏡』『古事談』『愚管抄』に所見。西本寮子「『今とりかへばや』成立試論――女春宮設定の史的背景と女一の宮の役割――」(『国語と国文学』第六十二巻第八号、一九八五年八月)、常盤博子「『今とりかへばや』の成立年代について」(『実践国文学』第二十八号、一九八五年十月)。

(24) 生澤喜美恵「女帝実現の物語としての『我身にたどる姫君』」(『池坊短期大学紀要』第二十七号、一九九七年三月)。本稿で扱った『我身』の皇位継承過程についての考察は、同論文に多くを学んでいる。ただし、継嗣のない嵯峨院の無念を、「自己の皇統に対する明確な執着」ととらえることには疑問が残る。後にも述べるように、予定調和的な結末に向かうこの物語では、特に男性登場人物を善意の人とし、政治的野心を持たせない傾向があり、嵯峨院もその例に漏れないようである。

(25) 『春記』長久元年十二月十八日条にも、「皇后宮此四年不二参入給一……依二故中宮参入給事一也」と記されている。

(26) 注(24)論文に指摘がある。

(27) 立后の儀が執り行われず、宣旨のみという点でも異例であった(『中右記』大治五年二月二十一日条)。

(28) 『古事談』巻二。『栄花物語』布引の滝巻では、教通は内心我が子に譲りたかったが、頼通に遠慮したことになっている。

(29) 注(24)論文に指摘がある。

(30) 白拍子出身で、西園寺公経の寵を受けて実材らを産んだ女性。平親清との間にも多くの子女を儲けている。井上宗雄『鎌倉時代歌人伝の研究』(風間書房、一九九七年)参照。

(31) 注(12)徳満氏注釈解題。その他にも、「全体の形が持つ藤原摂関家と皇族との対立から融和へという命題が、果してそれなりの深刻な対立抗争から融和へという波瀾起伏を孕んでいるかとなれば、それはかなり疑問である」(注(12)今井氏注釈解題)、

「皇室と摂関家という男系の二つの「家」が対立している点は窺えず、むしろ、このような融和関係を前提にすることもこの物語が示す理想の一つだと考える」（注（24）論文）等、同趣旨の見解が述べられている。

（32）　水尾院皇后宮―中宮、女三宮―女四宮、後涼殿―藤壺という母子三代にわたる対立的関係を、物語の展開を支える主構想と見る論もある（辛島正雄「『我身にたどる姫君』の一面――ある女系の「年代記」――」『今井源衛教授退官記念文学論叢』九州大学文学部国語学国文学研究室、一九八二年）。

第七章　『松浦宮物語』と『我身にたどる姫君』

一

『我身にたどる姫君』の主題の一つとして、今井源衛氏は、「男女の不思議なつながりというもの、特に非条理な恋愛、あるいは性愛の諸相というもの」を挙げ、しかも「それらの描写が常に女性の立場に立ってなされている」ことを指摘した(1)。それを受けて辛島正雄氏には、「女の物語」という観点から考察した諸論がある(2)。

確かにこの物語には、個性的な女性が数多く登場する。その中でも特に目を引く一人が「女帝」であろう。嵯峨院の皇女として生まれ、従兄にあたる三条院の皇后を経て図らずも帝位に至り、四海に泰平をもたらした人物である。のみならず超人的な光輝と能力を持つ彼女は、実は天女の生まれ変わりで、死後兜率内院に往生したということになっている。女帝即位の意義や天女、兜率往生といった特殊な趣向については、本書の第五章、第六章で論じた。聖代を築いた明主としての女帝についても、やはり物語史における女主人公の系譜上に位置づけた辛島氏の論がある(3)。

しかし、『我身』が殊更に聖代を描写することの意味は、女帝の人物論に限らず、物語全体の中で考察すべきである。本章では、その前提として、為政者としての女帝像の源泉を『松浦宮物語』に求め、それが必ずしも「女の物語」の枠内に収まりきらないことから確認してゆきたい。

二

辛島氏は、女帝誕生に至る物語史の流れをたどり、『狭衣物語』『とりかへばや』（今本）などに女帝の可能性が見えることを指摘する一方、『夜の寝覚』の中の君にはじまり『とりかへばや』の女主人公に継承された「女の物語」の系譜の延長上に、『我身』の女帝を位置づけた。男装して男性をも凌ぐ活躍を見せる『とりかへばや』の女主人公は、物語の担い手である女性の潜在的願望を具現したような人物であり、女帝はその理想化を極限まで押し進める形で造型されたとし、しかもその女帝が聖代を実現するところに、おそらく女性であろう作者の熱い思い入れを読み取っている。

確かに『とりかへばや』の女主人公は、琴、笛、漢詩、和歌等のあらゆる才芸に秀でていたばかりでなく、「今よりあるべきさまにむべむべしく、世の有様、公事を悟り知りたることのさかしく」（巻一・一七七頁）と、公事に関しても比類ない能力を備えていた。ただし、辛島氏も言及しているように、本来男性が担当する分野において彼女が活躍するのは、男装していた期間に限られる。兄弟と入れ替わって女姿に戻り、后、国母という女としての栄達を遂げた後は、その才能をも譲り渡してしまったかのごとく、かつての活躍ぶりは二度と戻らず、追憶されることすらほとんどない。女の姿のままで帝位に上りつめ、控え目にではあるが英邁さを徐々に発現してゆき、理想的な政治を行った『我身』の女帝へ直接つなげるには、少しく距離があるように思われる。

その懸隔を埋める一人が、やはり男装の姫君という趣向を中心に据えた物語『有明の別』の女主人公（右大将、後に女院）であろう。(4) 彼女もまた、「なにがしのさだめ、その時といふにも、ただこの君の御才をのみ、世のめでぐさにしたれば」（巻一・三三五頁）と、公事にかけて男性以上の才を発揮していた。しかも彼女の場合は、女姿に戻って帝の寵を一身に集めるようになった後も、晴れの場で華やかに振舞いみごとな詩文を披露して人々の耳目を驚かした男装時代をなつかしみ、御簾の内に引き籠った現在の生活に、「むもれいたく」（三五四頁）充たされぬものを感じている。

年月が経過して、所生の皇子が即位し女院となった主人公は、実家関白家の後継ぎである左大臣を教育し助言を与える形で、再び漢学や政務に及ぶ男の世界に関わることになる。

をのづから男女のけぢめばかりの御つつましさだになく、まことまことしき道々のことまで、かたへはの給はせ教ふる御心は、（巻二・三七二頁）

かやうのかた（「なにがしのさだめ」）までいささかたどられ給はず、こと多からぬ物から、その詮とあるべきふしぶしたづねあきらめさせ給を、（三八二頁）

とはいえ、やはり左大臣には幾分遠慮があるらしく、女院が自らの才をつつまず伝授したのは次男の東宮であった。東宮はとりわけ母親似で、男装時代の主人公の栄光を継承する人物として、兄帝以上に将来を嘱望されていた。

ただ春宮にのみぞ、とりわきいはけなくより、朝夕よろづをきこえさせ給しかば、なにごとにつけても、ただ光かくれ給し故大将御（の）かはりには、この宮のみぞ末の世てらさせ給べき。（巻三・四二四〜五頁）

こうした兄帝を凌ぐ次男への偏愛と期待は、『我身』の女帝が養子に迎えた三条院の二宮（今上帝）が、後に即位して女帝の聖代を継承したことと対応する。天女の物語という側面から女帝の造型を論じた際、この点を一つの根拠として、『有明の別』の女院が影響を及ぼしていることに触れた[5]。女院が女姿のままで政務に参画する点にも女帝とのつながりが窺われ、『とりかへばや』の女主人公よりさらに近い関係が察せられよう。

しかしなお、『有明の別』の女院の政治関与は、左大臣や東宮という近親の男性を通した間接的なものにとどまっていた。女帝のように自ら君臨し政務に携わった女性となると、『松浦宮物語』に唐の后として登場する鄧皇后が想起される。夫の文皇帝の死後、燕王らがまだ幼い新帝に反旗を翻すという国難にあたって、「母后、朝に臨む名を盗まむとす」（巻二・六八頁）と自ら宣言して乱の平定を主導し、平和回復後も幼帝の後見に任じて理想的な政治を行わしめた母后である。帝位に即いたわけではないが、表立って政務に関与して聖代をもたらしたこの鄧皇后こそ、『我身』の女帝像に直接つながってゆくのではなかろうか。

ただし、『有明の別』に関しては、種々の点で『我身』への直接の影響関係が指摘できるのだが、『松浦宮物語』の場合、さほど顕著ではない。そもそも『松浦宮物語』という作品には、『源氏物語』以降の伝統的な物語の通念から逸脱する要素が多々認められ、物語史上かなり異色な存在であることは、衆目の一致するところであろう。『風葉和歌集』に十八首の入集を見ることからも、後世まで低からぬ評価を受けていたことは疑いないが、これに追随するような後続作品、明らかに影響下にあるような後代の物語は、なかなか見出せない。伝統的な物語のあり方を踏襲する『我身』も、全体の作風は『松浦宮物語』と大きく異なっている。

しかし、女帝が天女の生まれ変わりであるという点において、『我身』は『松浦宮物語』と接点を持っている。『松浦宮物語』の鄧皇后は、主人公氏忠とともにかつて忉利天の天衆であり、唐国を救うため地上に遣わされたのだった。もう一人、『有明の別』の主人公女院も同じく前生は天女であったことになっている。概して現実主義的な『源氏物語』以降の物語史の中で、『竹取物語』『うつほ物語』といった前期物語のように、天に出自を持つ人物を主人公に据えるという特色において、この三作を括ることができよう。『無名草子』の記述から推して、『松浦宮物語』と『有明の別』の成立時期は近接しており、正確な前後関係や直接の影響関係は決定できないものの、何らかの交渉があった可能性はある。(6) 一時代成立の遅れる『我身』は、天人を主人公とするこの両作を、ともに摂取しているのではなかろうか。以下、『松浦宮物語』から『我身』への影響関係を確かめることとする。

第五章で述べたように、天女としての女帝の人物造型には、『有明の別』の女院の投影が大きい。しかし、最終的に天への帰還を果たした時点で、物語の最後まで地上にとどまった女院から乖離することになる。それも、かぐや姫のように目前に天へ昇っていったわけではなく、逝去という幾分現実的な形によってのことである。地上に一時生を受け、死んで天へ帰ってゆく天女――その先蹤となるのは、『松浦宮物語』の登場人物の一人、唐の帝の妹華陽公主である。華陽公主の前生は、氏忠や鄧皇后のようには明示されていない。しかし、「前の世に琴を習ひて、しばしこの世に宿りたまへる」（巻一・三七頁）と紹介されており、琴を空に飛ばして日本まで送り届けるといった奇瑞を起こすところにも超人性が現れている。また、公主の死は日本に転生して氏忠と再会する手段であったが、これが『浜松中納言物語』の唐后の模倣であることは明らかである。一度天に生まれ変わり再びこの世に戻ってくるという『浜松中納言物語』の唐后と同じく、華陽公主の場合も死＝昇天と考えてよいだろう。

華陽公主は琴の名手として登場し、八月、九月の名月の頃、氏忠に琴を伝授する。やがて氏忠と契を結んで転生後の再会を約し、その直後に宮中で死去した。『我身』の女帝は地上に転生するわけではないが、巻五巻末の女帝崩御前後の場面には、この華陽公主をめぐる物語を取り入れた形跡が見られる。女帝は崩御数日前の八月十五日、月のくまなく澄みわたる夜、姉妹のように睦んできた藤壺（三条院中宮）を相手に琴を弾く。女帝は父嵯峨院に習ったと言うが、その演奏はまったくこの世のものと思われず、女帝の天女性をさらに明らかにするものであった。

教へ聞こゆる人あらむやは。あやしき前の世のとかやの御手なるべし。何にか似たらむ。（巻五・四七頁）

先に引いたように、華陽公主の琴も「前の世」に習ったものといわれていた。超人的な天賦の楽才を驚嘆される物語の主人公は数多いものの、明確に前世における習得と断定できるのは、天女の生まれ変わりである華陽公主や女帝なればこそであろう。

次に、少し遡って弾琴直前の場面になるが、藤壺の目から見た、月を眺める女帝の描写を見てみよう。

月の塵も曇らぬに、御簾をさへ少し上げてながめおはします御かたはら目の、なほたぐひなくのみ見えさせ給ふに、（四五～六頁）

傍線部「塵も曇らぬ」という表現は、

万代をあきらけく見む鏡山ちとせのほどはちりもくもらじ（『拾遺集』神楽歌・六一三番・中務）

などに見られるが、それを月明の表現に用いたのは、『松浦宮物語』の作者と目される定家が最初のようである。(7)

さざ波やちりもくもらずみがかれて鏡の山をいづる月かげ（『拾遺愚草』二二六二番・建仁元年八月十五夜歌合）

そして『松浦宮物語』では、氏忠が楼上で琴を弾く翁に出会った場面で、

塵も曇らぬ月影に、琴を弾くなりけり。（巻一・三五頁）

と用いられている。この老人陶紅英が氏忠に華陽公主を紹介することから二人の交渉がはじまるのであり、公主をめぐる物語の中に含まれる部分といってよい。

また、月を眺める女帝の横顔の美しさを述べた波線部は、氏忠に琴を教えた後の華陽公主の描写、

公主もいたう物をおぼし乱れたるさまにて、月の顔をつくづくとながめたまへるかたはらめ、似るものなく見ゆ。（四一頁）

と類似する。ちなみに『松浦宮物語』では、後に鄧皇后にも、

物をいとあはれとおぼして、十四日の月の、雲間を分けて澄み昇る空を、つくづくとながめたまへる御かたはらめぞ、なほ似るものなくきよらなる。（巻二・八三頁）

と、ほとんど同じ表現を用いている。

『我身』の女帝は、その後、夫三条院のもとに行幸してそれとなく別れを告げた翌日に譲位し、そのまま内裏の中で藤壺に看取られつつ崩御する。

思ふもしるく、白露の消えゆく心地するに、御手をとらへて、「やや」と聞こえさせ給ふにぞ、人々起き騒ぎ、御誦経なにくれ、そのこととなし。頭弁なども、かうてなりけり、と思ひ合はすれば、かひなき御祈りども、

いづこのいひ所なし。（五七頁）

この文章が『源氏物語』の紫の上死去の場面を模していることは明らかである。

宮は、御手をとらへたてまつりて、泣く泣く見たてまつりたまふに、まことに消えゆく露のここちして、限りに見えたまへば、御誦経の使ども、数も知らず立ち騒ぎたり。さきざきも、かくて生き出でたまふをりにならひたまひて、御もののけと疑ひたまひて、夜一夜さまざまのことをし尽くさせ給へど、かひもなく、明け果つるほどに消え果てたまひぬ。（御法・一一三頁）

華陽公主の死の描写も、やはり御法巻の同じ箇所を利用している。

やがて露の消えゆくやうに、言ふかひなく見えたまへば、御前にさぶらふ限り、騒ぎ立ちて泣きとよむに、御門も聞こしめしつけて、いと言ふかひなく、くちをしきことをおぼし嘆く。明けゆくままに、いまは限りの御さまなれば、言ふかひなくて、まづ九重を出だしたてまつらんと騒ぐ。（五二～三頁）

紫の上死去の場面、特に「消えゆく露」という比喩は、後代多くの物語に取り込まれており、ほかならぬ『我身』もすでに巻一で、水尾院皇后宮の逝去の描写に用いていた。女帝崩御の場面が直接『源氏物語』に倣ったものであることは疑いないが、その際、同じく御法巻を利用する華陽公主死去の場面をも念頭に置いていたのではなかろうか。『我身』『松浦宮』ともに、それぞれ先の引用部分に引き続いて、

『我身』――院にぞ、聞こし召す御心地、いかがは。……夢かうつつかとも、なほおろかなり、とぞ。（五七～八頁）

『松浦宮』――御垣のほかにて聞きつけたるあけぼのの心地ぞ、言ふはおろかなる。（五三頁）

と、宮廷の外にいて愛する女性の急死を知った男たち（三条院、氏忠）の衝撃を伝える。いずれもその直前に、相手と稀な逢瀬の機会を得たばかりであった点も共通する。

以上のことから、天女としての女帝の人物造型のうち、月光のもとに琴を弾いて超人性を発現した後、恋着する男に別れを告げて昇天を果たすという死去前後の場面は、華陽公主に負うところが大きいと見なせる。それを踏まえた上で、改めて『松浦宮物語』のもう一人の天女鄧皇后との関係を考えてみたい。

三

鄧皇后と女帝の共通点として、身体から発する光と香、特に異常なまでの芳香がまず挙げられる。もちろんそれは華陽公主や『有明の別』の女院にも見られる天女の特性なのだが、鄧皇后と女帝においてはとりわけ強調されている。『松浦宮物語』では、氏忠がかつて梅の里で出会った謎の女の正体が鄧皇后であることを悟らせる手がかりとして、香が重要な機能を果たしており、「世に知らぬにほひ」（巻二・九一頁）、「あやにくなるにほひぞところせき」（一〇六頁）、「吹き交ふ風につけて、世にたぐひなき御衣のにほひの、ただそれかとまがふ」（巻三・一〇八頁）等、謎の女＝鄧皇后の超人的な芳香が繰り返し語られる。

『我身』の女帝の場合、光と香は死を目前にしていや増していく。

いかなるにか、このごろとなりて、あらぬさまの御光添ふ心地して、もとよりかぎりなかりし御衣の匂ひなども、あまりさま悪しく、九重のうちもさま悪しきまでのみおはしますを、（巻五・四四頁）

「この世の人とも覚えさせ給はぬ」（五〇頁）袖の匂い、「所せき御匂ひ」（五二頁）は、女帝が滞在した三条院寝殿の御簾の外にまでとどまり、譲位の際には、紫宸殿から南庭を隔てた承明門に控える官人まで、「けしからぬ匂ひ」「あやしき風のかをり」（五五頁）に驚いたという。この大袈裟なまでの香の強調は、鄧皇后のそれをさらに誇張した趣である。

次に、鄧皇后と女帝の最大の共通点である、后の位から直接政治を掌る立場に至り、しかも申し分ない善政を布いたことに関連する記述を対照してみよう。まず、両者の経歴はそれぞれ、

鄧皇后――十三にて、宮のうちに選ばれ参りたまひける。かたちのすぐれたまへるによりて、ほどなく位を進めて、十七にて、后に立ちたまへる（巻二・九七頁）

女帝――上は十六にて東宮に参らせ給ひて、やがてその年、御国譲りありて后に立たせ給ひて、二十一にて御位につかせ給ひしかば、（巻五・五四頁）

と、年齢を明記した類似の文体で紹介されている。

また、鄧皇后は文皇帝崩御後の国乱に際して朝に臨むことを決意し、諸臣を促して乱を平定する指導力を見せることになるが、皇帝の生前は、「牝鶏の朝する戒めを恐れて、掖庭のせばき身のうへのことをだに、君のみことのりにあらずして、一事詞を加へ行なはざりき」（巻二・六七～八頁）と、身を慎んでいたという。一方の女帝も、「もとよりかぎりなくらうらうじく、至り深かりし御心掟」の持ち主ながら、皇后時代はその才をあらわにせず、「ただ、そのふしと見え聞こえじ」と謙虚に振舞っていた。しかし、帝位に即き完全に政務を委譲されると、「やうやう御心掟の、見え聞こえぬにもあらず」と本領を発揮してゆくのだった（巻五・一二～三頁）。

『松浦宮物語』では、平和回復後、鄧皇后が幼帝を補佐して世を治めた様が、次のように描写されている。

世の中諒闇なるうへに、后の御掟、ひとへに倹約を先として、よろづのことにつけて、人のわづらひをはぶかる。民の力をいたはり、おほやけのせめをとどめて、楽しび喜ばぬたぐひなし。早朝に、朝堂に薄物の帳を垂れて、日ごとに聞こしめすことはてて、露寝に入りたまひては、才ある限りを召し集めて、文を講じ、理を論じて、御門を教へすすめたてまつりたまふ。朝夕に、国の栄え、民安かるべき道をのみ聞こえ知らせたまふ。御門、いはけなくおはしませど、父御門、母后にもなほ進みて、むかしの聖の御代を慕ひたまふこと深ければ、

なべての人も、心をつくろひ、身を慎みて、いまより靡き従ひたてまつる。ただ二三十日に、島の外までのどかに治まりぬ。（巻二・七四～五頁）

女性ゆえ「薄物の帳を垂れて」、文字通りの垂簾政治を行ったわけだが、その事情は『我身』の女帝も同じであったことが、「内侍督[8]、内侍など御几帳などさし、何やかやとあるべき作法にこそすれ」、「節会などには、御帳の帷子、世の常のよりはいぶせき心地こそすれ」（巻五・一六頁）と述べられている。ただし、わずかに漏れる御衣の裾や袖口は「輝くばかり」の光輝に満ちており、やはり「光を放つと言ふばかり」（巻三・一一九頁）という鄧皇后と共通する天女性を示していた。また、早朝から聴政し夜は幼帝の教育に熱心な鄧皇后の精勤ぶりも女帝に引き継がれ、日の暮れるまで寵妃のもとに籠って公事を怠りがちであった三条院に対し、女帝は「何ごともただすがすがととどのへられつつ、御ぐしなどかき下さるるまでつゆばかりほども経ず」（巻五・一六頁）、政務に励んでいたという。

その女帝が築いた聖代については、

雨風の音、月星の光まで、あまりまことしからぬまで、世に見ならはぬさまにのみ治まり、静かなる御代を、さきざきくちをしかりしにはあらねど、心なき草木までなびき聞こえさせて、まだきに惜しみ聞こえさするたぐひのみ、四方の海、島のほかまであまねくなりにたれば、（一二頁）

という概括的な描写がある。類型的な修辞の続くところだが、傍線部のように『松浦宮物語』と同様の表現が用いられていることに注目される。

さらに巻六では、「変化の人にや」と思わせるほどの女帝の学才が、三条院の口を通して伝えられる。漢籍では『文選』を暗記した上に、『群書治要』全五十巻を三条院から借りて読破していたという。

譲り聞こえし時、故院（三条院の父、我身院）のたまはせたりし群書治要といふ書をぞ、昔の御諫め背きて、我れはうるさくて見ることもせざりしを奉りしも、去年ぞ返し給へる。（巻六・一〇六頁）

『群書治要』は、唐の太宗の勅命により諸書から政治に有用な文章を抜粋して編集された書で、治世の基本として日本でも尊重された(9)。鄧皇后もまた、その『群書治要』に通じており、帝に教えている。

群書治要といふ文を読ませて、その心を御門に教へきこえたまふ。御才のほど、そこひも知らず見えたまふ。

（巻二・九〇頁）

以上のように、為政者としての女帝像には、鄧皇后と共通する要素が少なくない。華陽公主から女帝への影響関係を考えあわせると、『松浦宮物語』の二人の天女の特色が、それぞれ『我身』の女帝に投影しているといえそうである。ただしもちろん鄧皇后は君主ではなく、あくまでも母后として帝を後見、教育する立場にある。そして帝の方も、幼いながら母の教えを忠実に守って徳政に意を尽くす明主であり、母子の協力によって聖代が実現したのである。『我身』の女帝の養子となっていた二宮が後に今上帝となって善政を布くという構図もまた、こうした鄧皇后と幼帝の関係に対応する形になっている。ただし、直接帝を補佐教導する役割という点では、むしろ今上帝の実母藤壺の方に、鄧皇后の面影が色濃く見られる。

藤壺は三条院の中宮として二皇子を儲けたが、院の退位後も東宮の母として宮中にとどまり、女帝から絶大な信頼を受けて、毎日御前に控えていたという。「同じ后と聞こゆる中にも、いみじう至り深くむべむべしき御心ざま」の藤壺は、父関白の代役として女帝の相談相手となり、「帝の二所おはしますやうなり」といわれるほどであった（巻五・一四頁）。女帝が崩じてまだ幼い長男（悲恋帝）が即位すると、父関白とともに政務を取り仕切り、「ただ、惜しき御命をことゆゑなくて、内、東宮の御行方、あくまで世の中行はむ」（巻七・一五二頁）という希望により、三条院の招きにも応じず内裏から出なかった。しかし、悲恋帝は叔母皇太后宮への恋慕叶わず悶死に至り、当年十二歳の二宮が後を継ぐ。実母である藤壺は、「片時もえ立ち離れ聞こえさせ給はず」（巻八・一八六頁）後見を続け、年月が経って今上帝が成人した後も、

月日に添へては、ただ御心ひとつなる世を、なほえ思し召し離れぬにや、尽きせぬ御内住みなり。（二〇六頁）

と、やはり宮中にて大きな発言力を保持していた。賢才を備え幼年の帝を補佐して意欲的に政務に携わる母后という藤壺の性格は、鄧皇后とまったく等しい。巻七には、悲恋帝に「御書なども御覧ぜよかし」（一四〇頁）と学問を奨励している場面もあり、やはり「文を講じ、理を論じて、御門を教へすすめたてまつりたまふ」という鄧皇后に通じる。

その母后に後見された今上帝もまた、兄悲恋帝の悲劇を教訓に身を慎み、昼夜を問わず熱心に善政を心がけて、女帝の御代に匹敵する聖代を築いた。

この御代は、御心掟、また、あやにくに引きかへ、昔の御教へをもいみじう真心に思し召し保ちけるにや。まして、うちあらはれていひ騒がねど、あさましく世の常ならず、うち続かせ給ひにしことのさま（悲恋帝と皇太后宮の事件）、おどろおどろしかりし御心まどひどもの、おはしまさぬ後まで、世人さへ聞き苦しういひ扱ふなるを、思し合はするにつけて、いかでこの道に人のそしり負はず、何ごとにつけても、ただ世のまつりごとすなほに、民安からむことを作り出ださむとのみ、夜昼御心にかけ、……思し召し励みたる御心掟を、いつのほどにか世人も心得らむ、まだきに、たぐひなくゆゆしきまでぞ、島の外までいひ騒ぐ。（巻八・一八六～七頁）

巻五にも見られた「島の外まで」という措辞、民の安寧を目指す儒教的政治理念など、やはり先に引用した『松浦宮物語』と共通する表現が用いられている。いずれも聖代を描写するに珍しい文句ではないが、賢明な母后の後見のもとで弱年の帝が善政に励むという構図とあわせ、偶然の一致とはいいがたい。

以上の比較により、幼い帝とその母によって聖代が達成されるという点で、『我身』の女帝、今上帝の二代には、『松浦宮物語』の影響を認めてよいと思われる。その場合、鄧皇后の役割は女帝、藤壺の両人に分与されたことになる。女帝は天女としての清らかさを保ったまま天上に帰還せねばならず、その後現世にとどまって政務に臨む責務は藤壺に移行したのであろう。ともあれ、女の身で万機を統べ理想的な聖代を築く女帝の人物像が、『松浦宮物語』の鄧皇后に由来していることは、確認されるであろう。

四

ここで留意しておきたいのは、『松浦宮物語』が藤原定家の作と伝えられていることである。『無名草子』の記述に発する定家作者説には、かつて否定的な見方もあったが、さまざまな傍証によって支持されてきており、今日では大方の承認するところであろう。賢明な女性為政者という性格において女帝の先蹤と見なされる鄧皇后を造型したのは、定家という男性貴族であった。とすると、辛島氏のいうように、明王としての女帝の理想化を「女の物語」の展開の上に位置づけることには、いささか疑問が生じてくるのではないか。

『とりかへばや』はもちろん、『有明の別』も少なくとも巻一は、ゆえあって男として振舞う姫君が、男性を凌ぐ資質を発揮していながら、やがて女の身に戻り、女として最高の栄達を遂げるまでの過程を語る。その意味で、確かに両者とも「女の物語」と呼ぶにふさわしいだろう。『とりかへばや』から『我身』への直接的な影響関係は確認できないが、『有明の別』は明らかに『我身』が参照した先行物語の一つであり、主人公の女君が政治的能力を女姿のままで発揮する点についても、『有明の別』の女院にその萌芽が見られた。しかし、女の身で君臨し聖代を実現する『我身』の女帝に至るまでには、さらに『松浦宮物語』の鄧皇后が介在していた。その『松浦宮物語』の作者が男性である以上、女帝の理想的帝王像を、純粋に女性たちの憧憬、願望の産物としてとらえることには、慎重にならざるを得ない。

では、定家と目される『松浦宮物語』の作者は、いかなる意図をもって治世に能力を発揮する女性を登場させたのか、まずそこから考えておきたい。異国での幻想的な恋物語の相手役という鄧皇后の基本的な性格は、『浜松中納言物語』の唐后に由来する。そうした物語史の伝統に則った高貴な女性像に、執政の任を果たした賢明な母后像を付加し、さらなる理想化を施した結果が鄧皇后だといえる。その際、作者に女性読者の歓心を買うという意識がまったくなかったわけではないだろう。『松浦宮物語』の有力な享受圏の一つが『無名草子』作者の周辺であったことは間違いないが、その『無名草子』に描かれた、女性たちによる物語評論の場では、

いでや、いみじけれども、女ばかり口惜しきものなし。昔より色を好み、道を習ふ輩多かれども、女の、いまだ集など撰ぶことなきこそ、いと口惜しけれ。（二六三頁）

のごとく、男に対して女の限界を嘆く声や、それに反論して、

必ず、集を撰ぶことのいみじかるべきにもあらず。紫式部が『源氏』を作り、清少納言が『枕草子』を書き集めたるより、さきに申しつる物語ども、多くは女のしわざにはべらずや。されば、なほ捨てがたきものにて我ながらはべり。（二六三頁）

と、女ならではの能力を自負する声が交錯していた。並み居る男性廷臣たちも及ばぬ鄧皇后の威厳と指導力、統率力は、作者の身近にいる女性読者たちのこうした思いを酌むものであったかもしれない。

しかし、作者自身が漢籍に親しみ、公の政治の場に直接関わっていた男性貴族であるならば、やはり政治的理想という方面に、より比重がかかってくるのではなかろうか。鄧皇后のモデルとして、後漢の孝和帝の皇后で、夫の死後幼主二代にわたって朝に臨み、善政を行った和憙鄧皇后（『後漢書』皇后紀上）が指摘されている。[10]両者は名からして同じであるばかりでなく、『松浦宮物語』の鄧皇后が寸暇を惜しんで政務や学問に励み、倹約を奨励して民力涵養に意を注いでいる点も、和憙鄧皇后に共通している。鄧皇后という理想的な女性為政者像は、中国の史書が記録する賢后の伝から産み出されたのである。さらに鄧皇后は、自ら幼帝の後見に任ずる一方で、「我が国の習ひ、

女主朝に臨みて、かならず乱るる跡多かる」ことを深く恐れており、「外戚の政に臨む、世の乱るる基なり」と自制して、縁者を取り立てることなく有能な人材を登用した。また、「いづれも世を治めたまふ君、かならず身の過ちを知りたまはず。いはむや、おろかなる女の身、知ることなくて、万機の政に臨む、いかばかりの過ちかあらむ」と自覚し、広く意見を募るため、舜の世に倣って「誹謗の木」を立てた（巻二・九七～八頁）。こうした鄧皇后の政治に臨む姿勢は、いずれも経史の諸書や『群書治要』などが示す儒教的理念の基本に則ったものである。

定家も漢籍を通じてこうした思想に親しんでいたはずだが、特に鄧皇后がしきりに懸念していた「牝鶏の朝する戒め」[11]については、『明月記』にも引用するところがある。後白河院の崩御後、その近臣であった源仲国の妻が、故院の託宣と称して御廟を建立せよと唱えていた。後鳥羽院もしばし判断に迷ったようだが、建永元年（一二〇六）五月二十日、ついに妖言として仲国夫妻を罰することを決断した。同日条、その件を記した直後の一節である。

今日、聞二建武・貞観之徳政一、感涙難レ抑、只恨二牝雞之晨一、扶桑豈無レ影乎、嗟乎何為乎、

後鳥羽院の英断を後漢の光武帝（建武）や唐の太宗（貞観）の徳政になぞらえて感激する一方で、「牝雞之晨」を非難するのだが、その標的は、仲国妻の縁者で託宣事件を「結構」[12]したという丹後局であっただろうか。丹後局は後白河院晩年の寵妃で、院の生前、死後にわたって政界で大きな実力を有していた。建久七年（一一九六）には源通親と結んで政変を起こし、定家が主家と仰ぐ九条家の人々を逼塞させている。仲国夫妻の事件の頃には丹後局の発言力もかなり低下していたようだが、代わって当時の宮廷では、後鳥羽院の信任を受けた藤原兼子（卿二位局）が権勢を振るっていた。除目のたびに人事を専断する兼子に対し、「於レ今、権門女房偏以申行、殿下御力不レ及歟、後鑑可レ恥者也」（建仁三年正月十三日条）、「偏在二権女之心一歟、後代如何」（元久二年正月三十日条）等、憤懣の言がしばしば『明月記』に見える。「牝鶏の朝する」弊害を、定家は身をもって感じていたに違いない。ちなみに『松浦宮物語』の成立は、丹後局が勢力を張っていた文治・建久年間と推定されている。

しかし一方、摂関政治という体制を保証するのは天皇との外戚関係であり、その要となる母后の重要性を最も認識していたのは摂関家のはずである。摂関勢力の挽回を図る九条兼実は、文治六年（一一九〇）、外戚関係復活の期待を込めて、娘任子を後鳥羽天皇に入内させている。また後年のことになるが、兼実の弟慈円は、『愚管抄』において、「女人此国ヲバ入眼ス」（巻三・一四九頁）という史観を開陳している。それは主に、有能な臣下が補弼の任を果たした古代の女帝の代々、および藤原氏の娘が国母となりその父を執政の臣とする摂関政治体制を意味していた。

このように定家は、母后でもない女性が政治に介入した時代、母后の役割が期待される環境にあった。その定家が、中国の史書に伝を残す賢后を範に、儒教的な政治理念を駆使して虚構の世界で創り上げた理想の母后像が、『松浦宮物語』の鄧皇后だったのではあるまいか。つまり、聖代の実現者という鄧皇后の造型に託されたものは、女性としての理想というよりはむしろ為政者としての理想、それも漢籍に基づく男性的な理想だった。作者が男性である以上当然といえばそれまでのことだが、全体の構想や作風から見ても、『松浦宮物語』を「女の物語」と読むことは難しい。

もちろん『松浦宮物語』としても、主たる享受者には女性を想定していたであろうし、その女性読者たちがこの異国の后にどのような感想を抱いたかは、作者の思惑とは別問題である。『無名草子』に登場するような物語好きの女房たちの中には、光り輝く美貌に男性を凌ぐ賢才を兼ね備えて大唐国に君臨する鄧皇后を、賛嘆と憧れの目で見る者があったとしても不思議ではない。『我身』の作者がそうした一人であり、その延長線上に女帝の理想的帝王像が造型されたという可能性を、あながち否定することはできない。第五章で確認したように、女帝には先行物語の主人公たちの美点が結集され、あらゆる点で非の打ち所のない最高の理想性が付与されていた。為政者としての英明もまた、その理想性の一つとして、鄧皇后から得てきたものであることは間違いない。

ただし、聖代実現の功績は必ずしも女帝のみのものではなく、物語の最後に泰平の世を完成するのは今上帝という男性の帝であることに注意を払っておきたい。なるほど今上帝の御代には、冥界から加護を垂れる亡き養母女帝[13]、宮中にあって補佐する実母藤壺という、二人の母の力が少なからず働いていた。しかし、聖代を完成させた最大の原動力は、「何ごとにつけても、ただ世のまつりごとすなほに、民安からむことを作り出ださむ」と政務に励んだ今上帝自身にあろう。そして、弱年の帝が賢明な母の薫陶を忠実に守って善政に意を尽くすという構図もまた、『松浦宮物語』を模倣したものと推定される。『我身』の今上帝の御代には、先に引いたような典型的修辞による賛辞ばかりでなく、

　ただ明けたてば、大極殿の破れたる、豊楽院のつくろはるべき、などいふことをのみ営ませ給ひて、古きを興し、絶えたるを継がむとのみ思し召したれば、（巻八・二〇〇頁）

以下、皇族の御封や御荘の停止、公卿人員の削減、大学の振興など、善政の数々が具体的な政策にわたって語られる。女帝の御代には、公的な政治向きの話題にここまで踏み込むことはなかった。主体が男の帝であればこそ、可能だったものなのではなかろうか。

　仮に女帝の人物論に限定するならば、聖代を築いた英邁さに女性たちの理想が託されている面を重視して、「女の物語」の極限に位置づけることも、首肯し得る評価であろう。しかし、辛島氏も認めていることだが、女主人公の一生を追う『夜の寝覚』や『とりかへばや』と違って、総体としての『我身』は、七代四十余年にわたって天皇家および摂関家周辺の人々の動向を描く、歴史物語風の作品である。その年代記はかなりしっかりした構想を持って大団円を目指していたと思われる[14]が、最終的にそれが実現したのは今上帝の治世下であった。女帝の存在感は物語の最後まで大きいし、女帝の聖代は今上帝の先例、模範として不可欠のものだったが、詮ずるところ、予定された結末に至るまでの一つの階梯であったといってよい。物語全体から見れば、女帝、今上帝の二代にわたる聖代描写を、「女の物語」で律することはできないだろう。むしろ注目すべきは、物語においてかくまで聖代が強調される

ことの方にあるのではなかろうか。

五

『我身』の巻五、巻八は、「今の帝は」「新しき御代は」ではじまる冒頭から当代の帝とその治世に焦点を絞り、以下かなりの紙幅を割いて、女帝および今上帝が実現した聖代を描写する。先に掲げたような類型表現を用いた賛辞のほか、ほぼ女帝の一代記である巻五は、宮廷の風紀が刷新されあるべき秩序が整ったこと、大嘗会御禊や嵯峨院行幸などの行事のめでたさ、女帝の退位を天照御神までが惜しみ妨害したこと、そして譲位の儀を自力で遂行した後崩御に至るまで、繰り返し女帝とその御代を賛美する。続く巻六は物語の本筋から外れた別伝的な巻だが、詔書覆奏という政事の場で女帝の深い学識が発揮されるなど、女帝の帝としての理想性はますます高められている。巻八における今上帝は、女帝ほど主人公性を備えているわけではないものの、亡き女帝の加護により御代長久を保証されたことから、大極殿修復などの具体的な政策にまで言及されることは前述の通りである。帝を主人公とする物語といえば『狭衣物語』が思い浮かぶが、そこでは狭衣の帝としての資質や治世の有様にはまったく触れるところがない。それに比して、『我身』が帝というもののあり方や公的、政治的な世界に向ける関心の深さは際立っている。

もっとも、物語の中で明王やその聖代が称えられることは、決して珍しいことではない。『源氏物語』では、紅葉賀・花宴両巻を頂点として延喜聖代になぞらえられる桐壺帝の御代のほか、冷泉帝も光源氏の後見のもとに「いみじき盛りの御世」（絵合・一一四頁）を実現し、「末の世の明らけき君」（若菜上・一六頁）と呼ばれている。ただし、それらが聖代であることは、盛大な宮廷行事や文人の優遇など、主に文化的な事柄を通して表現されていた。周知のように、『源氏物語』の語り手は、純粋に政治向きの話題になると、「女のまねぶべきことにしあらねば、この片端だにかたはらいたし」（賢木・一三九頁）、「片端まねぶも、いとかたはらいたしや」（薄雲・一七四頁）と、深入りを避ける態度を見せる。文化の興隆が重要な帝業の一つであった時代のこと、女性にも親しく触れる機会のある文化の繁栄を描くことは、女の書く物語にふさわしい聖代賛美の方法だったといえよう。

下って鎌倉前中期成立と推定される数篇の現存物語には、帝を称える文章が比較的目立つ。たとえば『いはでしのぶ』の今上帝は、十三歳という弱年での即位をはじめ、『我身』の今上帝に似る点がいくつか見られる人物だが、その即位直後の様子は、

げになにごともつゐにあるべき御ことなれど、さるはさきいづる花などの心地して、あたらしくめでたき御代の雲井の月しづかにてらして、風おさまれる野辺のけしき、露の光もかひある秋にてなむありける。(15)

と描写されている。「風おさまれる」は、次に掲げる『石清水物語』の「吹風枝をならさず」と同じく、天下泰平の常套表現で、『我身』にも「風はなほ音も立てぬや」（巻五・二一頁）という一節がある。その他、

みかど、おりさせ給はんの御心づかひあり。……此みかど、御心やはらかに、咎あるべき人をも、罪なきさまになだめ、御めぐみひろくおはして、あつしき《やカ》賤のを、賤のめまでも御あはれみひろかりければ、吹風枝をならさず、おさまりたる御代を、かくかはらせ給へば、思ひなげく人多かり。（『石清水物語』上・五二頁）

ひとへに下りさせ給ひなんの御心まうけなり。同じ御門と申せど、あまねき御心にて数ならぬ賤の男までも思しはぐくみ、うるはしかりつる御政を惜しみきこえぬ人なし。（『苔の衣』春・四三頁）

にはかに御位春宮に譲り給ひて、ただ今御代盛りにて、世の中乱れず、非道なる事さらにまつり給はず。おだしくめでたしとて、世の中の人惜しみ奉れど、（『むぐら』二一〇頁）

は、いずれも帝の退位に際してその徳政を惜しむものである。また、『雫に濁る』の結末は、帝を補佐する関白の善政を称えて大団円となる。

関白殿、世のまつりごとめでたく、天の下に、あやしき民まで受けられ、めでたきためしに引きけり。（三二頁）

このように、この時期の物語には、帝の仁徳や治世のめでたさへの賛辞を備えているものが多く、しかもそこで評価される「まつりごと」の意味合いが、かなり政治的な領域に踏み込んでいるように思われる。『我身』の聖代描写も、一応こうした傾向に連なるものではあろう。

しかし、上述の他の物語における聖代は、おおむね物語世界の舞台設定にとどまり、理想的な人物による理想的な出来事を描くという物語の通例に従ったに過ぎないともいえる。特に『石清水物語』『苔の衣』の例では、さして重要人物でもなかった帝の慈愛深さが、退位間際になって唐突に賞賛される。両者は表現もよく似通っているが、直接の影響関係にないのであれば、典型的な撫民思想に基づいた一種の決まり文句をともに用いたのであろう。女の書く物語としては、公的、政治的な方面に言及するとしても、この程度がごく妥当なところ、もしくは限界だったのではなかろうか。それに比して、『我身』の巻五、巻八それぞれの巻頭から仰々しくはじまる聖代描写は、まず量的に長大である上に、内容的にも詳細かつ具体的であることにおいて群を抜いている。もはやそれは物語の背景にとどまらず、聖代を描くこと自体が一つの目的であったと考えざるを得ない。

現在知られる先行物語の中でこれに匹敵するものを有しているのは、『松浦宮物語』のみであろう。先に挙げた内乱平定直後の概括的な聖代描写をはじめとして、母后と幼帝が朝夕政務と勉学に励む様は、「朝政はてぬれば、例の文など講ぜらるれど」（巻二・八四頁）等、その後幾度も述べられる。その他、有能な人材を登用したこともすでに触れたが、臣下たちもそれに応えて意欲的に治世に協力したという。

ただ身の才、心の賢きを選ばれて、人を用ゐらるれば、おのおの心を添へて、世の治まらむ政を思ひ励むべし。高きにおごらず、易きに怠らず、うち休むひまもなく、みづから務めたまふ御心おきてをはじめ、いささかの

ひまあるべくもなく、磨ける玉のごと見えたまふ御さま、前の世ゆかしう、むかしのためしありがたげなり。（巻二・九七〜八頁）

また、母后が「誹謗の木」を立てさせた当初は、「世をしらせたまひてのち、まことに横様なることなければ」（九八頁）、投書する者もなかったが、やがて氏忠の待遇に対する批判が提出された。その冒頭に、

君、朝に臨みたまひてのち、はからざるに国の災ひを鎮め、窮まれる民の力を休めたまふ。さらに堯舜の世に異ならず。（九九頁）

とあるのは、上奏文の通例とはいえ、この場合十分に実質を伴った賛辞であったといえよう。

このように『松浦宮物語』は、単なる物語の背景設定としての聖代にとどまらず、政務に精勤する母后や帝の賢明さと治世の理想性そのものを対象化して描くことに、相当の筆を費やす作品なのである。『我身』の女帝、藤壺、今上帝の人物造型が『松浦宮物語』の華陽公主、鄧皇后、幼帝の影響を受けていること、聖代描写の細部にも共通する表現があること、それ以上に『我身』が『松浦宮物語』から学んだものは、帝の英明と善政を詳述し殊更に称えることと自体だったのではなかろうか。

公の政治の世界に言及しないという物語の原則に反して、『松浦宮物語』が聖代を詳細に描写できた第一の理由は、やはり作者が男性で、漢籍に由来する政治理念を身につけ、実際の政治の場にも関わり、そうした話題を憚る必要がなかったからだろう。さらに『松浦宮物語』は、その他の点でも伝統的な物語観では律しきれない特徴を多く持っており、かなり異質な印象を与える作品である。藤原京の時代というはるか古代に時代を設定して、登場人物に万葉調の和歌を詠ませたり、地理的にも異国の地に舞台を定め、戦乱に巻き込まれた主人公の神助による活躍を活写したかと思うと、天女との伝奇的、幻想的な恋物語を情緒たっぷりに描くなど、和漢の古典の教養を踏まえつつ、自由に想像力を働かせた様がありありと窺われる。いにしえの聖人の教えに基づいた、現実にはまずあり得な

いような理想政治の実現も、その一環と考えられる。舞台は想像の彼方にある異国、しかも儒教の本場である唐土、時代も古代という極めて空想的な物語の中で、定家と目される男性作者が、漢籍に学んだ儒教的政治理想を花開かせたもの、それが『松浦宮物語』の聖代描写だったといえよう。[16]

『我身』はその『松浦宮物語』に学び、本朝の物語に移してきたのであろう。『我身』は、物語世界の時代設定として摂関政治全盛期を意識していたと思われるが、[17]それは物語成立時から二百年以上も昔とはいえ、同じ平安京の時代であり、貴族社会の制度や文化においても連続する面が多く、決して隔絶された過去ではなかった。特に『源氏物語』を規範と仰ぐ中世のいわゆる擬古物語では、ごくありふれた時代設定である。『松浦宮物語』などに比較すれば、『我身』はずっと現実的で常識的な物語といってよい。しかし、この物語が比類ない聖代の描写にかけた重みは、女の視点から私的な事柄を扱う一般的な物語の中では特異なほどであった。しかし、それは必ずしも『我身』の独創というわけではなく、『松浦宮物語』という男性の手になる物語を経由して生まれたものだったのである。

六

『我身にたどる姫君』には、確かに多くの個性的な女性たちが登場し、男性よりずっと生彩をもって描かれており、作者が女性であることを十分予想させる。その特徴ある女性登場人物の一人である女帝には、先行物語の主人公たちの粋を集めたような完全な理想性が付与されており、聖代を築いた英邁さもその一つであった。そこに物語を愛好する女性たちの憧憬を読み取ることは、決して間違いではないだろう。

しかし、女帝の明王としての造型が直接に拠ったのは、女主人公が男性を凌いで活躍する『とりかへばや』『有明の別』のような先行作ではなく、『松浦宮物語』という男性の手になる物語だった。最終的に男性の今上帝によって大団円がもたらされることからしても、『我身』における聖代は、女の理想として追求されたものとはいいがたい。むしろ歴史物語風に展開する物語世界に聖代を実現させ、その有様を詳述すること自体に意義があったのではないか。そうした物語の伝統から逸脱するほどの聖代描写も、やはり『松浦宮物語』という先蹤あってこそ可能になったと思われる。「女の物語」の流れが、必ずしも『我身』まで直線的に展開してきたのではなく、男性作の物語による屈折を経ていることを確認しておきたい。

さて、『松浦宮物語』の場合、物語の規範を逸脱して政治的な世界に踏み込むのは、おそらく現実の政治に満たされぬものを感じていた作者定家が、はるか古代の異朝を舞台として自由奔放に構想した異色の物語の中で、豊富な漢籍の知識を基に、半ば空想的な理想を繰り広げた、という事情が推測される。『我身』の聖代描写にも、まずは作者の理想の発露を読み取って誤らないだろう。しかし、『松浦宮物語』と違って、あくまでもこの物語の主調は、『源氏物語』や『狭衣物語』の影響著しい典型的な恋愛物語である。その中で、女の物語の伝統に背くほど詳細に政治理想を展開する必然性があったのだろうか。しかも、身近な本朝の宮廷を舞台として具体的に説明される善政の数々は、夢想にとどまらぬ生々しさを感じさせる。『我身』が聖代を縷述することの意味を、次章でさらに考えてみたい。

（1）　今井源衛・春秋会『我身にたどる姫君』（桜楓社、一九八三年）解題。

（2）　注（3）に挙げるもののほか、「『我身にたどる姫君』の女帝と前斎宮とをめぐる断章――レズビアンの物語の示唆するもの――」（『文学論輯』第三十八号、一九九三年三月）など。また、大脇亜矢子「『我身にたどる姫君』の主題の一考察」（『国文目白』第二十八号、一九八八年十一月）は、物語の前半と後半では主題が変化していること、後半の巻五～巻七は女性中心の物語であることを論じている。

(3)「物語史〈源氏以後〉・断章――『夜の寝覚』『今とりかへばや』から『我身にたどる姫君』へ――」（今井源衛編『源氏物語とその周縁』和泉書院、一九八九年）。以下、特に断らない限り、辛島氏の所説は同論文による。

(4)『有明の別』の女主人公については、本書第一章・第三章参照。

(5)本書第五章参照。『有明の別』から『我身』への影響関係については、辛島氏も「『我身にたどる姫君』の女帝――物語史における女主人公の系譜――」（『徳島大学国語国文学』第二号、一九八九年三月）、「『在明の別』覚書」（『リポート笠間』第三十一号、一九九〇年十月）において示唆している。

(6)本書第二章では、『有明の別』の和歌に、『松浦宮物語』の作者藤原定家やその周辺の歌人たちの和歌と共通する要素が多いことを検証した。

(7)久保田孝夫・関根賢司・吉海直人編『松浦宮物語』（翰林書房、一九九六年）などに指摘がある。後代の和歌での用例は、

池水にますみの鏡かげそへてちりもくもらぬ秋の夜の月（『新千載集』秋上・三八八番・建長二年八月十五夜鳥羽殿にて、池上月といへることを講ぜられけるにつかうまつりける・西園寺公相）

などがある。

(8)「内侍すけ」という異文もある。

(9)『明文抄』巻一所引『寛平御遺誡』に、「天子雖レ不レ窮二経史百家一。而有二何所一レ恨乎。唯群書治要早可二諳習一」とある。

(10)主人公氏忠その他の人物の行動についても、中国史上の実在人物から想を得たところが多々見受けられる。モデルの指摘をはじめ、『松浦宮物語』と漢籍との関係は、萩谷朴「松浦宮物語作者とその漢学的素養（上）（下）」（『国語と国文学』第十八巻第八・九号、一九四一年八・九月）および同論文を収める『松浦宮全注釈』（若草書房、一九九七年）の注釈を参照した。

(11)「古人有レ言、牝雞無レ晨、牝雞之晨、惟家之索《索尽也、喩三婦人知二外事一、雌代レ雄鳴則家尽、婦奪二夫政一則国亡》」（『書経』牧誓篇、《　》は孔氏伝）に拠り、女性の政治介入を誡める格言。

(12)『三長記』同年五月十日条。この事件については『愚管抄』にも詳しく、丹後局はその十年ほど前に起こった同様の事件にも関与していたらしい。

（13）即位後まもなく重病に陥った今上帝の夢枕に女帝が立ち、霊薬を与えた上で三十六年の在位を予言している。
（14）本書第六章参照。
（15）巻四残欠本（冷泉家時雨亭叢書）、十五丁表。
（16）三角洋一「『松浦宮物語』の主題と構想」「『松浦宮物語』の意図をめぐって」（『物語の変貌』若草書房、一九九六年）。
（17）本書第六章参照。

第八章　『我身にたどる姫君』の聖代描写の意義

一

中世の王朝物語の特徴の一つとして、一貫した主人公を定めず家々の年代記を綴る歴史物語的作風ということが挙げられ、『我身にたどる姫君』もその一例に数えられている。第六章において、この物語はさらに、代々の帝が物語展開の軸となり、しかもそれぞれの帝が史上の摂関政治全盛期の皇統譜をなぞるように造型されているという点で、特に歴史物語の性格が濃厚であることを論じた。

『我身』に登場する七代の帝のうち、五代目の女帝と最後の今上帝は名君とされ、申し分ない聖代を築いたことが殊更に称えられている。とりわけ巻八には、公的な政治向きの話題に立ち入らないことを原則とする物語には異例なほど、具体的に詳しく今上帝の治績を縷述する部分がある。もっとも、聖代を称揚する物語としてはすでに『松浦宮物語』があり、『我身』はその先蹤を直接学んでいることを、前章で検証した。そこでも述べたように、藤原定家の作と目される『松浦宮物語』の聖代描写は、男性作者が漢籍に学んだ儒教的理想を、空想的な虚構の世界で開花させたものと思しい。しかし『我身』の場合、聖代を称えることの意味には少しく違ったものがあるように思われる。そのことを確かめるために、今上帝の善政のあり方を吟味することからはじめたい。

二

巻五の冒頭が女帝の聖代賛美であったのと同様、巻八も今上帝の「新しき御代」のめでたさを書きつらねることからはじまる。まだ弱年の今上帝が、「昔の御教へをもいみじう真心に思し召し保ち」、「ただ世のまつりごとすなほに、民安からむことを作り出ださむとのみ、夜昼御心にかけ」、精力的に政務に励んだ結果、「まだきに、たぐひなくゆゆしきまでぞ、島の外までいひ騒ぐ」ほどの「めやすき御代」が到来したという（一八六～七頁）。

今上帝の善政の有様は、巻八の半ば、即位から数年後の時点でも詳細に記される。長くなるが引用しておく。

ただ明けたてば、①大極殿の破れたる、豊楽院のつくろはるべき、などいふことをのみ営ませ給ひて、古きを興し、絶えたるを継がむとのみ思し召したれば、時につけては、またなべての世の中、ただかかるすぢにのみぞなりにたる。②うちしきり、院たち、宮々、数多くおはします。御封をはじめ、御荘何やかやと、数さへ多かるままに、国々もいみじう所せかりしを、かたへは省きとどめさせ給ふ。嵯峨の女院の昔の御伝はりは、当代に奉らせ給へりしなどを、みなとどめて、国々の衰へをいみじう労らせ給ふ。さるは、その冬、嵯峨の院も、先帝の御迎へいちじるく、花降りしくといふばかりにて、思し召すことかなひてければ、げに世の中も多く安まりにけむかし。③古上達部など失せ給へど、代はりもなされず、上達部の数多かるは、寛平の御諫めのままに、などのみ思し捉てたれば、いささかのこともうち乱れず、色あひなきまで、過差などいふこと失せ消えにためり。④ただ道々のいたり深きことをのみ御心にしめて、その才あらはれたる人は、厚き御顧みあれば、大学、勧学などいひて、影形なかりしこと、ただ昔ばかりに興したてられて、高き家の子ども、雪を集め、蛍を拾ひけり。（二〇〇～一頁）

一読してわかるように、かなり具体的な政策にまで及ぶ説明となっている。女の視点に立ち、公的、政治的な方面に深入りしないことを原則とする物語の世界では、ほとんど取り上げられることのなかった話題である。

ここで述べられた政策をまとめると、

①大内裏の中心部に位置する大極殿、豊楽院をはじめ、宮城殿舎を修復したこと。

②多数の院宮が所有する封戸や荘園の一部を停止し、特に亡き女帝が母嵯峨女院から伝領して養子の今上帝に譲渡したものはすべて廃止したこと。

③「寛平の御諫め」すなわち『寛平御遺誡』[1]に従って、上達部の人員を削減したこと。

④人材を登用し学問を奨励して、衰微していた大学寮、勧学院を振興したこと。

の四点となろう。宮城、公地公民制、太政官制度、官吏養成機関としての大学、これらはいずれも古代律令国家の根幹をなす制度、組織であった。政治や社会の制度が変容した平安中期以降も、あるべき範型としての律令体制へ可能な限り回帰しようとする試みは折々なされ、まさに「古きを興し、絶えたるを継がむ[2]」とする善政として賞賛されていた。右のような諸政策がそうした復古事業の典型例というべきものであることを、諸文献から探ってみよう。

たとえば、摂関勢力に対抗して意欲的に親政を志し、「よろづの事、昔にも恥ぢず行はせ給て、山の嵐、枝も鳴らさぬ世」(『今鏡』手向・三五頁)を築いた後三条天皇の治績の一つが、焼亡した大極殿の再建であった[3]。また、後白河天皇に重用され、「世を淳素に返し、君を堯舜に至したてまつる。延喜・天暦二朝にもはぢず、義懐・惟成が三年にもこえたり」(『平治物語』上・一四八頁)という成果を上げた藤原信西も、荒廃していた大内をわずか二年で修復したという[4]。

外郭重畳たる大極殿、豊楽院、諸司、八省、大学寮、朝所にいたるまで、……年をへずしてつくりなせり。不日と云べかりしか共、民のついへもなく、国のわづらいもなかりけり。(同・一四八~九頁)

②の荘園停止に関しては、醍醐天皇による延喜の荘園整理令をはじめとして、やはり後三条天皇が行った延久の荘園整理も名高いところである。

始テ記録所ナンド云所オカレテ、国ノオトロヘタルコトヲナナヲサレキ。延喜・天暦ヨリコナタニハ、マコトニカシコキ御コトナリケンカシ。（『神皇正統記』一四一頁）

その後、院政期から鎌倉初期にかけて幾度か発令された公家新制も、多くは荘園整理の条項を含んでいた。また藤原兼実は、「抑我朝者、偏依二庄薗一滅亡者也」と慨嘆し、理想論としてではあるが、「延久之先符」「延喜之古風」に倣って、社寺権門の所領を悉く停廃することを謳っている（『玉葉』承安三年十一月十二日条）。同じく兼実は、上達部の員数についても、納言の数が往時の倍以上になっている現状に鑑み、「先可レ被レ定二公卿員数一也」と後白河院に進言して、これ以上の増員には否定的な見解を述べている（文治二年十月二十八日条）。しかし、兼実の弟慈円が『愚管抄』を著した頃には、「コノ比ノ十人大納言、三位五六十人」（巻七・三四〇頁）、「十大納言、十中納言、散三位五十人ニモヤナリヌラン」（三五四頁）という有様で、削減の必要が提唱されている。

僧俗ヲカイヱリカイヱリシテ、ヨカラン人ヲ、タダ鳥羽・白河ノコロノ官ノ数ニメシツカイテ、ソノホカヲバフツトステラルベキナリ。（三五七頁）

最後の人材登用は、為政者の心がけとしてごく一般的なものだが、大学の振興となるとまず第一に挙げるべきは、『源氏物語』少女巻であろう。そこでは、時の権力者光源氏の息子の入学に促されて大学が隆盛を誇った様子が、

昔おぼえて大学の栄ゆるころなれば、上中下の人、われもわれもとこの道に心ざし集れば、いよいよ、世の中に才ありはかばかしき人多くなむありける。……すべて何ごとにつけても、道々の人の才のほどあらはるる世になむありける。（二一九頁）

と描写されており、おそらく『我身』の④の記述と無関係ではあるまい。現実世界でも、三善清行の意見十二箇条

や保延元年の藤原敦光の勘文（『本朝続文粋』巻二）などの中で、大学の経済的窮迫への対策が上申されている。このように、四つにまとめた『我身』今上帝の諸政策は、いわば善政の典型例として挙げられやすいものであり、平安中期から鎌倉初期にかけて、実際に政治の場で議論され、あるいは実行された事柄であった。

また、①から④まで列挙された順序に注意すると、四つの事柄が個別に寄せ集められたのではなく、ごく自然な脈絡に沿って展開していることがわかる。『平治物語』の内裏造営のくだりにも言及されていたように、①宮城殿舎の修理は諸国への賦課によってまかなわれるのが通例であり、②御封、御荘の停止はその負担軽減のためと察せられる。(5) 嵯峨院崩御により院宮が一人減ったことはその意味で幸いだったが、老上達部たちの死去にも同様の論理が適用されよう。直後に「過差などいふこと失せ消えにためり」と続く文脈から判断すると、③冗員の削減は財政緊縮政策の一環であったと思われる。となると慈円のいうように少数精鋭主義で、④「ヨカラン人」の登用が求められるであろう。このように、あたかも自然な連想の赴くままに、現実の政治の場で取り上げられやすかった事項を書きつらねたかのような記述なのである。

こうしたことからこの作者の人物像を推するに、宮廷、特にその公的な部分に近い場所にいて、まつりごとを身近に見聞していた者、という条件が浮かんでくる。(6) そして先学の見解がほぼ一致しているように、作者が女性であるとすれば、宮廷で天皇に(7)近侍する女房、中でも天皇の秘書役として廷臣との間の取り次ぎ役を務め、公事に触れる機会の多かった内侍司の女官などが有力視されるのではなかろうか。巻六で四人の典侍、内侍たちが女帝の近習女房として印象的な活躍を見せることも、この推測を補強するものである。(8)

しかし、作者がそうした立場にある人物だったとしても、「女のまねぶべきことにしあらねば」（賢木・一三九頁）という理由で政治的な話題を避けた『源氏物語』以降、帝徳や世の安泰を称える類型的な修辞表現を除けば、後続の物語がおおむねその原則を守ってきた中で、ここまで詳しく帝の治績を述べ立てる必然性があったのだろうか。

今上帝の諸政策が物語の他の部分と何らかの有機的な関連を持っているわけではなく、物語内部の要請による叙述とは思われない。確かに構想上、最終の巻八に理想的な聖代という大団円は必要であっただろう。それにしても、他の作品にも見られるような定型化した賛辞[9]では不十分だったのか。巻五の女帝賛美とあわせて、『我身』の聖代描写は物語としてはやや過剰のように思われるのである。

それに匹敵するものを持つ先行物語は、第七章で触れたように、現在知られる限り『松浦宮物語』がほぼ唯一である。『松浦宮物語』は、主要登場人物を天人の生まれ変わりとする点など、『我身』に影響を与えた作品の一つと考えられる。為政者としての女帝や今上帝の人物像を含め、聖代描写に物語の背景設定以上の重みをかけることもまた、『我身』は『松浦宮物語』に学んだものと思しい。周知のように『松浦宮物語』の作者は藤原定家と伝えられているが、少なくとも漢籍に通暁した男性であることは間違いなく、その男性作者が、唐土を舞台とした空想的な物語の中で、儒教の理念に基づく政治理想を自由に実現させたものが、『松浦宮物語』の聖代だったと思われる。同様に『我身』今上帝の善政の数々もまた、まずは作者の理想とするところであったと考えて誤らないだろう。

『我身』の成立は鎌倉時代中期、後嵯峨院が院政を行っていた頃と目されるが、その当時の実態からすれば、如上の四つの政策は、到底実行できそうにない事柄ばかりであった。①大極殿、豊楽院は平安末期までに焼失しており、内裏も安貞元年（一二二七）の火災の後再建されることなく、宮城跡はすっかり荒廃していた。②荘園整理令自体、嘉禄元年（一二二五）を最後に発令されなくなるのだが、整理令がしばしば出された院政期は、一方で上皇や女院を含む天皇家が多くの荘園を有する権門と化してゆく時期とされている。しかも鎌倉中後期には、天皇自身の所領を削減するどころか、むしろ長講堂領、八条院領といった莫大な皇室財産が、それぞれ後深草・亀山両天皇の支配下に集積されるという現象が見られる[10]。③公卿の数は平安中期以降増えつづける一方で、『愚管抄』にあったとおり、後鳥羽院政期には大臣、納言、参議だけでも三十人に余り、前官や非参議を含めれば百人にも及ばんとしている。

増加傾向はその後も続いており、『寛平御遺誡』の定める定員にまで戻すなどという試みは、無謀に近かった。④大学寮、勧学院は安元三年（一一七七）の大火でともに焼亡し、勧学院はやがて復興したが大学寮はついに再建されなかった。大学制度はその後も形式上存続していたが、官吏養成機関としての実質的な役割はすでに失われていたとされる。(11)このように、『我身』の描いた今上帝の聖代のあり方は、物語成立当時の現実に照らし合わせれば、いずれもおよそ実情から懸け離れた理想論であったといわざるを得ない。

「寛平の御諫め」を持ち出すところから察するに、その理想は延喜の治を範と仰いだものであろう。醍醐天皇の御代には、初めての全国的な荘園整理令が出されたほか、公卿の数はほぼ『寛平御遺誡』どおりに守られているし、文章道から人材が輩出して高位に至る者も少なくなかった等、今上帝の治績と共通する要素が多い。また、『我身』巻八の開始後まもなく、今上帝の夢枕に立った亡き養母女帝が「御位三十六年」（一九〇頁）と予言するという事件が起こるが、在位期間の長さも聖代の証の一つであり、醍醐はその点でも随一だった。

醍醐の聖帝と申して、世の中に天の下めでたき例にひきたてまつるなれ。位につかせたまひて、三十三年をたもたせたまひけるに、（『栄花物語』月の宴・一七頁）

延喜ハ卅三年マデタモタセ給タリ。其後ハ三十年ニヲヨビテヒサシキ御位ハナシ。（『愚管抄』巻三・一五七頁）

今上帝の在位年数三十六年とは、醍醐の三十三年を意識して、それを上回る数を設定したものではなかろうか。『松浦宮物語』は唐土の聖代を「堯舜の世」（巻二・九九頁）になぞらえているが、その堯舜と併称される本朝の聖主が醍醐村上だった。

世の中のかしこき帝の御例に、もろこしには堯・舜の帝と申し、この国には延喜・天暦とこそは申すめれ。（『大鏡』師尹伝・一一九頁）

『我身』はその延喜の代を模範とし、さらに誇張して、それを凌がんばかりの聖代を仮構したのであろう。(12)

『我身』の語る今上帝の治績は、往昔の聖代を虚構の物語世界で再現した体のものであり、物語成立当時の実情からすれば、まず実現の見込みのない理想であった。その意味では、『松浦宮物語』と同類というべきかもしれない。しかし、藤原京の時代というはるか古代、唐土という異郷を舞台に設定し、空想的な物語を奔放に繰り広げる『松浦宮物語』に比べれば、日本の王朝時代の宮廷社会における出来事を綴ってゆく『我身』は、よほど現実的な物語である。同じく政治理想の具現といっても、それぞれが範とした堯舜と醍醐とでは現実味に大きく差があるように、漢籍より得た理念に基づく『松浦宮物語』の聖代が、帝王の精勤、倹約の励行、人材の登用など、おおむね観念的に描かれているのに対し、実際に朝廷で取り沙汰されてきた政治的問題を書きつらねる『我身』は、具体性と身近さにおいてはるかにまさっている。そこには、虚構の世界ゆえの自由な理想の展開というにとどまらぬ、一種の生々しさが感じられる。しかも、基本的には王朝物語の伝統に則った恋愛物語の中に、それとそぐわない政治向きの話題をあえて盛り込んだ作者には、何らかの思惑があったことが推測される。それを考える手がかりとして、今上帝のもう一つの美点について検討する。

三

今上帝の御代には、後宮の秩序も理想的に維持されていたことが称えられている。

A　人木石にあらねば、みな情けあるわざを、いかでよしなき色にあはじ、などのみ思し召しつつめば、もとより参り給へる按察使の大納言の姫君、式部卿のなど、……見初めつる契りをあはれと思し召せば、いとなだらかなる御もてなしにて、さまよくまうのぼり給ふ。わざと女御などもいまだ定まり給はず。御息所とぞ聞こゆめる。（巻八・一八七頁）

B　むげにいはけなき御ほどなれど、山口しるき御さま、「なにがしの色に逢はじ」とぞ、思し召し疎みしかど、げに岩木にあらざりけむにや、御もの忘れこよなけれど、あながちに思し召し返しつつ、朝まつりごとはたゆませ給はず。なほ、あやしの御息所も、恥がましからずぞもてなさせ給ひける。（二〇〇頁）

Aは巻八巻頭に近い即位直後の状況を述べた部分、Bはその数年後、左大臣の娘忍草姫君が入内した折の記述で、前節に長文で引用した善政描写の直前に位置する。今上帝にとって、女性関係に身を慎み後宮の秩序を保つことが、国政に励むことと並んで重大な帝王の責務であり、明王の条件であったと、繰り返し強調されている。後宮の秩序維持を聖代の証とするのは、女性的な視点であると同時に、天皇との外戚関係が権力の帰趨を決する摂関政治の論理に即した評価でもある。摂関政治の発展と繁栄を描く『栄花物語』は、その冒頭の巻で、数多の后妃たちへの「なだらか」な取り扱いをもって、村上天皇を聖主と称えている。

よろづに情あり、物の栄えおはしまし、そこらの女御、御息所参り集りたまへるを、時あるも時なきも、御心ざしのほどこよなけれど、いささか恥がましげに、いとほしげにもてなしなどもせさせたまはず、なのめに情ありて、めでたう思しめしわたして、なだらかに掟てさせたまへれば、……かく帝の御心のめでたければ、吹く風も枝を鳴らさずなどあればにや、春の花も匂ひのどけく、秋の紅葉も枝にとどまり、いと心のどかなる御有様なり。（月の宴・二〇～一頁）

しかし、その村上天皇も、後年には尚侍藤原登子への偏愛により、「世の政を知らせたまはぬさま」（五一頁）となって世人の謗りを受け、天暦の聖代に瑕瑾を残した。それに対し『我身』の今上帝は、あくまでも身を慎んで政務も怠らず、明王の面目を全うしたのである。

こうした宮廷の状態は、巻五の女帝の御代にも幾分あてはまる。もちろん女帝の宮廷に一般的な意味での後宮は存在しないのだが、上臈、下臈の女房たちがそれぞれの分を守って女帝に仕えたこと、男性貴族は清涼殿の奥向き

の部屋に立ち入らなかったこと、

　男も女もあまた連ねて、ものをも言ひ交はし、たはぶれをもするならで、ひとりま[13]にうちささめきなどする習ひもなくなりにしかば、みなのことはけざやかに隠れもなくのみもてつけたる用意、まことにきらきらし。

（一五頁）

のごとく綱紀が引き締められたこと、さらに女帝自身、廷臣たちに決して隙を見せぬよう注意していたことなど、宮廷の風紀、特に男女間の秩序を保ったことが、女帝の治績の中でとりわけ言及されている。同じく女帝の御代を扱う巻六は、物語全体の中で別伝的な位置づけがなされており、取り扱いには慎重を要する巻だが、そこでも女帝の近習女房たちについて、

　男といふものを、御簾の隔てなくて見じ聞かじ、と思ひたる心ざまを御覧じ知りて、かくけ近く召し使はるるなるべし。（一〇五頁）

と説明されるなど、同様の傾向が確認できる。[14]

　さて、今上帝の自誡は、「いかでよしなき色にあはじ」「なにがしの色に逢はじ」という言葉で表明されていた。これはすでに指摘されているように、その前後の「人木石にあらねば、みな情けあるわざを」「げに岩木にあらざりけんにや」とあわせて、『白氏文集』巻四「李夫人」の、

　人非木石皆有情　不如不遇傾城色（人木石にあらざれば皆情有り　如かじ傾城の色に遇はざらんには）

に拠る表現である。「李夫人」の中でも、結句にあたるこの一節はよく知られたもので、『松浦宮物語』末尾のいわゆる偽跋にも引用されている。同じく『白氏文集』巻十二より、「花非レ花霧非レ霧　夜半来天明去　来如二春夢一幾多時　去似二朝雲一無二覓処一」という詩を引用した後、

　これもまことのことなり。さばかり傾城の色に逢はじとて、あだなる心なき人は、なにごとに、かかることは

言ひ置きたまひけるぞと心得がたく。唐にはさる霧のさぶらふか。（一三九頁）

と、批評めいた感想を記すところである。句末を「逢はじ」とする点で『我身』と一致している。『我身』に『松浦宮物語』から影響を受けた形跡が見られることを考慮すれば、その「李夫人」引用もまた、直接には原詩に拠ったにせよ、『松浦宮物語』の偽跋が介在していた可能性は高い。[15]

もっとも、この詩句はすでに『源氏物語』にも引用されていた。浮舟の急逝が報じられた後、匂宮の惑乱する様を目の当たりにした薫が、複雑な思いをめぐらした末に口ずさんでいる。

さるは、をこなり、かからじ、と思ひ忍ぶれど、さまざまに思ひ乱れて、「人木石にあらざればみな情あり」と、うち誦じて臥したまへり。（蜻蛉・二二一頁）

また、Bに見える「木石」を和らげた「岩木」という語は、「岩木よりけになびきがたき」（夕霧・八八頁）、「あはれなる御心ざまを、岩木ならねば、思ほし知る」（東屋・三〇一頁）のように、人情を解さぬものの象徴として慣用句的に使われ、他の作品にも用例は多い。特に『我身』は頻用しており、あと五例が検索できる。

ただ、『源氏物語』蜻蛉巻の引用にせよ、「岩木」を用いた慣用表現にせよ、「李夫人」末尾の二句のうち、「人非木石皆有情」という前半に重きが置かれていた。原詩は新楽府の一篇で、「鑑二嬖惑一也」という諷諫にこそ作者の本意があるのだが、それを最もよく表す最後の一句は言及されないのである。もちろん蜻蛉巻の場合、薫としては、口に出さなかった後半の句に後悔と自誡の思いを託して呟いたものであろう。しかし、物語が描くのは、そうやって「思ひ忍ぶれど」なお「さまざまに思ひ乱れ」る惑いの姿であり、実際この後、薫がその誡めを忠実に守ったわけでもない。当該詩句引用の効果は、血の通った人間のままならぬ情念を慨嘆するところに求められ、原詩の諷諭の意図を積極的に生かしているとはいえない。もっともそれは、物語というものが男女の恋愛を中心に展開する以上、当然ともいえよう。

それに対して『松浦宮物語』は、詩句の後半を引用して教訓の意味合いを表に出している。ただし物語の内部ではなく、作者が書写者の筆を装って自らの物語を批評するという体裁をとった、偽跋の部分である。そこでは、「あだなる心なき人」、つまり「李夫人」において好色を誡めた白居易当人が、一方で「花非花」のような、『文選』の「高唐賦」で有名な巫山の神女の故事を髣髴とさせる幻想的な詩を残したことを揶揄している。「花非花」は、『松浦宮物語』の氏忠と鄧皇后の恋愛物語を象徴するような内容の詩であり、「高唐賦」とともに物語の構想に深く関わったものと推定されている。とすれば、この白居易の矛盾を茶化す偽跋の文章は、同時に、その白詩と同趣の幻想的、浪漫的な恋物語を創作した作者自身への皮肉ともなるのではなかろうか。

『松浦宮物語』の主要登場人物たちは、いずれも男女関係において身を慎んでいながら、宿命的な恋に陥るという経緯をたどる。主人公氏忠は、「世の常の若き人のごと、色めきあだなることもなし」（巻一・一六頁）と紹介され、唐の美女たちを見ても「さらに乱れず、限りなくをさめたる」（三三頁）態度を保っていたが、華陽公主や鄧皇后との出逢いによって一変する。また、「このかた（男女関係）に乱れあらば、かならず身を滅ぼすべき我が身」（四七頁）であることを自覚していた華陽公主は、氏忠と逢瀬を持ったためこの世を去ることになる。地上に降誕した天女として、「なべての目に見る人は、けがらはしう、疎く、はるかにのみ思ひ慣らへる」鄧皇后も、氏忠に対しては、「人の身を享けてけるまどひのおろかさ」のままに、慕情を抑えられなかった（巻三・一二四頁）。「傾城の色に逢はじ」と自重していても、木石ならぬ主人公たちは人間的な愛念に流されてゆく。皮肉な口調で「李夫人」の詩句を引用する偽跋は、そうした自らの物語内容に対する韜晦的言辞のように思われる。

『我身』の今上帝に話を戻すと、彼は「よしなき色にあはじ」と固く決意したばかりでなく、それを忠実に守ってゆく。忍草姫君の入内にはさすがに心が揺らぎかけたものの、なお思い返して「朝まつりごとはたゆませ給はず」、后妃たちを公平に取り扱うことも忘れなかったという。こうした人物像が物語において稀有な存在であることはいうまでもなく、帝に限定しても、更衣を寵愛するあまり「朝まつりごと」を怠った『源氏物語』の桐壺院をはじめ、失恋の痛手により位を捨てる帝[16]や、一人の女性をめぐって臣下と競う帝[17]の多い中で、今上帝の性格は際立っている。それは今上帝が恋愛物語を担う主人公格の人物ではないということだとしても、その意志の固さが殊更に強調されている感は否めない。そしてそこでは、原詩の趣旨に沿って教訓性を前面に押し出す形で、「李夫人」の詩句が繰り返し引用されているのである。

王朝物語に限らなければ、『白氏文集』の諷諭詩が教訓の目的で用いられることは少なくなく、特に鎌倉時代に入ってその傾向が強まるとされる[18]。当該詩句もその例に漏れず、

これひとり君（玄宗）のみにあらず。人むまれて木石ならねば皆をのづからなさけあり。いにしへより今にいたるまで、たかきもいやしきも、かしこきもはかなきも、この道に入らぬ人はなし。入りとし入りぬれば、まよはずといふ事なし。しかじ、ただ心をうごかす色にあはざらんには。（『唐物語[19]』第十八・一七〇～一頁）

しかのみならず、唐帝の、楊貴妃に別れし恨みは、長恨歌といふ文、名において聞ゆ。漢皇の李夫人におくれし恨み、いかばかりなりけむ。……これひとへに、愛著生死の業なれども、木石ならぬ身の習ひにて、この恨みにしづむたぐひ、古今数を知らず。ただ傾城の色にあはざらむことを、こひねがふべし。（『十訓抄』第九・三七七頁）

むかしより今にいたるまで、賢帝も猛き武士も、情のみちには迷て、政をしらず、いさめるみちを忘れけるとかや。「しかじ、傾城の色にはあはざらんには」と、香山居士が書置けるは理かな。（『平治物語』下・二七五頁）

のように、玄宗と楊貴妃、武帝と李夫人、平清盛と常盤など、女色に迷って道を誤った実例に添えて、読者への訓誡として用いられている。『我身』の場合、直接読み手へ向けた言という形は取らないものの、こうした教訓目的のものに近い性格を持っているように思われる。

今上帝にも、もって誡めとすべき先例があった。同母兄にあたる前代の悲恋帝である。権門の娘のいない後宮に不満な悲恋帝は、美しい叔母皇太后宮に思慕を寄せ、秘かに一夜の契を結んだが、誇り高い宮は食を断って自ら死を選ぶ。それを知った帝も後を追うように崩御するが、その最期の言葉は、

やすみしる天つ日嗣をたもつとも人の厭はむ世には残らじむなしき骸なりとも、かの御あたりに置かせ給へ。我が前の世の十善の力、かならず尽きざらむ。あらぬ世に姿は変はるとも、かの御身を離れじ。（巻七・一七六頁）

というものであった。帝位をなげうち十善の戒力を捧げることも惜しまないという激情は、自らの身を滅ぼし相手をも死に至らしめた罪深い妄執、殊に帝王にはあるまじき行為というほかない。今上帝は、こうした悲恋帝と皇太后宮の「あさましく世の常ならず、うち続かせ給ひにしことのさま」について、「世人さへ聞き苦しういひ扱ふ」のを聞くにつけ、「いかでこの道に人のそしり負はず、何ごとにつけても、ただ世のまつりごとすなほに、民安からむことを作り出ださむ」と肝に銘じて（巻八・一八六頁）、兄と対照的に模範的な帝となった。

このような善と悪との対比は、効果的に教訓を与える方法としてごく一般的なものであるが、『我身』にはさらに遡った時点から同様の傾向を窺うことができる。悲恋帝は多くの后妃が集った父三条院の華やかな後宮を羨んでいたが、巻四に描かれたその実際は、中宮藤壺と寵妃後涼殿が反目したり、二人の女御が廷臣と密通するなど、秩序の乱れた様を呈していた。続く巻五では、後涼殿のもとに籠って公事も怠りがちであった三条院に対比する形で、「何ごともただすがすがととのへられつつ、御ぐしなどかき下さるるまでつゆばかりほども経ず」（一六頁）という女帝の勤勉さを称え、宮廷の風紀の刷新された様を語る。巻六を除く巻四以降の巻々は、それぞれほぼ帝一代の出来事を語る形になっているのだが、各巻の帝は交互に賢愚、明暗を繰り返し、前代と対照的に描かれる。(20) そうした経緯の末に登場し、兄の不祥事を深切に受けとめる今上帝の「よしなき色にあはじ」という自誡は、暗に読者に

対して訴えかけるものでもあろう。

『源氏物語』等では人情を確認する方向で使われていた「李夫人」末尾の詩句を、教訓色を表に出して引用したのは『松浦宮物語』の偽跋だったが、物語本体ではやはり恋の道に惑う男女を描いていた。おそらくその『松浦宮物語』を経由した『我身』は、「不如不遇傾城色」という誡めを遵守する、物語には珍しい性格の人物を造型した。そこには、『白氏文集』の諷諭詩を教訓の目的で用いることの多い時代の趨勢とも照応して、読者に対する訓誡の意図が込められていたのではなかろうか。

四

好色の誡めを守る今上帝の人物像には、物語の内部要請にとどまらぬ対読者意識が窺うことができるが、それは当時の物語観と関わってくる問題である。いうまでもなく物語は狂言綺語観による批判の対象であったが、中でも糾弾されたのが、「唯語二男女交会之道一」（『源氏一品経』）という点であった。[21] 澄憲の作と伝えられる『源氏一品経』は、続いて物語の「秀逸」である『源氏物語』について、「宗巧二男女之芳談一」と述べ、読者の好色心を掻き立てるという弊害を難じている。

　男女重レ色之家貴賤事レ艶之人、以レ之備二口実一以レ之蓄二心機一、故深窓未レ嫁之女、見レ之偸動二懐春之思一、冷席独臥之男、披レ之徒労二思秋之心一、

また、『今鏡』の「作り物語の行方」でも、「男女の艶なることを、げにげにと書き集めて、人の心に染めさせ、なさけをのみつくさむこと」（二九四頁）が非難されている。

しかし、一方で『源氏物語』を擁護する『今鏡』は、人々に仏道を勧めるための方便と解釈することによって、

そうした批判を克服しようとした。

罪深きさまをも示して、人に仏の御名をもとなへさせ、とぶらひきこえむ人のために、道引給はしとなりぬべく、なさけある心ばへを知らせて、うき世に沈まむをも、よき道に引入、世のはかなきことを見せて、あしき道を出して、仏の道にすすむ方もなかるべきにあらず。（二九五頁）

続いて、方便となる具体的な例として、北の方に先立たれて世を捨てた宇治八宮や、父の遺言を守って独身を通した宇治大君などの例を挙げる。

あるは別れをいたみて、優婆塞の戒を保ち、あるは女のいさぎよき道をまぼりて、いさめごとにたがはず、この世をすごしなどし給へるも、人の見ならふ心もあるべし。（二九五頁）

中世の物語には悲恋遁世譚が数多く見られるが、道心を抱きつつ逡巡していた『源氏物語』の薫や『狭衣物語』の主人公からさらに一歩進んで、愛する女君を失った主人公が出家を遂げ来世を願うという話型の流行は、仏道への勧めに意義を認める『源氏物語』への評価と、無関係ではなかっただろう。『我身』の場合、概して物語に宗教色は稀薄で、失恋を契機として菩提の道に進むような人物はいない。その代わりに、三条院後宮の乱脈や悲恋帝の不祥事が描き尽くされた末に、好色を誡める教訓を遵守する今上帝が登場する。この場合、仏道への勧めという性格は弱いものの、やはり教誡の効用を求める物語観を反映して、悪例と対照的な模範例を示すことにより、「人の見ならふ」ことを狙ったものと推察される(22)。

さて、今上帝の帝徳として、身を慎み後宮の秩序を保ったことと常に並び称えられていたのが、より純粋に為政者としての美点、つまり政務に精励し善政を布いたことである。第二節で検討したように、それは抽象的な定型句を用いるにとどまらず、実際に政治の場で取り上げられ、望ましい政策として推奨されてきた事柄を具体的に述べており、物語成立当時の実情から判断すれば到底実現の見込みはなかったにせよ、ある意味で現実感に富む理想を示していた。しかも伝統的な王朝物語のあり方にはそぐわない上に、物語の展開上要請されたわけでもない記事だった。このような聖代描写に期待されたものは、好色の誡めと同様の教訓性、とりわけ天皇に対する教誡的効用だったのではなかろうか。好色を誡めるにあたって提示した悪例も模範例も、すべて帝を主体としていた。それは、漢の武帝を例に諷諫の意を託した「李夫人」の詩句を、原詩の趣旨に最も忠実な局面で引用したというばかりでなく、この物語が天皇に極めて近い場で成立したとこと、さらに、天皇をも読者の一人に想定し、天皇の教育書としての効用を意図していたことを示唆しているのではあるまいか。そしてそれはやはり、『源氏物語』を中心とする物語享受のあり方と無関係でない。

『源氏物語』に求められた教訓は、仏教的なものはもちろん、日常道徳や処世訓をはじめ、儒教的色合いを強めて、「三四代の間に君も[23]臣も身あはせぬること」（為氏本『源氏古系図』四五九頁）、「君臣父子のたたずまひ」（『原中最秘抄』下・五九四頁）のような君臣倫理から、政治的な方面にまで及ぶ。その最も顕著な現れが、正応四年（一二九一）の年号のある『賦光源氏物語詩』の序文（以下、『詩序』と略称）である。そこでは、「深思好学之者」にとっては『源氏物語』が「惇誨之基」であると謳い、

此物語之為レ体也。仁主四代之継二天祚一焉。鴻霈徳遍。三公百僚之仰二風化一矣。鱗水契深。……凡厥儲弐之耀二銀牓一。博陸之惣二紫機一。後宮綺羅之佳人。維城盤石之宗子。是皆追二聖代聖治之法度一。莫レ不レ可二左史右史之書紀一。況又論二政理一。則紀二三綱五常之道一。（四二一頁）

のごとく、帝王の徳が遍くゆきわたり諸臣も畏服した聖代の有様を描いた点、政理を論じ儒教的道徳を説いた点を評価する。とりわけ、大学に学んで執政の地位に至った夕霧を、「任二補闕一而竭レ忠」、「逢二明時一而底二天時之燮理一。以レ文治レ世」と称揚するのが目立つ。主として臣下を対象としたもののようだが、為政者たる者の模範という価値を『源氏物語』に見出しているのである。

このような儒教的立場からの『源氏物語』賛辞のうち、「追二聖代聖治之法度一」という評は、『我身』の善政の数々をつぶさに語る箇所にも、そのままあてはめることができよう。『我身』の聖代描写は、『源氏物語』にこうした評価がなされる状況に反応し、それに倣って教誡の効用を持たせようとしたものなのではなかろうか。ただしもちろん、『詩序』の『源氏物語』評価は偏っている上に過大であるし、『源氏物語』そのものにさほど詳しい政治関係の記述があるわけではない。女の語る物語として公の世界への言及を控えた『源氏物語』から、直接『我身』へとつながるわけではなく、その間に『松浦宮物語』という、男性貴族が政治理想を憚りなく開陳した先蹤作を経由することが必要だったと思われる。(24)『我身』の精細な聖代描写は、物語の模範である『源氏物語』に後代の享受者が求めたものを、『松浦宮物語』の手法を取り入れることによって、より明瞭な形で実現したものといえよう。

また、『詩序』は別の箇所で、「舎人親王之華篇」「司馬子長之実録」、つまり『日本書紀』や『史記』といった和漢の正史に『源氏物語』をなぞらえ、「左史右史之書紀」にもかなうものと評価している。後世の古注釈のように『源氏物語』すなわち史書であると明言するまでには至らずとも、延喜准拠説は当時すでに形を成しつつあり、『源氏物語』と歴史との関わりの深さは十分認識されていたらしい。一般に歴史の書は教育の用途に供されがちだが、中でも帝王を中心に記録する正史は、帝王への鑑誡という役割が重んじられていた。(25)『源氏物語』が男性貴族はいうに及ばず、天皇の周辺でも公然ともてはやされる権威を帯びるには、その史書的性格、およびそれに付随する教誡性も与っていたと思われる。一方、本章の初めに述べたように、『我身』は代々の帝を物語展開の軸とする点において、歴史物語風の性格を顕著に表していた。七代にわたる皇位継承を追った末に、『源氏物語』も准拠したという延喜聖代を髣髴とさせるような明王による聖代にたどり着く物語は、十分に一箇の虚構の歴史たり得ているといえよう。そうした物語構想にも、『源氏物語』に求められた類の教誡性、特に天皇への意識が窺われるように思う。

ただし、政治的な方面にまで及んで教誡的価値を期待するような物語観は、必ずしも一般にゆきわたっていたわけではなく、ある種特殊な環境でこそ支配力を持っていたものであろう。繰り返し述べるように、『我身』の作者は、天皇の周辺、公的世界にも近い所の人物だったと推測されるが、そうした場で『源氏物語』が享受される時には、物語に描かれた帝や聖代のあり方に、とりわけ関心が集まったのではなかろうか。特に承久の乱後の鎌倉中期、王朝の復興を志した後嵯峨院の時代には、院の意向に応じて歌壇に政教的雰囲気が浸透していたとされる。(26)同様に後嵯峨院の周辺では、物語に対しても治世の具、教誡の手段と見なす風潮が生じていたことは、『風葉和歌集』の性格からも窺うことができる。(27)

『風葉和歌集』は、後嵯峨院晩年の文永八年（一二七一）、院の后大宮院の下命で撰進された物語歌撰集である。厳密には私撰集ながら、『古今和歌集』を模した仮名序をはじめ、部立、配列など勅撰集に準じた体裁を持つ(28)ばかりでなく、後嵯峨院や大宮院の実家西園寺家への賛頌を寓意するような歌が多数採られており、勅撰集に近い政教的性格を備えている。そうした『風葉集』は、単に趣味的な物語愛好の産物ではなく、直前に編まれた勅撰集『続古今和歌集』とあわせて、帝王による和歌集成事業の一環と認識されていた可能性がある。一般の和歌と同じく、物語の作中歌もまた政教的和歌観の中に取り込まれたわけだが、その背景には、当時の宮廷において、『源氏物語』をはじめとする物語自体に政教的価値を求める傾向のあったことが想定される。

その『風葉集』の序文は、物語に教誡の効用があることをはっきりと主張している。

世の中にある人なすことしげきものなれば、見るにもあかず聞くにもあまることを、さだかにその人とはなけれど後の世に言ひ伝へて、よきを慕ひあしきを戒むるたよりになりぬばかり記しおけるなりければ、ひたぶるにそらごとと言ひはてむも、ことの心たがひぬべくや、

『源氏物語』螢巻の物語論をほとんど引き写した文章ながら、傍線部のような勧善懲悪論は、「よきさまに言ふとては、よき事のかぎり選り出でて、人に従はむとては、又あしきさまのめづらしき事をとり集めたる」（四三九頁）

と述べるにとどまる『源氏物語』にはなかったもので、当時の歌壇における正当論であった和歌教誡思想を髣髴とさせる。

また、『風葉集』に入集歌の多い物語を順に挙げると、(29)上位三位は『源氏物語』『うつほ物語』『狭衣物語』という古典的大作が占め、続いて『風につれなき』『御垣が原』『いはでしのぶ』と、『無名草子』にも名の見えない作品が並ぶ。中でも『御垣が原』は、現在断簡すら発見されていない散逸物語だが、『風葉集』では重い扱いをされており、時好にかなった作品であったと察せられる。主人公は最多十首の詠者である「帝」と目され、「帝」と数名の女性との恋を軸とする物語だったらしい。そのほか少なくとも四人の「院」の名を見るほか、四十一首の和歌の大半は、何らかの点で皇室の人々に関係したものであり、行幸、御幸や賀宴といった晴れの行事の場面が多いなど、題名が示すように宮廷を主な舞台に展開していたようである。(30)代々の帝とその周辺の人々を中心とした宮廷の年代記風に展開する『我身』と、作風が似通っていることに注目される。

次に、『風につれなき』『いはでしのぶ』(31)は、いずれも完全に伝わるのは前半の一部のみという作品だが、前者では、四十五首中十二首と最も多くの歌を『風葉集』に残すのが、女主人公への恋が実らず出家したと思しい「吉野院」である。『いはでしのぶ』の場合、主人公は臣下の男性だが、『源氏物語』や『狭衣物語』の衣鉢を継いで、皇位の行方に少なからぬ関心を寄せた物語で、歴史物語風の規模と骨格を備えていたと思われる。『風葉集』には、帝の臨幸した法皇御賀の席における、帝と院たちの唱和歌も採られている（春下・六七〜九番）。

さらに入集歌数の順に挙げてゆくと、『浜松中納言物語』『夜の寝覚』という現存物語の後に、『女すすみ』『よその思ひ』と散逸物語が続く。そのうち第十位となる『よその思ひ』は、『御垣が原』と同じく帝を主人公とする恋物語だったと推定され、

やすみしる我がすべらぎにしたがはでたが誠をか神はうくべき（神祇・四四五番）

という、伊勢大神が帝の祈願に応えて加護を与えることを約束した歌などが見える。このように、『風葉集』に入集歌の多い物語には、すでに古典としての権威を持っていた名作に次いで、帝が中心人物となる物語や歴史物語風の構造を持った作品が目立つ。

ところで、『我身』の成立年代を推定するにあたってほとんど唯一の確実な根拠が、『風葉集』に七首の作中歌が収められていることであった。ただし、巻五以降の和歌が一首も採られておらず、かつ詠者名表記が巻四末までの官位に拠っていることから、『風葉集』が撰歌資料に用いたのは巻四までの本だったと判断される。このことを『我身』の成立と絡めて説明する見解がいくつか出されているが、主な説は次の三つにまとめられる。

イ まず四巻で完結した本が『風葉集』撰集に用いられ、後にそれを書き継いで八巻本ができた。(32)

ロ まず巻四までの未完成本が『風葉集』撰集に用いられ、後に巻八まで書き継がれた。(33)

ハ 文永八年以前に巻八まで完結していたが、『風葉集』撰者は巻四までの欠本しか入手できなかった。(34)

イとロの違いは、巻四までで物語がいったん完結していたかどうかという点だが、この物語は当初からかなり明確な構想をもって巻八の大団円を目指していたと思われ、女帝の即位を告げて終わる巻四末に完結性を認めることは難しい。(35)またハについても、巻八まで完成していたにも関わらず、『風葉集』撰者が欠本しか入手できなかった事情を積極的に支持する根拠は、特になさそうである。(36)すると、最も考えやすく妥当なのは、ロということになろう。『風葉集』編纂と同時並行的に執筆され、撰集資料に供されたのが巻四完了の時点だったとすれば、全体が比較的短期間に書き上げられたという推測にも抵触しない。

つまり『我身』は、『風葉集』と相前後して、その撰集を中途に挟む形で書き進められていったものと思しい。『風葉集』がどのような過程を踏んで編纂されたのか、具体的な状況は明らかでないが、治天の君たる後嵯峨院の后にして後深草・亀山二代の母后という高貴な地位にある大宮院の下命により、古今の数しれぬ物語歌を集大成しようとする大規模な事業だったことは確かである。仙洞や内裏にもその噂は達したであろうし、あるいは撰集作業自体に巻き込まれていたかもしれず、『我身』作者がその模様を身近に見聞していた可能性は大きい。そして、物語歌の撰集が勅撰集に準ずる権威と意気込みで行われつつある雰囲気から、何らかの刺激を受けたことも予想されよう。

『我身』全編は、年立上、巻三と巻四の間の十七年の空白期間をもって前半と後半に分けることができる。そのうち前半の巻一〜巻三は、扱う年数が少ない上に、[37]物語は我身姫君の数奇な運命や中納言と女三宮の密通などを中心に展開してゆき、帝やその治世をさほど表に立てることはない。帝を軸とした歴史物語的作風にせよ教誡性にせよ、とりわけ顕著になるのは、各巻がほぼ帝一代に充当し、それぞれの帝の賢愚、明暗が対照的に描き分けられてゆく後半部である。大局的に見れば物語の構想は前半から後半へと一貫していると思われるが、筆法に若干の変化が生じていることは否定できない。

この変化は、並行して進んでいたと思しい『風葉集』撰集事業と無関係だっただろうか。勅撰集に匹敵する権威をもって撰進されつつある物語歌撰集、そこでは序文において物語の教誡的効用が明言され、『御垣が原』のように帝の存在感の大きい作品が、古典的名作についで尊重されていた。『我身』作者がその撰集事業から遠からぬ場にいたとすれば、そのように政教的物語観の昂揚した気配を十分察知していたであろう。自作の物語の享受圏としても、同様の雰囲気に満たされたごく身近な場、具体的には宮廷の周辺を予想していたはずである。その中心かつ最高の存在である天皇を読者として意識した結果が、帝を軸にした物語展開であり、天皇に向けられた教誡性だったのではないか。そしてそうした傾向が後半顕著になるのは、同時期に成立しつつあった『風葉集』に促されるところが大きかったのではなかろうか。

五

公的な政治向きの話題から距離を置くことを原則とする王朝物語の中で、『我身』の今上帝の聖代描写は、異例なほど長大かつ詳細で具体性に富んでいた。そのことは、まず第一に、作者が宮廷の、しかも天皇にごく近い立場の人であって、女性ながらそうした事柄に通じていたことを示すものであろう。そしてそうした作者が、物語に教誡性を求める風潮、特に『風葉集』に結晶した宮廷周辺の政教的雰囲気に敏感に反応して、好色の誡めとあわせて帝王への教訓という思惑のもとになしたものであろう。『我身』の成立時期も正確に定められないため、『風葉集』との直接の交渉については断定できない(38)が、少なくとも両者が共通する地盤から産み出されたものであることは、首肯されるのではなかろうか。

ただしもちろん、教訓を与えることがこの物語の本意だったわけではあるまい。今井源衛氏が主題の第一に「男女の不思議なつながりというもの、特に非条理な恋愛、あるいは性愛の諸相というもの(39)」を挙げるように、男女の織りなす恋物語を描くことに最も作者の意が尽くされていることは、他の多くの物語と変わらない。むしろ五件に上る密通事件など、頽廃的という評価もある程度やむを得ない要素を含んでいる作品である。悲劇に終わった悲恋帝の場合はともかく、廷臣と后妃との間に生まれた不義の娘たちが真相を秘したまま后となり、天皇家と摂関家の結合を保証して大団円に寄与するという結末を見れば、「よしなき色にあはじ」という好色の誡めがどこまで説得力を持つかは疑問である。今上帝の行ったさまざまな政策の詳述にしても、物語の展開の中に有機的に位置づけられるものではなく、いかにも取って付けたような趣を呈していた。詮ずるところ、教訓的意義は建前の域を出るものではあるまい。

その意味で『我身』には、作者の周辺で支配的だった物語観に順応し、悪くいえば、読者――それも権威と権力を持つ読者におもねったという一面があることを否定できない。しかし、物語の作者が多かれ少なかれ読者の受けを意識するのは当然であり、特に作品の主な享受圏が作者のごく近辺に限られていた時代のこと、とりわけ敏感になったとしても致し方ないだろう。しかも、物語の領袖たる『源氏物語』でさえ、文芸的価値のみで正当化されるわけにはいかない時代であり、宮廷という場であった。

『我身』の作者も、『源氏物語』に深く親しんだ一読者であったことは間違いなく、「ただ一言葉にても、末の世にとどまるばかりのふしを書きとどむべき」（二七六頁）という切望から紫式部を羨望していた『無名草子』の一女房と同じく、『源氏物語』のように高く評価される物語を自ら綴りたいという願望が、執筆動機の少なからぬ部分を占めていたと思われる。そうした作者が、『源氏物語』評価に代表される周囲の物語観を顧慮したとしても無理はなかろう。それを迎合と否定的に評価するばかりでなく、自らものした物語を、高貴な場で至尊の読者にも公然と受け入れられている『源氏物語』と同じ水準にまで引き上げようとする熱意のほどをも、酌み取っておきたい。

『風葉和歌集』の撰集という、既存の物語を集大成するような試みがなされたこの時代、先行作品の厚い層を前にして、新しい物語創作への意欲もなお衰えていなかった。そうした状況下において、先行物語の表現や趣向の模倣とはまた違った意味で、享受のあり方が制作面に大きく作用していたことを確認した。

（1）『年中行事抄』三月所引の逸文に、「公卿正員者。太政大臣左右大臣各一人。大納言二人。中納言三人。参議八人。合十六人」とある。

（2）漢語「興廃継絶」（班固「両都賦」序）などに由来する基本的な政治理念で、思レ継二既絶之風一、欲レ興二久廃之道一（『古今和歌集』真名序）

帝の御心ばへ、絶へたることをつぎ、古きあとを興さむとおぼしめせり。（『今鏡』春のしらべ・六一頁）
たえたるあとをつぎ、廃れたる道をおこし、（『平治物語』上・一四八頁）
等、用例は多い。

（3）『今鏡』の他、『玉葉』『愚管抄』などにも所見。
（4）『今鏡』『愚管抄』などにも所見。
（5）市田弘昭「平安後期の荘園整理令――全国令の発令契機を中心に――」（『史学研究』第百五十三号、一九八一年九月）によれば、平安後期の荘園整理令の多くは内裏造営を契機として発令されたという。
（6）徳満澄雄『我身にたどる姫君物語全註解』（有精堂、一九八〇年）は、作者の条件の一つに、「宮廷の儀式や慣例を熟知し、宮廷生活の経験を有する人」を挙げる。
（7）正確には天皇もしくは治天の君である上皇というべきだが、本稿では便宜上、両者の意を含めて「天皇」を用いることがある。同様に、「宮廷」も内裏及び仙洞を指すものとする。
（8）本書第十章参照。
（9）本書第七章参照。
（10）『御料地史稿』（帝室林野局、一九三七年）参照。
（11）久木幸男『日本古代学校の研究』（玉川大学出版部、一九九〇年）。
（12）本書第六章において、『我身』の皇位継承の次第が史上の摂関政治全盛期の皇統譜をなぞるように形成されており、その場合今上帝は後三条天皇に対応することを論じた。治績の点でも、①大極殿造営②荘園整理令④文人の登用などは後三条に通うものであり、醍醐ばかりでなく、延喜天暦についで称えられる（前掲『神皇正統記』など）後三条の治世も加味されている可能性がある。
（13）「ひとりま」について、注（6）徳満氏注釈は「火取り間」または「独り間」、あるいは「ひとつ間」の誤写かとし、今井源衛・春秋会『我身にたどる姫君』（桜楓社、一九八三年）は『今昔物語集』に用例の見える「独りま」（ただ一人で、の意）とする。しかし、「ただ一人」では「ささめく」という動作にそぐわない。現存する三種の伝本に本文異同はないが、あるいは本来「ひとま（人間）」とあったものか。

（14）本書第十章参照。

（15）「なにがしの色に逢はじ」のように、「傾城」という漢語を「なにがし」とぼかす例は、ほかにも見られる。たとえば、（我身姫君が）すこし背き給へるは、なにがしの位にもえやとぞ罪深くまもらるる。（巻三・一三四頁）とある「なにがし」は、諸注「后（の位）」と解釈しているが、「罪深く」と続く文脈から判断すると、『狭衣物語』に、

けざやかに見えさせたまへる（源氏宮の）御髪のかかり、つらつきなどは、等覚の位に定まるとも、見たてまつらずなりなんことは、口惜しかるべきを、（巻四・三四七頁）

とあるのを踏まえ、「等覚」という仏教語を朧化したものであろう。

（16）『浅茅が露』『風につれなき』『雫に濁る』など。

（17）『夜の寝覚』『いはでしのぶ』など。

（18）太田次男『旧鈔本を中心とする白氏文集本文の研究 下』（勉誠社、一九九七年）。

（19）引用は小林保治編『唐物語全釈』（笠間書院、一九九八年）による。

（20）本書第六章参照。

（21）『源氏一品経』の引用は増補国語国文学研究史大成による。以下、特に『源氏物語』への評価については、重松信弘『増補新攷源氏物語研究史』（風間書房、一九八〇年）を参照した。

（22）仏教思想に裏づけられた好色の誡めは、巻六において顕著な形で現れる。本書第十章参照。

（23）底本「臣」は欠字となっているが、ほぼ同一の文章を載せる『源氏大鏡』の類により補った。

（24）樋口芳麻呂氏は、『松浦宮物語』に伏見院や後光厳院の宸筆と伝えられる写本が伝存することから、「読者が女性だけでなく、貴族にまで広がって、治政の上からも有用でおもしろいと考えて書写され、読まれたことを意味するのではなかろうか」（新編日本古典文学全集解説）と推測している。定家自身にその意図があったかどうかは別問題として、『我身』の性格を考える上で

示唆的であろう。
(25)　阿部秋生『源氏物語の物語論』（岩波書店、一九八五年）。
(26)　佐藤恒雄「後嵯峨院の時代とその歌壇」（『国語と国文学』第五十四巻第五号、一九七七年五月）。
(27)　以下、『風葉和歌集』の政教的性格については、本書第十三章参照。
(28)　樋口芳麻呂『平安・鎌倉時代散逸物語の研究』（ひたく書房、一九八二年）、米田明美『「風葉和歌集」の構造に関する研究』（笠間書院、一九九六年）。
(29)　現存する『風葉集』は巻十九、巻二十を欠き、他にも脱落があるので、厳密な順位ではない。
(30)　『御垣が原』および後に述べる『よその思ひ』の物語内容の復元は、小木喬『散佚物語の研究』（笠間書院、一九七三年）を参照した。また、新美哲彦「散佚物語『御垣が原』考――その特質と成立圏――」（『平安朝文学研究』復刊第八号、一九九九年十一月）も、帝と中宮が主人公性を持つこと、舞台が宮中であることを『御垣が原』の特質として挙げ、その特質を後嵯峨院時代の政教性と絡めて論じている。
(31)　横溝博「『風葉和歌集』入集歌数上位の鎌倉時代物語の位相――散逸『御垣が原』物語を切り口にして――」（『平安朝文学研究』復刊第八号、一九九九年十一月）は、『風につれなき』『御垣が原』『いはでしのぶ』の三作品の影響関係を推定し、『御垣が原』と『我身』との類似についても言及している。
(32)　小木喬『鎌倉時代物語の研究』（東宝書房、一九六一年）。
(33)　金子武雄『物語文学の研究』（笠間書院、一九七四年）。以下、金子氏の所説は同書による。
(34)　同前。注（13）今井氏注釈も、「八巻まとめて文永八年以前に成った」という立場である。
(35)　金子氏の詳論がある。また注（6）徳満氏注釈、注（13）今井氏注釈も、この物語が全体として緊密な構成を持っていることを認め、全巻は短期間の内に完成したのであろうと推測している。
(36)　金子氏は、後半四巻が著しく頽廃的であるため、倫理的顧慮から完本の提出が差し控えられたという理由を想定するが、巻六や巻七はともかく、女帝の聖代を描く巻五が特に頽廃的とは思えない。

(37) 物語全体が七代四十五年にわたるうち、巻三までで二代、年数にして三年ほどに過ぎない。
(38) 『我身』の後半部が巻四からはじまることと、巻四までが『風葉集』に採られていることとの間には若干のずれがあるが、『我身』の執筆が『風葉集』の撰集作業と同時並行的に進み、かつ前半と後半の執筆時期にさほどの断絶がなかったとすれば、両者の区切れが一致せずとも、『風葉集』が『我身』に影響を及ぼしたと想定することは許されよう。
(39) 注(13)今井氏注釈解題。

【補注】

本稿初出後、小島明子氏は、『我身にたどる姫君』の今上帝の行った善政が九条兼実の政策と一致することを指摘し、九条道家(兼実の孫)の周辺に物語の作者を想定している。過差の禁止は倹約より身分秩序の維持を目的としたものであるなど、本稿の失を正すところが大きい(『中世宮廷物語文学の研究――歴史との往還――』(和泉書院、二〇一〇年)第二部第七章「危機の時代における中世王朝物語――『我身にたどる姫君』の善政描写をめぐって――」、第八章「九条家と『我身にたどる姫君』――物語成立の環境をめぐって――」)。また小島氏は、『風葉和歌集』に物語の巻四までの歌しか採られていない理由について、巻七に描かれた皇太后宮の悲劇が、大宮院の娘月花門院の急死を連想させることから、後半の巻々の提出が差し控えられたためと推測している(同書第二部第四章「『我身にたどる姫君』皇后宮の女系考――一品宮の問題を軸に――」)。

第九章　『我身にたどる姫君』巻六の位置づけ

一

『我身にたどる姫君』全八巻のうち、巻六は、物語の典型的な人物像とは程遠い前斎宮という人物を中心に展開し、内容や用語に際立った特異性を持つ巻である。そのため早くから注目され、成立過程についてもさまざまに論じられてきた。まず別作者の疑いが呈されたが(1)、金子武雄氏(2)や市古貞次氏(3)は同一作者の立場をとり、ただし巻六の着想、執筆は、巻八までのいわゆる本系の物語を書き上げた後であろうと推測した。一方、今井源衛氏は、現行巻序通りの執筆を主張している(4)。

これらの成立論のうち、さほど客観的な根拠を持たない別筆説には容易に従いがたい。むしろ、しばしば異質さを指摘される巻六の素材の中にも、前斎宮家が女ばかりの空間として描かれていることは巻五の女帝の宮廷に匹敵するし、好色な女性という前斎宮の性格は巻三の女四宮に先例があり、また個性的な女房たちが活躍する点など、他巻と傾向を同じくするものを見出すことができる(5)。用語に関しても、次に挙げる諸例のように、他の仮名散文作品には用例の少ない特徴的な表現ながら、他巻と共有するものをいくつか指摘でき、かえって同一作者を示唆するようである。

○心すみやく(6)

移り香世の常ならぬを、まづ取りて見給ふに、すずろに御心すみやきて、（巻六・八三頁）

昨夜の少将の君、何となく心速やきてあやしう思ひゐたるに、（巻八・一九九頁）

○影形《かげかた》なし(7)

されど、その人も見えず、影形もなくて、日ごろになりぬ。（巻六・八八頁）

昔まぎれ歩き給ひし所々のなかに、影かたなく失せなりて、はかばかしういひあらがふ人なき宮の御あたりをぞかこち給ひける。（巻二・七一頁）

大学、勧学などいひて、影形なかりしこと、ただ昔ばかりに興したてられて、（巻八・二〇一頁）

○憎きものと(8)

折しも、憎きものと、四位少将、右兵衛の佐などうち連れて、（巻六・九二頁）

日ついでなど問はせ給ふに、けふしも憎きものと障りなかりけり。（巻七・一六九頁）

○抜け足踏みて(9)

おのづから心得けるにや、みな抜け足踏みて逃げにけり。（巻六・一〇〇頁）

中務の君は単ばかり脱ぎすべして、ぬけ足踏みて出でぬ。（巻三・一四七頁）

同筆を前提として執筆順序の問題に移ると、金子・市古両氏の後補説は、巻六の物語世界の異質さを主な根拠としており、やや印象論に傾いていた。それに対し今井氏は、巻六の記述を前後の巻々と詳細に突き合わせた結果、「巻六は全体としては、構想上かなりうまく他巻に適合している」ことを論証した。しかし、いずれにせよ決定的な外証の得られないまま、現行巻序をむやみに疑うことは避けられているのが現状であろう。

成立論の一方で、巻六の性格そのものを取り上げた論考も少なくない。その際、巻六を半ば独立した挿話として扱う立場と、物語全体の中での位置づけを探る立場とが存在する。そして後者の場合、大抵論じられるのは直前の巻五との関係であった。巻六は時間的に巻五に並行し、巻六の中心人物前斎宮は巻五の主人公たる女帝と対照的に描かれているため、そうした観点から論じられるのは至極当然であるし、正鵠を得てもいる。しかし、現行の巻序、あるいは巻五の「ならび」[10]という把握から、巻五との関係のみにとらわれては、見落とすものも多いのではないか。後述するように、巻六ははるか下って巻八とも呼応しているのである。

本稿の目的は、巻八との関係を検討することによって、巻六が物語全体の中に占めている位置を見直すことにある。それは成立過程論と無関係の問題ではないが、当面物語の構造の問題として考えることにする。

二

巻六で活躍する前斎宮とその女房たちは、巻五以前には片鱗も姿を見せていなかった。続く巻七、巻八でも、後に触れる一箇所を除いて登場することはない。巻六の物語は、本系の物語にまったく影響を与えないといってよい。この様態は、ちょうど『源氏物語』のいわゆる紫上系、玉鬘系諸巻の関係に似ている。また、巻六巻末には長大な後日談が付されており、前斎宮をめぐる物語として一巻で完結しているように見える。その上に内容、用語上の特異性も重なって、独立した別伝の巻と見なされやすく、成立の問題も生じてきたのであった。もっとも、独立とはいっても、時間的にほぼ並行する巻五の内容を踏まえていることは明らかなので、巻五の「ならび」と位置づけられることになる。

しかし、巻六の完結性には、巻五をもってしても補えない綻びが、わずかながら存在する。巻五の時間からはみ出した、巻末の後日談の部分である。この後日談では、まず前斎宮家の女房中将の君の動向が語られ、その中将の君が「小宰相の出でられし」時に「谷には春も」[11]と皮肉ったというあたり（一一三頁）から、小宰相の君の話題に転じる。小宰相は、かつて中将に代わって前斎宮の寵を受けるようになった女房である。これ以前に、もう一人の女房新大夫の君が前斎宮のお気に入りとなり、次第に勢力を伸ばしつつあるものの、小宰相も完全に失寵したわけではない由が語られていた。しかし、その小宰相が何ゆえに、またどこへ出て行ったのか、これだけではわからない。

続いて、小宰相が前斎宮家を出た後も、旧主のために尽くし信頼されている様が語られる。

A　小宰相の出でられしにぞ、「谷には春も」など、またうち上げられしかど、(小宰相は) 世には疾く散りたることもなくて、優にありつきて、時々などは、車たてながら参りて見参らす。花びら、捧物は、さぶらふ人の並に、うるさからぬ折は参らせ、また尾張の勅使の糸など、おほからかに、「見ならひ給へれば」など、摑み遣はせば、単襲も織らせ、また内わたりとて、はづさず乞ひ責めさせ給へば、五節の櫛求めて参らせ、御息所のうつくしき御衣参らせなどすれば、きたなき人ならばこそは、「あなうつくし。わらは着む」などよろこばせ給ふ、いとあらまほしき御仲なり。(巻六・一一三〜四頁)

この箇所からは、小宰相が「内わたり」の「御息所」という人に仕えはじめたらしいことがおおよそ察せられる。しかし、その「御息所」の素姓は依然不明である。にも関わらず、いかにも既知の事柄であるかのように語られている。

この後少し間をおいて、再び小宰相のその後について触れるところがある。

B　小宰相は、指図などおもしろからねど、忍びやかなる隠れ家に、また、いとよき里設けて出で入る。男の家主も欲しうせねば、いでもかはらず、弁の心もありがたく、家のうち音なく、ありつきてぞ、老い果つるまで過ぎにける。(一一五頁)

ここでもまた、「弁」なる人物が謎である。「弁内侍」「頭弁」など、「弁」と呼び得る者はすでに幾人か登場しているが、いずれも小宰相との接点は皆無であった。

もっとも、この人物については、続く「遠仲」(前斎宮家の格子番) の後日談の中で明らかになる。

C　まことや、御格子参りし遠仲は、……あるべかしき心さへつきて、妹たづね参りたりし時、たれとも知らぬに出で会ひて、笑み向かひたりしを縁《よすが》にて、蔵人弁に中文持て行きて、泣く泣くいひければ、心ばへよき人にて、奏し通して、信濃の権守にさへなりにける。思ふことなさかぎりもなくて、小宰相殿の参られたる車寄せに寄りて、弁の殿の御心情け、泣く泣くよろこびけるだにまことにめでたきに、（一一五～六頁）

破線部は、巻六がはじまってまもなくの頃、小宰相の同母兄だという「兵衛佐」なる人物が、長年噂に聞くばかりで会うことのなかった妹を尋ねて前斎宮邸を訪れたという出来事を指す。その場面では語られていなかったものの、その時、親切に応対したのが遠仲だったということになっている。Cを読めば、その兵衛佐が今では「蔵人弁」となり、Bのように「弁」と呼ばれているのであろうと推察され、一応疑問は解ける。しかし、任官の記事もなしに突然呼称が「弁」と変わるのは、やはり不自然に感じられる。

もっとも、未述の事柄を既成事実として記すことは、物語にまま見られる叙法である。『我身』においても、いつの間にか人物の身分や官位の変化している例が、ほかにないわけではない。たとえば、巻八で今上帝に入内した忍草姫君は、立后記事のないまま、数年後には「中宮」と呼ばれるようになり、それに伴って、巻七まで「中宮」であった後涼殿（三条院妃）は、久々に登場した時「皇后宮」と呼ばれている。しかし、そのいずれの場合も、前後の文脈をたどれば混乱あるいは誤認する恐れのないように記されているし、一の人を父に持つ忍草姫君が、有力な競争相手のいない後宮に入内した以上、やがて立后するであろうことは、当時の物語読者にとっては常識の範囲に属していただろう。それに連動して、中宮後涼殿の位が移行することも当然である。その他、巻四、巻五の「関白殿」が巻七の幼帝の御代では「摂政殿」となる、といった事例もあるが、仮に任官記事の書き落としだったとしても、さほどの違和感なしに了承することができよう。

しかし、兵衛佐から蔵人弁への転任は、出世コースの一つではあるが、必ずしも自明でお定まりの昇進というわけではない。[12] Cまで読めば判明するにしても若干隔たっているし、そこでも既成事実として扱われているので、やはりBの記述に何がしかの不自然さは拭えない。

また、兵衛佐はこれ以前、妹と対面を果たしたものの前斎宮家の不作法さに閉口し、「ただ文などばかりぞおこする」(八二頁)という状態になったまま、長く姿を消していた。Bの「弁の心もありがたく」が、彼が妹を生涯親身に後見したことをいうものとすれば、やや飛躍があるようにも感じられる。おそらく小宰相が前斎宮家を退いたことによるのだろうが、そのあたりの事情はやはり曖昧である。

こうした疑問を残したまま巻六は幕を閉じ、巻七以降、それとはまったく無関係な本系の物語に立ち戻るのだが、巻八末、物語の大尾に至って、再び小宰相兄妹が登場する。

D　この御息所の御方には、右の大殿の御めのとの姪なりける、前斎宮にさぶらひけるぞ、……いひ寄りて参りにければ、いとめやすく思ふやうなる人にて、この御方のことおとなおとなしくいひ置きて、参る人に会ひなどしける。腹ひとつなる兵衛の佐といひしも、二重織物はおそろしうて、学問をのみ夜昼しければ、いみじうまめなるおほやけ人にて、この御時はとりわき数まへ思し召したる蔵人弁とて、父の中納言よりも世のおぼえことなれば、妹のためも、いとこまかに志ありてなむ、あはれに思ひ交はしたりける。(巻八・二一〇～一頁)

「この御息所」とは、東宮に入内した右大臣の娘(初草姫君)を指す。前斎宮に仕えていたという「右の大殿の御めのとの姪」は、「兵衛の佐」と「腹ひとつ」の姉妹ということだから、小宰相に違いない。小宰相が東宮御息所に出仕し、兵衛佐は刻苦勉励の末、今上帝に信任されて蔵人弁となったというわけである。卑官の頃は、「ただ今思ひ掟てむに、何ばかりの志をかすべきならねば」(巻六・七六頁)と、満足に妹の世話もできなかった兵衛佐だが、今や地位と声望を得、小宰相もまともな主人に仕えはじめたため、心おきなく後見しているのであろう。Dの本文に続いて、前斎宮が小宰相の退出を悲しみながらも許したこと、小宰相が旧主とも交流を保ちつつ御息所方で重んじられたことが述べられ、巻八は終結する。

これらの内容自体は、巻六の後日談A～Cとまったく齟齬を来さない。むしろ巻六における不審点がここで晴らされることになるのだが、問題はその語り口にある。すでに巻六で、小宰相が前斎宮邸を退いて「御息所」に仕えていると記し、その兄を「蔵人弁」と呼んでいたにも関わらず、それには素知らぬ顔で、小宰相が御息所のもとに参じた経緯や兵衛佐の昇進の事情を、いかにも初出の情報であるかのごとく述べているのである。

Dの叙述は、A～Cでうっかり書き漏らしたこと、説明不足だったことを補ったという体のものではない。また、巻六の後日談は、「人は心もて良くも悪しくもなるものかな。また、所からに心は使ふべきものとも御覧ぜよ」（一一四頁）という、勧善懲悪的な教訓のために記したのだと、語り手は言う。だからこそ善人側の小宰相兄妹にはよき果報、つまり宮廷女房という境遇あるいは蔵人弁という顕職が用意されたのである。その趣旨に則るならば、二人の幸運を直接的に語るD以下の内容を、巻六で不注意に書き漏らしたとは考えがたい。とすれば、巻六と巻八の巻末部にそれぞれ位置する後日談の前後関係を、改めて見直す必要があろう。

三

Dについて、巻序執筆説の立場からは、A～Cの時点で「既に巻八末までの構想が出来上っていたこととなろう」という解釈がなされている[13]。なるほどこの物語は、年立、系図や官位変動における矛盾が比較的少ないなど、構想の周到さには定評がある。よって、巻六末執筆時点ですでに、巻八末における小宰相兄妹の処置を予定していた可能性は考えられる。それにしても、小宰相の出仕先にせよ兵衛佐の昇進にせよ、巻六で一言触れておいても差し支えなかったのではという不審は残る。とすると、巻六の唐突な記述は、作者の錯誤による先走り、あるいは意識的な先取りということになるだろうか。

前者の場合、やや似た事例として、『源氏物語』の並びの巻の一つ蓬生巻が挙げられる。しばしば玉鬘系後記補入説の論拠とされるところだが、まだ兵部卿であるはずの紫の上の父が、多くの伝本で「式部卿の宮」と呼ばれているという矛盾がある。もっともこちらは年立上の問題であり、ごくさりげない言及なので、「作者の不注意な誤り」[14]に帰すことも可能である。しかし、A～Cの場合、その内容自体が小宰相や兵衛佐の境遇の変化を必須の前提としており、つい筆が滑ったという程度のものではない。構想力の確かさが評価されるならばなおさら、先々の物語の展開を十分見越していながら、このような前後関係の混乱を不注意に犯す恐れは少ないように思われる。

では、作者が何らかの効果をねらって、意図的にこのような記述をなしたのであろうか。たとえば、やはり『源氏物語』の並びの巻である紅梅巻、竹河巻では、前後の巻々では宰相中将である薫がすでに中納言となっており、後の橋姫巻で紹介される「八の宮の姫君」「宇治の姫君」の存在をほのめかすこともある。紅梅・竹河両巻について後記説や別作者説が生じる所以の一つだが、一方、現行巻序のまま、宇治十帖への伏線、予告としての機能を認める見解もある。両巻の成立の実態はともあれ、中世の物語としては珍しく並びの巻を設定するほどの『我身』であるから、このような『源氏物語』の例に倣ったと考えられなくもない。

しかし、A～CとDとを読み比べた時、次に展開する物語への期待を誘うという伏線の効果を認めることは困難であろう。人物も所詮脇役に過ぎない上に、話題はごく単純な境遇の変化であって、ストーリーとしてそれ以上発展するものではない。しかもA～Cの書きぶりは、ほのめかしの度合いを越えている。結果として何らかの表現効果を上げるどころか、巻六の内部に不安定要素を残しただけに終わった感がある。

巻六後記補入説に従えば、巻八のD以下の部分は、本系の物語擱筆後に巻六が執筆された際、「巻六に照応すべき簡単な記事が巻八の末尾に書き添えられた」ということになる。[15]巻六執筆の途中、A～Cに先立ってD以下を書き加えたのだとすれば、叙述の前後関係は不自然でない。ちなみに巻序執筆説の場合でも、巻六の成立を二段階に分け、巻五→巻六本体部分→巻七→巻八→巻六後日談という執筆順序を想定すれば、同様の考え方を適用することができる。[16] しかし、確かにD→A～Cという執筆順序により、叙述の展開としては矛盾なく理解されるにしても、なぜこのように前後関係の逆転した記述をなしたのか、その説明にはならない。

巻八末に「書き添えられた」前斎宮家関係の後日談の意義を考えるに、巻六の世界を本系の物語の中に組み込むという働きが、第一に挙げられよう。ただでさえ異質さの際立つ巻六だが、後記補入されたものであるならば、なおさらその位置は不安定にならざるを得ない。本系の物語の流れからすれば、最悪の場合、まったく無視されてしまう恐れもある。巻六抜きには理解不可能なD以下の後日談は、巻六を本系の物語に引き寄せ、その脱落を防ぐであろう。

しかし、それだけの意図であれば、このように読者を混乱に陥れかねない記述をなす必然性はない。要するに、巻六末と巻八末との入り組んだ関係は、執筆順序の如何によって解決される問題ではないのである。よって、以下、成立過程論から離れて考察を進めたい。

A～CとDとの照応は、単に巻八末が巻六を踏まえているばかりではなく、巻六の側でも巻八末を必要とすることを意味している。巻六が年立上並行する巻五と密接な関係にあることは改めていうまでもないが、その巻六には、A～C以外にも、

嵯峨の女院の御こと出で来にしかば、なべての世、まして思ひしめりたるにも、（八三頁）

斎宮は、御国譲りにうち続き、あさましかりし夢の世を、（一一二頁）

のように、やや説明不足で、それのみでは意味を明確にしがたい記述が見受けられる。前者は女帝の母嵯峨女院の逝去による諒闇、後者は女帝の譲位直後の崩御という、それぞれ巻五で起こった出来事を指している。これらの記

述は、当然巻五の存在を前提とした読みを期待しているはずである。

Aの「小宰相のいでられし」は、この二例と同じく、助動詞「き」でもって既成事実として表現されていた。そしてその詳しい事情は、これ以前の物語には言及がなく、かといってまったく不明なのでもなく、巻八末でほぼ過不足なく語られる。とすれば、巻六末の小宰相兄妹の後日談もやはり、巻八末の後日談より後に、その内容を踏まえて読まれることを求めているのではなかろうか。

それは一つには、年立を明らかにするためのものである。小宰相兄妹をはじめ前斎宮家周辺の人々の余生は、女帝の崩御以後、巻七の悲恋帝の御代を跨ぎ、今上帝の統治する巻八、その最後に語られた東宮御息所の入内をも越えて継続する。つまり、巻六末は物語全編の中で最も遅い時期の出来事を語っていることになるが、A～CとDとの逆転的な記述がその時間関係を指定するという機能は、確かに認められよう。

しかし、『源氏物語』の並びの巻でも、年立の上で前後の巻々と入り組む事例は珍しくないが、先述した紅梅・竹河両巻を除けば、大抵の場合、現行巻序通りに読み進めても特に違和感をおぼえない。それに比して、巻六末を読むために巻八末が要請されるという『我身』の様態は、年立の錯綜という観点からでは説明しきれない特異な性質を持っている。片や並びの巻、片や最終巻の掉尾と、それぞれ物語の中で特徴的な位置を占めるだけに、両者の関係は物語の構造の面から再考する余地があるように思われる。

四

すでに今井氏は、巻六の成立を検討する中で、巻八の巻末部にも言及していた。つまり、巻八の後日談が追加補筆であるという金子説に従えば、原初形態での巻八は、出家した後涼殿の余生を、

E　小野といふわたりに心深く思し召し設けて移ろはせ給ひにしかば、まして分け参る人もまれに、心細き御住まひなり。（二一〇頁）

と語って閉じられていたことになるが、

これでは、八巻に亘る大長篇の大尾としては、甚だもの足りない形のように感じられる。少くとも文末は「……けり」で終りそうなものであるが、さりとて、また単にただ「けり」の結びに変えるだけでは、大尾としては不充分のように見える。

という指摘である。

こうした印象は、確かに否定できないように思われる。周知のように、物語の典型的な大尾は、『竹取物語』の「とぞ、いひ伝へたる」（七七頁）をはじめとして、「…とぞ」「…とかや」等、伝聞の形を取る。また、

次の巻に、女大饗の有様、大法会のことはあめりき。季英の弁の、娘に琴教へたまふことなどの、これ一つにては多かめれば、中より分けたるなめり、と本にこそ侍るめれ。（『うつほ物語』楼の上下・六二一頁）

に見られるように、架空の続巻や原本の存在をほのめかすものも多い。こうした定型句を用いずとも、

世とともにものをのみおぼして過ぎたまひぬるこそ、「いかなりける前の世の契りにか」とこそ見えたまへれ。

（流布本系『狭衣物語』巻四・三七三頁）[17]

のように、作中人物への批評を述べるなど、何らかの形で語り手、書き手が顔を出す草子地風の文が通例である。

その他、『有明の別』は、「すぎさせ給にし御ためとも」（巻三・四四六頁）と、会話が途中で断ち切られる形で終わっており、後続部分の脱落でなければ、『源氏物語』のいくつかの巻末に見られた中断形[18]や、故意に後続部分の散逸を仮構したらしい『松浦宮物語』にも通う技巧であったかもしれない。いずれにせよ、中古から中世の物語を通じて、ほぼ例外なく締め括りの意識が表現の上に現れているのを認めることができる。

また、内容的に見ても、物語の掉尾を飾るにふさわしい話題、対象を選ぶのが通常である。主人公たちの幸福と栄華を語り、大団円のうちに収めるのが最も典型的だが、特に継子物語などでは、そこに勧善懲悪に基づいた教訓色が加味される。一方、『源氏物語』夢浮橋巻が女君を失った男主人公の懊悩する姿で結ばれて以来、同様の趣向が『浜松中納言物語』『狭衣物語』等に引き継がれる。そして中世には、その延長上に生じたと思しい悲恋遁世譚が盛行し、宗教性を帯びた結末が増えてゆくことになる。

試みに、『我身』同様、『無名草子』以降『風葉和歌集』以前の成立と推定される諸作品の終結部を見てみよう。末巻のみ残る『むぐら』は、主人公が悶死した後、女君の栄華を「めでたし」を連発して称え、

のこりの五巻などにかき□□□たるとかや。よろづは、かやうにありけるこそめでたく、御さいわいありがたく侍れ、とぞ。(二八二頁)[19]

とだめ押しして終わる。同じく末尾部分のみの残欠本『雫に濁る』は、女君の死去と帝の即身成仏の後、関白の善政を賞賛して幕を閉じる。

おとどは、一品の宮と申し合はせて、「めでたきまつりごとなり」と、民まで言はれ、めでたかりけるとかや。(三四頁)

この後、一行分ほど空けて二字下げで、

これを御覧ぜむ人は、念仏申させ給ふべし、必ず、必ず。

という宗教的教訓が続く[20]。もっとも、この部分は後人の所為という可能性もある。

その他、列挙すると、

かの山ふかくいりにし人も、念々つもりて、願ひのごとく、九品の上の品にさだまる。おなじ蓮の望も、むなしからざるべけんとぞ、本には侍るめるとかや。(『石清水物語』下・一五三頁)

御馬どもにめして、吉野の山をさして入給ぬるぞ、あはれなる事にこそ、そのころは聞き侍りけめ。(『いはでしのぶ』三七五頁)[21]

殿、中宮などは堰きかね給へる御気色、理なりとぞ。(『苔の衣』冬・二七九頁)

『石清水物語』は、伊予守の遁世の後、木幡姫君の立后、一族の繁栄、そして伊予守の極楽往生という後日談で結ばれる。『いはでしのぶ』の大尾は、後半の主人公と目される右大将と権中納言が連れだって出家へと向かう場面。『苔の衣』は、中宮を物の怪から救って立ち去った山伏が、行方知れずになっている中宮の父親であったことが判明した場面を最後に置く。いずれも主人公級の人物が登場し、宗教性の濃い感動的な場面が描かれ、文末は伝聞形式を取る。また、中世にさまざまな異本の生じた『住吉物語』でも、最後に主人公一族の栄華と継母方の末路を語り分け、処世的ないし仏教的教訓を付すという形は、どの異本にも共通している。

このように、深い感銘と余韻を与える終わり方が通例化していた当時の物語の中にあって、『我身』のEは物語の大尾としては淡白に過ぎるようである。大局的に見れば巻八は大団円で終わるとはいえ、たたみかけるように栄華を強調するのでもなく、むしろわびしげなこの一文は、宗教的感動にも乏しい。後涼殿は主要人物の一人ではあるが、大尾を担うほどの主人公性を有していたわけではない。表現面でも終結部らしからぬ形であるのは、今井氏の指摘するとおりである。

よって、Eが「甚だもの足りない」大尾であることは首肯されるのだが、その不審は、D以下の後日談が後続することで解消されているであろうか。現在見る形での巻八の結びは、新たに御息所に仕えはじめた小宰相の勤務ぶりを語る一文である。

F　たださぶらふ所の御几帳、壁代、童、はした者、御調度何やかやと、いと真心に言ひ掟てければ、伯母もいみじう誉めてぞ、さぶらひつきにける。(二一一頁)

小宰相は、これ以前には巻六にしか登場していなかった脇役的存在である。その一介の女房が宮廷に出仕し重用されたというわけだが、たとえば『落窪物語』のあこきや『住吉物語』の侍従の目覚ましい出世に比して、果報とはいってもやや中途半端な感がある。文末はかろうじて「けり」を用いるものの、「とぞ」の類に比べれば、物語を締め括る力は弱いだろう。内容、表現ともに、典型的な結びの形との間には大きな懸隔があるといわざるを得ない。

要するに、EにせよFにせよ、「大尾としては不充分」という点では大差ないのである。かといって、この物語に未完の疑いを差し挟む余地もまた皆無である。約十年にわたる年月を一挙に進行させ、出来事を記録風に次々と述べてゆく巻八が、物語の終結を目指した巻であることは明らかであろう。今上帝の治世下、聖代が到来し、母后藤壺は宮中にあってそれを後見している。左大臣と麗景殿との密通により生まれた忍草姫君は、実父に引き取られて入内、立后する。右大臣も漸く北の方を定めた後、三条院の姫宮として育てられていた不義の娘（初草姫君）を後涼殿のもとより盗み出し、東宮（三条院第三皇子）の妃とする。娘を失った後涼殿は出家、隠棲し、嵯峨院、我身女院、三条院はすでに崩御している。ここにあらゆる懸案が解決し、すべての主要登場人物の境涯が定まったことになる。もはや物語に語るべきことは残されておらず、これ以上の展開は望めそうにない。

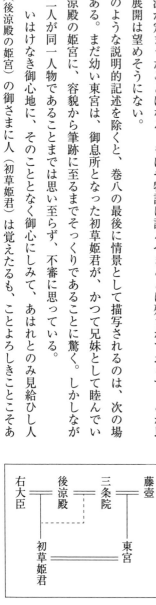

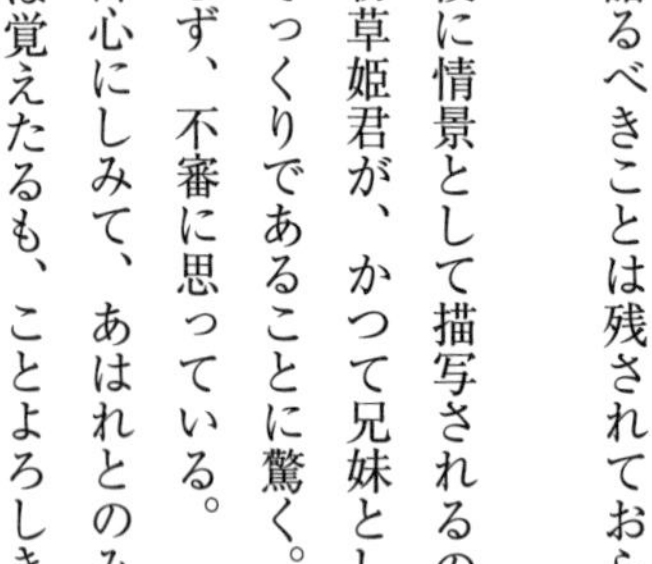

Fのような説明的記述を除くと、巻八の最後に情景として描写されるのは、次の場面である。まだ幼い東宮は、御息所となった初草姫君が、かつて兄妹として睦んでいた後涼殿の姫宮に、容貌から筆跡に至るまでそっくりであることに驚く。しかしながら、二人が同一人物であることまでは思い至らず、不審に思っている。

G　いはけなき御心地に、そのこととなく御心にしみて、あはれとのみ見給ひし人（後涼殿の姫宮）の御さまに人（初草姫君）は覚えたるも、ことよろしきことこそあれ、ひが目かとのみあやしきに、いかなる御志か添はむ。……ほのかなる墨付さへ昔の御さまにたがふところなきぞ、なほあやしかりける。（巻八・二〇八～九頁）

この場面は、すでに物語巻一～巻三で幾度か繰り返された、次のような場面を髣髴とさせる。すなわち、中納言（後の関白）は音羽の山里で美しい姫君を垣間見し、心惹かれた。この姫君（我身姫君）は、実は中納言の父関白と水尾院皇后宮との密通により生まれた娘であり、中納言が秘かに恋い慕う女三宮（皇后宮の娘）とは異父姉妹の関係にあった。やがて中納言は父のもとに引き取られた我身姫君と再会するが、音羽で見かけた人と酷似しているのに驚きながら、同一人物であることには気づかない。そして、

ただあやしうかよひ給へる御髪のかかり、御袖の重なりなど、なほ思ひ出でられぬにはあらねど、（巻二・七三頁）

中納言も、さまざま去らぬ面影のみ思ひ出でらるる御さまに、見ても慰むにや、常に参り給ひつつ、とてもかうてもただおはしますさま、ことにはめづらしうめでたきに、目のみおどろかれ給ふ。（八三頁）

目もおどろかるる御筆の流れ、墨継まで、ただかの心を尽くす御あたり（女三宮）にいみじうかよへるを見るに、いとどうちも置かれぬを、（巻三・一一七頁）

近き御にほひの世の常ならず人に似ぬは、ただそれ（女三宮）かとのみまがひ給ふは、げに多くの慰めなるに、（一二三～四頁）

と、音羽の姫君や女三宮の面影を妹の上に見ることによって、心を慰めるのだった。

両者を比較すると、中納言が思いをかけた我身姫君は実は妹であり、東宮が妹だと信じていた初草姫君は実は他人で後に妃となるという具合に、ちょうど対照的な形になっていることが見て取れる。二人の姫君はいずれも、臣下と后との密通により誕生し、出生の秘密を隠されたまま、実父に引き取られたという境遇にある。そうした事情

のため、それぞれの姫君に向かい合う男君たちは、容貌や筆跡の酷似をもってしても、かつて見た人と実は同一人物であることや、恋する女性と姉妹であることにまったく思い至らないのである。Gの場面に物語前半部との対応が配慮されていることは、間違いないだろう。

Gに引き続いて後涼殿の小野隠棲が語られる（E）わけだが、これまた物語冒頭の、音羽の里に住む我身姫君に照応していると思われる。まず、「音羽」の地名は逢坂山方面と比叡山方面の二箇所に存在するが、我身姫君が住んでいたのは、中納言が比叡山の帰途立ち寄っていることから、後者の音羽川流域の地であることがわかる。そこは、

そのわたりは、比叡の坂本、小野のわたり、音羽川近くて、滝の音、水の声あはれに聞こゆるところなり。

（『うつほ物語』忠こそ・二五〇頁）

とあるように、小野にほど近い地であった。

密通によって生を受けた我身姫君は、名も知らぬ実の両親を恋い慕いつつ、音羽の里において、「踏み分けたる跡なき庭」（巻一・一一頁）、「人目まれなる巌のなか」（二七頁）というわび住まいで、世を捨てた尼君に育てられた。一方後涼殿は、不義によって儲けた娘（初草姫君）の行方が知れぬことを嘆き、自ら出家して、「分け参る人もまれに、心細き御住まひ」に引き籠るのである。また、叔母と姪の関係にある我身姫君と後涼殿は、ともに水尾院皇后宮の輝くばかりの美貌を受け継ぎ、容貌も酷似していたという。しかも、実は後涼殿もまた、巻三における中納言と女三宮との密通によって生まれた娘なのである。この事実は巻四以降ほとんど黙殺されているのだが、因果はめぐって、初草姫君という新たな不義の娘の母親という役

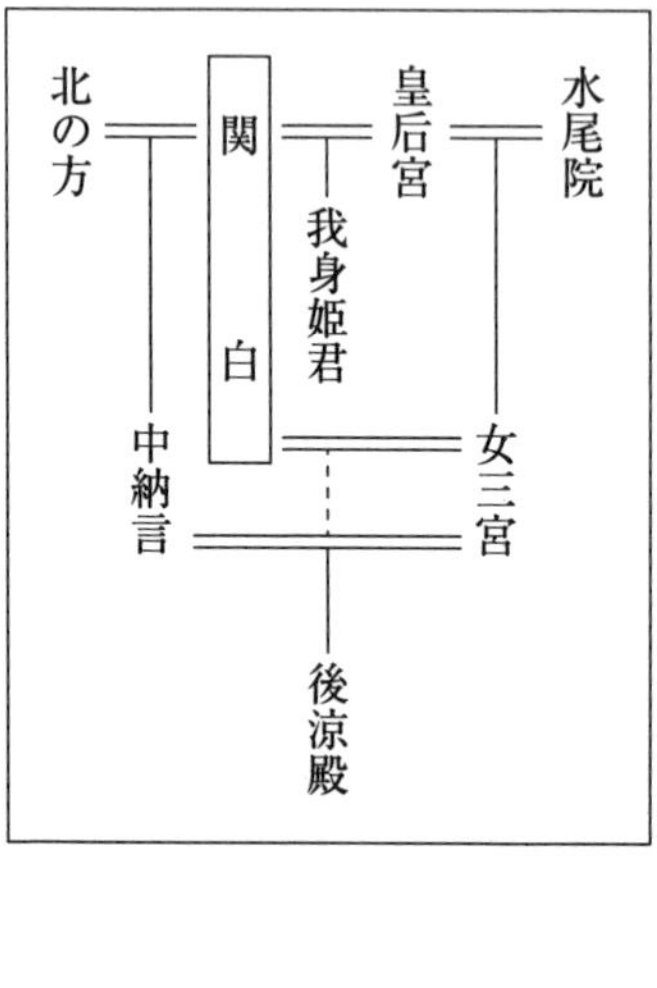

割が、後涼殿に課されることになったのである。

以上のように、巻八のGからEへと続く部分は、物語の前半部（巻一～巻三）と照応するところが大きい。しばしば指摘されるように、この物語は人物の系統性、対称性の設定に随分意を用いているのだが、そうしたいわば図式的な傾向をここにも看取できるであろう。その照応の要となるのが、不義密通によって生まれた娘たちであった。この物語の題号「我身にたどる」は、物語冒頭で、出生に秘密を抱え己の素姓を我と我が身に問いかけるしかない我身姫君が、その不安な思いを詠んだ歌に由来する。[23] そして物語最後の巻である巻八に至って、忍草姫君と初草姫君の二人が、第二、第三の「我身にたどる姫君」の運命を担って登場してくる。このように物語の主要テーマを掘り起こしつつ物語冒頭との緊密な対応をはかっていることから考えれば、Eは十分物語の終結部たる資格を備えているといえよう（巻八末尾部分の流れを、次にまとめておく）。

〈巻八末尾〉

G　初草姫君と東宮
E　後涼殿の消息　} 物語冒頭部と照応
D
F　} 小宰相らの後日談

その場合、後続する小宰相らの後日談は、ほとんど蛇足に等しいものとなる。もともと、Gの場面に初草姫君が登場することを受けて「この御息所の」とはじめるDは、いかにも付けたりの感があった。しかも、本系の巻々の中では前斎宮家周辺の人々が登場する唯一の部分であるため、やや落ち着きの悪い印象を否定できない。物語の終結にあたり、巻六の人物の後日談を加えることで、巻六を含めた物語全体の統括を意図したと解するにしても、先に確認したように、小宰相や前斎宮の物語はここで完結するわけではなく、さらにその先が巻六末に書かれているのである。その意味でも、Ｆの終わり方は甚だ中途半端だといわざるを得ない。

よって、ＥとＦとを比較した限りでは、本系の物語のすべてに解決を与えた上で物語冒頭部との照応をはかっているＥの方が、物語の結びとしてよりふさわしいように思われる。しかしそれにも関わらず、Ｅが大尾として「甚だもの足りない形」であるという印象もまた、拭いがたいものがある。本節で確認したように、物語の終結部には、一読してそれとわかるようなしるしを、何らかの形でとどめておくのが通例なのである。冒頭部との照応というかなり手の込んだ工夫を凝らしながら、なぜ明瞭に大尾らしい形を与えず、しかもその後に一見不必要な後日談を続けるのだろうか。

五

この物語が、物語の典型的な終わり方というものに、無知ないし無関心であったとは思われない。複数の巻から成る物語の場合、各巻の巻末部にも、全編の大尾ほどではないにせよ、ある程度の巻末意識が反映されることが多いが、『我身』もその例に漏れない。たとえば、

うち聞くより、例の心化粧かぎりなうて。（巻二・九六頁）

大将は尽きせぬ御心のうちのみ。（巻三・一五六頁）

のように、文の途中で断絶して余韻を残す方法も用いている。また、巻一末は、水尾院皇后宮の逝去に引き続いて、秘密の子の存在を知った関白が我身姫君を引き取り、

いと忍びて御服のことなどのたまはせおきつるも、めづらかなり。（五二頁）

と終わる。形としてはやや平凡だが、境遇の急転回に当惑する姫君の心中に即して、語り手が批評を加えたものと考えられる。同様に巻四は、帝の代替わりに伴う諸々の変動を述べた後、

世とものひとり住みのすさまじさぞ慰む方なきや。（二二六頁）

と、困難な恋に懊悩する男君たちの姿を、語り手による詠嘆の口調で描出する。さらに、最も典型的な伝聞形式も二度用いられている。

夢かうつつかとも、なほおろかなり、とぞ。（巻五・五八頁）

何の御祈りもかひなし、とぞ。（巻七・一七六頁）

この両巻は、帝の突然の崩御でもって幕を閉じるという点でも共通している。

以上、いずれの巻の巻末も、一巻の結びにふさわしい形を取っていることが理解されよう。それは語法面にとどまらず、何らかの劇的な事件や、代替わりのように区切りとなる出来事を選び、その巻における主人公級の人物の悲嘆、苦悩等の痛切な感情でもって、余情を漂わせて締め括っている。これらの諸巻からは、巻末を意識して工夫を凝らした形跡を十分に窺うことができる。

その巻末意識が最も明瞭な形で現れるのが、巻六の巻末である。先に言及したように、巻六末の後日談は勧善懲悪に基づく教訓性をあらわにしていたが、それは現世での因果応報ばかりでなく、「心の正直」（一一七頁）であった「遠仲」の極楽往生や、「心ざまの憎い気、もの挑み、推量、長言、讒言をのみ好みし人」（一一二頁）であった中将の君が「あつち死」（一一七頁）したことにまで筆が及んでいく。そして巻六の掉尾を飾るのは、亡き女帝の追善に余生を送り、兜率天に生まれ変わった近習女房たちによる和歌会であった。

かぎりもなく好ましくうらやましかりし人々こそ、生きたるかぎり、かたちをやつし、長き髪を剃り捨て、老いたる親を嘆かせて、安きいも寝ず、仕へ営み合はれたりし、あぢきなく見えしかど、後の世は、みな、兜率

の内院へ参られけるとかや。果ては、なほうらやましき人にぞ定まり果てにける。かの近習女房たちに仰せて、和歌の会ありけるにや。たが語り伝へけるにか、知らず。（一一七頁）

続いて四人の近習女房と女帝の詠歌十首を羅列し、

H　丹波の天人は、今も髪上げ姿まして清げにて、如意殿掃き回りて、主殿の官人、女官、女孺までも捨てず、尋ね求め導き給ひけりとなむ。

かばかり曇りなき世に、斎宮、新大夫殿の臨終、後の世の聞こえぬこそおぼつかなけれ。（一一九頁）

と締め括る。傍線部のような伝聞形式、語り手の顕在化、宗教的感興等、後日談全体の教訓性とあわせ、一巻の巻末のみならず、一篇の物語の結末としても申し分ない形を備えているといえよう。

しかも、現存する伝本の内、書陵部本[24]と前田家本では、Hの「となむ」と「かばかり」の間に一行分ほどの空白が置かれている[25]。前節に挙げた『雫に濁る』のような例を参考にすれば、独立して記された最後の一文は、語り手の言というより、物語の聞き手ないし読者の感想を装ったものと解釈すべきかもしれない。こうした技巧が物語原本に由来するものならば、その末尾意識はますます明瞭となろう。

従来、このような巻六巻末の性格は、「短篇物語としての結末を、型通り中世の往生譚形式で収めた」という今井氏の言に代表されるように、巻六を独立した別伝系の挿話と見なす一因となっていた。しかし、先に見たように、巻六を破綻なく読み通すためには巻五はもちろん巻八が必要であり、巻六末の教訓性も、小宰相の出仕と兵衛佐の昇進を明記する巻八末を伴って初めて十全なものとなるのである。

逆に本系の物語の側から考えると、全巻の大尾でありながら巻八は中途半端に終わり、その巻末の後日談は巻六末の後日談へと滑らかに接続して、そこでようやく結びらしい結びにたどり着く。その時、巻六末尾のHは、巻六の終結にとどまらず、実質的に物語全篇の大尾のような様相を呈してくる。

そもそも巻八のEが、物語を閉じようとする気配を濃厚に漂わせながら大尾らしい形に収めなかった、あるいは収めることができなかった理由を考えるに、物語の掉尾を飾るにふさわしい人物の不在を、その一つに数えることができよう。大団円でめでたく結ぶにせよ、出家譚、往生譚のように宗教的感動のうちに閉じるにせよ、その核となる主人公が必要となる。しかし『我身』の場合、七代四十五年にわたる物語の進行につれて、中心人物はどんどん拡散してゆき、当初主人公と目された我身姫君でさえ、いつの間にか遠景に霞んでしまったまま、ひっそりと生涯を終えていた。物語全体を一身に受け止めて統括できるような人物は、もはや存在しない。

その中であえて最も有望な候補者を挙げるとすれば、すでに亡き女帝しかいない。巻五で聖代を現出し、往生譚とかぐや姫のイメージに濃厚に彩られつつ臨終を迎えた女帝は、巻七、巻八で繰り返し追慕される。さらに、今上帝の聖代実現は亡き女帝の加護に依るところ大であったし、巻六でもその超人的な明王ぶりが一層強調されている。少なくとも巻五以降、誰にも劣らぬ存在感を保持してきた人物だったといってよい(26)。

巻六末尾の兜率天歌会の主催者は、まさにその女帝であった。そこでは女帝とともに、女帝に忠誠を尽くした近習女房たち、女帝と常に対照されてきた前斎宮など、本系の物語とはまったく無関係ながら、巻六では中心的に活躍する人物たちの後生が語られる。一方、本系の物語に登場する人々の処理は、巻八のEの段階で一応片づいている。巻八から巻六末の後日談へと読み継げば、本系の巻々と巻六とを問わず、物語のすべての主要登場人物に決着がつけられることになる。その上で、双方の世界に跨って多大な役割を果たしてきた女帝を中心に、大仰な教訓話と往生譚を繰り広げる巻六末は、物語全体を収束するに不足ない重みを備えている。

そして、そうした巻六末の位置づけを保証しているのが、巻八末の後日談なのではなかろうか。巻六全体を物語の巻序の中に置く場合、その本体部分が巻五の「ならび」であることは動かないから、やはり現行の位置が最もふさわしいであろう。そうすると必然的に、巻末の後日談も巻七、巻八に先行することになる。しかし先述のように、

A～Cの部分の叙述には若干の違和感が残るので、その不審を引きずって巻八末に至った読者は、Dの記事によって納得し、巻六末が巻八末の後に位置すべきであることに気づくであろう。そして改めて巻六末に目を向けることになれば、その時Hは物語全篇の結びとして立ち現れてくることになる。本系の物語の中でやや落ち着きの悪い巻八末の後日談は、物語の終結を巻六末へと誘導する役割を担って、そこに置かれたものではないだろうか。

もっとも、巻六末尾が物語の大尾であるならば、それ自体が巻八の最後に位置すべきではないかとの疑問も生じよう。しかし、巻六のような異質な世界、その中でもとりわけ諧謔に満ちた後日談が、一応完結している本系の物語の秩序を掻き乱すことは必定である。D以下の短い章段のみならば、直前のGの場面と自然に承接するし、卑俗さも比較的穏やかであり、本系の物語に持ち込むことのできる許容範囲だったのではなかろうか。

また、巻六末の後日談は、前斎宮をめぐる悲喜劇と一体であればこそ、教訓ないし諧謔の効果を上げるものであり、巻六の本体部分と切り離すことは難しい。要するに巻六の巻末部は、巻六本体部分の後日談の役割を果たすと同時に、本系の巻々を含めた物語全体を統括するという、二つの課題を担っていたものと思しい。巻八末との前後関係の転倒は、そこに起因するのではないかと考える。

『我身』の本系の物語は、巻八において後涼殿の小野隠棲を語った時点で、内容的には確かに終結している。しかし、さらに巻六と関連する記事が付されることによって、巻六末尾というもう一つの結尾が引き寄せられることになる。そしてそれは、大尾としてはるかにふさわしい形を備え、物語全編を締め括るに足るものであった。

このように複雑な構造の類例を、現存する他の物語作品に見出すことは難しい。しかし、大尾の形に腐心し独特の手段を講じたという点では、たとえば『松浦宮物語』の省筆と偽跋が、収拾のつかなくなった物語を一挙に終息させる手法であったともいわれるような例に、一脈通じるものがあろう。

そして、物語の典型的な終わり方を模索した工夫の跡に、物語の伝統というものへのこだわりを窺うこともできるだろう。しかし、巻六末の教訓性や宗教性は徹底的に滑稽の色調に染められており、同時代の他作品のように真摯な態度から発したものとは考えがたい。このような戯文をこの長編物語の大尾と見なすことには、確かに抵抗も感じられるのであるが、こうした諧謔の精神は、濃淡の差はあれ、巻六ばかりでなく物語全体にゆきわたっているものである。(27)物語の典型に則りつつ、しかも最も深刻たるべき題材を扱いながら、それを韜晦するかのような諧謔ぶりにこそ、この作品の本領が発揮されているのかもしれない。その点については章を改めて考えたい。

（1）『日本文学大辞典』第三巻（新潮社、一九三四年、永積安明執筆）など。
（2）「我身にたどる姫君論」（『物語文学の研究』笠間書院、一九七四年）。
（3）「中世物語の展開」（『中世小説とその周辺』東京大学出版会、一九八一年）。
（4）「『我身にたどる姫君』論」（『王朝末期物語論』桜楓社、一九八六年）。以下、特に断らない限り、今井氏の所説は同論文による。
（5）今井氏も、性愛描写、ユーモア等、巻六を含めた物語全体に見られる特色を指摘している。
（6）他作品での用例に、「あはすでにとて、をのをのすみやきあへりける程に」（『今鏡』雁がね・一七〇頁）などがある。
（7）『落窪物語』に「うち捨てて、影形も聞こえぬは」（巻三・二四一頁）という用例がある。
（8）折悪しくも、という意味らしい。他の用例未見。
（9）「われと知られじと、抜き足に歩みのきたまふに」（『源氏物語』末摘花・二五一頁）のように、「抜き足」という形が一般的。「抜け足」の用例は、「我もとへ鞠くれば、抜け足をふみてにげられき」（『安元御賀記』九〇〇頁）など。
（10）現存する三種の伝本のうち、金子本のみ、巻六の首題に「ならび」の注記を持つ。
（11）「ひかりなき谷には春もよそなれば咲きてとく散る物思ひもなし」（『古今集』雑下・九六七番・清原深養父）
（12）「名家譜第任レ之。多者先補二五位蔵人一。乃任レ弁也。蔵人帯レ之。頗清撰也」（『職原鈔』巻上、中弁・少弁の項）とあるように、弁官と蔵人の兼任は、限られた栄職である。

(13) 今井源衛・春秋会『我身にたどる姫君』（桜楓社、一九八三年）。

(14) 玉上琢彌『源氏物語評釈』第三巻（角川書店、一九六五年）。

(15) 注（2）論文。

(16) 詳細を確認していないが、注（13）注釈には、巻六の後日談を「巻八擱筆以後の執筆とする説」も示されている。

(17) 引用は新潮日本古典集成による。

(18) 青表紙本系統の本文によれば、花宴、若菜下、柏木、匂宮、竹河などの諸巻に見られる。

(19) 秋香台文庫本を底本とする鎌倉時代物語集成による。書陵部本にはこの部分がなく、「この女院、中宮などの御衣をぞ、初衣などに申し下ろしてし給ひけるとぞ」（中世王朝物語全集・二二〇頁）という文で終わっている。

(20) 阿部秋生・前田裕子「雫に濁る物語一冊」（『実践女子大学文芸資料研究所年報』第二号、一九八三年三月）。

(21) 完本が現存するのは巻一、巻二のみだが、全巻の巻頭と巻尾は抜書本（三条西家本）に残っている（小木喬『いはでしのぶ物語 本文と研究』笠間書院、一九七七年）。

(22) 宮田光「『我身にたどる姫君』に於ける人物の対比と系統性について」（『熊谷武至教授古稀記念国語国文学論集』笠間書院、一九七七年）にまとめられている。

(23) 冒頭の和歌については、本書第四章・第十一章参照。

(24) 橋本不美男・桑原博史『我が身にたとる姫君』（汲古書院、一九七五年）の影印による。

(25) 金子本でも、行間は空けないが、最後の一文は改行して記されている。

(26) 本書第五章参照。

(27) 注（5）参照。

第十章　『我身にたどる姫君』巻六の後日談について
――仏教的教誡の意義――

一

『我身にたどる姫君』全八巻のうち、巻五の「ならび」とされる巻六は、内容、用語ともに滑稽、卑俗な性格が強く、成立過程にも疑問があるなど、問題の多い巻である。前章において、従来別伝として取り扱われてきたこの巻が、物語全体の構造上いかなる位置を占めているのか再検討し、その巻末部の後日談の部分が物語全編の大尾の役割を担っていることを推測した。

本章では、巻六後日談の大尾らしさとして指摘した宗教性、教訓性についてさらに吟味し、巻六の存在意義をまた別の角度から考える。ならびに、巻六の特異性のよってきたる所以にも触れたいと思う。

二

まず、巻六の後日談がどこからはじまるのかを明らかにしておこう。それを判断するには、写本の形態上はっきりした目安が存在する。現在伝わる諸本(1)のうち、金子本を見ると、第六十九丁裏の六行目は、「にあへといかにといふ人なし」の後、半行分ほど空白で、次に七行目の冒頭から、「たんはの内侍はよしなき」と続いている。他の二本は、「…いふ人なしたんはの内侍は…」と切れ目なく記しており、この間に脱文があるわけでもなさそうである。

金子本に見られるこの改行箇所こそ、巻六の中心をなす前斎宮の物語とその後日談との境界であろうと考えられる。巻六の巻頭は、伊勢から帰京した前斎宮が、父嵯峨院にも疎んじられ、かろうじて勅旨田を「ひとつばかり」賜って、「忍ぶ草の中に住み給ふ」という状況からはじまった（七〇頁）。その後も前斎宮家の窮乏ぶりはさまざまな形で繰り返し語られ、「うとましの内の御心や。よろづかうこそ思ふに。ただひとりあるはらからをたづねさせ給はぬさまよ」（七七頁）と、姉の女帝を恨むこともあった。やがて前斎宮家の女房が宮中に乗り込んで愁訴するに至り、ついに女帝は、「いとかすかならず、かの御身には面だたしかるべき」（一〇七頁）荘園を前斎宮に授ける。それによって宮邸の様子は一変し、みな狂喜して女帝の恩徳を称えることになる。

宮のうち、あらぬものにめでたし。軒のしのぶうち払はせ、漏り濡れし名残なく葺きわたし、塵払はせなどすれば、えもいはずあらまほしき対に、ただ内の御前を、集りてかたじけなく聞こえ騒ぐ、ことわりなり。……あらまほしく好ましきことのみたぐひなき宮のうちなり。（一〇九〜一一〇頁）

前斎宮家の打って変わった威勢のほどを語るこの段落の最後が、宮邸の門前を通る通行人にまで「腰礼《こしうや》」を強要し、そうしない者は懲らしめたと述べる文、

まことに、目弱なる者は、侍、礫うちかけなどして、かぎりもなく世にあへど、「いかに」といふ人なし。（一一〇頁）

である。

『我身』の巻六には、女房との同性愛をはじめとする前斎宮の奇矯な言行が詳述されており、そちらに目を奪われがちだが、その骨格をなすのは、肉親に顧みられることなく窮迫していた前斎宮が、姉女帝の恩顧により一転して日の目を見る、という筋書きである。それを仮に前斎宮物語と呼ぶならば、その物語は、荘園を下賜された前斎

宮家の繁栄が巻頭のわび住まいと対照的に語られた時点で、一応の結末に達する。金子本は、ちょうどその箇所に改行を施しているのである。

この改行箇所以降を後日談だとすれば、後日談の方にもやはり、首尾の照応した構成を読み取ることができる。改行直後の「丹波の内侍は…」にはじまる一段は、女帝とその四人の近習女房たち（丹波内侍、右近内侍、中納言典侍、新宰相典侍）の話題である。丹波内侍は、前斎宮家の女房の口真似をしてからかったため女帝の勘気を蒙っていたが、やっと許されたことに感謝し、女官、女嬬や主殿寮の官人を動員して、宮中の清掃に精を出す。自らの死を予感した女帝は、丹波内侍に「母が見むほどばかりは、尼になりそよ」（一一一頁）とさりげなく遺言し、中納言典侍と新宰相典侍には、やり残した写経、造仏等の仏事を、やはりそれとなく遺託したという。もう一人の右近内侍に関しては、女帝が日頃髪をかき撫でていたためその香りが移り、「髪もかをり満ちて」いたという記述がある。また、段の最後には、

いみじき時の人どもにて、かたち、用意も心ことに、見る人も心動く多かりしかど、なほ、はかなき世のならひは、これゆゑまたよしなき肝心を尽くして、袖のひまなき契りもやあらむと、あはれなる行く末のおぼつかなさどもなり。（一一二頁）

という、近習女房たちの行末を案じる一文がある。

そして後日談の最後、すなわち巻六の巻末は、女帝と近習女房たちによる兜率天歌会の場面で閉じられる。四人の近習女房はみな、女帝の死後出家して追善に余生を送り、その功徳によって兜率内院に往生したという。

かぎりもなく好ましくうらやましかりし人々こそ、生きたるかぎり、かたちをやつし、長き髪を剃り捨て、老いたる親を嘆かせて、安きいも寝ず、仕へ営み合はれたりし、あぢきなく見えしかど、後の世は、みな、兜率の内院へ参られけるとかや。果ては、なほうらやましき人にぞ定まり果てにける。（一一七頁）

また、今や天人となった丹波内侍は、兜率天においても如意殿を掃き回り、「主殿の官人、女官、女孺までも捨てず」（一一九頁）、尋ね導いたという。この記述が改行直後の段の内容に呼応していることは明らかである。兜率天歌会における右近内侍の詠、

恋ひわびし袖の移り香それならでありしよりけに匂ふ花かな（一一八頁）

も、先に述べられていた生前の女帝の移り香を連想させる。

このように、巻六の後日談は、女帝と近習女房たちの兜率往生にまつわる話題にはじまり、終わる。その間に挟まれた、主に前斎宮家周辺の人々のその後を語る部分も、全体として宗教的雰囲気が濃厚である。およそ信仰心などなさそうだった前斎宮でさえ、女帝の突然の崩御に、「仏のおはしまさざりけむ時の御心のうち」というほどの衝撃を受け、「いざや、もの詣でせむ」「いざ、功徳作らむ」と俄か道心を起こし、懺法、仏供養などの仏事に「遊び戯れ」たという（一一二頁）。また、前斎宮家に仕えていた遠仲という人物は、老後、比叡山の学生となった息子に孝養を尽くされ、「入道殿とて、阿弥陀仏高く申して、朗詠、今様など心をやりて謡ひ」、八十余歳にして「臨終めでたくて」極楽往生を遂げたとされ、

この世には八十の月をながめきて光かひある西の山の端

という辞世の歌まで記されている（一一六～七頁）。これほど宗教的な記事が集中するのは巻六でも巻末に近い部分のみで、その首尾を括っているのが女帝と近習女房たちの往生譚なのである。金子本の改行箇所が前斎宮物語と後日談との境界にあたることは、この点からも首肯し得る。

とはいえ、確かに内容上ここに区切れがあるにしても、一つの巻の途中で改行を施すという形態は、物語写本としてはやはり珍しい。実は『我身』巻六には、当該箇所以外にも二箇所、文章の途中で行を改めるところがある。まず一つ目は、巻末の兜率天歌会の場面において、近習女房四人の詠歌を列挙した直後である。まず、「光をささと

放ちて、舞ひ遊び合はれたりける」という地の文が記され、その行末には数字分の空白を残したまま改行し、次行冒頭に「御製には」と記して女帝の御製二首に続いてゆく（金子本と前田本。書陵部本は「舞ひ遊び合はれたりける」でちょうど行末にくるため、空白なしに「御製には」が行頭にある）。

もう一つは、兜率天歌会の場面の最後、

丹波の天人は、……主殿の官人、女官、女孺までも捨てず、尋ね求め導き給ひけりとなむ。

と、巻末の一文、

かばかり曇りなき世に、斎宮、新大夫殿の臨終、後の世の聞こえぬこそおぼつかなけれ。

との間である。金子本は行の途中で改行するのみだが、前田本と書陵部本では、その間にさらに一行分の空白もある。

この二例のうち、前者については、「御製」という重々しい語ゆえ行頭に出された、つまり平出という表敬法に倣って、女帝を他の女房たちから際立たせるための表記かと推測される。また、後者については前章でも少し触れたが、兜率天歌会という内容的な盛り上がり、さらに「となむ」という語り収めの表現をもってすれば、改行前の一文で巻が閉じられていても不思議ではない。その兜率天歌会の場面を受けて、「かばかり曇りなき世に……おぼつかなけれ」と不審がる口ぶりは、物語の聞き手ないし読者の言であるように感じられる。といっても、後に述べるように、この一文は巻を終えるにあたって絶妙の効果を上げるものであり、作者自身の手になることは疑いあるまい。段を改めさらに空白の一行を置くことによって、わざと後人の筆を装ったもの、たとえば『松浦宮物語』のいわゆる偽跋にも通う、一種の技巧だったのではなかろうか。

このように、他の二つの改行箇所については、ある種の表現上のねらいを読み取ることができる。そこから類推して、問題の箇所も何らかの効果を意図したものかと予測されるが、その意図は判然としない。だからこそ、他の二箇所と違って、金子本以外の伝本では改行が保持されなかったのだろう。あえてその意図を憶測するならば、前斎宮物語が落着し、ここから後日談に入ることを明示するためだったのだろうか。

あるいはこの改行は、巻六の成立の事情を反映している――つまり、前斎宮物語と後日談の執筆の時期は連続しておらず、その痕跡がこのような形で残ったものと考えられるかもしれない。前章で検討したように、巻六と巻八巻末部との前後関係は複雑な様相を呈しており、巻六の途中に執筆上の断絶があったという可能性は十分にある。これまでさまざまに論じられてきた巻六の成立過程については、よりはっきりした証拠が見つからない限り、結論を出すのは難しい。ただし注意しておきたいのは、たとえ前斎宮物語と後日談の執筆時期に多少の隔たりがあったとしても、物語構想上の断絶はなかった、つまり、決して前斎宮物語だけで巻六が完結していたわけではなかったであろうことである。それは、前斎宮物語の中に、続く後日談への伏線と思しい記述がいくつか見受けられることによる。

たとえば、巻六のみに登場する、女帝の近習女房たちを見てみよう。彼女らはその名のとおり女帝の側近くに仕えた典侍、内侍たちで、冗談や戯れを交えて女帝と親しく交流する様が、ほほえましく描かれている。しかし、本系の物語において女帝の治世を語る巻五では、女帝は数多くの女房たちを誰彼と区別することなく、等しく一定の距離を置いて接していることになっていた。

内には、もとより、この御方には、たれこそ近くさぶらへ、いづれを思し隔てたり、といふことなく、さぶらふほどの人は、ただ明け暮れ遠く見上げ参らせて、仕うまつるべきほどほどの宮仕へ、御手水や何やかやならでは、け近やかにて御物語、たはぶれなど、一言葉ものたまはせならしたることもなかりしかば、……上臈は少しけ近く下臈は遠くなどさぶらふならでは、さぶらひにくくわびしきにもあらず。また、ものなつかしくならし聞こゆるまでは思ひも寄らでのみぞさぶらふ。（巻五・一四～五頁）

また巻七でも、すでに亡き女帝を偲ぶ文脈で、

こまかにけ近き御言葉などこそ、あまりもの遠き御もてなしなりしか、あやしく数ならぬ際までもらさず御覧じかけつつ、かたじけなくありがたかりし御面影は、（巻七・一三三頁）

と、同様の趣旨のことが述べられている。

作者としてもこの矛盾には気づいていたらしく、巻六で、初めて四人揃った近習女房たちを紹介する時、

たれをたれとも思し召さず、取り分きたるもなけれど、この四人ぞ、まことにはすぐれて御心とどめたる人なるべき。（一〇五頁）

と、特にお気に入りはいないのだが、「まことには」この四人がお気に入りなのだった――と、やや苦しい説明を試みている。このように他巻と矛盾を来すことは承知しつつも、あえて近習女房たちを登場させた意図は何だったのだろうか。

しかも、四人が勢揃いするのは、巻六も半ばを過ぎて、前斎宮物語がまもなく終わろうとする頃であった。もし巻六が前斎宮物語のみで終結していたならば、ここで近習女房四人が出揃う意味、特に最も遅れて登場し、他の三人と違ってストーリー上役割らしい役割を持たない右近内侍の存在意義は理解しがたい。やはりこの近習女房たちは、巻末の兜率天歌会というクライマックスを担うために造型された人物であり、四人という数も、女帝を含めて五人各二首、計十首と和歌の数を整えるための設定だったのではなかろうか。

あるいは、兜率内院に君臨する女帝を取り巻く四人の女房という構図には、仏を囲繞する四天王のイメージが託されているのかもしれない。兜率天歌会における女房たちの詠歌の中には、次のように女帝を月にたとえるものがあった。

影清き雲居の月になれしより憂き世に深き闇は残らず（新宰相典侍）

あかぬ夜の月を慕ひし天つ空心高くも澄みはつるかな（右近内侍）

一般にこうした釈教歌では、「月」は仏の喩として用いられることが多い。(2) 女帝は巻五において、この世の人ならぬ天女の生まれ変わりという形で超人性を示されていたし、巻八には仏菩薩に見紛うような威厳をもって夢枕に立ち、生者の迷いを誡めるという場面もある。(3) この巻六末では、彼女はもはやはっきり仏と同等に扱われているといえよう。

これ以前、前斎宮物語の時点ですでに、女帝をまさしく「仏」と呼ぶことがあった。女帝の恩顧を受け得意の絶頂にある前斎宮の、「内の御前は、ただ仏のあらはれておはしますなりけり」（二〇九頁）という賛辞である。前斎宮物語はこの直後に終結し、続いてあたかもこの言葉に誘導されるかのように、限りなく仏に近づいた女帝を中心とする後日談が開始することになる。前斎宮が不遇から一転して繁栄を得るまでの物語は、反面で、この評判芳しからぬ妹にもあまねく注がれた、女帝の慈悲と叡智を称える挿話でもあった。別伝風に挟み込まれた形の巻六は、女帝賛美という点でかろうじて他の巻々と結びつくとされてきたが、より踏み込んでいえば、巻六の前斎宮物語とは、「仏のあらはれておはしますなりけり」という発言を引き出して、最終的に女帝＝仏を中心に据えた往生譚を導くことを目指していたのではないかとさえ思われてくる。(4)

以上のことから察するに、金子本の改行箇所の前後で執筆に多少の中断があったとしても、物語の構想は断絶なく連なっていたのであろう。近習女房たちを順次登場させ、女帝を仏として高めてゆく前斎宮物語は、後日談における往生譚をある程度は視野に入れていたと考えざるを得ない。本稿では便宜上「後日談」と呼んでいるが、実際のところ巻六の巻末部は、ただの付けたりと片づけるわけにはいかないようである。前章で論じたように、物語全編の終結部という役割をも担っていたとすれば、なおさらその重要性は等閑視できないものとなろう。

しかし、その後日談の中核をなす往生譚は、宗教的雰囲気が濃厚であるのはもちろんながら、同時に「諧謔が眼目」「諧謔の気が皆無のものは一つとしてない[5]」ともいわれる。確かに、兜率天歌会における釈教歌十首の羅列といい、「光をささと放ちて、舞ひ遊び合はれたりける」、「丹波の天人は、今も髪上げ姿まして清げにて、如意殿掃き回りて」等の天女たちの描写といい、大真面目な語りの中に、おかしみが漂っていることは否定できない。もちろん、往生の様を描くこと自体が必ずしも滑稽というわけではない。たとえば、『我身』に先行する物語『海人の刈藻[6]』には、即身成仏を遂げた中納言の遺児が見た夢として、

明け方に少しまどろみ給へる夢に、昔人と覚しき人、墨染めの姿うるはしくて、「いたくな嘆き給ひそ。……我はいと涼しき道に侍り。くは、見給へ」とのたまふと思して、御枕をもたげて見給へば、紫雲たなびき、花降り、二十五の菩薩舞ひ遊び給ふ。蓮花台に移り給ふと見給ひて、夢さめぬ。（巻四・二〇三～四頁）

のごとく、往生伝の典型に則った描写がある。この物語の即身成仏という非現実的な趣向は、『無名草子』の中で批判を受けている。しかし、『海人の刈藻』の主調が哀れ深い悲恋遁世譚であることを思えば、少なくとも往生を語る作者の姿勢が真摯であったことは認め得るであろう。それに対して『我身』巻六の場合、前斎宮とその女房たちの狂態はいうまでもなく、女帝の近習女房たちの活躍もかなり戯画的に描かれてきた。その末に、しかもとりわけ滑稽な前斎宮家周辺の人々の後日談を挟む形で置かれるこの大仰な往生譚を、真面目に受け取るのは難しく、作者の遊び心を感じずにはおれないのである。

それでもまだ兜率天歌会の場面は、女帝を仏とあがめることにより、一応感動的にまとめているともいえようが、先に挙げた最後の一文、「かばかり曇りなき世に、斎宮、新大夫殿の臨終、後の世の聞こえぬこそおぼつかなけれ」が、だめ押しのように諧謔の効果を上げている。「曇りなし」は、自らまばゆいばかりの光輝を発する女帝の聖代を象徴する言葉であった。

節会などには、御帳の帷子、世の常のよりはいぶせき心地こそすれ、御椅子におはしますなどを、はるかに御

階のもとまで知らでは悪しかりぬべければ、御衣の褄、袖などは、曇りなき日影に輝くばかりにておはします御さまの、さらに世にたぐひなきぞ、めやすかりける。（巻五・一六頁）

さきざきの節会よりは、御帳の帷子など少し晴れ晴れしく、曇りなき昼なれば、御扇ばかりこそあれ、あざあざとえもいはぬ御ぐしの肩つきなどの見えさせ給ふは、ただ神などのあらはれおはします心地して、（五三頁）

また、大嘗会の御禊の行幸の場面では、「例のことなれば、神無月定めなき空とも見えず、うらうらと晴れたる日影に」（一九頁）と、女帝の行くところ晴天が当たり前であったとされている。今やその女帝は弥勒の浄土である兜率内院に君臨し、ますます「曇りなき世」であるにも関わらず、前斎宮やその寵愛を受けた女房新大夫の臨終と後生だけはわからないという。最高潮に達した女帝の威光も、この二人によって相対化されてしまうがごとくである。それも、先述のように、語り手の言葉としてではなく、わざわざ後人の書きつけのような形を装って、徹底的に韜晦の姿勢をとっていた。

女帝らの往生譚を眼目とする巻六の後日談は、物語の中で相当の重要性を与えられていたと察せられる一方で、諧謔性も顕著なのである。もちろん巻六という巻自体が滑稽に満ちた巻なのだが、往生という最も厳粛であるべき事柄に対してさえこうした態度を見せるのは、巻六の特殊性に帰せられることなのだろうか。他の巻々において、往生、あるいはその前段階としての出家遁世がいかに扱われているか、他の物語と比較しながら概観してみよう。

三

一般に『無名草子』以降『風葉和歌集』以前の成立と見なされている現存物語は、ほぼ例外なく悲恋遁世譚を含んでいる。[7] 前後の時期の作品や散逸物語に目を配ってみても、当時最も流行の話型であったことは間違いない。それらの物語は、愛する女君を失って悲しみの極みにある主人公が遁世を決意するに至る経緯、一方で現世の絆を振り切りがたく苦悩する姿、あるいは取り残された者たちの嘆きなどを、同情的な筆致で情緒深く描く。出家生活の末、往生を遂げたと伝えられる者も少なくない。宗教的な深まりという点では物足りないにせよ、此岸での葛藤を経て彼岸を求める人物への共感や称賛、一種の憧れに似た心情は、十分に察することができる。

ところが、それらとほぼ同じ時代に成立したと思しい『我身』には、かなりの長編で極めて多数の人物が登場するにも関わらず、悲恋遁世譚の要素がまったく見られない。遁世譚に展開しそうな恋物語がないわけではない。たとえば、かつて密会した水尾院皇后宮に先立たれ、その追善の仏事に勤しんだという関白（巻一〜巻三）。あるいは、女三宮のつれない態度に絶望し、半ば脅迫的に出家の意志を仄めかしていた中納言。しかもその女三宮は、あやにくにも彼の父に降嫁してしまう（巻二〜巻三）。また、三条院の女御後涼殿と秘かに逢瀬を持ち、熊野詣などの「山踏み」を試みた宮の中将（巻四）などは、その可能性が十分にあった人物である。しかし、いずれも実際に世を捨てるには至らず、やがてそれぞれ妻とした別の女性のもとに落ち着くことになる。

もちろん、出家を遂げた人物も少なくはない。最愛の后を亡くした水尾院、嵯峨院の場合がそうである。また女性では、女三宮、水尾女院、我身姫君、後涼殿らが、夫や子との死別を主な動機として落飾している。ただし、こうした近親者、特に配偶者の死による出家は、ある意味予想しやすい出来事であるし、その叙述にしても、主要登場人物の動向として簡単に報告される程度で、悲嘆から道心へと向かう彼らの内面が掘り下げられるわけではない。

次に挙げる例の一つ目は、我身院の崩御に伴い母水尾女院が出家したこと、后の我身姫君も同様に望んだが引き止められたことをいうもの、二つ目は、嵯峨女院の死後、夫の嵯峨院と、娘の一品宮に皇太后の位を譲った我身姫君（嵯峨女院の妹）が本懐を遂げたことを語るところである。

そのころ、院の帝いとにはかにわづらはせ給ふを、さりともおのづからのことならむと、誰もおどろき給はぬに、ほどなく夢のごとおはしますを、誰も誰もいかがはなのめに思さむ。女院ぞわきても命長さを心憂く思し召して、惜しげなき御世とは聞こえながら、やがて背かせ給ひぬ。皇太后宮（我身姫君）も同じさまにと思し召し掟てしかど、あまりもの騒がしきやうならむ、なほ内へ入らせ給はむことも絶えぬべきに、人々も聞こえとどめつ。（巻四・二二四頁）

院も、もとより心得ざりし御住まひ、ただ二所朝夕並ばせ給ひて、見置き聞こえさせ給はむを心苦しう思し召しければ、いとすがやかに思し召し定めて、厭ひ捨てさせ給へるを、……とまらせ給へる女院（我身姫君）も、騒がしうおどろかせ給ふさまならねど、もとより皇太后宮（一品宮）の御さまなど見定め聞こえむまでと思し召し掟てしかば、同じさまに思し召し立ちにければ、（巻五・三二一頁）

また、『我身』には、生来道心深く常に出離を願っているような、『源氏物語』の薫型の理想的人物も登場しない。出家を遂げた人物の往生についても、ただ一人、嵯峨院に関して、

さるは、その冬、嵯峨の院も、先帝（女帝）の御迎へいちじるく、花降りしくといふばかりにて、思し召すことかなひてければ、（巻八・二〇一頁）

と、すでに亡くなっていた娘の女帝に導かれて往生を果たしたことを、これまた報告形式で簡単に述べる程度である。

その女帝は、信仰や往生について言及されることが最も多い人物である。巻五の後半では、亡母の追善供養のため、自ら五部の大乗経を書写して清涼殿で八講を催し、四天王らの降臨を招いた。やがて譲位した女帝は、全巻暗誦していたという法華経を手に持したまま崩御する。第五章で論じたように、こうした記述は、信心深い女帝が兜率天に往生したことを暗に示すものであった。しかし、そうした女帝の信仰心は、三条院の皇后として登場していた巻四や、治世のめでたさが言葉を尽くして称えられる巻五の前半ではほとんど触れられず、いよいよ譲位、崩御

を迎えるという局面になって、初めて話題に上る。しかも、彼女が仏道に帰依するに至った動機や経緯は明らかでなく、唐突の感は否めない。

兜率往生にしても、法華経捧持などによって暗示されているとはいえ、

思ふもしるく、白露の消えゆく心地するに、御手をとらへて、「やや」と聞こえさせ給ふにぞ、人々起き騒ぎ、御誦経なにくれ、そのこととなし。頭弁なども、かうてなりけり、と思ひ合はすれば、かひなき御祈りども、いづこのいひ所なし。（巻五・五七頁）

という崩御の場面を、先に触れた『海人の刈藻』の中納言の往生の場面、

夢ともなく、廿五の菩薩立ち翔りて、紫雲たなびきて、音楽しきりに聞こゆ。……三月十五日、有明の鐘の声ほのかに聞こえて、かうばしき香満ち満ちたるに、おどろきて、障子引き開けて見給へば、骸だにもなく、はや紫雲に移り給ひぬ。（巻四・一九三〜四頁）

や、『海人の刈藻』の影響下に成ったらしい『雫に濁る』で、退位した帝が『法華経』法師品を読誦しつつ即身成仏する場面、

「念仏せさせ給ふにや」と思ふに、香ばしき香満ち満ちて、空に、えも言はずめでたき楽の声、かすかに聞こゆ。山の座主、あやしさに、「これは、聞こし召すにや」と申し給ふ。異音もせさせ給はず。なほあやしくて、御障子を引き開けて見させ給ふに、さらにおはしまさず。なほ、「いかなることぞ」と、ここかしこ見奉るに、おはしまさず。（二九頁）

などと比較すると、女帝の崩御を往生譚として盛り上げることよりも、『源氏物語』御法巻に描かれた紫の上の死の場面に倣い、哀切な臨終を強調する方に重点が置かれているように見える。女帝の道心や功徳とその結果としての往生は、紫の上、あるいは「月の都」へ帰還するかぐや姫の面影とともに、あらゆる方面に及ぶ女帝の理想性を

完全にし、(8)死を荘厳するために付け加えられた属性という面が強いように思う。

このように見てきた時、出家遁世や往生といった宗教的一大事に対する『我身』の関心は、極めて淡泊だという印象を受ける。多くの場合せいぜい一つの出来事として淡々と記すばかりで、同情にせよ憧憬にせよ、深い思い入れのようなものはほとんど感じられない。唯一の例外といってよい女帝の場合でさえ、その理想的な人物造型のための属性であって、信仰の方に重きがあるとは考えがたい。さらに、より冷ややかに突き放すような態度で語られるのが、巻七における悲恋帝と皇太后宮(我身院と我身姫君の間の姫宮)の悲劇である。

叔母にあたる皇太后宮に思いを寄せていた悲恋帝は、ある夜強引に契を結んだ。衝撃を受けた皇太后宮は、食を断って病に陥る。出家の願いは聞き届けられたが、なお生き長らえる意志はなかった。

「いかに息をせじ、目を見じ」とのみ、強く思し召し急ぐに、かぎりありといひながら、それも心にかなふにや、その暁方、いと弱くおはしませば、例の、僧正、念仏など、よそ目ばかりはあらまほしく、阿弥陀仏おはしましげにて、つひに絶え果てさせ給ひぬ。(巻七・一七五〜六頁)

皇太后宮は、同じような局面に立たされた『狭衣物語』の女二宮を常に意識していた。(9)その女二宮が、母宮の死という犠牲の上にではあるが、出家して狭衣から逃れ、功徳を積む余生を送ったのに対し、皇太后宮は出家しても救われぬまま、悲惨な死に至る。ここで注目しておきたいのは、「念仏など、よそ目ばかりはあらまほしく、阿弥陀仏おはしましげにて」と、宮の往生の可能性を否定する表現、しかもまるで揶揄するかのようなその口調である。

悲恋帝の側はというと、皇太后宮出家の報に接しても、尼でもかまうことがあろうかという執心を見せる。

尼にてもおはしませ、法師にてもおはしませ、もとより世の常のさまに思はばこそ、それにもより侍らめ、ただ、などにか明け暮れ見奉らまほしく侍れば、この位をさりて、かのさぶらふ女房どもの列にてなむ、長らへ侍るべき。その変はるらむ御姿は、唐土にも我が国にもためし無くやは侍る。(一七五頁)

そして宮の逝去を知ると、その後を追うように、自らも息を引き取った。

「やすみしる天つ日嗣をたもつとも人の厭はむ世には残らじ

むなしき骸なりとも、かの御あたりに置かせ給へ。我が前の世の十善の力、かならず尽きざらむ。あらぬ世に姿は変はるとも、かの御身を離れじ」とのたまはせて、つひに絶え果てさせ給ひぬ。何の御祈りもかひなし、とぞ。（一七六頁）

帝位をなげうっても、十善の戒力と引き替えてでも、後の世で宮と添い遂げたい――悲恋帝がまだ幼いことを割り引いても、帝にあるまじき妄執である。しかもこの今上帝の悶死は、「何の御祈りもかひなし、とぞ」の一言で片づけられてしまい、巻七はここで終了する。次の巻八は冒頭から、今上帝の「新しき御世」を語ることに終始し、悲恋帝と皇太后宮の不祥事は、「あさましく世の常ならず、うち続かせ給ひにしことのさま、おどろおどろしかりし御心まどひども」として世人に取り沙汰され、今上帝の自誡の種となるに過ぎない（一八六頁）。

許されぬ仲の女性に執着を残して死ぬ人物といえば、『源氏物語』の柏木を先蹤に挙げるべきだろう。柏木の死が家族、友人たちによって深く悼まれ、手厚い供養も施されていたのに対し、『我身』の悲恋帝らには、そうした救済措置が一切語られない。妄念にまみれて死んでいった二人の魂が救われるのかという問題に、物語は極めて冷淡である。「念仏など、よそ目ばかりはあらまほしく、阿弥陀仏おはしましげにて」という皮肉な物言いは、その冷淡さを端的に表していよう。

阿弥陀仏に関わる記述を、もう一つ見てみよう。故式部卿宮（水尾院二宮）の子である右大将（もと宮の中将）と麗景殿（三条院女御）の兄妹が、それぞれ秘密の恋に懊悩する様を語る段の一節である。

母上は、もとより君たちの御上などはかばかしうのたまひ後《うしろ》む御心もなかりしを、宮おはしまさで後は、ただ仏の御前にたて籠りて、「阿弥陀仏、遅くおはします」とのみ恨み聞こえ給へば、なかなか心やすき御身どもな

り。（巻五・四一頁）

式部卿宮の北の方は、夫の没後、おそらく出家したのであろうが、夫の後を追うことを願ってひたすら仏前に籠る生活だったという。そうした母親の無関心をよいことに、右大将は三条院の寵妃後涼殿への思いに鬱々とし、麗景殿は左大将と密会して秘かに不義の娘を出産するに至る。子どもたちが大胆な恋愛を繰り広げていることも知らず、一途に勤行に励む母親——そこにはやはり皮肉が感じられ、熱心に往生を待ち望む北の方の姿は、戯画的に描かれているといわざるを得ない。

以上見てきたように、『我身』は全体的に仏道の方面への関心が稀薄で、悲恋遁世譚を中心に据える同時代の他の物語と違って、宗教的感動を求める意識はほとんど読み取れない。そればかりか、阿弥陀仏の来迎つまり極楽往生という、信仰上最も理想的な事柄にさえ、からかうような皮肉なまなざしを向け、時に戯画化することもあった。もっとも、深刻重大な局面にあたって多少の皮肉を交じえる語り口は、『我身』の随所に見られるもので、そうした態度が宗教の方面にまで及んでいた、という方がより正確であろう。当時の文学ないし社会の中で、こうした冷めた意識をいかに評価すべきかという問題も興味深い(10)が、ここでは立ち入らず、巻六後日談の問題に戻ることにする。

四

巻六後日談の往生譚における諧謔性が、他の巻々における、宗教的感動にひたることなく常に一歩距離を置くような態度に、程度の差こそあれ、通底していることは確かであろう。しかし、次に浮かんでくる疑問は、そもそも仏教への関心が高いわけではないらしいこの作者が、なぜここのみ往生譚に大きな比重をかけるのかということである。それは一つには、前章で論じたように、巻六末が物語全編の大尾の役割を担っていることに由来しよう。そこでも例を挙げたが、当時の物語は宗教的な内容で締め括られるものが多く、『我身』もそうした典型的な終わり方に従おうとしたのだと思われる。

もう一つ、物語の終結にふさわしい性格というと、『住吉物語』などに顕著な教訓性が挙げられる。読者に教訓を与えるという意図は、『我身』巻六の後日談にも窺うことができる。それは、前斎宮家の女房たちのその後について語る部分で、

させることなき青女房たちの上なれど、人は心もて良くも悪しくもなるものかな。また、所からに心は使ふべきものとも御覧ぜよとて、こまかに書き付くとなむ。中将の君、障子荒くたてられずは、かの家にもやゐられまし。小宰相は、指図などおもしろからねど、忍びやかなる隠れ家に、また、いとよき里設けて出で入る。男の家主も欲しうせねば、いでもかはらず、弁（小宰相の兄）の心もありがたく、家のうち音なく、ありつきてぞ、老い果つるまで過ぎにける。この人どもは、いかにも報よき人のうちなるべし。（巻六・一一四〜五頁）

とあることにより、明らかである。ここで述べているのは、人の幸不幸は心がけ次第であること、それに場所柄を弁えねばならないという、いわば処世訓に近い誡めであり、特に後者は、主を持つ女房を対象にした心得のように思われる。

この物語は全体的に宮廷を舞台とすることが多く、主要登場人物は皇族及び上流貴族に限定されており、作者は宮廷に近しい人物だったことが予想される。その中にあって、巻六のみは女房階級が大いに活躍する巻で、語り手の視点が下がっていることを感じさせる。巻六における女帝の近習女房四人に対する待遇表現を見ると、原則として最も上臈である中納言典侍に対してのみ敬語を用い、他の三人には用いていない。また、前斎宮家の女房たちを「させることなき青女房たち」と見下していることもあわせて判断すると、この巻のレヴェルは、近習女房たちとほぼ同等の宮廷女房の階層に設定されているようである。

教訓性は、物語が大団円を迎える巻八にも顕著に見られる。そこでは、聖代を築いた今上帝の善政の有様を、具体的な政策にまで言及して縷々述べ立てている。女の物語の伝統から逸脱するほどのこうした記事は、おそらく宮廷の、天皇に近いところにいた作者が、天皇を読者として意識し、治世の見本を示すという意味を込めて記したものと考えられる。(11) つまり巻八には、天皇という最高の読者に対する政治的教訓が盛り込まれていた。それに対し巻六では、主たる読者層と目される宮廷女房へ向けて、処世上の教訓を打ち出したのではなかろうか。

巻六後日談に盛り込まれた教訓には、もう一つ、好色の誡めという側面もある。たとえば女帝の近習女房たちは、「いづれも人よりまさりたるさま、かたち」だったため、男性貴族たちから「めざましく」思われていたが、本人たちは女帝の意向に従い、「男といふものを、御簾の隔てなくて見じ聞かじ」と決意していた（一〇五頁）。女帝は彼女らがそのように志操堅固であることを承知していたからこそ、身近に召し使っていたのだという。そして女帝が崩御した後は、四人揃って花の姿を墨染の衣にやつして余生を送り、兜率内院への往生を果たした。その兜率天における歌会で女帝が詠んだ一首目に、

露霜の結ぶ契りを諫めこし朝日の光けふや晴れぬる（一一八頁）

とあるように、近習女房たちは、女帝の教えに従って男女関係で心乱されることのなかったがゆえに、往生が叶ったということになろう。そうした彼女らの生き方には、「果ては、なほうらやましき人にぞ定まり果てにける」（一一七頁）という賛辞が捧げられている。

一方、それと対照的に、前斎宮とその女房たちは、同性、異性を問わぬ痴態を繰り広げていた。その中にあって、「いかにも報よき人」と呼ばれる小宰相だけは、「男の家主も欲しうせねば」ということが一つの美点とされていた。このように近習女房や小宰相を称揚することは、それを模範として身を慎むようにという、女房階級の読者たちへの訴えかけとなろう。なお第八章で述べたように、巻八には、兄悲恋帝の悲劇を教訓に、今上帝が「いかでよしな

き色にあはじ」（一八七頁）、「なにがしの色に逢はじ」（二〇〇頁）と自誡していたとあり、好色、乱倫を誡めるという趣旨は一貫している。

近習女房や小宰相の美談が、あるいは往生譚の中で、あるいは因果応報思想に沿って語られていたように、巻六後日談の宗教性は、教訓性、中でも好色の誡めと強く結びついていたのである。ここで考えあわせておくべきは、当時の物語観、特に『源氏物語』享受の姿勢に、男女の恋愛物語に終始することを超えて、仏教的教誡の効用を求める風潮があったことである。その早いものが『今鏡』の「作り物語の行方」で、[12]

罪深きさまをも示して、人に仏の御名をもとなへさせ、とぶらひきこえむ人のために、道引給はしとなりぬべく、なさけある心ばへを知らせて、うき世に沈まむをも、よき道に引入、世のはかなきことを見せて、あしき道を出して、仏の道にすすむ方もなかるべきにあらず。（二九五頁）

と、『源氏物語』に仏道奨励という意義を見出している。続いて具体的な模範例として、北の方に先立たれて俗聖の境涯に至った八宮、生涯独身を貫いた大君、帝位を捨てて仏門に入った朱雀院などを挙げる。

そのありさまを思ひつづけ侍に、あるは別れをいたみて、優婆塞の戒を保ち、あるは女のいさぎよき道をまぼりて、いさめごとにたがはず、この世をすごしなどし給へるも、人の見ならふ心もあるべし。……又帝の位をすてて、おとうとに譲り給て、西山のほらに住み給なども、仏の道に入り給、深き御法にも通ふ御ありさまなり。（二九五頁）

その他、列挙すると、

私云此物語は内外典を始として、君臣父子のたたずまひ、夫婦兄弟のまじはり、煙霞雪月のあそび、詩歌管絃の道までもかきのこせる事なきか……是をまなびば仁義徳行の道にも達ぬべし、これをたしなまば菩提得脱のたよりとも成ぬべし（『原中最秘抄』五九四頁）

夫光源氏物語者。本朝神秘書也。浅見寡聞之者。以レ之為二遊戯之弄一。深思好学之者。以レ之為二惇誨之基一。……帰二覚王一。示二顕教密教之奥旨一。（『賦光源氏物語詩』序文・四二一頁）

漢家には、荊渓の金錍論、本朝には、吏部が源氏の物語も、物に寄せ作る事なれども、或いは世の人の、情け有る事を思ひ、或いは仏法の義門を弁へしめんがために、その跡を遺す。（『沙石集』巻十末・六一五頁）

など、同様の評価は多く見受けられるところである。

『源氏物語』に仏道への勧奨という価値を見出す『今鏡』の主張は、「男女の艶なることを、げにげにと書き集めて、人の心に染めさせ、なさけをのみつくさむことは、いかがはたうとき御法とも思ふべき」（二九四頁）という、物語への批判に対するものであった。中世に入り、貴賤男女を問わず愛読されたのはもちろん、歌壇でも重視されるようになった『源氏物語』だが、一方では狂言綺語観に基づく非難の対象となり、とりわけ「唯語二男女交会之道一」（『源氏一品経』[13]）という点が糾弾されていた。そうした批判を克服する方策の一つが、教誡の書としての効用を唱えることだった。一口に教誡といっても、日常道徳や処世訓をはじめさまざまだが、中でも「仏の道にすすむ方」（前掲『今鏡』）が最も効力を持ったであろうことは、想像に難くない。これら諸文献の言うところは、その実態を如実に映し出していよう。

そして、物語の最高峰である『源氏物語』に寄せられたこうした期待が、その他の物語、あるいは新たに制作されつつあった物語にまで敷衍され、仏道への導きたるべしという物語観が正論としてまかり通るようになったとしても、不思議ではない。鎌倉前中期の成立と目される物語の多くが悲恋遁世譚を枠組みとするのは、必ずしもそうした物語観に縛られたというわけではないにせよ、決して無関係でもなかっただろう。「男女の艶なることを、げにげにと書き集め」た末に、恋に破れた主人公が出家するという物語展開は、読者に「世のはかなきことを見せて、あしき道を出して」（前掲『今鏡』）、仏道に帰依するよう勧める方便となり得る。とはいえ、それらの作品は、むしろ宗教的情緒と悲哀感に読者の共感を求める傾向が強く、教訓を与えることにさほど重点を置いていたわけではあるまい。

それに比して、『我身』の教訓性は多分に意識的なものである。第八章で論じたように、この物語の巻八には、物語の伝統に照らして異例なほど具体的に政治理想を展開する部分があるが、それもやはり宮廷周辺における物語享受のあり方に敏感に反応したものだった。つまり、当時すでに『源氏物語』は公に近い場でも公然と享受され、「追二聖代聖治之法度一」（『賦光源氏物語詩』序文）という観点からも高い評価を受けていた。そうした状況に鑑み、この物語も『源氏物語』同様、為政者への教訓、治世の見本という面で利用価値の大きいことを主張していたのである。

一方、『源氏物語』正当化の最大の根拠である仏教的教誡という側面が、『我身』のいわゆる本系の巻々には欠けている。概してこの物語は宗教的な主題を追求する姿勢に乏しく、信仰の奨励になりそうな要素をほとんど持たなかった。もっとも巻八には、今上帝の母后藤壺の夢枕に立った女帝が、「涙もろなる御さま」を誡め、「逢ひ見むことを思せかし。憂き世の色をのみ」と、現世を厭い来世を願うように諭したという場面がある（一八八頁）。しかし後文によると、帝の後見として権勢を誇る藤壺は、女帝に対し「恥づかしく」思いながらも、「ただ御心ひとつなる世」を離れることができなかった（二〇六頁）というぐらいなので、教訓としての効果は十分ではなかろう。

このように、他の巻には欠けていた仏教的な面での教訓性を補うものが、巻六の後日談だったのではなかろうか。その際、往生譚の中心人物としては、本系の物語において兜率往生を仄めかされていた女帝が最適任だったことは、いうまでもない。その女帝の誡めに従って男女の契から離れた近習女房たちが、女帝を善知識として仏門に入ったおかげで、兜率内院に生まれ変わって「うらやましき人」に極まったという往生譚には、「人の見ならふ心」（前掲『今鏡』）を刺激する意図を読み取ることができるだろう。

以上、当時『源氏物語』がどのように評価されていたかを参照することによって、『我身』巻六の後日談の意義は仏教的教誡の要素を付与するところにあり、それは物語の価値を高め正当化する手だてだったと推測した。前章で述べたように、最も大尾らしい形で物語を締め括るという役割も、その宗教性、教訓性と密接に関わっていたのである。

しかし、前節で見たように、もともとこの物語において、出家や往生といった宗教的な事柄に対する意識は冷めたもので、ともすれば皮肉や揶揄交じりに語る傾向があった。今さら当時はやりの悲恋遁世譚のように、情緒たっぷりの悲話で読者の感動を誘うといったことは、その性向に合わなかったのであろう。かといって、堅苦しく教義を説くわけにもゆくまい。この物語にとっては、大仰で大真面目な口調の中に、やや茶化すようなおかしみの漂う往生譚こそ、最もふさわしかったといえよう。

そうしてみると、巻六後日談の諧謔性が前斎宮物語の滑稽さの延長であったととらえるよりは、むしろ逆の方向、往生譚を滑稽に収めるべく、巻六全体に滑稽さが求められたと考えるべきなのかもしれない。先に述べたように、前斎宮物語は、最終的に女帝を中心とする往生譚を目指していたようで、たとえば前斎宮と女房たちとの狂態も、後日談における好色の誡めの前提として機能しているのである。もちろん見方を変えれば、後日談の教誡性によってすべて正当化されるからこそ、巻六では自由奔放に筆を揮うことができたという面も否定できないだろう。いずれにせよ、一見相容れがたい巻六後日談の二つの性格、諧謔性と宗教性・教訓性とは、ここでは矛盾するものではなく、むしろ表裏の関係にあったというべきではなかろうか。

五

中世の社会・文化一般における仏教思想の浸透は、王朝物語の世界でも、悲恋遁世譚の流行をはじめとして顕著である。その中にあって、『我身』の仏道に対する姿勢は一風変わっており、概して関心が低いばかりか、むしろ皮肉、揶揄の対象としており、来世を欣求する真摯な信仰心はほとんど感じられなかった。

にも関わらず、巻六の後日談では、かえって他の作品以上に大仰な往生譚が展開される。その目的は、当時の物語享受の姿勢として、仏教的教誡の効用という点で『源氏物語』に高い価値を認める傾向のあった状況に鑑み、本系の巻々では稀薄だった仏教色を、あらわな教訓とともに付与することによって、物語の正当性を高めることにあったと思われる。そこで選ばれたのが、登場人物の中で最も信仰篤く、往生を遂げたことになっている女帝であった。それゆえ巻六は、巻五の「ならび」として、再び女帝の御代という設定で、女帝の徳を称える物語となったのだろう。しかもその後日談を巻八と関連づけることにより、物語の大尾の役割を担わせようとさえしていた。

しかし、遁世譚や往生譚を共感と憧憬を込めて語ったり、諄々と教訓を述べたりすることは、やはりこの作者の性向に合わなかった。仏教色が強まれば強まるほど、かえって皮肉で揶揄的な姿勢は助長され、そのために巻六の物語は徹底的に諧謔に満ちたものとなったのだろう。皮肉のきいた滑稽味を交えることは、他の巻々でも決して珍しくはないのだが、この巻では往生譚という建前のもと、一層自在にその傾向が発揮されたのではなかろうか。

『我身』巻六の特異性――並びの巻という物語構造上の特殊な位置、内容面での際立った滑稽さと卑俗さ――は、以上のような事情により生じたのではなかろうか。この物語の作者は、数百年来蓄積されてきた王朝物語の伝統に十分親しみ、物語の典型もしくはあるべき形というものに対して敏感な意識を持っていたと思しい。しかし同時に、その伝統の枠内に収まりきらない個性をも、少なからず持ち合わせていた。その相反する二つの志向が、必ずしも十分止揚されぬまま、ともにとりわけ鮮烈な現れを見せたのが、巻六だったのではなかろうか。

（1）現存する伝本は、次の三点。
・九条家旧蔵金子武雄氏蔵本（国文学研究資料館寄託）
・前田家尊経閣文庫蔵本
・宮内庁書陵部蔵本（橋本不美男・桑原博史『我が身にたどる姫君』汲古書院、一九七五年）
以下、それぞれ金子本、前田本、書陵部本と略称する。なお、金子本は二巻ずつ合冊された四冊本である。

（2）次の例は、いずれも釈迦を月にたとえるもの。
題不知　皇后宮肥後
をしへおきていりにし月のなかりせばいかでおもひを西にかけまし（『金葉集』雑下・六三一番）
心懐恋慕、渇仰於仏　寂然法師
別れにしその面かげの恋しきに夢にも見えよ山のはの月（『新古今集』釈教・一九六〇番）

（3）本書第五章参照。

（4）巻六の中ほどに、殿上人たちが宮中で「而於此経中」という経文（『法華経』巻四・法師品）を口ずさみつつ通り過ぎる場面がある（九二頁）。三条院の治世を語る巻四にも似た場面があるが、そこでは「明月峡の暁の」という詩句（『和漢朗詠集』行旅・六四二番）を吟じていた（一九五頁）のと対比すると、これも女帝の感化によって宮廷に仏道が浸透していたことを伝え、女帝の仏性を示唆する記事かと思われる。

（5）今井源衛「『我身にたどる姫君』論」（『王朝末期物語論』桜楓社、一九八六年）。

（6）ただし、現存本は『風葉和歌集』成立以後の改作と推定されている。平安末期の原作も物語の筋に大差はなかったようだが、このとおりの表現であったとは言い切れない。

る。
（7）『浅茅が露』『石清水物語』『いはでしのぶ』『風につれなき』『苔の衣』『雫に濁る』『むぐら』の七篇。ただし『むぐら』では、悲恋の主人公は出家することなく逝去するが、死の床で出家の意志を漏らしており、遁世譚の一つのヴァリエーションと解せる。
（8）本書第五章参照。
（9）本書第四章参照。
（10）悲恋帝の死に関連して、近い時代に、執着を残したまま死にゆく帝王の姿を冷静に描いたものとして、『とはずがたり』の後嵯峨院崩御の記事を引いておく。

御善知識には経海僧正、また往生院の長老参りて、さまざま御念仏も勧め申され、「今生にても十善の床を踏んで、百官にいつかれましませば、黄泉路、未来も頼みあり。早く上品上生の台に移りましまして、かへりて娑婆の旧里にとどめたまひし衆生も導きましませ」など、さまざまかつはこしらへ、かつは教化し申ししかども、三種の愛に心をとどめ、懺悔の言葉に道をまどはして、つひに教化の言葉にひるがへしたまふ御気色なくて、文永九年二月十七日、酉の刻、御年五十三にて崩御なりぬ。（巻一・二二六〜七頁）

（11）本書第八章参照。
（12）重松信弘『増補新攷源氏物語研究史』（風間書房、一九八〇年）。
（13）引用は増補国語国文学研究史大成による。

第十一章　若紫巻「ゆくへ」考
――付・『我身にたどる姫君』冒頭歌について――

一

本章で問題にするのは、『源氏物語』若紫巻の中の一つの言葉である。それは、とどめたまふかたみもなきか「いとあはれにものしたまふことかな。をさなかりつる行方の、なほたしかに知らまほしくて、問ひたまへば、（一九六頁）

瘧病を患い祈禱のため北山を訪れた光源氏は、ある僧坊を垣間見して十歳ばかりの美しい少女に目を留めた。その後、僧坊の主である僧都と語る機会を得、少女について聞き出そうとする。右の一節は二人の対話場面の後半、源氏が発言するところである。

この「行方（ゆくへ）」という語がどのように解釈されているか、現代の主な注釈書で注や現代語訳の付されているものを、刊行年代順に並べてみる。

・先程見た幼かった子供（少女）の落着く先（将来）が、やっぱり明確に知りたくて。「ゆくへ」は、「今後の身のふり方（身の上）」についてである。素姓とか身元ではない。（日本古典文学大系）

・あの幼女の身元がやはりはっきり知りたくて／行方。結着、最後の所。はっきり兵部卿の宮の姫と、僧都の口から聞きたいのだ。（玉上琢彌『源氏物語評釈』）

・あの幼かった人のどうなるのかが、なんといってもはっきりと知りたくて（日本古典文学全集）
・あのあどけなかった少女が結局どういう人なのか、その素姓をなお確かに知りたくて。「行方」は、少女についての話の中での行方（結着）の意。（新潮日本古典集成）
・先刻の幼かった人がこれから先どういうことになるのか、もっとはっきり知りたくて（新編日本古典文学全集）
・垣間見た少女が、母親が亡くなった後どのようになったのかということ。（山崎良幸・和田明美『源氏物語注釈』）

「をさなかりつる」と「ゆくへ」の間に「人の」のような言葉を補い、「あの幼かった少女の」とする点ではみな一致する。しかし「ゆくへ」に関しては、「今後」「将来」のように訳すもの、「身元」「素姓」とするものとに大別され、『源氏物語注釈』はいずれとも少し異なる。より古い注釈書に遡ると、「少女の身の上」「種姓」（吉澤義則『対校源氏物語新釈』）、「幼童《をさなご》の身元の落著き」（島津久基『対訳源氏物語講話』）等、「身元」「素姓」の意に取っているものが多い。だが比較的近年のものになると、『源氏物語の鑑賞と基礎知識』（一九九九年）、中野幸一『正訳源氏物語 本文対照』（二〇一五年）なども「今後」「将来」で理解しており、こちらの解釈の方が優勢のように見える。

確かに辞書類で「ゆくへ」を調べると、たとえば『日本国語大辞典』（以下、すべて第二版による）には、

①めあてとして進み行く方向。向かうべき先。また、行った先。前途。ゆく先。ゆくて。②今後の有様。ゆきつく先。先のなりゆき。将来。前途。ゆくすえ。③子孫。…（以下略）

とある。「ゆくへ」という言葉の成り立ちが「行く＋方（へ）」であることは明らかだから、それを空間的な意味で用いたのが①、時間的な意味で用いるのが②ということになろう。この二つが「ゆくへ」の基本的な語義であるとする点は『角川古語大辞典』でも同様で、「将来」とは一見逆方向の「身元」のような意味は掲出されていない。

しかし、当該場面の文脈から考えるとどうだろうか。源氏と僧都のやり取りを簡単に追っておこう。少女の面影が忘れられない源氏は、まず、

ここにものしたまふは誰にか。尋ねきこえまほしき夢を見たまへしかな。今日なむ思ひあはせつる。（一九四～五頁）

と、夢にかこつけて問いを発した。唐突な夢語りに僧都は苦笑しつつも、自分の妹で、故按察大納言の北の方であった人が夫の死後出家し、今ここに滞在しているのだと答える。昼間見かけた「四十余ばかり」（一八九頁）の尼君がその人であると、源氏は了解したであろう。少女と尼君には似ているところがあったため、「子なめり」（一九〇頁）と推測していた源氏は、その推測を裏づけるべく、

かの大納言の御女《みむすめ》、ものしたまふと聞きたまへしは。すきずきしきかたにはあらで、まめやかに聞こゆるなり。（一九五頁）

と、「おしあてに」尋ねる。それに対する僧都の答えは次のようなものだった。

女ただひとりはべりし、亡せてこの十余年にやなりはべりぬらむ。故大納言、内裏にたてまつらむなど、かしこういつきはべりしを、その本意のごとくもものしはべらで、過ぎはべりにしかば、ただこの尼君ひとりもてあつかひはべりしほどに、いかなる人のしわざにか、兵部卿の宮なむ、忍びて語らひつきたまへりけるを、もとの北の方、やむごとなくなどして、安からぬこと多くて、明け暮れものを思ひてなむ、亡くなりはべりにし。もの思ひに病づくものと、目に近く見たまへし。（一九五～六頁）

故大納言と尼君との間に、確かに娘はいた。しかし、その人は十年以上前に亡くなったという。心労のために命を縮めた姪への哀惜の思いに駆られたか、生前その娘のもとに兵部卿宮が忍んで通っていたという、やや余計なことまで僧都は口にした。そこまで聞いた源氏は、「さらばその子なりけり」（一九六頁）と思いあたる。そして、「親王の御筋にて、かの人にもかよひきこえたるにや」――藤壺の兄である兵部卿宮の子だから、あの少女は藤壺に似ているのだろうかと思うと、ますますいとしさが募り、手元に置いて育ててみたいという意志を強くするのである。

改めていうまでもないことながら、後に紫の上と呼ばれるこの幼い少女に源氏が目を奪われ、果ては誘拐まがいの行為に及ぶほど執着したのは、単にその愛らしさゆえではなく、何より藤壺の面影を宿していたからにほかならない。少女が一体何者なのかという疑問を最初に抱いた時にも、「さても、いとうつくしかりつる児かな、何人ならむ、かの人の御かはりに、明け暮れのなぐさめにも見ばや」（一九二〜三頁）と、その思いは、「かの人」つまり藤壺の身代わりにという願望と結びついていた。

こうした応酬に続くのが、冒頭に引用した源氏の発言である。「いとあはれにものしたまふことかな」という感想は月並みだが、「それは、とどめたまふかたみもなきか」という問いを自然に引き出す効果はある。遺児の存在を尋ねる真の目的は、「さらばその子なりけり」という発見に、決定的な裏づけを与えることに違いない。藤壺に似ているあの少女が、錯覚でも他人の空似でもなく、藤壺の血縁という確かな根拠を持っているかどうかは、源氏にとって重要事であろう。だからこそ、この問いに対して僧都が「女児がいる」と答えた時、源氏は「さればよ」（一九六頁）と内心で頷くのである。

このように、源氏と僧都の問答は、まったく無駄なく、かつ無理もなく、少女が藤壺の姪であるという真相へ、源氏と読者とを導いてゆくよう構成されている。その脈絡からすれば、ここで源氏が「なほたしかに」知りたがったのは、少女の生まれ、素姓以外ではあり得ない。「ゆくへ」を「今後どうなるか」「母が亡くなった後の生い立ち」のように解釈しては、焦点がぼやけてしまうと思うのである[1]。

「将来」という解釈には、「ゆくへ」の用法からも疑問がある。先述のように「ゆくへ」には空間的・時間的双方の用法があるが、『万葉集』の「ゆくへ」はいずれも原義の空間的な意味で用いられており、時間的な意味と取らざるを得ない用例は皆無であるという[2]。中古以降は「今後の成り行き」と解すべき例も見られるようになるが、空間的な意味から離れて「誰それの将来」という意味で使われる例を、『源氏物語』以前に見出すことは困難である。

たとえば、「将来」の意の用例として挙げられることもある次の例は、本当にここに住む人かと男に問われて、この住処で朽ち果てる以外の「ゆくへ」もないと答えたわけだから、「行くあて」という空間的な意味がまず初めにある。

「さるべからむをりに、夜中、暁にも参り来むと思ふを、ここにまことにやがておはする人か。親やおはする。また通ひたまふところやある。あらむままにのたまへ」とのたまへば、女、……「親もあり、知るべき人もある身ならば、かかるところに、かりにても独りはありや。やがてこの住処に朽ちぬべきよりほかの行方もなくなむ」といへば、（『うつほ物語』俊蔭・五五～六頁）

『源氏物語』でも、次に挙げる和歌の「ゆくへ」には、「自分は今後どうなるのか」という含意を読み取ることができるが、第一義的にはあてもない旅の不安をいうものであり、純粋に時間的な用法とはいえない。

唐国に名を残しける人よりもゆくへ知られぬ家居をやせむ（須磨・二二五頁）

来しかたも行方も知らぬ沖に出でてあはれいづくに君を恋ふらむ（玉鬘・二八三～四頁）

「ゆくへ」と同じような語構成の「ゆくさき」「ゆくすゑ」という語であれば、

行く先の身のあらむことなどまでもおぼし知らず、（若紫・二二九頁）

宮たちを見たてまつりたまうても、「おのおのの御行く末を、ゆかしく思ひきこえけるこそ、かくはかなかりける身を惜しむ心のまじりけるにや」とて、（御法・一〇九頁）

のように、人の「今後」「将来」と理解できる例は容易に見つかる。(3) しかし、「ゆくへ」が同様に使われる言葉であるかどうかは疑わしい。

このことからも、若紫巻の「ゆくへ」を「今後」「将来」と解釈するのは難しいと思うが、それでは果たして「身元」「素姓」の意になり得るのか。残る問題を解決してゆきたい。

二

『源氏物語』には、若紫巻のこの箇所以外に「ゆくへ」の語が三十五例見られるが、「身元」「素姓」の意に取れる例は一つもない。同時期ないし先行する作品にも見あたらなかった。

しかし、中世以降の文献であれば、この意味での「ゆくへ」を見つけることはさほど難しくない。「ゆくへも知らず」「ゆくへなし」という形で用いられることが多く、『日本国語大辞典』も「ゆくえも知らず」の項目には、四番目の意味として「どこの誰かわからない。身元もわからない。素性もわからない」を挙げ、謡曲、御伽草子などの用例を示している。「ゆくへなし」にもほぼ同じ意味の用法がある。一つずつ例を挙げておく。

不思議やな、行くへも知らぬ田舎人の、われに情の深きぞや。（謡曲『烏帽子折』八四頁）

「いかなる御方なれば、かくてここにわたらせ給ふぞ、……」と、打とけて問いしかば、こけまる殿、「いやこれは行方もなき下﨟の子にてさふらふ」と答へさせ給ふに、（『のせ猿草子』二九一〜二頁）

こうした用法がいつ頃まで遡れるか、管見の限りでは、源通親『高倉院升遐記』に早い例が見られる。治承五年（一一八一）に崩御した高倉院の一周忌以降に執筆されたものとされる。院の亡骸を納めた清閑寺の法華三昧堂を、作者が訪れる場面である。

影のやうに立ち添ひし人々も留まりたるもなく、行方も知らぬ三昧僧ばかりぞさぶらひて、ありしにかはることのみ思ひ続けられて、

ゆくゑなき知らぬ御法の師なれども君ゆへにこそ道びかれけれ（三八頁）

また、「ゆくへ」単独でも「身元」「素姓」を意味する場合がある。たとえば『太平記』巻十八・一宮御息所事は、一宮尊良親王と御息所との馴れ初めから悲劇的な結末までを描く段であるが、その発端部、一条のあたりで美しい

女性を見そめて以来、恋患いに陥った一宮に、二条為冬が進言する言葉を引用する。

　彼ノ女房ノ行末ヲ委《クハシク》尋テ候ヘバ、今出河右大臣公顕ノ女ニテ候ナルヲ、徳大寺左大将ニ乍《ナガラ》二申名《マウシナツケ》一、未《イマダ》皇太后宮ノ御匣ニテ候ナル。（二五一頁）

傍線部は、『太平記』の古態本では「行末」と漢字表記されているが、土井本[4]などの平仮名本では「ゆくゐ」という表記である。この段をほぼ同文で幸若舞の詞章に仕立てた『新曲』にも「ゆくへ」とあり、同材を物語草子風に翻案した『中書王物語』[5]では、一宮の発言に移ってはいるが、語形は「ゆくへ」である。

　二条の中将為冬朝臣の、みとがめたてまつりて、たづね申されければ、「いまはなにをかかくすべき。しかじかの事のありし。せめて、その人の行ゐなりともきかまほしき」と仰事ありければ、「それは、今出川の右大臣公顕公のむすめにて候が、徳大寺の大将にいひなづけはありと、うけたまはりさふらへど、いまだ皇后宮の御くしげ殿にて候なり。（三〇二頁）

これらの例から、この逸話が流布するにあたって、「ゆくへ」という語で語られていたことが察せられる。また、「身元」「素姓」の意であることは、為冬の発言内容から判断できる[6]。

このような「ゆくへ」単独の用例も、源通親とほぼ同時代の『源家長日記』[7]あたりまでは遡ることができる。後鳥羽院が女流歌人の減少を憂えていた頃、あるところで巻物に書かれていた歌を見つけた家長が、院に報告する場面である。

　これを尋ぬれば、「七条院に候ふ女房越前と申す人なり」と聞きて、この歌を取りて持ちて参りたれば、悪しからずやおぼしめしけむ、「行方尋ねよ」と仰せらるれば、まかり出でて尋ぬるに、大中臣公親が女なり。さるは重代の人なりと聞きて、此のよしを申す。（三四頁）

院が「ゆくへ」を尋ねた時点ですでに、歌の詠み手が七条院に仕える越前という名の女房であることはわかっており、居場所を特定するためならば改めて尋ねさせる必要はないだろう。後に続く文章から見ても、この「ゆくへ」は「素姓」の意味で理解するのが適当である。

このように、平安末期から鎌倉初期頃の文献には、「身元」「素姓」の意味での「ゆくへ」が確かに存在する。しかし、『源氏物語』が書かれた時期とは少々隔たりがあるため、ただちに若紫巻「ゆくへ」の解釈の根拠とするのは躊躇される。

では、中古の文献にまったくそのような用法がないかというと、そうではない。『源氏物語』以降ではあるものの、平安後期の物語には二、三の例を見出すことができる。ただし、いずれも本文や解釈に問題のある箇所なので、一つずつ検討する。

その一つは『狭衣物語』巻一の例。

　確かに知らせたまはぬをも、とやかうやとも、あながちに尋ね恨みず。また、我が身の行方もうちとけ言はぬものから、心の中やいかがあらん、見るほどには、ただ同じ御心なるやうに、うらなくうちなびき、心地寄せたるさまも、あやしうあはれ、とのみ思されて、（一二二頁）

飛鳥井女君が、忍んで通ってくる狭衣に対し素直に心寄せている様を述べるくだりだが、ただ「我が身の行方」をうち解けて語ることはないという。この「我が身の行方」について諸注釈を見ると、「我が身の去就」（新潮日本古典集成）、「自分の将来のこと」（新編日本古典文学全集）、「自分の身の将来のこと」（狭衣物語研究会編『狭衣物語全註釈』）等、多くは「今後」「将来」の意味で訳している。しかし、物語に典型的な若い可憐な姫君であれば、いかに心を許していようと、恋人に対し自分の将来について語ることなど、ないのがむしろ普通ではなかろうか。それをしないからといって、特に断っておかねばならないこととは思えない。

周知のように、飛鳥井女君の人物造型には『源氏物語』の夕顔と浮舟が深く関わっている。そして、夕顔との共通点の一つは、それぞれの物語の主人公にとって〈互いに名のらぬ恋〉の相手だったことである。先の引用文の冒頭「確かに知らせたまはぬをも」は、狭衣が女君に対し自分の身分を明らかにしていないことを指す。そのことを女君はむやみに詮索しない一方、自分の「ゆくへ」についても話さないというのであるから、やはりこの「ゆくへ」は「身元」「素姓」の意で取るのが自然であろう。

狭衣と飛鳥井女君が互いに正体を明かしていないことは、少し前の場面で次のように描写されていた。

何とはなく思ひ乱れたるけしきのみ増されば、かくおぼつかなきありさまの頼みがたさのつらきにや、と心苦しけれど、かく思ひがけぬありさまをば、しばし人にも知らせじ、と思せば、「我が身をも海人の子とだに名のりたまへ。さらば」など心くらべに言ひなしつつ、（九〇頁）

諸注指摘するように、傍線部の表現は、「白波のよする渚に世をすぐす海人の子なれば宿もさだめず」（『和漢朗詠集』遊女・七二二番）という歌を引用した、夕顔の言葉を踏まえている。

「尽きせず隔てたまへるつらさに、あらはさじと思ひつるものを。今だに名のりしたまへ。いとむくつけし」とのたまへど、「海人の子なれば」とて、さすがにうちとけぬさま、いとあいだれたり。（夕顔・一四七頁）

「海人の子」という程度の名のりはした夕顔に対し、飛鳥井女君はそれすらしていない、ということになろう。

さて、右に引いた『狭衣物語』の「海人の子」前後の本文は、深川本を底本とする新編全集からの引用だが、この物語の常として、この箇所には少なからぬ異文が存在する。流布本系統のテキストに拠る古典集成から引用すると、次のようになる。

ただなにとなく思ひ乱れたる気色なるを、「なほかくおぼつかなき有様の頼み難くつらきにや」と、心苦しけれど、また我がゆくへをも海人の子とだに名のらねば、心くらべにて、（七〇頁）

ここにも「ゆくへ」の語があり、こちらについては古典集成も「自分の身の上については」と頭注に記すように、

「身元」「素姓」の意で間違いない。

深川本およびその同類の諸本に異文のある後者の例は参考程度にとどめるにしても、(8)『狭衣物語』において「ゆくへ」が「身元」「素姓」の意で使われる場合のあることは認めてよいであろう。

次に、『浜松中納言物語』の例を検討したい。吉野姫君の失踪を嘆く中納言の心中思惟である。

世におはせぬやうあらじ。聞きつけては、またいかなる人のもとにおはすとも、もとより離れぬゆかり、われのみこそ。知るべき人などたづね寄らむも、吉野山の聖よりほかは、この人の御ゆくへ知る人なければ、疑ひおきて思ふ人、たれかはあらむ。なほ迎へ取りて、いかなるさまなりとも、われ思ひあつかひてこそ、なほ朝夕おぼつかなからず見るに、心もなぐさまめと思ひつづくるに、(巻五・四一三頁)

背景を簡単に説明しておく。中納言は唐から帰国する間際に、唐后より日本にいる母（吉野尼君）への消息を託された。尼君は唐后の父である秦親王と別れた後、帥宮という人物との間に姫君を儲けたが、まもなく吉野山に隠棲し、姫君とともに都人に知られることなく暮らしていた。引用文中の「吉野山の聖」とは、尼君が頼りにしていた僧である。吉野山を訪れた中納言は、母娘を手厚く世話するようになり、尼君の死後は姫君を都へ引き取り、乳母の家に住まわせていた。ところがある時、清水寺に参籠していた姫君が忽然と姿を消してしまう。姫君の姿を見た男が盗み出したのだろうと見当をつけつつも、探し出すすべもない中納言であった。

引用部分はやや難解な文章で、諸注さまざまに解釈を試みている。煩雑になるので詳述は避けるが、「ゆくへ」に関していうならば、吉野山の聖だけが「この人」つまり姫君の「御ゆくへ」を知っているという文脈であるため、やはり「将来」の意味では取りにくい。確かに聖はこれ以前、姫君が二十歳未満で懐妊すれば禍に見舞われるという予言をしていた。だが、それをもって「将来を知る」といえるかどうか疑わしいし、この文脈でそのことに触れる必然性も見出せない。また、「ゆくへ」を「行く先」の意味、つまり「失踪した姫君がどこへ行ったか」と解することともできない。聖が姫君の居場所を知っているならば、中納言がこれほど思い悩む必要はないであろう。

ここもまた、「ゆくへ」に「身元」「素姓」の意味をあてるのが妥当である。[9] 聖は中納言が初めて吉野を訪れた際、尼君が隠棲するに至った経緯を詳しく語っており、姫君の生い立ちを知る唯一の人物である。

なお、この部分の解釈に混乱が生じている要因は、むしろ破線部「知るべき人」のあたりにあるかもしれない。この「知る」は「世話」の意味であろう。「知るべき人」という場合、その「人」は「世話をすべき対象」であることもあれば、「世話をしてくれるはずの人」を意味する場合もある。前者の例として、『源氏物語』夢浮橋巻より、浮舟が小野の山里に匿われていることを聞きつけた薫が、横川僧都に真偽をただす場面の言葉を挙げる。

かの山里に、知るべき人の隠ろへてはべるやうに聞きはべりしを、（二六〇頁）

一方、第一節の後半に引用した『うつほ物語』俊蔭巻の「知るべき人」は後者の例である。『浜松中納言物語』にも、次のような例が見られる。

世の中の末になる心地し、心細うのみおぼゆるに、……承香殿なる皇女、われよりほかにまた知るべき人もなき心地して、いとかすかに心苦しう思ひやらるるを、この皇女の後見せよとなむ思ふ。（巻三・二七〇頁）

この人さへ立ち離れ給ふ心細さ、いとうちつけに、また知るべき人もなきに、思ひわびぬるにこそと、われながらたぐひなうぞ、かなしうおぼし知らるる。（巻四・三一六〜七頁）

一例目は、退位を考えるようになった帝の発言。二例目は、吉野尼君が亡くなった後、葬儀万端を取り仕切った中納言がいったん都へ戻ろうとした時の、吉野姫君の心中である。ここでは姫君から見て、中納言が唯一の「知るべき人」とされている。

問題にしている箇所の「知るべき人」がどちらであるか、俄には決しがたいが、いずれにしても大意に変わりはないので、両方の可能性を残したまま、「知るべき人」にはじまる一文を私に解釈すると、次のようになる。

（姫君が誰のもとにいようと、切れない縁故があるのは私だけなのだから）「私がその姫君をお世話すべき者だ」（または「その姫君は私がお世話すべき人だ」）などと言って、姫君を尋ねていったとしても、吉野山の聖以外にはこの姫君の御素姓を知っている人はいないのだから、（私が姫君を後見すべき立場であることに）疑いを抱く者など、誰がいようか。

姫君をさらったのが式部卿宮であることは、この場面のすぐ後に判明する。姫君が重病に陥っていることを宮自身から聞かされた中納言は、姫君は亡父の忘れ形見、つまり自分にとっては異母妹にあたる人だと言い繕い、姫君を引き取って看病する。中納言が説明する偽りの姫君の出自を、宮が「つゆの疑ひなく」（四一九頁）聞くのはもちろん、中納言の母まで「疑ひなく」（四二六頁）信じたという。先の中納言の心中思惟は、彼が後に取るこうした行動の、伏線になっていたと読めるであろう。

以上、『狭衣物語』『浜松中納言物語』それぞれに、「身元」「素姓」と解釈すべき「ゆくへ」の例があることを確認した。もちろん、いずれも成立は平安後期、『源氏物語』より数十年は下る作品であるし、用例数も多くはない。しかし、中世以降は珍しくもなくなる「身元」「素姓」の意での用法が、平安後期には確実に存在するのであれば、『源氏物語』の時代にすでにあったと考えることも、あながち無理ではないと思う。何より当該場面の文脈を重視するならば、若紫巻の「ゆくへ」を、「身元」「素姓」の意で使われた、現在知られる限り最も早い例と認めてよいのではなかろうか。

三

それにしても、「進む方向」を原義とする「ゆくへ」が、なぜ「身元」「素姓」を意味し得るのかについては、考えておかねばなるまい。冒頭に列挙した『源氏物語』諸注釈のうち、「ゆくへ」を「素姓」と訳していた古典集成には、「少女についての話の中での行方（結着）の意」という説明がある。『源氏物語評釈』もほぼ同様の理解であろう。これらは、本居宣長『源氏物語玉の小櫛』[10]に「ゆくへは、僧都の物がたりの末也」とあるのを参照したかと思われるが、「ゆくへ」自体に「身元」「素姓」の意を認めたわけではなく、「行きつく先」という「ゆくへ」の一般的な語義をこの場面の文脈にあてはめた、一種の意訳である。文脈に沿ってはいるが、逆にいえば若紫巻の文脈以外には適用できず、『狭衣物語』ほかの例を説明することができない。

また、若紫巻の「ゆくへ」について、本稿と同じく「将来」という解釈を否定する北山谿太氏は、「幼女の過去の経歴（誰ノ子トシテ生マレ、ドウシテ尼君ノモトニ居ルカナド）の意に解すべきもの」と述べている。[11]「ゆくへ」がなぜそのように解されるかというと、次のように説明されている。

> 「幼かりつる人」の生い立ちを行路にたとえて、誰と誰との間に生まれ、そしてこういうふうに歩いて（生イ立ツテ）行ったという、今日までの行路、即ち、過去の経歴の意と解される。現在を基点にしていえば、「来し方」となるが、観点を変えて、生まれ出た時を基点としていえば、「行くへ」となるわけである。

少女が生まれた時、すなわち過去を基点とし、そこから見た「ゆくへ」＝「生い立ち」となる、という理解である。しかし、空間的な用法にせよ時間的な用法にせよ、「ゆくへ」という語が使われる場合、「今、此処」を基点とするが原則であり、過去に基点を置くならば、そのことが聞き手、読者に了解されるよう、それなりの前提が必要であろう。若紫巻当該場面から、そのような前提を読み取ることは難しいように思う。

『時代別国語大辞典 室町時代編』も、「ゆくへ」の三番目の意味として「そのものの今に到る経歴」を挙げている。その用例として、前節に引用した『太平記』巻十八の例が示されている。(12) 前後を含めて再掲する。

> 何《イツ》ゾヤ賀茂ノ御帰サノ、幽《ホノカ》ナリシ宵ノ間ノ月、又モ御覧ゼマホシク被二思召一ニヤ。其事ナラバ最安キ事ニテコソ侍ルメレ。彼ノ女房ノ行末ヲ委《クハシク》尋テ候ヘバ、今出河右大臣公顕ノ女ニテ候ナルヲ、徳大寺左大将ニ乍《ナガラ》二申《マウシ》名《ナツケ》一、未《イマダ》皇太后宮ノ御匣ニテ候ナル。切ニ思召レ候ハバ、歌ノ御会ニ申寄テ彼亭へ入セ給テ、玉垂ノ隙ニモ、自《ミヅカラ》御心ヲ露ス御事ニテ候ヘカシ。

確かにここでは、一宮の見かけた女が誰の娘かという「素姓」だけでなく、徳大寺左大将と婚約したがまだ結婚はしておらず、今は皇太后宮に仕えているといった「経歴」まで述べている。しかし、二条為冬のこの発言は、恋に悩んでいる一宮を慰め、女に思いを伝える手段を教えることが目的である。だからこそ、婚約中だがまだ独身という、現在の女の境遇までわざわざ述べているのであろう。殊更に「委《クハシク》尋テ」と言っていることも、単なる「ゆくへ」であればそこまでの情報は必要ないことを示唆する。

若紫巻当該場面でも、源氏にとって最も重要なのは、少女が兵部卿宮の子、藤壺の姪であるという「素姓」の確認であって、「生まれてからどのように育ってきたか」にさほどの興味はないだろう。前節で検討した他の「身元」「素姓」の意での用例の中にも、特に「経歴」を問題にしたものは見あたらない。

以上、「話の結着」、「経歴」といった理解は、いずれも個別の用例にしか適用できないことになる。「身元」「素姓」と解し得る用例すべてにあてはまる説明を求めるならば、「行く先」を意味する「ゆくへ」が、特に「帰って行く先」という意味になる場合、「身元」「素姓」の意味に近づくという筋道を考えたい。次の例が参考になろう。

> 後白河院、位におはしましし時、二条院、東宮と申しし御方にまゐりて、月あかかりし夜、麗景殿の広廂などたたずみありきしに、宣耀殿の反橋に、女二人たちたりしを、すぐるさまにてひきとどめしに、いま

一人はにげにしあとに、この女、いとわりなうおもへりしかども、とがむべき人なかりしかば、ゆるさず
なりにしを、いとあはれにおぼえて、ゆくへをとへど、誰ともあらはさざりしかば
心をば雲井の月にとめながらゆくへもしらずあくがれよとや
かへし
ゆくへなき月も心しかよひなば雲のよそにもあはれとはみん（『隆信集』六一八～九番）

平安末期の歌人、藤原隆信の歌集である。(13)和歌と詞書双方に「ゆくへ」の語があるが、特に詞書の方に注目する。宮中で偶然出逢った女に「ゆくへ」を尋ねた。この「ゆくへ」はひとまず、自分と別れた後「どこへ行くのか」という問いであったと理解してよい。だが、その問いに対する女の反応は、波線部のように「誰であるか明らかにしなかった」と記されている。つまり、ここでの「ゆくへ」とは女が「帰って行く先」であり、それが実家であるにせよ宮仕え先の殿舎であるにせよ、それを尋ねることは、女の名前や素姓を尋ねることにほぼ等しいのである。「ゆくへ」が「身元」「素姓」の意を帯びる契機は、このあたりにあるのではなかろうか。『日本国語大辞典』の「ゆくえも知らず」の項には「どこの誰かわからない」とあったが、「どこの誰か」とは「どこに所属する者か」であり、「どこから来た者か」であると同時に、「どこへ帰って行く者か」でもある。

なお、『隆信集』詞書の、特に破線を施した箇所は、『源氏物語』花宴巻における、源氏と朧月夜の逢瀬の場面を髣髴とさせる。二月二十日過ぎの夜更け、月光のもと宮中を逍遙していた源氏は、「弘徽殿の細殿」で若い女（朧月夜）と出逢い、「ふと袖をとらへ」る。女は恐ろしさに震えながら人を呼ぼうとするが、源氏は「まろは、皆人にゆるされたれば」――誰も私を咎めることはできないのだからと言って制止し、女を「ゆるさむこと」は惜しいと思う。やがて夜が明け、「なほ名のりしたまへ」という問いにも女は答えぬまま、二人は別れることになった（五二一～三頁）。隆信がこの詞書を記す時、花宴巻を意識していた可能性は高いだろう。

そして、花宴巻にも「ゆくへ」の語が見られる。女と別れた翌日、源氏が詠んだ歌である。(14)

世に知らぬここちこそすれ有明の月のゆくへを空にまがへて（五六頁）

明け方の空に紛れてどこへ行ったかわからなくなる有明の月に、女をたとえたものである。この「（月の）ゆくへ」は、女がどこへ行ってしまったのか、今どこにいるのかを意味するから、「行く先」という一般的な語義で十分理解できる。ただし、源氏は名を聞き出せぬまま女と別れた後、弘徽殿女御の妹たちのうちのいずれか、おそらく五の君か六の君であろうと見当をつけたり、弘徽殿の様子を窺わせて確かに女御の妹であるらしいとわかってからは、「いかにして、いづれと知らむ」（五六頁）と思案したりしている。そうした状況において詠まれた歌であるから、この歌の「ゆくへ」自体が「身元」「素姓」の意味を表すわけではないにせよ、女が誰かということ、すなわち「素姓」がわかれば、その行く先、帰って行った先も判明するという点で、「ゆくへ」と「身元」「素姓」との距離がそう遠くはないことを示す例だとはいえよう。

『源氏物語』の影響下にあろうが、『浜松中納言物語』にも類似の例がある。中納言が唐から帰国後、初めて参内した折、「西へ行く月のひかりを見てもまづ思ひやりきと知らずやありけむ」（巻二・一七七頁）という歌を詠みかけた女房がいた。後日、中納言がその女房を探しあてるという挿話である。次の引用文の冒頭「さしわけたりし月かげ」は、件の歌を詠んだ女房を指している。

さしわけたりし月かげのゆくへ、なげのことにもあはれにおぼされて、たづね聞き給へば、少将の内侍といふ人なりけり。（一七八頁）

もう一例、同じく平安後期物語の『夜の寝覚』から挙げよう。この物語の男女主人公の出逢いは、男君（中納言）が乳母を見舞いに九条を訪れた際、たまたま隣家に滞在していた女君を、但馬守の三女と誤解したまま見そめたことにはじまる。その後、但馬守三女を姉中宮の女房として召し出した時、人違いであったことに気づいた中納言は、

「ありしは、たとふべきかたなかりしものを。誰なりけむ」（巻一・六四頁）と疑い、「これをだになつけ語らひて、その行方をもおのづから知りなむ」（六五頁）と、女君の縁者であるらしい但馬守三女から、女君の「ゆくへ」を聞き出そうとしている。

この二例の「ゆくへ」もまた、一度別れた女との再会を望む状況で用いられたものであるから、女が「今どこにいるのか」、つまり「その後どこへ行ったのか」という「ゆくへ」本来の語義で解釈することに、異議を唱えるつもりはない。しかし一方で、仮にこれらの「ゆくへ」に「身元」「素姓」という訳をあてはめても特に矛盾が生じないことは、波線部の表現から察せられよう。

以上、むやみに例を並べ立てることが目的ではないのだが、『隆信集』から『夜の寝覚』に至るまですべて、ある女性と行きずりに偶然出逢い、再会の手がかりとしての名を確かめる暇もなく別れた、という状況であることを確認したかった。こうした状況において、「ゆくへ」が「帰って行く先」の意を介して「身元」「素姓」の意へと接近することは、見やすいであろう(15)。

若紫巻の場合、当面源氏は少女の居場所がわからなくなることを心配しているわけではないので、これらとまったく同じとはいえない。しかし、行きずりの偶然の出逢いという条件は一致する。前節で「身元」「素姓」の意の用例と判断した、『狭衣物語』の飛鳥井女君、『浜松中納言物語』の吉野姫君(16)の場合も同様である。偶然の出逢いゆえ、相手はどこの誰ともわからない、いわば宙に浮いた存在である。その人がどこへ帰るべき人なのか、言い換えれば「本来どこに身を置く人なのか」「どこを拠り所とする人なのか」を問う時に、「ゆくへ」という語が用いられ、「身元」「素姓」の意で解されるようになるのではなかろうか(17)。

「帰って行く先」がすなわち「身元」「素姓」であるという発想は、生まれによって居所や身分がほぼ固定される、流動性の乏しい社会（女性の場合、それは特に顕著であろう）だからこそ、容易に起こり得たと思われる。「ゆくへ」

がいつ頃までこのような意味で使われていたか、その追跡は力の及ばないところであるが、現代でその語義が失われているのも理由のないことではなかろう。

四

若紫巻当該箇所の「ゆくへ」が「身元」「素姓」の意であることの考証は、ここで終える。以下蛇足ながら、この「ゆくへ」を後代の物語が受容した例について、簡単に触れておきたい。

中世以降、「身元」「素姓」の意味での「ゆくへ」が増えるとはいっても、「ゆくへ」という語の全体の用例数からすれば、その比率は決して高くはない。その中にあって殊更に「ゆくへ」を多用するのが、鎌倉中期成立とされる物語『我身にたどる姫君』である。

この物語では、まず冒頭に登場する姫君（我身姫君）が、

いかにしてありし行方をさぞとだに我が身にたどる契りなりけむ（巻一・一一頁）

という歌を詠んでおり、物語の題名もこれに由来する。[18] この姫君は、時の関白と皇后宮との密通によって生まれた子だが、その秘密を隠し通すため、音羽の山里に住む尼君に預けられて育った。姫君自身、両親が誰かを知らず、「自分はどのような生まれであったのか」を一人で悩みつづけるしかない宿世を嘆く歌である。「ありし行方」はやや訳しにくい表現だが、「行方」が「身元」「素姓」に近い意味であることは間違いないだろう。この前後、我身姫君は何度も同様の自問を繰り返している。

なほいかなりしその行方とも、さだかにはるけやらぬいぶせさぞ、（一一頁）

「さはいかなりし我が身の行方ぞ、それや誰」など思ひ乱るれど、問ひ合はすべき人もなし。（一二頁）

注釈書等で指摘されるように、山深い里で尼君に養われている我身姫君の境遇は、若紫巻における紫の上に似ており、表現の上でも若紫巻の影響が随所に見られる。たとえば次の一節は、関白の息子である中納言が、山里にやって来て我身姫君を垣間見し、異母妹とは思いも寄らず、尼君に問いかける場面である。

さるべきついでつくり出でて、おぼつかなき御うへを、かけかけしき筋にはあらず、推し当てにたづね聞こえ給ふに、（二六頁）

源氏が「すきずきしきかたにはあらで」と断りながら「おしあてに」尋ねる場面（第一節参照）を模倣したと思われ、若紫巻における源氏と僧都の会話場面もまた、『我身にたどる姫君』作者の知識と関心の範囲内にあったことがわかる。

また、中納言にとっての我身姫君が、秘かに恋する女三宮（皇后宮の娘）と容貌が似ているため忘れられない存在であるという点も、若紫巻への連想を誘う。[19] やや後の場面ではあるが、女三宮と我身姫君が異父姉妹の関係にあることを知らず、なぜ似ているのかわからない中納言は、「いかなりし御行方ならむ」（巻三・一一八頁）と、我身姫君の素姓を訝しんでいる。もちろん「ゆくへ」という一語をもって『源氏物語』からの影響と断定することは難しいが、若紫巻に見える言葉であることを知った上で、あえて多用している可能性は否定できない。

しかし、我身姫君が特異なのは、自分自身の「ゆくへ」を知らないという点である。若紫巻はもちろん他の作品においても、「身元」「素姓」の意での「ゆくへ」がわからないという場合、その語義からして当然ながら、通常は他者の立場からいわれる。我身姫君についても他者がその「ゆくへ」を不審がるという記述はあるが、[20]「我身にたどる」という題名が象徴するように、自分の「ゆくへ」がわからないことに悩む主人公というのが、この物語の新機軸であった。

ただし、我と我が身に問いかける主人公ということであれば、先蹤がある。これも夙に指摘されているように、我身姫君の歌と心理描写には、『源氏物語』続編の発端部における、薫の述懐と独詠が深く関わっている。

「いかなりけることにかは。何の契りにて、かうやすからぬ思ひ添ひたる身にしもなり出でけむ。善巧太子の、わが身に問ひけむ悟りをも得てしがな」とぞ、ひとりごたれたまひける。

おぼつかな誰に問はましいかにしてはじめも果ても知らぬわが身ぞ

いらふべき人もなし。（匂兵部卿・一六七頁）

薫と我身姫君の共通点は、不義密通によって生まれた子であり、自らの出生が明らかでないこと。その出生への疑惑を、薫は「はじめ」という言葉で、[21]我身姫君は「ゆくへ」で表現している。ただし、前節で考察したように、「身元」「素姓」と訳される「ゆくへ」に、「本来身を置く場所」のような含みがあるとすれば、この違いは単なる言葉の置き換えでは済まない。

薫の場合、表向きは光源氏の子という歴とした立場があるし、実の父親が柏木らしいということも勘づいている。薫が最も知りたいのは、自分の拠り所というより、自らの生がどのようにしてはじまったのか、いかなる罪によって自分は生まれたのか、であろう。「わが身につつがあるここち」（一六七頁）を抱きつつ、なぜか若くして出家した母を罪から救いたいと願い、妄執にとらわれたまま世を去ったであろう実父をも案じている薫であった。

一方、我身姫君の心を占めていたのは、専ら自分の両親の名すらわからない不安定な身の上への嘆きである。物語がはじまってまもなく、この素姓のわからぬ姫君の近辺に、異母兄（中納言）や異父兄（二宮）が姿を現すようになる。それを知った母皇后宮の配慮によって、我身姫君はいったん別の場所に移され、その後、父関白のもとに引き取られる。そのたびに、どこへ連れて行かれるのかもわからず、「ただ知らぬ世に身を変へたらむ心地して」（巻一・三九頁）、「我が身のみ化物の心地して」（四四頁）、「にはかにあらぬ国に生まれたらむ心地して」（巻二・六七頁）と、落ち着かない思いを繰り返していた。だが最終的には、自身の「ゆくへ」――両親が誰であるかを、自ら悟ることになる。

おぼつかなかりし御行方もかたへは心得られ給ひぬ。（巻三・一四一頁）

しかし、両親が判明した時点で、出生にまつわる不祥事についても見当はついたはずだが、我身姫君がそのことに罪の意識を抱いている気配はない。(22) そして、我身姫君をめぐる物語はこの時点でほぼ終息する。この後、二宮に接近されるという最後のクライマックスは用意されているが、兄とわかった以上、姫君が拒み通すことは決まっている。(23) 二宮もまた、その直後に兄妹であることを知った。こうして危ういところを逃れた我身姫君は、巻三の終わりで東宮の妃となり、幸福な人生への一歩を踏み出す。

他人はおろか自分でも「ゆくへ」のわからない不安定な境遇の我身姫君は、異母兄、異父兄との過ちの恐れをはじめ、複雑な人間関係を招き寄せ、自らその中心で翻弄されていた。しかし、「ゆくへ」さえ明らかになれば、つまり自身の落ち着き所がはっきりわかった時、心身ともに安定を得ることができ、それと引き換えに物語の表舞台からは退場することになるのである。この後、巻八まで続く長い物語の後半部において、我身姫君が登場することは時折あるけれども、もはや中心人物にはならない。

薫もまた、宇治の八宮邸を訪れるようになって自らの出生の事情をはっきり知ることになるが、それによって彼の憂愁が解消するわけではない。むしろ薫をめぐる物語は、そこから本格的にはじまるといってよい。それとは対照的な『我身にたどる姫君』の方向性は、不義の子の先例である薫の歌を模倣しつつ、「ゆくへ」という言葉を選択したところに示されていたのである。(24)

（1）　北山谿太「源語・疑義三つ――語らふ・行くへ・大殿油近くて――」（『国文学』第五巻第十三号、一九六〇年十月）も、この場面の文脈からして「幼女の身元を確かめたいための発問としか思われない」と述べている。ただし、「ゆくへ」が「身元」の意を表す理由については、本稿と見解を異にする。詳しくは後述。

（2）佐佐木隆「上代語の「ゆくへ」——用法と語義——」（『学習院大学文学部研究年報』第四十八輯、二〇〇二年三月）。

（3）若紫巻当該箇所の「ゆくへ」には、「ゆくすゑ」という異文もある。『源氏物語別本集成続』第二巻（おうふう、二〇〇五年）によれば、御物本、国冬本、肖柏本、伏見天皇本に見られる異文である（肖柏本は「す」見せ消ち）。しかし、いずれも信頼できる本文と断ずる根拠はないため、「ゆくへ」の形で解釈の可能性を探る。

（4）西端幸雄・志甫由紀恵編『土井本太平記　本文及び語彙索引』（勉誠社、一九九七年）による。

（5）引用は室町時代物語大成による。

（6）『日本国語大辞典』『角川古語大辞典』をはじめ多くの辞書は、『太平記』の当該箇所を「ゆくすゑ」の用例として挙げ、「ゆくすゑ」に「これまでの経歴、来歴、身元、素姓」の意味があるとする。『源氏物語』にも「ゆくすゑ」の異文があったように、「ゆくへ」と「ゆくすゑ」は混同されやすい語だったと思われる。一方、「ゆくへ」の用例として『太平記』を挙げるものに『時代別国語大辞典　室町時代編』『古典基礎語辞典』があるが、詳しくは後述する。

（7）引用は中世日記紀行文学全評釈集成による。

（8）前者の例（「我が身の行方」）は、『校本狭衣物語』（桜楓社、一九七六年）によれば、第二類本系統の為家本、前田本を除く大半の諸本に見られる。ただしいずれの例にも、「ゆくすゑ」という異文は少数ながら存在する。

（9）新註国文学叢書は「御ゆくへ」を「御身上」と訳している。日本古典文学大系は「この姫の御身の成り行き」という訳だが、補注によれば、「姫がどこへ行ったか」に「そもそもの素姓」の意を含めて言ったものと解釈したらしい。また、引用部分全体の解釈が示されているわけではないが、辛島正雄『御津の浜松一言抄——『浜松中納言物語』を最終巻から読み解く』（九州大学出版会、二〇一五年）も、「ゆくへ」を「素姓」と理解している。

（10）引用は『本居宣長全集』（筑摩書房）による。

（11）注（1）論文。

（12）『古典基礎語辞典』（角川学芸出版、二〇一一年）も同じ例を用い、「ゆくへ」に「来歴。身元」の意味があるとする。他の多くの辞書がこの例を「ゆくすゑ」の用例として挙げることについては、注（6）参照。そこでも「経歴、来歴」と説明されることが多い。

（13）隆信の歌集は二種類あり、そのうち晩年の元久元年（一二〇四）に自撰したとされるものに拠る。もう一つの寿永元年（一一八二）自撰の集（私家集大成・隆信Ⅰ）には、当該贈答歌は収められていないが、関連する別の歌の詞書に、この女との出逢いの経緯が述べられる。そこでは「ゆくへをとひしかどもあらはさず」と記され、「誰」にあたる言葉はない。

（14）この和歌については、本書第一章でも触れた。

（15）本章第一節に挙げた『うつほ物語』俊蔭巻の例も、行きずりに出逢った男女（若小君と俊蔭女）の会話である。「ここにまことにやがておはする人か。親やおはする」という男の問いには、ここは仮住まいであって実家が別にあるのでは、という疑念が読み取れるから、女の答えの「ゆくへ」＝「行くあて」も、「帰るべき所」を含めて言ったものと考えられる。

（16）吉野姫君の場合、聖以外のすべての人が姫君の「ゆくへ」を知らないという言い方であるが、主として想定されているのは、中納言が「ほのかにこの人のありさまを見聞きたらむ人の、取り隠したらむかし」（巻五・三八二頁）と想像していた、「姫君を盗み出した男」であろう。その男から見れば、偶然の出逢いということになる。

（17）「ゆくへ」の用例の大半が、否定表現を伴ったり、それがわからないことを前提にしているのは、「身元」「素姓」の意での用法に限ることではなく、「ゆくへ」という語が本来的に持つ性質による（注（12）『古典基礎語辞典』の解説参照）。

（18）以下、『我身にたどる姫君』冒頭歌および冒頭の場面における『源氏物語』からの影響に関しては、本書第四章で述べたことと一部重なる。

（19）ただし山里で垣間見した時点では、中納言は二人の容貌の相似に気づいていないらしい。後に我身姫君が父関白に引き取られ、異母兄妹として接するようになって初めて、「世とともに命にかふばかり思ひまどふ宮の御さまに、いとようかよひ給へる」（巻二・七三頁）ことを意識するようになる。

（20）先に引いた中納言のほか、我身姫君を養育している尼君も、その出生の事情をはっきり知らないため、「我が身とて、その行方を確かに知らばや」（巻一・二七頁）と考えている。

（21）後に薫が出生の秘密を知る場面にも、「まして年ごろおぼつかなくゆかしう、いかなりけむことのはじめにかと、仏にも、このことをさだかに知らせたまへと、念じつる験にや」（橋姫・二九四～五頁）とある。

（22）薫と比較して我身姫君に罪障意識が欠如していることは、後藤祥子「源氏取りと源氏離れ」（今井源衛・春秋会『我身にたどる姫君7』桜楓社、一九八三年）に論じられている。

（23）この場面の意義については、宮崎裕子「姉妹への恋」（『国語と国文学』第八十三巻第一号、二〇〇六年一月）に詳しい分析がある。また、本書第四章でも取り上げた。

（24）『我身にたどる姫君』にも、「はじめ」という語が出生に関わって用いられる場合がある。

権中納言ぞ、いとさしも聞かざりしことの、にはかにかく思しまどへるさまを、こはいかなりしはじめぞと、心得がたくあやしう思すべき。（巻二・六九頁）

いとあやしう心得ぬにぞ、はじめてたがふところなき御さまも、さはいかなりしはじめぞと、……返す返すあやしと思し乱るる。（巻三・一五三～四頁）

一例目は、関白が我身姫君を、昔関係があった女性との間の娘と装って引き取った時の、中納言の思い。二例目は、二宮が亡き皇后宮からの夢告げで、我身姫君が妹であることを告げられた時の心中である。いずれも姫君のおよその「素姓」はわかっているが、それまでまったく存在を知らなかった妹の出現に驚き、「どのような事情で生まれた子なのか」と訝る文脈であり、「素姓」がわからない場合の「ゆくへ」とは使い分けられているようである。

第十二章　中世王朝物語における物の怪
——六条御息所を起点として——

一

『源氏物語』に代表される「王朝物語」は、平安時代に限らず、鎌倉から室町へと時代が移っても、陸続と制作されていた。それら「中世王朝物語」と総称される作品群は、ほぼ例外なく『源氏物語』の多大な影響下にあり、『源氏物語』を露骨に模倣しているものも珍しくない。この時期の物語を繙けば、『源氏物語』とそっくりの人物や場面や出来事に、しばしば出逢うことであろう。ただ、一口に「模倣」といっても、作品によってその方法はさまざまであり、そこから、当時の人々が『源氏物語』をどのように受け止めていたかを垣間見ることができる場合もある。ここでは、「物の怪」をテーマとして、中世の王朝物語が『源氏物語』をどのように受容しているか、いくつか例を示したいと思う。

『源氏物語』で物の怪といえば、まず思い浮かぶのは六条御息所であろう。前東宮の妃という高貴な身分ながら、生前は生霊として、死後も死霊として、光源氏の妻たちを苦しめたという、『源氏物語』の中でもとりわけ強烈な印象を残す人物である。特に、賀茂祭の車争いをきっかけに、生霊と化して葵の上に取り憑き、ついには死に至らしめたという出来事は、謡曲『葵上』でもよく知られるものである。こうした六条御息所の物の怪が、どのような性質のものであり、また、物語においてどのような意味を持っているのかということについては、さまざまな観点から論じられてきた(1)。

しかし、ここで一つ確認しておきたいのは、六条御息所の生霊に関して、車争いで自分を辱めた葵の上への憎しみ、折から懐妊中であった源氏の正妻への嫉妬というイメージが先行しがちであるけれども、物語の本文を読む限り、御息所が葵の上に対して激しく嫉妬していたとか恨んでいたとは、決して書かれていないことである(2)。むしろ御息所本人の意識においては、「身一つの憂き嘆きよりほかに、人をあしかれなど思ふ心もなけれど」(葵・八二頁)と、己の運命のつたなさを嘆く以外、他人に対する悪意はないと自覚している。次に引用するのは、御息所の霊が葵の上の身体を通して源氏の眼前に現れる場面だが、ここでもその霊は、「決してこのようにやって来ようと思ったわけではないのに」と言う。

「いで、あらずや。身の上のいと苦しきを、しばしやすめたまへと聞こえむとてなむ。かく参り来むともさらに思はぬを、もの思ふ人の魂は、げにあくがるるものになむありける」と、なつかしげに言ひて、

嘆きわび空に乱るるわが魂を結びとどめよしたがひのつま

とのたまふ声、けはひ、その人にもあらず、かはりたまへり。いとあやしとおぼしめぐらすに、ただかの御息所なりけり。あさましう、人のとかく言ふを、よからぬ者どもの言ひ出づることと、聞きにくく思してのたまひ消つを、目に見す見す、世にはかかることこそはありけれと、うとましうなりぬ。あな心憂とおぼされて、「かくのたまへど、誰とこそ知らね。たしかにのたまへ」とのたまへば、ただそれなる御ありさまに、あさましとは世の常なり。(八六〜七頁)

つまり、御息所の生霊とは、恨みや嫉妬心から恋敵を呪い殺そうとしたものでは決してなく、行き場のない物思いの昂じたあまり、本人も自覚しないうちに魂が身体から遊離したという性質のものなのである。御息所自身、葵の上に取り憑いた物の怪について世間が噂しているのを耳にして、初めて自らの生霊化を意識するようになる。そ

ういわれてみれば確かに、物思いに耽っているうちに正気を失ってしまうこともあり、葵の上と思しき女性に乱暴している夢を見ることもある。果ては、加持祈禱に使われる芥子の香がなぜか身体に染みついている、といった体験を重ねることによって、自分が生霊と化したことを信じざるを得なくなってくるのである。『源氏物語』の生霊事件の凄まじさは、先に引用したような怪異現象を記す場面の迫真性もさることながら、少しずつ追い詰められてゆく御息所の異常な精神状態を克明に描き出したところにあるといってよい。

二

さて、後代の物語が物の怪を扱う時、このように登場人物の心理を追う点において『源氏物語』を継承するものは極めて少ない。その稀な一例が、平安後期成立の『夜の寝覚』である。詳述は避けるが、この物語に登場する生霊とは、ある人物が故意に広めた噂に過ぎず、よって「偽生霊」と呼ばれることもある。偽物である以上、怪異現象という扱いではまったくなく、生霊の濡れ衣を着せられた女主人公がいかなる心境に陥るか、というところにこそ意味のある事件であった。

鎌倉期以降の物語にも、『源氏物語』の影響下になる物の怪はいくつか見られるが、おおむね明らかな怪異現象として描かれている。その中には、六条御息所の場合と異なり、明確に恨みや嫉妬心から相手を取り殺そうとする意志を表明するものがある。鎌倉初期の作品『有明の別』を見てみよう。この物語でも、ある女性が生霊となって、出産を控えた男君（左大臣）の正妻に取り憑く。その生霊が姿を現した場面を引用する。

御かたちもかはりたるやうにて、その人とも見え給はず。いとにほひやかにけぢかき物から、ねたげなるまみのけしき、左の大臣はさやうにもわき給はず、父殿ぞ、「いとあやしう思ひかけぬ人にも似給えるかな」と心え

ずおぼさるるに、うちみじろぎて、

さまざまに朝夕こがす胸のうちをいづれのかたにしばしはるけん

との給けはひ、いささかその人にもあらず、たがうべくもあらぬを、父大臣のみぞ返々あやしとかたぶかれ給。さてわが御心ざしをはせねば、また消え入りつつ、さらにとまるべくもをはせぬを、「いまはけしうをはせじ」と押ししづめつつ、いたくかれたる御声やめて、薬師の誦をかへすがへすよみたまふに、御物の怪あらはれいでて、小さき童にかりうつされぬ。……この童はいみじくよばひて、「いづかたにつけても、かばかりなさけなくやは調じわびさせたまふべき。はかなきことにつけても、思ふ事たがう身の宿世を、心憂しと思ふに、いと離れぬゆかりにしも、思ふさまに心やすく住みなれたまふが、聞くたびにいとつらければ、いづれをも、すべてこの御あたりならん人を、いたづらになしてんとしつる物を、心憂くせめわびさせたまふこと。今は我身の長らふまじきを知りながらや、かく憂き目は見せたまふ」とののしるに、あるかぎり聞きにくう苦しきに、そこはかとあひしらはる。（巻二・四一三～四頁）

引用文の前半では、六条御息所の生霊と同様、正妻の身体を通して現れた霊が和歌を詠んでおり、後半になると憑坐の童を通して語りはじめる。その発言の中で、傍線部のように、「この御あたりならん人」、つまり男君の妻を亡きものにするつもりで来たのだと述べる。この場合、正妻その人への恨みからというよりは、自分を差し置いて正妻を迎えた男への恨みの方が主のようではあるが、正妻への害意を自覚し表明していることは確かである。

『源氏物語』の本文に六条御息所の悪意が書かれていないといっても、それを読む者がどのように受け取るかはまた別問題である。中世の読者たちは一般に、御息所の恨みや怒り、妬みを読み取り、その怨念が昂じて生霊と化した、恐ろしくうとましい存在としてとらえていたらしい(3)。たとえば、少し時代は下るが、十五世紀に著された注釈書『源氏物語提要』には、「車あらそひの腹だち」と「源氏にとわれざる恨み」のあまり、怨霊になったのだと記されている。

賀茂祭の車あらそひとは是也。此恨み腹だち心にあまり、葵上の歓楽（病気）は此御息所の怨霊とぞ。さる程につゐにとりなをし給はずしてかくれさせ給へり。車あらそひの腹だちといひ、源氏にとわれざる恨みといひ、彼是につけての事也。（六三頁）

謡曲『葵上』に見られる六条御息所像も、これと遠いものではない。[4]男君の正妻を取り殺した女の霊といわれれば、このようなとらえ方が最もわかりやすいものではあっただろう。そして、このような御息所像と、正妻に対する害意をあらわにしていた『有明の別』の生霊とは、その性格においてより似通っている。『有明の別』の作者もまた、御息所の生霊に怨霊、悪霊的要素を読み取り、模倣しつつその点をさらに明確にする形で、この生霊を造型したのであろう。

ただし、『有明の別』の生霊は、単にうとましいだけのものとして扱われているわけでもない。この女性は、物の怪として現れたものの結局調伏され、自分の方が命を落とすことになる。その報せに接した男君は、「心憂し」と思う一方で、「さすがにいとあはれに」感じたという（巻三・四一八〜九頁）。最後にはかろうじて「あはれ」という言葉ですくい取られているところに、このような怨念をさらけ出す物の怪に対しても、完全に突き放すのではなく、ある程度の同情なり共感なりを示していることが察せられる。

三

もう一つ例を見てみたい。やはり鎌倉時代に作られた『石清水物語』より、物の怪が登場する場面である。

日ごろあらはれざりつる御物の怪、をときとて小さき童のあるにうつりて、いみじく泣くに、あるやうあらんとて、いよいよ声をあげて数珠をすり給へば、いとど泣きまさりて、「罪有べき身にもあらぬを、この世の闇に迷ふだに苦しきに、いたくな調じ給そ。ただ殿に、もの一言申さんばかりにや」と、らうたげに泣きて言ひ出たるに、浅ましくて、「さらば、とく名のり給へ」と、僧都の給へば、「宮の御前、聞かせたまへ」とて、

「子を思ふ道にまどへる伊勢人のしほたれ衣ぬぎぞきせたる

心の闇は、誰も劣らぬならひなるを、いとなさけなくはしたなめられたてまつられしかば、わが身は道異に成たれど、親といふ人にも知られたてまつらで、年月をおくり給を見るが、いとかなしくて、かくも参つる也。御ため悪しかれとは思ひ聞えねば、今はまかりなん」と言ひつづくるを、聞給ふおとどの御心、いへばさら也。「まがふかたなく、かのあへなく成しにこそ。世にはなく成にけるよ。残りとどまりたる人は、たいらかにあるにこそ。いづくにかあるらん」と御心乱れて、猶こまかに言はせまほしけれど、「いと恥づかしく、かばかりも知られたてまつらんとはおぼえねど、なでしこの、身に有けりとだに知らせたてまつらんとばかり也」とてやみぬれば、残りゆかしく、まがふべくもなかりつることのさま、あはれにもふしぎにもおぼしけり。（上・二二三頁）

この物語で物の怪になるのは主人公である姫君の亡くなった母親、取り憑かれるのは姫君の父親（殿、おとど）の正妻（宮）である。こうした三角関係の構図は、『源氏物語』や『有明の別』の場合とほぼ等しい。この母親は、かつて姫君を身ごもっていた頃、正妻からの嫌がらせを受けて都にいられなくなり、常陸国まで下って娘を産み落とした後、世を去っていた。傍線部で述べているように、父親にも知られることなく成長している娘（なでしこ）の存在を知らせるべく、今、物の怪として現れたのであった。

この場合は死霊ということになり、『源氏物語』の中でも、六条御息所が死霊として紫の上に取り憑く場面と関係が深いようである。(5) やや長いが引用する。

月ごろさらにあらはれ出で来ぬもののけ、小さき童女に移りて、呼ばひののしるほどに、やうやう生き出でたまふに、うれしくもゆゆしくもおぼし騒がる。いみじく調ぜられて、「人は皆去りね。院一所の御耳に聞こえむ。おのれを月ごろ調じわびさせたまふが、情なくつらければ、同じくはおぼし知らせむと思ひつれど、さすがに命も堪ふまじく、身を砕きておぼしまどふを見たてまつれば、今こそかくいみじき身を受けたれ、いにしへの心の残りてこそ、かくまでも参り来たるなれば、ものの心苦しさをえ見過ぐさで、つひにあらはれぬること。さらに知られじと思ひつるものを」とて、髪を振りかけて泣くけはひ、ただ昔見たまひしもののけのさまと見えたり。あさましくむくつけしとおぼししみにしことの変らぬもゆゆしければ、この童女の手をとらへて、引きすゑて、さまあしくもせさせたまはず。……ほろほろといたく泣きて、

「わが身こそあらぬさまなれそれながらそらおぼれする君は君なり

いとつらし、つらし」と泣き叫ぶものから、さすがにもの恥ぢしたるけはひ変らず、なかなかいとうとましく心憂ければ、もの言はせじとおぼす。「中宮の御ことにても、いとうれしくかたじけなしとなむ、天翔りても見たてまつれど、道異になりぬれば、子の上までも深くおぼえぬにやあらむ、なほみづからつらしと思ひきこえし心の執なむ、とまるものなりける。そのなかにも、生きての世に、人よりおとしておぼし捨てしよりも、思ふどちの御物語のついでに、心よからず憎かりしありさまをのたまひ出でたりしなむ、いとうらめしく、今はただ亡きにおぼしゆるして、異人の言ひおとしめむをだに、はぶき隠したまへとこそ思へとうち思ひしばかりに、かくいみじき身のけはひなれば、かく所狭きなり。この人を深く憎しと思ひきこゆることはなけれど、守り強く、いと御あたり遠きここちして、え近づき参らず、御声をだにほのかになむ聞きはべる。（若菜下・二一五〜八頁）

一時絶命状態に陥った紫の上だが、懸命に祈禱を尽くした結果、物の怪が憑坐の童へと移され、紫の上は息を吹

き返した。童の口を通して語り出した物の怪の様子は、かつて葵の上に憑いた生霊そのもので、今は亡き六条御息所の霊であることを源氏は悟る。物の怪は、再び姿を現した理由について語りはじめた。「中宮」とは、御息所と前東宮との間に生まれた娘を指す。御息所没後、その娘の後見を引き受け、帝に入内させるよう取りはからい、今に至るまで親代わりとして世話をしてきたのは源氏だった。御息所の天翔る魂は、そのことを深く感謝する一方、やはり源氏に対して「みづからつらしと思ひきこえし心の執」が消えることはないと言う。この場面より少し前に、源氏が紫の上に向かって、過去に交渉のあった女性たちの思い出を語る場面があった。その中で源氏は、御息所にはひどく恨まれたままで終わってしまったけれども、今中宮を親身に世話しているのに免じて許してもらえるだろうと述べていた。しかし、その「思ふどちの御物語」に刺激されて現れた死霊の言葉は、そのような源氏の思い込みを一蹴してしまう。

さて、この御息所の死霊の発言の中に「道異になりぬれば」という一節があるが、これとよく似た言葉遣いで、『石清水物語』の死霊も「わが身は道異に成たれど」と語っている（前掲本文の波線部）。しかし、「なりぬれば」と「成たれど」の相違が示すように、両者の言わんとするところはほぼ正反対である。死してもなお、父親に知られず育っている我が子が不憫でならず、そのことを告げるために現れただけなのだと訴える『石清水物語』の母親の霊は、我が子への思いより源氏への執心の方がまさるという御息所の霊と、実に対照的だといえよう。

次に挙げるように、『源氏物語』にはこの場面以外にも、親子の情と男女、夫婦の情を比較する物言いがいくつか見られる。そしていずれの場合も、後者が前者に勝るとも劣らないものであるということを、登場人物なり語り手なりに語らせている。

①大殿の若君の御ことなどあるにも、いと悲しけれど、おのづから逢ひ見てむ、たのもしき人々ものしたまへば、うしろめたうはあらずと、おぼしなさるるは、なかなかこの道のまどはれぬにやあらむ。（須磨・二三一頁）

②尚侍の君は、つとさぶらひたまひて、いみじくおぼし入りたるを、こしらへかねたまひて、「子を思ふ道は限りありけり。かく思ひしみたまへる別れの堪へがたくもあるかな」とて、御心乱れぬべけれど、（若菜上・三六～七頁）

③「尼君、いかに思ひたまふらむ。親子の仲よりも、またさるさまの契りはことにこそ添ふべけれ」とて、うち涙ぐみたまへり。（若菜上・一一五頁）

④大臣などの心を乱りたまふさま、見聞きはべるにつけても、親子の道の闇をばさるものにて、かかる御仲らひの、深く思ひとどめたまひけむほどを、おしはかりきこえさするに、いと尽きせずなむ。（柏木・三〇五頁）

たとえば②は、源氏の兄の朱雀院が出家する際、最愛の女性である朧月夜（尚侍の君）が悲嘆に沈んでいる姿を見て漏らした感慨である。これより以前、出家を思い立った朱雀院が最も心を痛めていたのは、女三宮という娘の行く末についてであった。朱雀院がこの娘のことをどれほど案じ、悩み迷った末、源氏への降嫁という決断に至ったかは、余すところなく物語の描き出すところである。しかしここでは、そうした「子を思ふ道」にもまして、愛する女性との別れの方がより耐えがたく、仏道を志した心も乱れてしまいそうだというのである。

もちろんこれは、今その女性を目の前にしているからこその言葉であって、一時的な感情に過ぎないのかもしれない。しかし、②の朱雀院の発言も踏まえている、

人の親の心は闇にあらねども子を思ふ道にまどひぬるかな（『後撰集』雑一・一一〇二番・藤原兼輔）

という和歌が人口に膾炙していたように、子を思う親の煩悩というものは、いわば普遍的真理と認められるものであった。先掲の例のうち①は、須磨で侘び住まい中の源氏が、都の女性たちから届いた手紙を読んで悲しみにくれる場面に続く一文である。手紙の中には、都に残してきた息子（大殿の若君）の消息を記したものもあった。それを読んだ源氏は、いったん悲しくはなるものの、頼りになる祖父母に育てられているのだから心配はないと、気を取

り直す。そうした源氏に対して、やはり兼輔の和歌に基づきつつ、女性たちを思ってはあれほど嘆いていたのに、かえって「この道」、子を思う道には惑わないものなのだろうかと、批評的な草子地が付されている。冗談に近い口ぶりではあるが、こうしたからかいが成り立つのも、人は子ゆえに心を悩ますべきものという通念があったからにほかならない。そうした通念は自明のこととした上で、時にはこの朱雀院や源氏のように、妻や恋人への思いの方が子への思いを上回る場合も、確かにある。③④の例も、「親子の仲」「親子の道の闇」以上に、「さるさまの契り」「かかる御仲らひ」という夫婦の情の方がより深切であることをいっており、『源氏物語』では一度ならず示される人間観であった。

このような例と、問題の六条御息所の死霊の発言――源氏の尽力による我が子の幸せを見ても心慰められることなく、源氏への執心がなお残るという発言との間には、相通ずるものがあるように思う。「道異になりぬれば」子どものことまでさほど思われなくなったのだろうかと、条件付きの言い方をしてはいるものの、それは亡霊に限定された、この世の人間には到底理解できない心理状態というわけではない。時と場合によっては、生身の人間でも、それも男女にかかわらず起こり得ることなのである。御息所の場合、幽明境を異にしたことで、極端な形で現れてしまったというに過ぎないのではなかろうか。「子ゆえの闇」という通念に照らしてみれば、それは尋常のあり方ではないかもしれない。しかし、そのことの善悪は別として、人とはそういうものだという、『源氏物語』の一種の人間理解をここに見ることができるように思う。

しかし、中宮の後見をすることで御息所への償いは果たしたと思っている源氏には、この死霊の訴えも十分には届かなかったようである。後に源氏は、御息所の死霊について、「言ひもてゆけば、女の身は、皆同じ罪深きもとゐぞかし」（若菜下・二二一頁）と、女性一般の宿命的な罪障のように考えている。このような源氏のとらえ方は、先に述べたような、中世の一般的な六条御息所像と軌を一にするものでもあろう。御息所の物の怪が怨霊、悪霊という性格で理解された背景には、女とは執心や嫉妬心の深いものであるという概念が作用していたと思われるのである。[6]中世の仏教説話集などの中に、女性の罪深い執心を語る話や、嫉妬を誡める教訓を見出すことはたやすい。そうした風潮の中では、御息所の死霊も、嫌悪され非難されるものでしかなかっただろう。

その点、『石清水物語』は、「道異になりぬれど」と、六条御息所の発言を百八十度転換させることによって、あの世に行ってもなお我が子への思いに迷う母親の霊へと変貌させた。その発言や詠歌に、「この世の闇に迷ふ」「子を思ふ道にまどへる」「心の闇」と、兼輔の「人の親の」歌に基づく表現が頻出することからもわかるように、『石清水物語』の死霊は、子を思う親心の闇という通念に即したあり方を見せている。その意味で、より読者の共感を得やすい物の怪に造型されているといえよう。

もちろん、『石清水物語』の当該場面は、死霊の出現そのものに意味があるというよりは、主人公の姫君の存在を父親に知らせ、親子の再会へと導くためにこそ置かれた場面である。したがって、物の怪の性格についても、そうした物語展開の中で考える必要があろう。中世の王朝物語には、子までなした相愛の男女が、やむを得ぬ事情で引き裂かれるという筋を持つものが少なくない。その中には、姿を消した女君が男君の夢に現れ、子どもの存在を告げるという場面を有するものもある。たとえば次に引用する、『苔の衣』という作品の一場面。

人やりならず涙こぼれつつ、更くるまでうちまどろまれ給はぬ暁に、夢ともなくありし女君の、現にて見給ひしにも変はらずいとも の思はしげなるさまにて、

「飽かでのみ逢ふ瀬絶えにし悲しさに渡川にて君を待つかな

ものはかなげにて生ひ立ち給ふ人の行方、必ずは尋ね取り給へ」とていみじく泣くに、我も悲しくて、「いかなる所に置き給へるにか」と問はんと思すほどに、いたく心惑ひて御胸も騒ぎ、やがてうちおどろき給ひぬれば、海人もまことに釣りするばかりになりにけり。（冬・二五五～六頁）

ここでは、男君の夢に現れた女君が、「渡川（三途の川）にて君を待つ」という歌によって、すでにこの世の人でないことを告げ、さらに、父親にも知られず頼りなげに育っている子どもを探し出してくれるようにと頼む。母親が父親に子の行方を託すという点でまったく等しく、『石清水物語』の死霊出現も、こうしたパターンに則って設定された場面だと思われる。ただし、夢告げではなく、物の怪として正妻に取り憑いて告げるという形にしたところは、『石清水物語』の独自性といえよう。そこに、かつてこの母親を迫害した正妻への報復という意味合いが、ないとは言い切れない。死霊の発言の中にも、「いとなさけなくはしたなめられたてまつられしかば」という言葉があるから、迫害されたことを忘れているわけではあるまい。しかし、この死霊が正妻に対する恨みや報復感情を口にすることはなく、あくまでも我が子を案じる母親の亡魂という立場に徹している。そのため、うとましさや恐ろしさを感じさせることも特になく、ただ「あはれにもふしぎにも」という感慨を引き起こすのである。その意味ではやはり、夢で我が子の存在を告げる、他の物語の母親たちと大差ないといえよう。

四

以上、中世王朝物語に描かれた二つのタイプの物の怪を瞥見した。両者はまったく異なるもののように見えるが、いずれもその基には、中世に一般的だった六条御息所への理解があり、一方はその性格をさらに徹底させ、一方は反転させたものと考えることができる。前者『有明の別』では、御息所の生霊に読み取った怨念や害意をより明確にしつつ、そうした悪霊的存在に対しても「あはれ」という感情を抱く余地を残していたが、さらに後代の作品になると、同情すべくもない、おぞましく嫌悪されるだけの物の怪も登場する。また、『石清水物語』では、御息所の死霊においては抑えられていた母親の立場を前面に出し、この世に遺した我が子のために現れた亡霊という、文句なく同情に値する存在に作り変えていた。このように、中世の王朝物語に現れる物の怪は、六条御息所を下敷きにしつつも、よりうとましい悪霊、もしくはあわれな亡霊というはっきりした性格――善玉、悪玉に大別できるような、わかりやすい性格が与えられてゆく傾向にある。そのことはつまり、読み手にとっても、どのように受け取るべきかという方向づけがなされているということでもある。翻って『源氏物語』では、物の怪というような超自然現象を描くにあたっても、善悪の枠組みには収まらない、人間というものへの深い洞察がその根底にあり、なればこそ、現在に至るまでさまざまな議論を呼び、また多くの読者に多様な感想を抱かせつつ読み継がれてきたのであろう。

（1）六条御息所の物の怪について論じたものは数多いが、代表的な参考書として藤本勝義『源氏物語の〈物の怪〉』（笠間書院、一九九四年）を挙げておく。
（2）今井上「六条御息所生霊化の理路――葵巻再読――」（『源氏研究』第八号、二〇〇三年四月）。
（3）安達敬子「六条御息所異聞――『六条葵上物語』から――」（『国語国文』第七十二巻二号、二〇〇三年二月）。
（4）安田徳子「謡曲『葵上』とその周辺」（『名古屋大学国語国文学』第七十号、一九九二年七月）。
（5）『石清水物語』の当該場面における『源氏物語』からの影響については、田村俊介「『源氏物語』を超えて――問はず語り、秋霧、石清水等――」（『論集源氏物語とその前後5』新典社、一九九四年）に指摘がある。
（6）たとえば『宝物集』に、「女は心ふかきものなれば、ものに執をとめ、おとこをうらむる事も、いま一しほまさりて侍るめる」（巻二・九五頁）とある。

第十三章　『風葉和歌集』の政教性——物語享受の一様相——

一

『風葉和歌集』は、後嵯峨院の院政最末期にあたる文永八年（一二七一）十月に成立した物語歌撰集である。国母大宮院を下命者とし、『古今和歌集』仮名序を模した序文を備え、さまざまな物語から採ってきた二千首ほどの歌を、勅撰集に倣った部立と配列方式で並べるなど、准勅撰集ともいうべき相貌を呈している。このような前例のない勅撰集的物語歌撰集の出現の意義は、一つには、物語愛好熱の高まりに伴う物語の地位の向上としてとらえられる。その方向を突き進めて、物語を権威づけるために勅撰集の形式を借り用いたに過ぎないとする見方も、まま見受けられる。しかし、『風葉集』を通して物語享受の実態を探ろうとするならば、その外形ばかりでなく、より内的な性質に目を向けてしかるべきであり、採られた和歌やその構成にも勅撰集としての性格が現れていないかどうか、吟味を要すると思われる。

勅撰集らしさを測る尺度も一様ではないが、本稿ではその中の政教的側面を取り上げる。『古今集』以来、公的事業である勅撰集には常に文芸性と政治性とが分かちがたく絡まっていたものだが、特に後嵯峨院政期の『続後撰和歌集』『続古今和歌集』は、当時の歌壇に浸透していた政教的雰囲気を反映して、当代への賛頌意識が顕著であると指摘されている。(1) 勅撰集撰集がますます政治的意味を強化し、治天の君一代ごとの恒例事業となる端緒も、この御代であった。かかる時代に、後嵯峨院の后にして、後深草、亀山という二代の天皇の国母であった大宮院を下命者に仰ぐ『風葉集』は、勅撰集の厳密な定義にはかなわぬものの、勅撰集としての実質的性格を相当に帯びているのではなかろうか。

『風葉集』の部立構成や各部の配列方式における勅撰集性を緻密に分析した米田明美氏は、『続古今集』との比較などを通して、政治的配慮の見られる点をいくつか挙げた上で、「単なる物語歌の秀歌選ではなく、後嵯峨院と後嵯峨院皇后（大宮院）を称えた物語歌撰集として、後嵯峨院当代の勅撰集と同様の位置付けができるのではないだろうか」と提言している。(2) しかし、それらを「勅撰の集としての体裁を整えるため」(3) の操作と一概に断じては、やはり外形的な把握にとどまってしまうであろう。以下本稿では、米田氏の指摘を踏まえつつ、当時の宮廷や歌壇の状況を具体的に勘案しながら、『風葉集』の内的な性質としての勅撰集性を改めて検証し、当時の物語享受の一つのあり方を窺う手がかりとしたい。

二

『風葉集』の政教的性格を考えようとする時、後嵯峨院時代の二つの勅撰集、中でも最も時期の近い『続古今集』（文永二年十二月奏覧）を参照することは、やはり有効であろう。『続古今集』の政教性は、当代に対する賛頌という形で端的に現れている。その中心をなすのは、弘長三年（一二六三）二月の亀山天皇による亀山殿朝覲行幸、および正元元年（一二五九）三月、後嵯峨院、後深草天皇、東宮（亀山）が一堂に会した、西園寺（北山殿）における大宮院主催一切経供養の折の歌群である。その二度の晴儀で詠まれた歌は、『続古今集』賀部の巻頭四首目から七首連続して収められている。中でも、

梅が枝に代々の昔の春かけてかはらず来ゐる鶯の声（一八六三番）

いろいろに枝をつらねて咲きにけり花もわが代も今さかりかも（一八六四番）

という後嵯峨院詠は、息子たちをそれぞれ「鶯」や「花」にたとえ、二代の天皇を我が子に持つ満足感にあふれている。

また、賀部の巻頭を飾るのは、寛弘六年（一〇〇九）に誕生した第三皇子（後朱雀）の成長を願う、父一条天皇の詠である。

後朱雀院むまれ給ひての御百日の夜よませ給ひける　一条院御歌

二葉より松の齢をおもふには今日ぞちとせのはじめとは見る（一八五八番）

同じく賀部の一八八五番にも、皇位継承者（後一条）の誕生を祝う歌がある。これ以前の勅撰集賀部において子の誕生に寄せられた賀歌を探すと、『後拾遺集』までは珍しくないものの『金葉集』以降は激減し、詞書に記された限りでは『詞花集』に一首見られるのみである。(4) そうした傾向の中で、誕生賀歌、および天皇家の子孫を寿ぐ内容の歌の目立つことが、『続古今集』賀部の一つの特徴といえる。

『続古今集』の賀部巻頭歌については、後朱雀天皇を亀山天皇になぞらえる意識を読み取る論がある。(5) その中でも誕生賀歌が撰ばれた背景には、『続古今集』完成の直前、文永二年四月に玄輝門院（洞院実雄女）から後深草院皇子熙仁親王（後の伏見天皇）、七月には皇后京極院（同じく実雄女）から亀山天皇皇子知仁親王と、待望の皇子が相次いで生まれていたという事実があろう。後嵯峨院の第一皇子である将軍宗尊親王にも、文永元年四月に惟康親王、同二年九月に掄子女王と、第三世代が続々と誕生していた時期であった。齢四十六に達し、院政も二十年に及んだ後嵯峨院の関心は、帝位を子々孫々に伝えることに向かいつつあったと思われる。『続古今集』賀部は、そうした院の意向を酌み、後嵯峨院皇統が連綿と継承されることへの予祝を基調としているのである。

翻って『風葉集』賀部を見ると、ここでも誕生賀歌が約半数を占めるなど、子の成長を寿ぐ歌が多い。それは物語歌自体の傾向の反映ではあろうが、特に巻頭部の構成には意図的なものが感じられる。

今上一宮うまれさせ給へりける産養に、ちごの御衣調じてきこえ侍ける

おやこの中の春宮女御

亀山の岩ねの小松おひそひてこれこそ千世の初なりけれ（七〇一番）

犬宮のうまれてはべりけるに

うつほの右大将仲忠

みどり子のおほかる中に二葉より万代みゆるやどの姫松（七〇二番）

春宮の若宮の五十日まゐり侍ける夜、よませ給ける

ひちぬいしまの朱雀院御歌

君が世の千とせのはじめ今夜にて雲ゐにたづのすまんとすらん（七〇三番）

皇后宮うまれ給へりける七夜に、女院より、ちごの衣にむすびつけて、「千世ふべき鶴の毛衣いつしかと雲ゐになれむほどを待ち見む」と侍りける御返し

末葉の露の関白母

生ひたちて雲ゐになれむ鶴の子の千世の契も君のみぞ見ん（七〇四番）

それぞれ別個の物語から採られたもので、散逸物語も含まれているが、七〇一番・七〇三番は皇位継承者たる皇子の、七〇四番は最終的に皇后となる姫君の誕生を祝ったものであることが、詞書からわかる。七〇二番の『うつほ物語』の犬宮も、早くより将来は后にと期待されていた。また、初めの二首は「松」、次の二首は「雲ゐ」「鶴」の語を共有して、それぞれ一対をなしている。このきわめて構成的な配列を持つ巻頭部によって、やがて「雲ゐ」＝宮中に並び立つべき未来の帝と后とが、賀部の中心に据えられている。

さらに巻末近くにも、「雲ゐにも立ちのぼるべき」一宮の五十日に寄せた贈答歌と、後に中宮となる幼い姫君が

「雲の上まで」巣立つことを願う歌が並べられ、語句の上でも対応が見られる。

一宮の五十日、里にてまゐりけるに給はせける　　波のしめゆふの帝の御歌

雲ゐにも立ちのぼるべきまな鶴のしばし汀にあそぶ声かな（七五三番）

御返し　　入道左大臣

とびたたば千世をかねたるまな鶴のしばし汀にあそぶ声する（七五四番）

中宮のをさなくおはしましける時よめる　　あしすだれの中宮亮

ひな鶴の沢べにしばしやすらふを雲の上まで巣だててしかな（七五五番）

この後、七五六番以降に屏風歌が四首並んで賀部は閉じられる。巻末の屏風歌歌群については、勅撰集の賀部巻末に置かれることが通例の大嘗会和歌に擬したかと推察されているように[6]、他の祝賀歌とはやや性格を異にする。これらを別格なものとして除外すれば、賀部の巻頭と巻末は、誕生賀歌でもって首尾呼応することになる。

また、賀部の巻頭二首の波線部は、前掲の『続古今集』賀部巻頭歌にも、共通または類似の語句がある[7]。さらに、巻頭七〇一番の「亀山」も、『続古今集』賀部の第三首目と共通する語である。

同じ院（上東門院）の后の宮と申しける時、すずりのかめに桜の花をさしおかれて侍りけるが、ひさしく散らざりけるを見てよみ侍りける　　伊勢大輔

つきもせず齢ひさしきかめ山の桜は風も散らさざりけり（一八六〇番）

「亀山」は、亀の長寿や蓬莱山への連想でもって賀歌にしばしば詠まれる地名であるが、建長七年（一二五五）に後嵯峨院がこの地に仙洞御所を定めて以来、その歌壇では院の象徴としての特別な意味を持つようになる。たとえば、『続古今集』撰者の一人である藤原為家は、

亀の尾の山の岩ねの宮づくりうごきなき世のためしなるべし（『弘長百首』六九七番・祝）

等、「亀山」に託して御代の長久を寿いだ歌を、生涯に十数首残している。また、先行勅撰集における「亀山」(「亀の尾山」「亀の上の山」等を含む)の用例が、『古今集』と『拾遺集』に各一例のみであるのに対し、『続古今集』は五首と突出している。中でも、賀部の終わりから二首目にあたる、

ももしきは亀の上なる山なれば千世をかさねよ鶴の毛衣(一九一四番・源通親)

は、本来、後鳥羽院時代の『千五百番歌合』の詠作であるが、『続古今集』の文脈では、「ももしき」=「亀の上なる山」は亀山仙洞を指すことになろう。(8)そして続く巻末歌、

ひさかたの天のかご山空はれていづる月日もわが君のため(一九一五番・藤原家隆)

とともに、後嵯峨院の御代を寿ぎつつ、賀部を、さらには『続古今集』全体を締め括る役割を担っている。(9)『風葉集』賀部巻頭歌に詠まれた、「亀山の岩ね」に生い添う「小松」とは、亀山殿に住まう院の子孫の誕生を寓意すると解釈することが可能であろう。

『続古今集』以後にも後深草・亀山両皇に次々と皇子女の誕生が見られ、特に文永四年十二月には、京極院に世仁親王(後の後宇多天皇)が生まれている。その直前に知仁親王が夭逝していただけに、後嵯峨院ならびに大宮院の喜びは大きく、仙洞御所に引き取って養育し、翌年には早々に皇太子に立てた。それを見届けて安堵したかのように、まもなく後嵯峨院は出家を果たしている。一方、大宮院の実家である西園寺家は、後深草院后東二条院(実氏女)および亀山天皇中宮今出河院(公相女)に皇子が生まれず、文永四年には公相が、六年には実氏が相次いで没する。当主の座と関東申次の重責は実兼が引き継いだものの、弱冠二十歳あまりの権中納言に過ぎず、洞院家に圧され気味の感は否めなかった。しかしその実兼にも、『風葉集』成立と同じ文永八年のうちには女子(後の永福門院。伏見中宮)が生まれており、将来の外戚政策に期待をかけていたはずである。

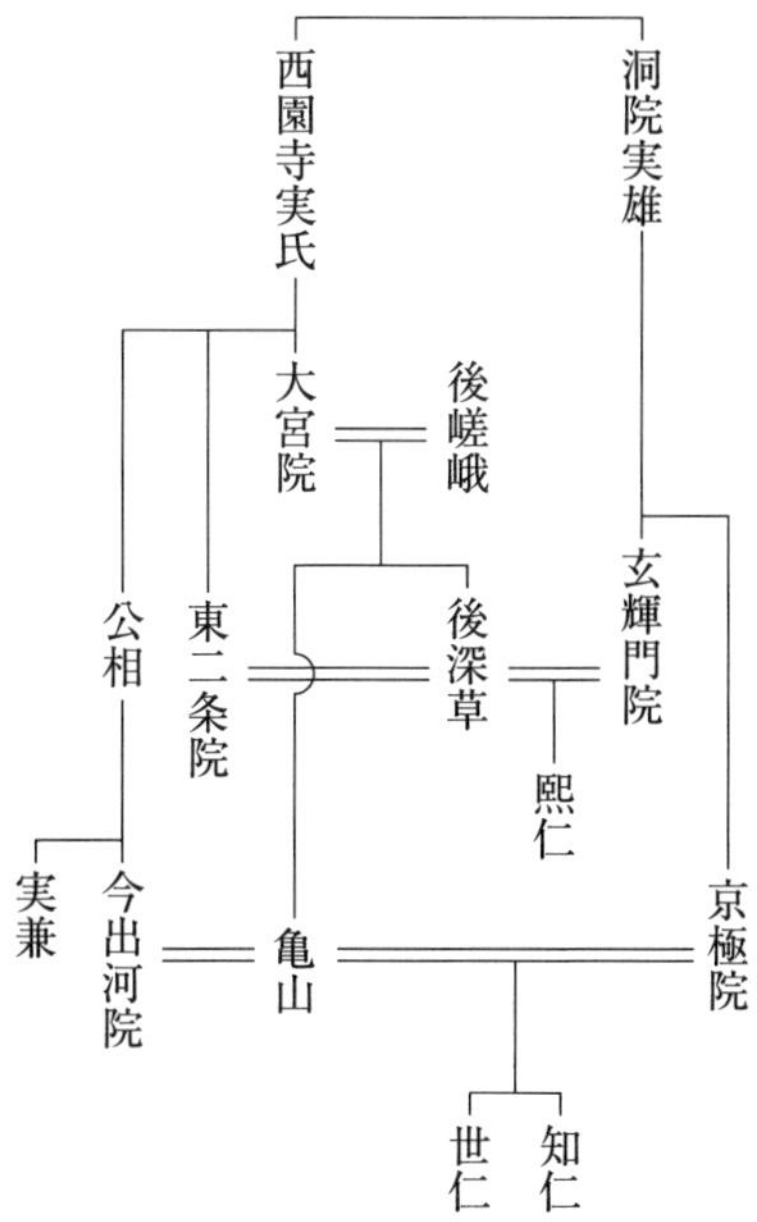

帝がね、后がねの誕生を祝う歌を一対とする『風葉集』賀部の構成は、このような現実の慶事と無縁ではなかろう。『続古今集』賀部が後嵯峨院皇統の永続を予祝していたように、院の子孫が天皇家を受け継ぎ、外戚西園寺家から后が立てられ、両家が代々一体となって栄えてゆくことへの祈念を込めた、意識的な配列と思われるのである。

三

『風葉集』では、賀部ばかりでなく四季部にも賀歌が散在する。物語歌という性質上、純粋な叙景歌よりはむしろ恋、哀傷などの人事的色合いを多分に帯びた歌が四季部にも並ぶ傾向にあるから、そのこと自体は特に異とすべきことではない。しかし、春下部の桜の歌群には、十数首にもわたって賀歌的性格の濃い歌が連続する部分がある。

しかも、〈表一〉に大略を示したように、その大半が内裏ないし仙洞の花を詠み、帝、院、東宮を賛美するものである。これほど詞書と歌句の両面で慶賀の意をあらわに出し、しかもその祝意が皇統に向けられた歌が集中する例は他の部立には見あたらず、花の歌群の際立った特徴となっている。

〈表一〉

番号	物語名	詠者	場所	詠歌状況	賀意を含む語句
六六	をだえの沼	皇太后宮	大臣邸	花盛りに父大臣が「齢はふりぬ」と言うのを聞いて	風ものどけき宿
六七 六八 六九	いはでしのぶ	嵯峨院 法皇 みかど	白河院	法皇六十御賀（行幸・御幸）	流れひさしき・のどけき匂ひ 春をへてかひある花の光 ふるにかひあるみゆき
七〇 七一	隠れ蓑	二のみこ 左衛門督	弘徽殿	桜の宴	君が世ののどけき春・花のときは 君が世ののどけき桜
七二	落窪	よみ人しらず	道頼邸	忠頼七十賀の屏風歌	千代のためし
七三 七四 七五	ゆくへしらぬ	みかど 白河院 左大将	内裏 仙洞 内裏	南殿の桜を大将に遣わす その花を見て 参内して奏上	九重の花のさかり 花は見し世にかはらざりけり
七六 七七	御垣が原	入道式部卿親王 後はるの院	仙洞	はるの院五十御賀の行幸、帝に献盃 盃を取って	かかるみゆきの今日はなかりき よろづ世ふべき
七八	みたらし川	内大臣	南殿	東宮らのために花を折り、帝に見咎められて	君が為にはをらざらめやは

七九	風につれなき	宇治入道関白太政大臣	東宮御所	桜に付けた東宮からの消息への返歌	万代と祈りおきてしはる山
八〇	ゆくへしらぬ	みかど	白河院	花見行幸、主の院に	あるじからなる今日のみゆき
八一	雲ゐの月	おほきさいの宮	仙洞	白河院譲位後、人の献上した内裏の花を見て	

『続古今集』賀部でも、桜を詠み込んだ歌は十二首に及ぶ。〈表二〉に、勅撰集賀部における主な歌材の用例数（歌数）を示した。総じて多用されるのはやはり松で、『続拾遺集』以降は月の比重が増す傾向にある。その中にあって、『続古今集』の桜は松・月各八首を凌駕し、歌数においても賀部全体に占める割合においても突出している。内容的にも、上東門院を寿ぐ歌（一八五九番・一八六〇番）、鳥羽殿行幸歌（一八六九番）、西園寺御幸歌合（一八七〇番）、内裏百首歌（一八七一番、題「禁中花」）等、そのほとんどが天皇、上皇や国母を対象とした賀歌である。そして十二首のうち半数を占めるのが、前節で触れた弘長三年二月の亀山殿行幸、および正元元年三月の西園寺行幸の歌群である。それらはいずれも花の季節の行事で、それぞれ「花契遐年」「翫花」を題として和歌が詠まれた。後嵯峨院は退位後まもない宝治元年（一二四七）三月にも西園寺に御幸し、「翫花」の題で歌会を催している（『続後撰集』春中・九五番）。これら三度の晴儀の有様は『増鏡』等にも記されるが、それぞれの和歌会の記録が伝わっており、いずれも貴顕の執筆した序を備え、院をはじめ供奉した多数の廷臣、女房たちが、盛りの花に寄せて御代を寿ぐ歌を詠じている。こうした度重なる大規模な花見行幸（御幸）の歌会を通して、桜は後嵯峨院治世の賛頌に最もふさわしい歌材となったのではないか。その端的な現れが、『続古今集』に目立つ花の賀歌なのだと思われる。

後嵯峨院の五十賀もやはり、文永五年三月という花の季節に予定されていた。[10] おそらく対岸に吉野山の桜を移植させていたという亀山殿を舞台として、[11] 後深草・亀山両皇の臨幸のもと、御賀の儀を繰り広げる計画だったのだろ

〈表二〉　勅撰集賀部における歌材　※（　）内は賀部総歌数に対する百分率

	古今集	後撰集	拾遺集	後拾遺集	金葉集	詞花集	千載集	新古今集	新勅撰集	続後撰集	続古今集	続拾遺集	新後撰集	玉葉集
総歌数	22	18	38	36	29	11	35	50	51	42	58	38	42	67
桜	3(13.6)	1(5.6)	3(7.9)	0(0.0)	4(13.8)	1(9.1)	3(8.6)	3(6.0)	2(3.9)	5(11.9)	12(20.7)	6(15.8)	2(4.8)	7(10.4)
松	2(9.1)	3(16.7)	8(21.1)	12(33.3)	10(34.5)	5(45.5)	9(25.7)	15(30.0)	11(21.6)	11(26.2)	8(13.8)	8(21.1)	10(23.8)	13(19.4)
月	0(0.0)	0(0.0)	0(0.0)	1(2.8)	0(0.0)	0(0.0)	1(2.9)	4(8.0)	5(9.8)	6(14.3)	8(13.8)	9(23.7)	9(21.4)	12(17.9)

う。前年から準備が進められ、しばしば内裏、仙洞で舞楽御覧や試楽が行われていた様子は、『五代帝王物語』『増鏡』等に詳しい。結局、二月初旬に蒙古の国書が朝廷にもたらされ、その対応のため賀宴は急遽中止となってしまったのだが、「宝算五十まで」（『五代帝王物語』三四六頁）と祈念していた院の、最大にして最後の晴儀もまた、桜花に彩られるはずだったのである。

　後嵯峨院の時代には、白河院政期への志向が顕著であるとされる。その表徴の一つとして、後嵯峨院の近臣であった葉室定嗣の日記『葉黄記』にある、宝治元年西園寺御幸の際に作られた和歌序の書式に関して「天治白川花見御幸」を引き合いに出す記事が指摘されている[12]。「天治白川花見御幸」とは、鳥羽天皇退位の翌年にあたる天治元年（一一二四）閏二月、摂政藤原忠通を筆頭に大勢の月卿雲客や女房が扈従した、白河院、鳥羽院、待賢門院による法勝寺、白河殿への花見御幸のことである。白河院はじめ院政君主たちは総じて派手な御幸を好んだが、この催しは特に印象的なものであったらしく、『今鏡』は「白河花宴」という一章の大半を費やして描写し、後世には早歌「花」にも歌われることになる。この御幸の際の詠歌は、『金葉集』『千載集』の春部に計七首残っており、

白河の流れひさしき宿なれば花のにほひものどけかりけり（『金葉集』春・三一番・源雅実）

のように、いずれも盛りの桜に託して聖代を称え、その長久を寿ぐものであった。

このほかにも、花見を伴う院政期の行幸、御幸は枚挙に遑がなく、その場で詠まれた花の賀歌も多数に上る。『金葉集』『千載集』に見えるものを中心に挙げると、

寛治七年（一〇九三）三月　白河院、北山花見御幸（『新勅撰集』五五番・五六番）

永長元年（一〇九六）二月　白河院、京極殿十種供養御幸（『千載集』五〇番〜五二番）

嘉承二年（一一〇七）三月　堀河天皇、鳥羽殿朝覲行幸「池上花」（『金葉集』三一四番、『千載集』六一三番、『古今著聞集』管絃歌舞）

康治二年（一一四三）三月頃　崇徳院、近衛殿御幸「遠尋山花」（『千載集』四六番・四七番、『今鏡』春のしらべ）

久寿元年（一一五四）二月　鳥羽院、勝光明院御幸（『千載集』一〇五二番、『今鏡』白河花宴、『古今著聞集』和歌）

などが見出される。その他、『金葉集』三五番、『千載集』四三番も年次不詳だが白河院の御幸の際の歌、『金葉集』四〇番・四一番は鳥羽院御所にて「花契遐年」の題で詠まれたものである。『金葉集』春部の三〇番〜四一番、および『千載集』春部の四三番〜五二番のあたりには、花の歌群の中でも賀意の濃厚な、しかも多くは院や天皇に関係のある歌が集中している。白河・堀河朝には、清涼殿で催された中殿御会における歌題にも、「花契多春」（応徳元年三月、『続後撰集』賀・一三四四番）、「花契千年」（永長元年三月、同・一三四五番）などが見える。この時期、帝王の権威と弥栄を咲き誇る桜にたとえる詠法が確立したものと思われる。

また、歴代上皇の算賀も、やはり揃って三月に、子や孫である天皇主催のもと、盛大に執り行われている。

康和四年（一一〇二）三月十八日　白河院五十賀　鳥羽殿　堀河天皇行幸（『今鏡』紅葉の御狩、『古今著聞集』祝言）

天永三年（一一一二）三月十六日　白河院六十賀　六条殿　鳥羽天皇行幸（『古今著聞集』管絃歌舞）
仁平二年（一一五二）三月七日　鳥羽院五十賀　鳥羽殿　近衛天皇行幸（『今鏡』鳥羽御賀、『古今著聞集』祝言）
安元二年（一一七六）三月四日　後白河院五十賀　法住寺殿　高倉天皇行幸（『安元御賀記』）

最後の後白河院五十賀については『玉葉』にも記録があるが、その中でしばしば康和、天永、仁平の先例が引かれており、上皇算賀の慣例が形成されつつある様が窺われる。さらに遡れば、延喜十六年（九一六）三月七日に行われた宇多法皇五十賀（醍醐天皇主催）という先蹤があり、花の季節の賀宴は延喜聖代を志向したものでもあったのだろう。ともあれ、白河の地が花の名所であったこととも相俟って、院政期の帝王の権威は、たびたび桜花を背景に誇示されたのである。

後嵯峨院時代の三度にわたる花見の晴儀、および三月に予定されていた五十賀が、こうした先例に倣っていることは間違いない。それらは、治天の君たる院とその子後深草院、亀山天皇が寄り集って親睦を深め、供奉の臣下が帝徳を称え忠節を明らかにし、院政期に匹敵する聖代の永続を確認する行事であった。そのような場において、桜は院政期同様、王者の象徴として詠まれ、『続古今集』では皇統賛美の素材として選ばれたのである。

『風葉集』に話を戻すと、花の歌群の始発である春下部巻頭歌、

左のおほいまうち君、春日にまうでてこれかれ歌よみ侍りけるに、花をいざなふといふ心を
うつほの中務卿親王
わが宿にうつしてしかな野辺に出でて見れどもあかぬ花の匂ひを（六〇番）

は、『続古今集』春下部の巻頭に位置する、亀山殿の桜を詠んだ後嵯峨院御製、

亀山の仙洞に吉野の桜をあまたうつしうゑ侍りしが、花の咲けるを見て
太上天皇

春ごとに思ひやられしみよしのの花はけふこそ宿に咲きけれ（一〇〇番）

を意識して配置されていることが、すでに指摘されている[13]。

さらに〈表一〉に示したように、六七番から八〇番までは、七二番を除き、いずれも内裏、仙洞、東宮御所の桜をめぐって、院、帝、東宮、廷臣たちが仲睦まじく交流し称え合うという構図を持つ。その中には、算賀のための「みゆき」における歌が二組五首含まれる（網掛け部）が、特に後嵯峨院時代の成立かと推測されている物語『いはでしのぶ』から採られた、

君がすむ流れひさしき白河の花ものどけき匂ひなりけり（六七番）

は、先に挙げた天治花見御幸における雅実詠（『金葉集』三一番）を、本歌取りというよりほとんど剽窃した歌である。このような花の賀歌の集中は、後嵯峨院時代の和歌の世界において桜が特別な意味を持っていたことと照応するところが大きい。

もちろんその前提として、そもそも物語自体に、内裏や仙洞の桜を詠む場面が多かったという事情があるには違いない。しかし、内裏、仙洞の花の歌をこれほど集中させ、その前後に、皇太后から父大臣への祝意を込めた歌（六六番）、夫の退位後宮中をなつかしむ大后の詠（八一番）を置く配列は、『風葉集』の下命者大宮院とその実家西園寺家を含め、後嵯峨・後深草両院、亀山天皇、宮廷貴族たち、これら君臣が一体となって形成される聖代への賛頌を花に託した、意識的なものであるように思われる。算賀の歌や、七〇番・七一番のように賀意の濃厚な歌を、賀部でなくあえて春下部に収める処置にも、内裏の花を詠むものの祝言性はやや稀薄な七三番〜七五番等とも切り離さずに、天皇家にまつわる一連の花の歌群を形成させようとする意図を読み取ることができる。

特に算賀歌についていえば、『風葉集』の他の季の部では、詞書に明記された限り、秋上・二四九番（『御垣が原』の嵯峨院御賀）、および各季に計七首の屛風歌（『うつほ物語』『落窪物語』より）のみで、歌の内容も必ずしも祝言性

の強いものではない。花の歌群中で二組五首に及ぶ院御賀の歌は、後嵯峨院五十賀との関連において注目される。院の治世を聖代と称える『五代帝王物語』は、御賀の中止を当代唯一の遺恨事として繰り返し嘆いているが、その落胆は、当の院はもとより、院政期を髣髴とさせる盛大な行事の復活を期待していた貴族たちに共通するものであっただろう。『風葉集』の花の御賀の歌には、蒙古の騒ぎのために頓挫した後嵯峨院五十賀を惜しむとともに、平和な世が到来し晴儀が再興されることを願う思いが込められているのではなかろうか。それは、『風葉集』序文末尾の「よもの海の波の音もしづかならんことを願はざらめや」という一節に窺われる、蒙古の圧迫に対する不安と平和への祈り(14)にも通うものである。

以上のように、『風葉集』の花の歌群の構成には、院政期への志向、君臣一体となっての聖代賛美、泰平の御代希求といった、当時の宮廷の空気に即した理念が働いているものと考えられる。

四

先に見た花の歌群でも「みゆき」の歌が目立っていたが、次に、同じく行幸関連歌が連続する雑三部巻頭を順に検討してゆく。

仁和の御時芹河行幸の絵を御覧じて、左のおほいまうち君に給はせける
女のすくせしらずの第三御門御歌

芹川のたえぬ流れに鳴くたづに古き跡をも尋ねてしかな（一三三一番）

御返し
左大臣

芹川の古き流れを尋ねてもちとせの後は君ぞつぐべき（一三三二番）

「仁和の御時芹河行幸」とは、嵯峨天皇が特に好んだとされ、仁明天皇より後は途絶えていた遊猟行幸を、仁和二年（八八六）十二月、光孝天皇が復活したものである。一三三一番は、その行幸に供奉した在原行平による、『後撰集』雑一部巻頭の、

嵯峨の山みゆきたえにし芹河の千世の古道跡は有りけり（一〇七五番）
おきなさび人なとがめそ狩衣けふばかりとぞたづも鳴くなる（一〇七六番）

を踏まえている。

「芹河」の地名は、仁和以降再び行幸がほぼ絶えてしまったこともあって、中古の和歌に取り上げられることはほとんどなかったようである。『後撰集』一〇七五番は新古今時代に改めて注目され、『古来風体抄』『近代秀歌』『時代不同歌合』等に収録された。また、『六百番歌合』において「野行幸」の題のもと、計三首に「芹河」が詠まれたほか、

嵯峨の山千代の古道跡とめて又露わくるもち月の駒（『新古今集』雑中・一六四六番・藤原定家）
いにしへの千世の古道年へても猶跡ありや嵯峨の山風（『後鳥羽院御集』一六四四番）
春くれば千世の古郷ふみ分けてたれ芹河に若菜つむらん（『壬二集』八〇四番・建保四年院百首）[15]

のような本歌取りの作例がある。

この傾向は後嵯峨院時代の歌壇にも継承されたが、

君が代は千代をつむとも芹川のおなじ流れにつきじとぞ思ふ（『弘長百首』五九一番・藤原家良）
御幸せし昔の跡の名残とて今もかひある千代の古道（『白河殿七百首』五八一番・藤原為教）
君が代に又跡つけよ嵯峨の山雪にのこれる千代の古道（『竹風和歌抄』（宗尊親王）七三一番・文永六年五月百首歌）

のように、院が往昔の行幸を継承することを期待し賛美するような歌の多い点に特色が見られる。さらに『続古今

集』には、

芹河の波も昔にたちかへりみゆきたえせぬ嵯峨の山風（雑下・一七五〇番・九条良経）

のほか、後嵯峨院自身の詠、

子の日せし千代の古道跡とめて昔を恋ふる松も引かなむ（春上・二七番）

も収載されている。この御製は建長三年成立と推測される『秋風和歌集』にも採られており、後嵯峨院の院政初期の作と思われる。行平詠を踏まえて、いにしえの行幸を復活する意志を宣言したものであろう。[16]『続古今集』仮名序には、「ここに仁和の帝（光孝天皇）この道（歌道）にのこしおき給ふ、春の野の若菜のふること、年をつみて雪の跡たえず伝へましますゆゑに」という一節がある。若菜と子日の松の差異こそあれ、この一節と院の御製には響き合うものが感じられる。

光孝天皇は、伝説的な存在といってよい「ならの帝」を除けば、初めて複数の御製を勅撰集に残した天皇である。『禁秘抄』諸芸能事にも「和歌自二光孝天皇一未レ絶」（四二五頁）と記されているように、和歌復興の先駆的帝王という意味で、『続古今集』仮名序にも名が挙げられたのであろう。のみならず、特に後嵯峨院にとっては、即位の事情が己と相似していることに[17]加え、その光孝天皇の血統が今に至るまで続いているという点でも、軽視できない存在であったと思われる。光孝天皇の芹河行幸自体、祖父嵯峨天皇や父仁明天皇の代に盛んであった行事の復興によって自らの皇位継承の正当性を示そうとする、一種の示威行為であったと思しいが、後嵯峨院が表明した仁和の朝儀や和歌への志向もまた、光孝天皇から嵯峨天皇へと遡る皇統のまさしき継承者であることを確認する意図を持っていたのだろう。

そして、亀山に仙洞御所を定め御幸を繰り返した後嵯峨院にとって、芹河行幸の再現は、現実からかけ離れた単なる理念ではなかっただろう。大井河畔に造営された亀山殿は、「延喜治世の具現としての大井河行幸への憧憬」

の具体化であるといわれるが、それはまた、芹河にもほど近い地であった。本来「芹河」は伏見方面の地名だが、行平詠の「嵯峨の山」（嵯峨天皇のたとえ）を実在の山の名と解して嵯峨方面とする説も存在し、和歌の多くはその前提で詠まれている。また、後世の資料ではあるが、『山城名勝誌』によれば、亀山殿の東側に「芹川殿」という建物が附属していたらしく、『続千載集』に「亀山院、芹河に御幸ありて、三首歌講ぜられ侍りし時」（六〇八番詞書）とあるのが、この「芹川殿」への御幸かと推定されている。「芹川殿」の造営年代は不明だが、後嵯峨院の頃から芹河が亀山殿近辺と見なされていた可能性はあろう。亀山殿への御幸は、醍醐朝や白河朝を象徴する大井河行幸のみならず、さらに古く嵯峨朝、光孝朝を偲ばせる芹河行幸になぞらえることもできる。後嵯峨院歌壇における「芹河」詠の賛頌性は、光孝天皇同様、途絶えていた晴儀を当代が復興したという実感に支えられているように思われる。
「芹河」の贈答二首の次は、「大井河」である。

入道前関白太政大臣の嵯峨の家に行啓ありて、帰らせ給ふとてよませ給ひける
有明の別の東宮
大ゐ川ゐせきの浪よなれも聞けわれ世にすまば又帰りこん（一三三三番）

『有明の別』終結部近く、東宮が病床の外祖父を見舞った折の歌である。下の句は、歴代行幸の故地である大井河に、登極後再訪することを誓ったものと解釈することができる。先に見た巻頭二首は、帝が仁和の「古き跡」を偲び、輔弼の臣がその「古き流れ」を継ぐべき当代を嘉する贈答であった。以上三首は、歌枕の地理的な近さに加えて、帝王自身による行幸復活宣言という歌意においても緊密に結びついているのである。しかも、その対象となった「芹河」「大井河」が、いずれも後嵯峨院と関わりの深い地であることに留意しておきたい。
続く贈答歌もやはり行幸に関わるものだが、焦点は供奉の臣下に転じる。

冷泉院に行幸ありける時、ともの中将にて青海波舞ひて、おなじく正三位ゆるされて侍りけるに、殿の中

将すすみて中納言になりにければ、言ひつかはしける

二子の宮の中納言

もろともにのぼりし物を位山などこのたびはさそはざりけん（一三三四番）

返し、中納言にかはりて

関白

諸ともに立ちのぼるべき位山まづさきだちて道しるべせん（一三三五番）

散逸物語『二子』は、成立時期も物語の内容もよくわかっていない。この詞書と作者名から察するに、「殿の中将」「宮の中将」と並び称された二人の貴公子の物語で、「殿の中将」が先に中納言に昇進し、「宮の中将」は一時後塵を拝したが、最終的には彼も中納言になったらしい。「関白」は「殿の中将」の父親であろう。

この贈答の詠歌事情に酷似した出来事が、『風葉集』成立の数年前、実際に起こっていた。簡単にまとめると、弘長二年三月二十七日、亀山天皇が鳥羽殿に朝覲の行幸、翌々日には還御を前に御遊と舞楽が催され、行幸に伴う恒例の恩賞として、従三位左中将であった西園寺実兼と小倉公雄が、そろって正三位に加階された。それから四年後の文永三年、実兼は権中納言に昇進したが、公雄は参議止まりで、権中納言に列したのはさらにその翌年であった、という経緯である[20]。偶然にしては一致するところが大きく、あるいは『二子』という物語は、実兼と公雄をモデルとして、文永の中頃に作られた作品であったかもしれない。実兼は実氏嫡孫、弘長二年当時十四歳。公雄は洞院実雄の次男で、実兼の父公相の従弟にあたり、後嵯峨院の寵臣でもあった。生年は定かでないが、実兼より六年早く叙爵していることから、弘長二年当時二十歳前後と思われる。官位の推移に限れば同様の事例はほかにもいくつか探し出せるが、年齢といい出自といい、彼らほど物語の主人公性をそなえた人物は見あたらない。

もしこの推定が当たっているならば[21]、彼らがモデルであるという事情は承知の上で、大宮院の一族の公達、とりわけ甥にあたる実兼の名誉を語るものとして、この贈答歌が『風葉集』に撰入されたものと推測される。仮に物語

自体は実兼らと無関係であったとしても、権門の御曹司たちの近況と物語内容との遇合が、『二子』からこの二首のみを採る要因となった蓋然性は高い。

雑三部の行幸歌群最後の二首は、『うつほ物語』の大団円である、犬宮の琴披露の場面より撰ばれている。

右大将仲忠の京極の家に御幸有りけるに、むかし御覧ぜられける桜の木の、楼の上にさしおほひていかめしうなりにければ、よませ給ひける

うつほの嵯峨の院御歌

春きては我が袖かけし桜花今はこだかきかげと見るかな（一三三六番）

院が親しく臣下の屋敷に臨んで往事を偲び、今を寿ぐ歌で、行幸、御幸における廷臣の栄誉という点で前歌に承接する。その直前二首が西園寺家周辺の人々を想起させるものであり、また、巻頭には後嵯峨院の復興した御幸を暗示する歌が続いたことを念頭に置くと、当歌詞書の「京極の家」は西園寺邸と、詠者「嵯峨の院」は後嵯峨院と重なってくる。院は譲位直後の宝治年間、しばしば西園寺に御幸したが、先述した宝治元年三月の花見歌会が最初の晴の儀であった。その数日前には、やはり花見の目的で西園寺を訪れ、治世への抱負を謳う贈答を実氏と取り交わした。その歌は『続後撰集』賀部巻頭（一三三〇番・一三三一番）に収められている。後に、

年々のみゆきかさなる山桜花のところは春もかぎらじ（『続古今集』賀・一八七〇番・建長六年三月西園寺三首歌合・洞院実雄）

と詠まれるように、西園寺の桜は、この相次いだ花見にはじまる数々の御幸の思い出を喚起するものであった。『うつほ物語』において、「仲忠の京極の家」とは祖父俊蔭から伝領された屋敷である。故俊蔭邸の桜花をなつかしむ嵯峨院詠は、後嵯峨院が院政初期に賞翫した西園寺の花を媒介として、今は亡き実氏への追憶と、現在西園寺を守る若き当主実兼へのいたわりを寓意するものではなかろうか。

行幸歌群の最後は、『うつほ物語』の同じ場面の歌である。

おなじみゆきにつかうまつりて、子の日に引き植ゑし岩ねの松も木だかくなりにければ

宮内卿かねみ

引き植ゑし子の日の松は老いにけり千世の末にもあひ見つるかな（一三三七番）

此歌を嵯峨の院いみじうあはれがらせ給ひて、この御返事には、民部卿になさるべしとなんおほせたまはせける

「桜」が「松」に変わったものの、懐旧、年月の経過への感慨、現在への祝意など、一つ前の嵯峨院詠に類似した発想を持っている。それゆえにこそ、院を感動させ、詠者に昇進をもたらしたのであろう。

『風葉集』は、その旨をわざわざ左注の形で記している。一三三四番詞書との接続が配慮されているにしても、歌の理解には直接関与しない注記である。『風葉集』の現存する部分において、ほかに左注が施されるのは、神仏詠を除けば次の二箇所のみ。

天の迎ありてのぼり侍りけるに、帝に不死の薬たてまつるとて

竹取のかぐや姫

今はとて天の羽衣着るをりぞ君を哀と思ひ出でける（離別・五六九番）

御返し

あふことの涙にうかぶ我が身には死なぬ薬もなにかはせむ（五七〇番）

とて、不死の薬もこの御歌に具して、空近きをえらび、富士の山にて焼かせさせ給へりけるとなむ

先帝の御わざの夜よみ侍りける

女すすみの中将

限あればそはぬ煙をよそにみて猶おなじ世に立ちや帰らむ（哀傷・六六三番）

やがて頭おろして、北山にこもりけるとなん

いずれも、詠者が歌に表明した意志のままに行動したことを記し、和歌に込められた真情の深さを印象づける効果を上げている。[22] これらに比べると、一三三七番の左注はやや異質である。そこに述べられた内容は、臣下が君主の意を体した和歌を詠み、あるいは和歌を通じて君主を称え、君主の側はそれに応えて臣下を引き立て恩恵を施すという、『古今集』序文以来、宮廷歌人たちが理想としたような、君臣一体となっての和歌の政教的効用の具現であった。このような左注でもって行幸歌群が締め括られている意味は小さくない。

『風葉集』雑三部巻頭の歌群は、単に行幸という共通項によって集められただけでなく、王朝の晴儀を帝王が復活し、それを支える廷臣たちも君恩によってともに繁栄するという構図のもとに組み立てられている。そしてそこに王朝復興を目指した後嵯峨院、それを補佐する西園寺家の影を明瞭に浮き上がらせた上で、[23] 政教観に基づいて和歌の徳を称揚しているのである。

五

『風葉集』賀部巻頭の誕生歌群、春下部の桜の歌群、雑三部の行幸歌群に、後嵯峨院を中心とする天皇家や外戚西園寺家への賛頌意識が如実に窺われることを確認した。それも、子女の誕生、花の賀歌への注目、朝儀復興の気運といった、当時の宮廷や歌壇の状況に即応して、相当に凝った工夫が施されている。大宮院を下命者と仰ぐ以上、その縁類への配慮がなされるのは当然ともいえるが、雑三部巻頭に見られるような君臣観や政教的和歌観の顕在化は、私的、趣味的な物語歌撰集の域を超えるように思われる。

王朝復興という後嵯峨院の政治理念は、その歌壇にかつてないほどに政教的雰囲気を浸透させ、その中心にあっ

たのが歌道家の当主為家であったとされる。[24] 為家の政教主義は、歌合判詞のほか、『続古今集』の撰集作業中の文永元年六月に執筆された、『古今集』仮名序の注釈書『古今序抄』にも、顕著に現れている。『古今集』仮名序自体、和歌復興の宣言とその政教的価値の標榜とを分かちがたく包有していたが、為家の仮名序解釈はとりわけ政教的方向に傾いており、和歌は漢詩と同じく「教誡之端」であり、ゆえに治世の具であることを力説する。

詩正義曰、詩者論功頌徳之歌、止僻防邪之訓云々。歌又おなじかるべし。[25]（一七六頁）

真名序曰、見㆓上古之歌㆒、多存㆓古質之語㆒、未㆑為㆓耳目之翫㆒、徒為㆓教誡之端㆒云々。しかあれば歌の道ふるきにかへりてまことをさきとせば、人の心をととのへ世をすくふはかり事、外にもとむべからず。やまとことのはは我国の風俗なれば、国をおさめ民をはぐくむ事、かならずしも漢家の才にかぎるべきにあらず。そのいにしへをおもへば、異国のことばいまだつたはらざりしかど、まつりごとすなほに、人ゆたか也き。かるがゆへに、この国の道をたつる事は、もとやまとことのはになんあるべき。（一八三頁）

当時の仮名序解釈がすべてこの類であったとはいえまいが、歌壇の指導者たる為家の、大義名分を振りかざした持論である以上、相当の支配力を持って一般に受け入れられていたであろうと推測される。

『風葉集』の序文は、全体の構成から細かい措辞に至るまで、『古今集』仮名序を基調として成り立っている。その論旨の主眼は、今まで軽視されてきた物語歌の「そへ歌」としての価値を説いて再評価を提唱し、「天の下の国の母」大宮院が、「もろもろのことをすてたまはぬあまり」物語歌撰集編集に至ったことを喜ぶところにあり、一見政教論を展開しているようには感じられない。しかし、範とした『古今集』仮名序そのものが右のように理解されていたことを見逃してはなるまい。たとえば、『風葉集』序文は『古今集』仮名序から「もろもろのことをすてたまはぬあまり」という文言をそっくりそのまま借用しているが、その一節は、

上の下をおさめ給ふ事、その道一にあらねば、よろづの事につけて、世をめぐみ、人ををしへ給はんとて、た

えたるあとをつぎ、すたれたる道をおこし給ふ也。もろもろの事をもすて給はねばとて、国のため人のため、其要なからん事をば、のちの世にもつたはれとて、えらびをかるべきにあらず。（『古今序抄』一九八～九頁）

のような解釈を施されていたのである。

また、聖代賛美の祝言で終わるのは勅撰集序文の通例であるが、『風葉集』の場合、

今の世に見およびて聞きつたへむ人も、はじめてなきあとをおこされぬれば、しきしまの道のさかゆくことを思ひて、大空の月日の影ものどかにめぐり、よもの海の波の音もしづかならんことを願はざらめや、

と、歌道の繁栄こそが世の平安をもたらすかのような口調で結ばれる。その背景に蒙古からの圧力という特殊事情があるにせよ、和歌を「国をおさめ民をはぐくむ事」と規定し、「歌の道をおこしてうるはしきすがたをえらびをかれぬれば、今は色につき花になることもなくして、人の心もただしく、世の中のかはるうらみもあるまじ」、「あだなる事、はかなきなげきもなくして、人たのしび、世おさまりぬれば、まつりごとをよろこびて[26]、君をいはひたてまつる事のみあるべし」（二〇一～二頁）と述べる為家の『古今集』仮名序解釈との共通性にも、意を払うべきであろう。

『風葉集』序文の政教性は、勅撰集に比較してさほど顕著なものではない。いかに勅撰集的とはいえ決して正式の勅撰集ではなく、下命者が女性であることを思えば、政治的な思想の表立った標榜が抑制されるのは、むしろ当然であろう。それでもなお、典拠とした『古今集』仮名序を通して政教的和歌観が滲み出ていることもまた、否定できないのである。

六

『風葉集』は、各部の構成や序文に明らかに政教的和歌観を反映させており、同時代の勅撰集の傾向に照らし合わせても、勅撰集としての内的性格を十分に帯びているといってよい。こうした性格は、物語歌称揚のために勅撰集の権威を借りたという事情のみからは生じがたいように思われる。むしろ逆に、勅撰集の対象が物語歌にまで拡大したという方向を示唆するものではなかろうか。

もっとも、各部の勅撰集性の多くは巻頭部と巻末部に集中しており、最終的な整理を命じられた撰者（序文執筆者）[27]の所為である可能性が高い。よって、おそらく勅撰集に精通する男性であろう、その撰者の個性に帰せられる問題であるかもしれない。しかし、依頼を受けた撰者としては、当然依頼主の意向に添うよう努めたはずであり、撰集を企画して基礎的な撰歌作業を行い、かつ完成した撰集の最初の読者となるべき大宮院周辺の人々と、それほどかけ離れた思惑を持っていたわけではあるまい。『風葉集』に政教的性格を明確な形で与えたのは撰者であるにしても、その意図は大宮院のもとでも共有され、許容されるものだったと考えるのが順当であろう。

このような性格を持つ『風葉集』の意義を考える時、これ以前に後鳥羽院も物語歌に関心を寄せていたことを伝える、『明月記』元久二年（一二〇五）十二月七日の記事が参考になる。

自レ院有レ召、未時許馳参、……以二清範朝臣一被レ仰云、物語之中歌可二書進一源氏以下也、与二有家朝臣一承二此事一、但荒涼無極、仍粗書二出歌事宜物語名一、経二奏覧一、此等可レ書由有二仰事一、

藤原有家とともに物語の歌を提出するよう命じられたというもので、同月十二日にも、両人は物語歌について重ねて拝命している。

かかる命を下した後鳥羽院の意図を考えるにあたって、元久二年末という時期は重要である。同年三月に『新古

今集』の竟宴が行われ、以後院は数年にわたって切継に熱中するのだが、ちょうどこの頃、切継作業を一旦終了して定本を作成するつもりだったらしい[28]。つまり、『新古今集』編集に一区切りを付けた院が、引き続いて物語歌に注目したということになる。物語歌提出下命の動機が『新古今集』と関わっているとすれば[29]、それは単なる賞翫目的や作歌の参考にとどまらぬ意味を有していたのではないか。あるいは、『新古今集』を補完する物語和歌集の作成を企図していた可能性はないだろうか。

後鳥羽院の和歌活動がその政事と切っても切れぬ関係にあったことについては、贅言を要すまい。『新古今集』仮名序に見える、「空とぶ鳥の網をもれ、水にすむ魚の釣をのがれたるたぐひ」もあろうという謙辞の背後には、勅撰集たるもの、名歌は漏れなく集成すべしという理念が存在する。帝王の名のもとに編まれた歌撰集の不備脱漏は、帝王の徳があまねく行き渡っておらず、その叡知が不完全であることを意味することになろう。特に『新古今集』は、時代や歌人の身分を問わず、神仏の託宣や夢中詠にいたるまで「ひろくもとめ、あまねくあつめ」させ、後鳥羽院自ら精撰した集なのである。しかるに、『源氏物語』『狭衣物語』といった物語は、当時の和歌の世界で尊重されていたにも関わらず、作り物語であるがゆえに勅撰集の対象とならない。院は、『新古今集』に唯一漏れた物語歌を改めて自らのもとに集めることによって、帝王の業としての和歌収集事業を全きものとする抱負を持っていたのではなかろうか。

右の推測は、承元元年（一二〇七）四月から六月にかけて編集された『今古珠玉集』（散逸）によって裏づけられる。この集は、『明月記』の記事から、「三代集をはじめ新古今集・源氏・狭衣の御点歌を集めて形成されたもの[30]」であったと考えられている。物語歌に関しては、定家が五月二日に「源氏集一帖」を、四日に「源氏集下帖」を賜ってそれぞれ書き進め、十六日には「狭衣歌」を提出、翌日「狭衣御点」を書き出した由が見える。十六日の『狭衣物語』歌書写は院による撰歌の資料とするためであったようで、『源氏物語』の場合も同様に、院が合点を施したものと推定される。

歴代勅撰集からさらに珠玉の篇を撰りすぐった『今古珠玉集』は、過去現在にわたるあらゆる名歌中の名歌を、後鳥羽院の監修のもとに集成した、まさに決定版の撰集であったといえよう。ちょうど同じ承元元年四月には、やはり院自らの主導によって、最勝四天王院障子絵および詩歌の企画が着手されている。院による日本全土の地理的支配を象徴する障子絵と並行して進められた『今古珠玉集』編纂は、歴史的、時間的にも院が日本国を統括していることを、和歌を通じて示そうという試みではなかっただろうか。かかる意味を持った集において、物語中の佳篇『源氏物語』『狭衣物語』が、勅撰集と同列に扱われ、親撰の対象となっているのである。これに一年あまり先行する元久二年の物語歌収集にも、帝業としての和歌活動の一つという性格を認めてよいであろう。(31)

影供歌合、詩歌合等の行事の模倣をはじめ、『風葉集』成立直前の文永八年七月頃には、後嵯峨院、亀山天皇の周辺で『千五百番歌合』が計画されるなど、後嵯峨院歌壇には後鳥羽院歌壇の影響が濃厚であった。(32)それは、新古今時代のような歌道繁栄の再現が目指されたばかりではなく、帝王として和歌に臨んだ後鳥羽院の姿勢が、後嵯峨院の範となったということでもある。題号にはじまり細部に至るまで『新古今集』を意識した『続古今集』は、後嵯峨院親撰の形をとり、徹底的に『新古今集』の文辞を利用した仮名・真名両序において、院の立場から和歌政教観を披瀝するなど、そうした後鳥羽院志向を最も明瞭に示している。もちろん、朝幕関係等の政治状況の変化、両院はじめ歌人たちの個性の相違による変質を蒙っていることは否めないが、和歌を治世の具、明王の業と見なすという根本において、後嵯峨院歌壇の政教的性格は、後鳥羽院のそれを継承していた。とすれば、『続古今集』に続く『風葉集』にも、『新古今集』に続く後鳥羽院の物語歌収集と同様、勅撰集と一対となって聖代の和歌集成事業を完全ならしむる物語歌撰集という役割を認めることができるのではなかろうか。(33)

下命者大宮院が女性であることは、決して右の推測を妨げるものではない。大宮院は摂関家をしのぐ政界の実力者であった西園寺実氏の娘で、後嵯峨院即位直後に入内、立后し、続く二代の天皇の母として並びない権勢を誇っていた。自身後年、「かたじけなく后妃の位に備はりて、両上皇の父母として、二代の国母たり」(『とはずがたり』巻三・三七六頁)との自負を漏らしている。後嵯峨院との仲も終生睦まじかったらしく、院崩御後の治天の君決定にあたって院の遺志を発表し、両統対立の因を作ったように、院の意向を誰よりよく知る人でもあった。このように「天の下の国の母」として君臨し、後嵯峨院のよき伴侶であった大宮院は、本来女性の領分に属する物語の和歌を集め、院の治世の一環である勅撰事業を補完するに最適の人物だったといえよう。

『風葉集』のそもそもの発案者は不明で、大宮院本人と記す序文の記述を額面どおりに受け取ることはできない。京極為子(大宮院権中納言)を中心とする大宮院の女房に想定する説もあるが、あるいは後嵯峨院や実氏の働きかけがあったかもしれない(34)。いずれにせよ、第一次撰歌者、最終撰者をも含めて、『風葉集』成立に関わったのが大宮院にごく近い人物であったことは動かないだろう。大宮院自身は和歌活動の足跡を残さないが、実氏はじめ西園寺家の男性たちは代々公的歌壇の主軸を占めていたし、為子に薫陶を与えた祖父為家は政教主義の中心人物であった。後嵯峨院宮廷の歌壇に蔓延していた政教的雰囲気は、院と一心同体の大宮院周辺にも及んでいたと思しい。国母大宮院による物語歌集成を、聖代の偉業たる勅撰事業を補完するものと見なす意識は、その土壌から自然に芽生えたのではなかろうか。

後鳥羽院による物語歌収集の試みが後世までどの程度記憶されたか疑わしく、『風葉集』への直接的な影響関係は云々できない。しかし、後鳥羽院の企てが『新古今集』との関連においてとらえられるのと同様に、『続古今集』と『風葉集』との間にも密接なつながりが存在した。序文を含めた『風葉集』内部の随所に見出される天皇家や西園寺家に対する賛頌意識、政教的和歌観の発露といった勅撰集的性格には、聖代の文業の一つとしての物語歌集成という、後鳥羽院に共通する理念が作用していたと考えられる。もちろん『風葉集』成立の第一条件として、物語がますます愛好され、特に作中歌に関心が向かったことは挙げられねばならない。その和歌が政教的色合いをとりわけ濃厚に帯びた後嵯峨院時代の宮廷において、大宮院という下命者として申し分ない女性を得てこそ、物語歌集成の試みは、勅撰集に准ずる大規模な物語歌撰集として結実したのであろう。

七

『風葉集』という、はなはだしく勅撰集に近い物語歌撰集出現の背景には、後嵯峨院時代の物語隆盛に加えて、和歌の政教性という時代風潮が存在したと思われる。前代から和歌の世界で尊重されはじめた物語歌は、地位の向上にともなって、政教観の中に包含されることを余儀なくされたのであろう。しかし、いかに物語の「和歌」が注目されていたとしても、作中歌と物語内容とを完全に分離することは不可能である。『風葉集』所収歌の多くは、物語のどのような場面で詠まれたものかを伝える最低限の詞書を伴っており、先に検討した賀部、春下部、雑三部の政教的性格にも、それぞれ詞書が大きく関わっていた。

また、物語歌を宣揚する『風葉集』序文の記述に、次のように『源氏物語』螢巻の物語論が混じり込んでいることからも、物語と作中歌とが截然と区別されていたとは考えがたい。

世の中にある人なすことしげきものなれば、見るにもあかず聞くにもあまることを、さだかにその人とはなけれど後の世に言ひ伝へて、[a]よきを慕ひあしきを戒むるたよりになりぬばかり記しおけるなりければ、ひたぶるにそらごとと言ひはてむも、ことの心たがひぬべくや、

この文章の措辞の大半は、

その人の上とて、ありのままに言ひ出づることこそなけれ、よきもあしきも、世に経る人のありさまの、見る

にも飽かず、聞くにもあまることを、後の世にも言ひ伝へさせまほしき節々を、心に籠めがたくて言ひおきはじめたるなり。ｂよきさまに言ふとては、よきことのかぎり選り出でて、人に従はむとては、またあしきさまのめづらしきことを取り集めたる、皆かたがたにつけたる、この世のほかのことならずかし。……ひたぶるに虚言と言ひ果てむも、ことの心違ひてなむありける。（螢・七五頁）

という光源氏の発言に拠っている。しかし、傍線部ａのような勧善懲悪論は、傍線部ｂを敷衍したものとはいえ、『源氏物語』本文からただちに酌み取れるものではない。後述するように、当時『源氏物語』に教訓的意義、特に狂言綺語観に基づいた仏教的教誡を求める態度は珍しくなかった。螢巻の物語論自体、引用部分に続いて経典を引き合いに出していることもあって、ａの部分を仏教的勧懲論と解する立場もある。[35]だが、『古今集』仮名序を模した『風葉集』序文の文脈の中で考える時、仏教的解釈はいささか唐突で、むしろ「論功頌徳」「止僻防邪」という和歌教誡論の概念と通い合うものである。

このように、物語の和歌が政教主義の中に組み込まれる状況にある時、物語自体もそれと無縁ではなかったと予想される。そして、少なくとも当時の宮廷では、物語の側にも政教的観点からとらえられる条件が存在したようである。その有様を最も明瞭に示すのは、やはり『源氏物語』であろう。

新古今時代以降、宮廷の、しかも天皇や院を取り巻く比較的公的な場で、『源氏物語』が公然ともてはやされるようになる。物語歌集成を企てた後鳥羽院は、その多芸多才が物語にまで及んでいたことを伝える逸話を『増鏡』に残す。順徳天皇は、この「我朝最上」の作品に対し、「不可説未曽有」と絶大の賛辞を日記に書きつけたという（『花鳥余情』十頁）。後嵯峨院の『源氏物語』への関心も深く、河内家の家本を進上させたり、[36]物語取りの詠作を残すほか、現在知られる限り、自ら『源氏物語』の「御談義」を試みた[37]最初の帝王である。

当時の物語談義で論じられる内容は、有職故実や典拠にまつわるものが大半を占めていたようだが、それらは華やかなりし王朝の儀式や文雅を追慕する中世貴族たちの大きな関心事であった。そもそも『源氏物語』はじめ王朝貴族社会を舞台とする物語への傾倒自体、失われた盛時への憧憬に支えられていたことは間違いない。承久の乱の衝撃からようやく立ち直り、鎌倉と協調しつつ王朝復興、皇威回復がはかられた後嵯峨院の時代、物語の制作と享受が隆盛期を迎えたこともゆえなしとしない。院自身の『源氏物語』への関心も、その治世への抱負に裏づけられたものではなかっただろうか。『源氏物語』は、宮廷が政策として取り戻さねばならない王朝の象徴であり、その意味で政治や王権と無縁ではなかったと思われる。このような後嵯峨院の宮廷で『源氏物語』が享受される時、和歌と同様、聖代賛美や君臣道徳が強調され、教誡の手段、治世の具たることを期待されるのは必然の流れであろう。そして『源氏物語』は十分その期待に堪えるものを持っていたのである。

当時の『源氏物語』享受のあり方として、趣味的な鑑賞や、知的関心に基づく談義、注釈作業のほかに、教誡の書として読む立場が存在した[38]。その根底に狂言綺語観があるため、思想的には仏教的方向に傾くことが多いものの、より広く儒教的道徳や一般倫理、さらには日常生活上の教訓までが求められることも珍しくなかった。その中には、

又さりげなくて公私につけて人の心をつけり、大和もろこしをかねてものの情けをあらはし、三四代の間に君も□も身あはせぬることをのせり、おほよそ管絃の道詩歌のおもむき、時につけてさとらしめ、物によせて教へずといふことなし[39]（為氏本『源氏古系図』四五九頁）

私云此物語は内外典を始として、君臣父子のたたずまひ、夫婦兄弟のまじはり、煙霞雪月のあそび、詩歌管絃の道までもかきのこせる事なきか……是をまなびば仁義徳行の道にも達ぬべし、これをたしなまば菩提得脱のたよりとも成ぬべし（『原中最秘抄』五九四頁）

のように、君臣倫理に触れたものも見出される。

これらは『源氏物語』の持つ数々の美点の一つとして挙げるに過ぎないが、享受者の立場によって比重は変わっ

てくる。たとえば、正応四年（一二九一）に成ったという『賦光源氏物語詩』は、作者不明ながら漢詩文という性格から儒教色が強く、特にその序文において、大学で研鑽を積んだ夕霧を「任二補闕一而竭レ忠」、「逢二明時一而底二天時之燮理一、以レ文治レ世」と称賛し、「一部之要、只在二此事一」と言い切るほか、

此物語之為レ体也、仁主四代之継二天祚一焉、鴻霈徳遍、三公百僚之仰二風化一矣、鱗水契深、……是皆追二聖代聖治之法度一、莫レ不レ可二左史右史之書紀一、況又論二政理一、則糺二三綱五常之道一。（四二一頁）

等、『源氏物語』が聖代の君臣のあり方を描いたことに多大な評価を与えている。

多様な要素を包含する『源氏物語』は、享受の時と場に応じてさまざまな解釈を許すものであり、帝王の周辺ならばこうした方面が強調されるであろうことは想像に難くない。特に後嵯峨院の宮廷では、王朝復興という政治理念に適合するものとして迎えられ、政教的な意味合いでとらえられる機会が多かったのではなかろうか。院崩御後のことになるが、東宮時代の伏見天皇は、弘安三年（一二八〇）にいわゆる『弘安源氏論義』を行わせるなど、『源氏物語』学習を通して近臣たちとの親密な交流を深めた。当時の東宮御所の雰囲気は、『弘安源氏論義』の中心人物でもあった飛鳥井雅有の『春の深山路』がよく伝えている。東宮が並行して学んでいた『古今集』『日本書紀』とあわせ、それは一種の帝王教育でもあったのだろう。

また、為家の妻となった阿仏尼が娘の紀内侍に与えたとされる宮仕えの心得書『阿仏の文』[40]（広本）は、「畏き君にも思し召し許され、傍の人にも所置かる」ために嗜むべき教養として、和歌、書、絵、琴に続いて「さるべき物語ども、源氏」を挙げる（一二〇頁）。女房なるがゆえとはいえ、物語の才によって君に認められることが期待されているのであり、先に触れた『風葉集』雑三・一三三七番の左注を想起させるものがある。そしてそれは、「いにしへのかしこき帝、歌の道によりて、人の賢愚をしろしめす事をいふなり。賢愚をしろしめす事は、即、教誡のためなるべし」（為家『古今序抄』一八四〜五頁）という和歌の効用を、臣下の側からとらえたものといえよう。御前での

歌会や歌合が、和歌を通じて君臣和楽を現出する場であり、歌人にとっては君に対して己の才を顕わす機会であったのに遠からぬ状況が、物語を巡って展開されているのである。約一世紀下った南北朝内乱の後期、宮廷の旧儀が理想的に復興される様を描いた二条良基の『おもひのままの日記』も、「つねは源氏、狭衣、伊勢物語やうの代々のふるき事までも、御談義などあれば、女房の才もあらはれ、いとはへばへしき雲の上なり」(四三一頁)と、物語の才顕彰を聖代の証の一つとしている。

こうした雰囲気は、後嵯峨院が御前で催した談義の場にも存在したと推測される。そのような機会を通して、院の周辺では、物語政教観ともいうべきものが相応の支配力を持ちつつあったのではなかろうか。無論『源氏物語』という特別な作品からの推論ではあるが、それがあらゆる物語の代表である以上、『源氏物語』への姿勢がやがて他の作品へと敷衍されてゆくことは必至であろう。そうした物語観が、特に政教観に支配されがちな和歌という要素に注目する物語享受の形態と結びついて生まれたものが、『風葉集』という政教的性格の強い勅撰集的物語歌撰集だったのではなかろうか。

八

以上、『風葉集』の勅撰集性を手がかりに、後嵯峨院時代の物語享受のあり方を、政教性という観点から考えてみた。文化を通じての王朝復興が政治的使命であったこの時代、和歌と同様、物語もまた治世の一助たることが求められたのであろう。もちろん、これはあくまでも宮廷という特殊な場を中心に現れた、しかも幾分かは建前であっただろう一つの様相に過ぎず、『風葉集』の価値や物語享受の本質をこの一言で言い尽くせるものではない。『風葉集』がいかに勅撰集的であるとはいっても、結局正式の勅撰集にはなり得ず、そのような物語歌撰集の試みは一度限りで絶えてしまったのである。それは、やはり虚構の文学である物語が和歌より一段低く位置づけられていたゆえであろうし、雑多なまでの多様さを身上とする物語を政教主義という一つの思想体系に組み込むことは、短詩形の和歌以上に困難であったという事情を示すものでもあろう。

そうした限界は弁えつつ、享受と創作の両面において物語が隆盛を迎えた後嵯峨院の時代、やはり宮廷が物語制作の主要な場であったとすれば、このような政教的物語観が作者に対して何らかの規制力を持ったであろうことを、最後に簡単に確かめておきたい。それは、具体的には聖代賛美や君臣道徳の強調という形で現れやすいものと予想される。(41) もちろんそうした要素は、いずれの時代の物語にも多かれ少なかれ含まれるものである。また、『源氏物語』以後、物語における天皇家の権威は総じて下落の傾向にあるというのが大方の理解であろう。しかしその反面、この時期の代表作とされる『石清水物語』『いはでしのぶ』などには、物語の主調から浮き上がるほど唐突に、君臣の情の細やかさを縷々語る場面が見出される。物語というより説話に近い作品だが、『なよ竹物語』もまた、末尾に後嵯峨院を称え君臣倫理を強調する一段を置くことが知られている。(42)『風葉集』との先後関係が問題となる『我身にたどる姫君』は、宮廷男女の乱脈を余さず描く一方、特に後半の巻々において、女帝を含む「帝」のあり方を正面から問い、憚ることなく政治理想を展開する。(43) 享受の様相から浮かび上がってくる当時の物語観は、制作の現場にも如実に反映していたのである。

（1）　佐藤恒雄「続後撰集の当代的性格」（『国語国文』第三十七巻第三号、一九六八年三月）、安田徳子「「続古今和歌集」賀部の考察――撰集意図との関わりをめぐって――」（『和歌文学研究』第四十六号、一九八三年二月）、同「続古今和歌集の一性格――その政教性をめぐって――」（『名古屋大学国語国文学』第五十三号、一九八三年十一月）。

（2）『「風葉和歌集」の構造に関する研究』（笠間書院、一九九六年）。

（3）同前。

（4）『新古今集』賀部の「くもりなくちとせにすめる水の面にやどれる月の影ものどけし」（七二二番）は、「後一条院うまれさせたまへりける九月」に紫式部が詠んだものだが、産養等の儀式における歌ではなく、内容的にも皇子の誕生ばかりでなく道長家の繁栄への祝意を含んでいる。

（5）注（1）「「続古今和歌集」賀部の考察」。

（6）注（2）著書。

（7）『風葉集』賀部巻頭歌と『続古今集』賀部巻頭歌との対応については、注（2）著書に指摘がある。

（8）前掲の伊勢大輔詠（一八六〇番）も、本来は「すずりのかめ（硯の瓶）」を蓬萊山に見立てたものである。

（9）注（1）「「続古今和歌集」賀部の考察」。

（10）『続史愚抄』文永五年二月七日条。なお、この年院は四十九歳だが、一年繰り上げて五十賀を行うことになっていた。

（11）同年閏正月二十八日、院は亀山殿に御幸して暫く御所と定めている（『深心院関白記』）。

（12）佐藤恒雄「後嵯峨院の時代とその歌壇」（『国語と国文学』第五十四巻第五号、一九七七年五月）。

（13）注（2）著書。

（14）樋口芳麻呂『平安・鎌倉時代散逸物語の研究』（ひたく書房、一九八二年）。

（15）私家集大成所収本では「千代の古道」。

（16）第二句・第三句は前掲の定家詠をも踏まえているのだろう。『続古今集』が完成した年、撰者の一人であった為家は、

嵯峨の山ふるきみゆきの跡とめてけふは子の日の松や引かまし（『夫木和歌抄』春一・一六九番）

と、同じ定家詠に拠りつつ、後嵯峨院御製の意を酌んだ応答のような歌を詠んでいる。

（17）光孝天皇の場合は藤原基経、後嵯峨院の場合は北条泰時という強力な臣下に擁立され、本来無縁と思われていた帝位に即くことになった。前者については『大鏡』に、後者については『五代帝王物語』等に詳しい。

（18）今井明「後嵯峨院の志向――その大井河行幸再興発想歌を中心に――」（『中古文学論攷』第二号、一九八一年十一月）。
（19）『袖中抄』第五参照。
（20）『公卿補任』（新訂増補国史大系）より、関連する記事を抜粋しておく。弘長二年の朝覲行幸については、その他、『帝王編年記』『御遊抄』にも記録がある。
　弘長二年
　　従三位　実兼　左中将。…三月廿九日正三位（朝覲行幸。太政大臣新院御琵琶師賞譲）。
　　〃　公雄　左中将。…三月廿九日正三位（朝覲行幸。太政大臣大宮院御給）。
　文永三年
　　権中納言　正三位　実兼　十月廿四日任（元左中将）。
　　参議　正三位　公雄　十月廿四日任。左中将如元。
　文永四年
　　権中納言　正三位　実兼　正月五日従二位。
　　〃　正三位　公雄　二月廿三日任。
（21）ただし、弘長二年の朝覲行幸において公卿殿上人が舞を奉仕したという記録はなく、「青海波舞ひて」は『源氏物語』紅葉賀巻を模した脚色であろう。和歌の応酬も物語作者の創作であろうが、公雄としては、年下の実兼に官位の差を徐々に縮められ、文永三年の除目でついに追い越されたという事情があり、恨み言の一つも言いたくなりそうな状況ではあった。
（22）五六九番・五七〇番は離別部の巻末に、六六三番は故人の後を追えぬ悲しみを詠む三首の歌群の末尾に位置するもので、それぞれ一まとまりの歌群に終止符を打つ機能をも果たしている。一三三七番の左注も同様に、七首続いた行幸歌群を総括する役割を担うのであろう。
（23）雑三部は巻末も行幸関連歌で、巻頭と照応する。しかも、一四〇六番・一四〇七番は、出家して吉野に籠った『風につれなき』の吉野院が、入道関白の千部経供養に参加するため下山した折の贈答歌、巻末歌一四〇八番は、七十賀を祝うため孫の中宮が行啓したのを喜ぶ『夜の寝覚』の入道太政大臣の詠であり、やはり後嵯峨院、実氏、大宮院らになぞらえる意識が作用しているのかもしれない。

（24）注（1）および注（12）の佐藤氏論文。

（25）引用は片桐洋一『中世古今集注釈書解題二』（赤尾照文堂、一九七一年）による。ただし、同書の翻刻では「歌」と「止」の間に「教」の字があるが、底本の京都大学附属図書館蔵中院家本に基づいて訂正した。

（26）前注の翻刻では「よろびて」とあるが、同様に訂正した。

（27）『風葉集』の成立過程については、序文の記述により、大宮院の女房たち（為家の孫、京極為子もその一人）が基礎的な撰歌作業を進め、為家に形式上の整理を委ねたという説が有力である（注（14）著書参照）。『風葉集』序文と『古今序抄』との比較からも、為家が撰者にふさわしい人物であることは否定しがたい。為家および京極家と西園寺家との深い関係や、『玉葉集』に『風葉集』と共通する特徴が見られること（恋部に四季配列を採用する点、詞書に和歌を多く引用する点など）を勘案すれば、少なくとも為家や京極家の周辺に撰者を求めることは許されるだろう。

（28）小島吉雄「新古今和歌集伝本考」（『新古今和歌集の研究』星野書店、一九四四年）。翌建永元年（一二〇六）三月に急死した九条良経が、『新古今集』の清書を夏部まで進めていたらしいこと、また、元久二年十一月頃から翌年六月までの期間、『明月記』その他に切継の形跡がまったく見られないことが根拠となる。ただし、『明月記』は建永元年正月から四月の部分が現存しない。

（29）『新古今集』にも、一時期物語歌が含まれていたらしい。雑一・一五二六番の次に、

祐子内親王家の物語合に、玉藻にあそぶといふ物語にいだし侍りける　後朱雀院中宮宣旨

あり明の月まつほどにありやとてうはの空にも出でにけるかな（日本古典文学大系、四一六頁）

という歌を載せる伝本が存在するのである。当歌は、詞書、作者名、歌句に若干の不審はあるが、いわゆる六条斎院家物語合における宣旨の詠で、実際は散逸物語『玉藻に遊ぶ権大納言』の主人公の歌であったと思われる。当歌を含む『新古今集』の伝本はごくわずかであることから、比較的早い時期に切出されたものと推定される。物語歌であることが切出の理由となったとは言い切れないが、切継過程で後鳥羽院が物語歌を意識する契機となったかもしれない。

（30）後藤重郎『新古今和歌集の基礎的研究』（塙書房、一九六八年）。

（31）ただし、建永元年年頭の『明月記』が現存しないこともあって、その後の作業の経過や、いかなる形態を計画していたのかは不明である。元久二年の命によって作成されたものが『明月記』承元元年五月条の「源氏集」に相当するとすれば、物語別に歌を抜粋しただけのものだったかもしれない。しかし、『新古今集』のみならず和歌活動全般に積極的な意欲を見せる後鳥羽院のことであるから、それを資料として自ら撰歌するつもりだったとも考えられる。

（32）佐々木孝浩「後嵯峨院歌壇における後鳥羽院の遺響——人麿影供と反御子左派の活動をめぐって——」（『和歌文学論集10　和歌の伝統と享受』風間書房、一九九六年）。

（33）樋口芳麻呂氏は、「（大宮院女房たちが）作り物語以外のジャンルの歌は勅撰和歌集に収め、作り物語の歌は別個に物語歌撰集を撰定して収載することを企図し」たとの立場から、「『風葉和歌集』は、勅撰和歌集の補遺の役割を担っているのである。勅撰和歌集と物語歌撰集が併存することによって、和歌の世界は始めて全体をカバーし得るのである」と、『続古今集』との関連において、『風葉集』に勅撰集の補完としての意味を論じている（「『風葉和歌集』の本性」『中世文学』第四十号、一九九五年六月）。本稿では、それに加えて時代思潮としての政教観の作用を考えた。なお、この樋口氏説については附論で改めて検討する。

（34）『風葉集』編纂の契機については、附論でより詳しく論じる。

（35）注（14）著書。

（36）『原中最秘抄』の聖覚識語による。

（37）『河海抄』橋姫巻に、『水原抄』から引用した記事がある。従来、この後嵯峨院の「御談義」は、『岡屋関白記』（大日本古記録）建長二年六月一日条に「午時許参二六条殿一、数刻祗候、自二去四月廿一日一、毎旬有二源氏物語沙汰一也、及レ夕退出」とある、「源氏物語沙汰」と同一視されることが多かった。しかし、当時六条殿は宣陽門院と鷹司院（岡屋関白近衛兼経の妹）の御所であり、同記が「参二院・内・六条殿等一」（同月十日条）のように「院」と「六条殿」とを書き分けていることからも、後嵯峨院仙洞でなかったことは明らかである。よって、六条殿での「源氏物語沙汰」は、後嵯峨院の「御談義」と直接の関係はないだろう。

（38）重松信弘『増補新攷源氏物語研究史』（風間書房、一九八〇年）。『源氏物語』に教誡の役割を期待する享受のあり方については、本書第八章・第十章でも触れた。

(39) 鎌倉中期を下らぬ書写とされる古系図の冒頭に置かれた、「源氏の物語のおこりは」にはじまる文章の一部。後世の『源氏大鏡』の類によれば、欠字は「臣」であり、「ものの情けを」の後に「しらしむ、凡五十四帖の内に男女のよきあしきふるまひを」のような一節が落ちているようである。

(40) 『庭の訓』『乳母の文』とも呼ばれる。引用は簗瀬一雄編『校註阿仏尼全集』(風間書房、一九五八年)による。

(41) この現象については、本書第八章でより詳しく述べた。

(42) 注(12)論文。

(43) 本書第五章~第八章参照。

【補注】

『風葉和歌集』の撰者に関して、本稿初出後、田渕句美子氏は、詞書表記法の杜撰さなどから、藤原為家とは考えがたいことを論じている(「『風葉和歌集』の編纂と特質」『源氏物語と和歌』青簡舎、二〇〇八年)。

附論　『風葉和歌集』と『続古今和歌集』

一

『続古今和歌集』には、『浜松中納言物語』の登場人物が詠んだ歌二首が、物語の作者とされる菅原孝標女の詠として収められている。樋口芳麻呂氏は、『風葉和歌集』成立の契機としてこのことに注目し、実在歌人の歌と物語中の虚構の人物の歌との並載によって、勅撰集の路線に混乱を生じさせる事態を憂慮した大宮院の女房たちが、物語歌のみの撰集を思い立ったのであろうと推定した。(1)成立年代が近いこともあって、『続古今集』の『浜松』歌と『風葉集』との関係は否定しがたい。しかし、当初単独で『続古今集』撰進を下命された藤原為家と、後に撰者に追加されたいわゆる反御子左派の藤原家良、藤原基家、藤原行家、藤原光俊（真観）のうち、『浜松』歌を撰歌した主体を為家とする点については、再考の余地があるように思われる。

第一の疑問は、物語の作中人物詠を物語作者の実作として勅撰集に収載することの不自然さに気づく人物があるとすれば、それは誰よりもまず、代々勅撰撰者を拝命した歌道家の当主為家のはずではないかということである。作り物語の歌は勅撰集の対象とならないのを原則とする。先行勅撰集に若干見える物語との共通歌についてはすでに詳論があり、(2)ここで繰り返すことは控えるが、いずれも物語が直接の出典であるとは言い切れないように思う。

樋口氏は、為家が倣ったであろう先例として、

さまかへんと思ひたつ人、ものあはれなる夕暮れに、箏の琴ひくを聞きてよめる

今はとてかきなす琴のはての緒に心ぼそくもなりまさるかな　二条太皇大后宮式部
（『千載集』雑中・一一四二番）

と、『風葉集』雑二・一三二五番（詞書「世を離れむと思ひたちける頃、箏をかきならして／おやこの中の中宮母」）との一致を挙げる。これは、散逸物語『おやこの中』の作者を二条太皇太后宮式部と判断する根拠として、夙に指摘されていたものである。(3)

しかし、『おやこの中』は、『風葉集』に十四首と相当数の歌が採られているにも関わらず、それ以前の文献にまったくその名を見出せない作品で、成立を院政期に遡らせることができるかどうか疑わしい。特に、『千載集』の撰者である藤原俊成にごく近い人物の手になり、物語の和歌に大きな関心を寄せる『無名草子』『物語二百番歌合』がいずれも、俊成が勅撰集に入れるほど評価した歌を含む物語を無視している点は不審である。『おやこの中』の作者が式部詠を取り入れたと考える方がよいのではないか。そうすると、物語と勅撰集との共通歌は物語が先であると判断して除かないという『風葉集』の基準に抵触しそうだが、『風葉集』撰者が物語の作者や成立年代について常に正しい知識を持っていたとは限らないし、『千載集』一一四二番を見落としていた可能性もある。(4)

また仮に、『おやこの中』が二条太皇太后宮式部の作で、俊成がそこから採ったのだとしても、詞書を変え、いかにも作者の実詠であるかのように装っているのであり、やはり物語からの撰歌は公には認められなかったという事情が窺われよう。歌道において物語を尊重した俊成・定家親子ではあるが、『源氏物語』や『狭衣物語』の歌でさえ、一首も勅撰集に撰入していない。総じて保守的な態度を示す為家が、父祖の慎重な措置を無視するような目新しい試みをあえて行うものであろうか。むしろ、為家を当主とする御子左家の歌壇支配に抵抗した反御子左派撰者の側にこそ、その条件は整っているように思われる。

反御子左派の特徴の一つに、熱心な私撰集編纂活動が挙げられる。(5)彼らが関わった十を超える撰集や撰歌合の類には、互いに重複する歌もあるものの、次々と新たな歌を発掘しようとする意欲を見ることができる。ましてや、ついに勅撰撰者の栄に浴した以上、以前に編んだ私撰集を利用するのみならず、さらに新鮮な歌を求めたことは十分考えられる。しかも、彼らは六条家歌学の伝統を継いだ博識ぶりを身上としており、従来勅撰集に用いられることのなかった資料に手を拡げた可能性もある。

その一例として、『日本書紀』を指摘しておこう。先行勅撰集では、『古今集』墨滅歌・一一一〇番の衣通姫詠、及び『拾遺集』哀傷・一三五〇番の聖徳太子詠が『日本書紀』との共通歌だが、いずれも広く伝承されたと思しい著名な歌であり、歌句の異同から見ても、『日本書紀』が直接の出典とは思えない。一方、『続古今集』の『日本書紀』歌は次の三首である。

さざなみや淡海のをとめ明日よりはみ山かくれて見えずかもあらん（離別・八一九番・顕宗天皇）

をぐるまの錦の紐をときかけてあまたは寝ずなただ一夜のみ（恋三・一一六二番・允恭天皇）

今城なるとやまの峰に雲だにもしるくし立たばなにかなげかん（哀傷・一三九一番・斉明天皇）

このうち、『古今集』一一一〇番への返歌である一一六二番の歌句は、歌学書類に所載の形に近い(6)。八一九番、一三九一番は他の文献には見あたらない歌で(7)、完全に本文が一致するわけではないが、『日本書紀』から引かれたものと認められる。『日本書紀』を重視したのは、その和歌に注を付けたという顕昭はじめ六条家の系統で、光俊も歌論書『簸河上』で推奨しており、反御子左派撰者の採歌であることはほぼ間違いなかろう。しかし、三千八百余首からなる『万代和歌集』等の反御子左派私撰集に、『日本書紀』を直接の典拠とするような歌は見出せない。『浜松』歌も『万代集』等には収載されていないが、『日本書紀』同様、追加撰者たちが新たな資料として採択した可能性は考えられる。

俊成以来、御子左家が物語に親近してきたことはいうまでもないが、反御子左派歌人たちもその点で決して引けを取らない。やはり博識の顕昭は、『千五百番歌合』判詞や数々の歌学書の考証の中で物語を援用しており、光俊、基家らの判詞でも、本歌の指摘という形で『源氏物語』や『狭衣物語』に言及することが少なくない。また、自身でも物語取りの詠作を盛んに試みており、特に光俊には、

このごろはながるる水をせきいれて木陰すずしき中河の宿（『続古今集』夏・二七六番）

という、『源氏物語』帚木巻の一節「中川のわたりなる家なむ、このころ水せき入れて、涼しきかげにはべる」（八一頁）を、ほとんどそのまま三十一文字に嵌め込んだような作もある。

また、鎌倉期の『源氏物語』伝本について有益な情報を伝えてくれる『光源氏物語本事』[8]には、『源氏物語』の「譜」というものに関して、家良、光俊や、行家の父である藤原知家らが見解を披陳した由が記されている。さらに同書によれば、光俊の姉妹である鷹司院按察が、宣陽門院より相伝した『源氏物語』を所持していたという。宣陽門院とは、『物語二百番歌合』の資料として定家に物語を貸与したり、御所で『源氏物語』の談義を行うなど[9]、物語との関わりが何かと深い女院である。光俊の妻の一人（高雅母）は宣陽門院の女房であり[10]、娘の帥も宣陽門院の養女鷹司院に仕えていた。光俊は鎌倉にも下向しているが、それはちょうど源親行らによって『源氏物語』の河内本本文が完成を見た時期であり、当地では物語談義が盛んに行われていた[11]。そこで将軍宗尊親王の信頼を受け、親行とも接触するなど、光俊を取り巻く環境と物語との縁は浅くない。

光俊と物語といえば、『続古今集』とも関連して、正和四年（一三一五）の年記を持つ『歌苑連署事書』の、

続古今の、関吹き越ゆるすまの浦風は光俊朝臣選び入れて侍りける、行平中納言の集にもなきよし沙汰ありけるに、かの朝臣は源氏の物語を証拠にひきけれども、それもさはやかに首尾かける事もなければ光俊疑をおひにけり。（一〇六頁）

という記事が注目される。この逸話において問題となったのは次の歌である。

津の国の須磨といふ所にはべりける時、よみ侍りける　　中納言行平

旅人は袂すずしくなりにけり関吹き越ゆる須磨の浦風（『続古今集』羇旅・八六八番）

『源氏物語』の中でも名文として名高い「行平の中納言の、関吹き越ゆると言ひけむ浦波……」（須磨・二三六～七頁）における引歌として、藤原伊行『源氏釈』が指摘するものだが、出典は未詳。『源氏釈』前田家本には「たび人のたもとすずしくなりぬらしせきふきこゆるしがのうらかぜ」とあり、冷泉家時雨亭文庫本では第五句が「すまのうらかぜ」となっている（一三八頁）[12]。『光源氏物語本事』は、「宮内少輔伊行朝臣こそ歌等に勘注をばつくりたれ」（一九五頁）という光俊の発言を伝えており、『続古今集』八六八番は、現存『源氏釈』と遠からぬ内容を持っていたであろう、その「勘注」から採られたものかと思われる。

定家も伊行の釈は見ていたはずだが、自筆本『奥入』には、「行平中納言歌可レ尋レ之　能宣朝臣詠レ之」[13]（一〇四頁）と記すのみである。為家側と目される人物が「行平中納言の集にもなき」と言っていることからすれば、定家も当該歌を行平詠と認めなかったのであろうか。光俊が定家の見解を承知の上で撰入したのかどうかはわからないが、『源氏物語』を証拠として陳弁した時には、それが御子左家にとって聖典に等しいものであることを、十分に意識していたであろう。むしろ、物語を積極的に利用して為家側のお株を奪わんとする意図さえ感じられる。いずれにせよ、光俊には物語を勅撰集撰歌の拠り所として持ち出す用意があったわけで、物語の歌をも収載してよしとする態度に通うものがあろう。

『続古今集』が『浜松』歌二首の詠者を孝標女とする点についても、確かに孝標女が『浜松』を作ったという説は定家筆『更級日記』の奥書に見えるものだが、「…とぞ」という伝聞の形で記されているように、必ずしも御子左家に限られた情報であったとはいえまい。また、かつて定家に師事していた光俊は、御子左家の歌書の類を頻りに借覧、書写しているので、定家本『更級日記』をも見ていたかもしれない。

以上の理由から、従来勅撰集の対象とされなかった作り物語に着目して『浜松』歌を『続古今集』に撰入した主体を、追加撰者の側と仮定しても不都合はないばかりか、むしろその可能性は為家より高いと考える。

二

次に、『浜松』の『続古今集』入集歌そのものを検討してみよう。その一つは、物語巻五、吉野姫君の失踪を嘆く主人公中納言の詠で、哀傷部の巻頭第三首目に位置している。論の都合上、巻頭歌から三首続けて挙げる。

久安百首歌めしける時　　崇徳院御歌

かきくらし雨ふる川のうたかたのうたてほどなき世とはしらずや（一三八八番）

万葉集の歌和し侍りけるついでによみ侍りける　　源順

世の中をなににたとへん風吹けばゆくへもしらぬ峰の白雲（一三八九番）

題しらず　　菅原孝標朝臣女

何事を我なげくらんかげろふのほのめくよりも常ならぬ世に（一三九〇番）

『続古今集』哀傷部巻頭は、人生を泡沫、雲、陽炎といったはかない自然物にたとえ、無常を観ずる歌三首ではじまる。この方法は『新古今集』哀傷部巻頭の二首で創始されたもので、[14]『続古今集』に顕著な『新古今集』志向の一例と見られる。哀傷部を独立させること自体、『新古今集』以来途絶えていた。複数撰者という方式も『新古今集』模倣の一環であり、撰者の追加は『新古今集』を目指す撰集方針と密接な関係を有していた。また、当初単独で撰者を拝命した為家は、定家単独撰の『新勅撰集』を『古今集』になぞらえて『続後撰集』を編んだ後だけに、「続拾遺和歌集」という題号を考えていた形跡があり、[15]『新古今集』を特に意識していなかったと思われる。こうした事情を勘案すれば、『続古今集』の中で『新古今集』に倣った部分は、為家ではなく追加撰者たちの所為である可能性が高い。たとえば、神祇部巻頭に神詠を置く方法は、『新勅撰集』『続後撰集』には見られず、『新古今集』および反御子左派の代表的私撰集『万代集』で採用されていたものである。その『万代集』の哀傷部巻頭はやはり『新古今集』型であり、『続古今集』哀傷部の巻頭三首の構成には、追加撰者の意向が大きく働いているようである。

一三九〇番歌の検討に移る。まず、この歌の趣向である「かげろふのほのめく」という措辞を問題にしたい。「かげろふ」の実体については、陽炎、蜻蛉、蜉蝣等諸説あるが、本稿の論点には大きく関わらない。その和歌での使用状況を調べると、『万葉集』や「かげろふ」を項目として立てる『古今和歌六帖』といった、比較的古い時期の歌に多く見出されることが、まず注目される。「かげろふ」と「ほのめく」「ほのか」等「ほの」を語頭に持つ言葉との取り合わせは、『万葉集』の「玉 蜻髣髴《かげろふのほのかに》所見《みえ》而《て》」(16)（巻十二・三〇八五番）に発しており、

かげろふのほのめきつれば夕暮れの夢かとのみぞ身をたどりつる（『後撰集』恋四・八五六番・よみ人しらず）

夢よりもはかなきものはかげろふのほのかに見えし影にぞありける（『拾遺集』恋二・七三三番・よみ人しらず）

のほか、『古今和歌六帖』に『万葉集』三〇八五番を含む五首が見える。しかし、その後は詠まれることが稀になり、若干の用例は、

かげろふのほのほかにても…（『散木奇歌集』一四一八番）

かげろふのほの見し人に…（『堀河百首』一二一五番・遇不逢恋・祐子内親王家紀伊）

かげろふのほのめくよりも…（同・一五五八番・無常・源顕仲）

と、同時期に集中している。『新古今集』には「いづらほのかにみえしかげろふ」（恋五・一三五四番・相模）という例もあるが、鎌倉時代（『続古今集』以前）に至っては、管見の限り源実朝の一首「かげろふのほのかに見えて」（『金槐集』四二八番）ぐらいしか見出せない。

一方、『千五百番歌合』で九条良経が、

山桜いまか咲くらむかげろふのもゆる春べにふれる白雪（三〇三番、『続後撰集』春中・六九番）

と詠み、その本歌、

いまさらに雪ふらめやも蜻火之燎留《かげろふのもゆる》春へとなりにしものを(17)（『万葉集』巻十・一八三五番）

が『新古今集』に収載されて以来、「もゆ」との組み合わせが「かげろふ」詠の主流となる。『続後撰集』を単独で撰んだ為家は、この傾向に従って、右に挙げた良経詠を含め、「かげろふのもゆる」を含む新古今歌人の歌を二首採っている（もう一首は二八番・雅経）。また、定家が『万葉集』等から秀句を抜粋した『五代簡要』、および為家の『万葉集佳詞』にも、「かげろふのもゆるはるへ」は摘出されているが、「かげろふのほのかに」は見えない。

ところが『続古今集』では、「かげろふの」四例のうち、一三九〇番及び『古今和歌六帖』を出典とする一〇二七番が、いずれも「ほのめく」を導くものである。他の二首（恋一・九七一番・公継、同九七二番・政村）は「いはかきふち」の枕詞としての用法だが、これまた『万葉集』特有語で、中古以降の用例はきわめて珍しい。万葉語の使用の多い宗尊親王には、

かげろふのいはかきふちの草がくれあるかなきかに飛ぶほたるかな（『文応三百首』九八番）

という作があり、評言を求められた為家は、この歌を「上句、不レ優候歟」と難じている。「不レ優」なのは「いはかきふち」という語自体であったのかもしれないが、『万葉集』に「玉蜻《かげろふの》いはかきふち」が二例、「玉限《たまきはる》いはかきふち」が一例ある（いずれも現行訓は「たまかぎる」）うち、後者は『五代簡要』『万葉集佳詞』に摘出されているので、「かげろふのいはかきふち」という続き方に、特に馴染まないものを感じたのではなかろうか。

「ほのめく」にしろ「いはかきふち」にしろ、『続古今集』の「かげろふ」詠はいかにも古風、万葉風で、当時としては聞き遠い、逆にいえば新鮮で珍しい表現をとっている。これらは、『万葉集』を尊重し、その名所や古語を頻

用した反御子左派の嗜好にかなう歌であったと思われる。一方、為家の古歌への態度は、「古集にあればとて、今は人も詠まぬ事ども続けたらむ、物笑ひにて有べし」（三六二頁）という『詠歌一体』[18]の一文に集約され、歌合判詞等においても、聞き慣れない万葉語の濫用を戒めることが多い。もちろんそれは当代人の詠作に対する注意であるし、「かげろふのほのめく」は指弾を受けるほど奇抜な表現でもなかろう。しかし少なくとも、このような歌をあえて撰び入れる積極的な理由は、追加撰者方にはあっても為家の側には見出せない。

そればかりでなく、一三九〇番に先行する二首も、いずれも平安時代の作ながら万葉色が濃厚である。まず、一三八八番の初二句「かきくらし雨ふる川の[19]」は、『拾遺集』に作者人麻呂として載る、

　かきくもり雨ふる河のささら波まなくも人の恋ひらるるかな[20]（恋五・九五六番）

に酷似する。

次の一三八九番は、『順集』によれば、相次いで二人の幼子を喪った際、「古万葉集の中に沙弥満誓がよめる歌の中に、世の中をなににたとへんといへることをとりて、頭におきてよめる歌十首」の一つである。同時の詠は『後拾遺集』『新千載集』『新後拾遺集』にも一首ずつ収められているが、いずれも詞書に「万葉集」の語は見えない。子の死という事情は省略しながら、殊更に「万葉集の歌」への唱和であることを記す『続古今集』の詞書は、意識的に『万葉集』への連想を導こうとしているようである。

このような巻頭三首に一貫する万葉風は、続く一三九一番・斉明天皇、一三九二番・倭太后という万葉歌人への接続を配慮したものと思われる。『新古今集』哀傷部巻頭の二首が遍昭と小野小町の詠であり、続く醍醐天皇追悼歌にはじまる時代順配列へと円滑につながっていることも参考になろう。前節で述べたように、『日本書紀』を出典とする一三九一番は、追加撰者の撰になることがほぼ確実である。『続古今集』哀傷部巻頭の構成は、上代への関心という点からも、反御子左派の特質を反映するところが大きい。

さらに、一三八八番の詞書「久安百首歌めしける時」が、『続後撰集』に収められた崇徳院の『久安百首』詠（春下・一二〇番）の詞書「百首歌めしける時」と一致しないという問題もある。『久安百首』の崇徳院御製は、『千載集』から『続後撰集』までの勅撰集に計二十八首見られるが、その詞書には例外なく単に「百首歌」と記されている。『続拾遺集』以下まで含めても、「久安」を冠するのは『続後拾遺集』のみ。一方、『万代集』には「久安御百首に」という詞書を持つ崇徳院御製（釈教・一六九九番）があり、『続古今集』一三八八番の詞書にもやはり追加撰者の影が窺われる。一般に一つの勅撰集の内部において、応制百首歌中の一首であることを示す詞書の表記法はほぼ統一されているものだが、『続古今集』は異例ともいうべき錯雑さを示しており、複数撰者共撰の痕跡をとどめている。たとえば（崇徳院御製以外の）『久安百首』歌の場合、『続後撰集』では、初出歌（春上・三一番）のみ「久安六年、崇徳院に百首歌たてまつりける時」と詳記し、それ以降はすべて「久安百首歌」ではじめるという一貫した方針が見られる。それに対し『続古今集』では、「崇徳院百首歌」「久安百首歌」等が混在している。

また、一三八九番は、当初為家が撰歌の上限とするつもりだった永延（九八七〜九年）[21]以前の作である上に、『万代集』に採られていることからも、追加撰者の撰歌である確率が高いといえる。

以上述べた種々の条件から、『続古今集』哀傷部巻頭の三首は、『万葉集』に深く関心を持ち、『新古今集』を範と仰いだ反御子左派の追加撰者たちとの接点が多く、撰歌、配列ともに彼らの所為と考える方が自然である。一三九〇番を『浜松』から採歌した人物も、為家ではなく、追加撰者のいずれか——特定はしがたいものの、おそらく光俊あたり——であったと推測される。『続古今集』に収載されたもう一首の『浜松』歌、

あはれまたいづれの世にかめぐりあひてありし有明の月を見るべき（恋五・一三一四番）

についてはあまり検討材料がないが、一三九〇番と同一の撰者を想定すべきであろう。

三

『浜松中納言物語』の二首を『続古今集』に撰入したのは追加撰者の側であったと判断した上で、『続古今集』と物語とを結びつけるもう一つの資料として、『延慶両卿訴陳状』に引用された京極為兼の陳状の一節を引用する。

当家他人相交事、新古今、続古今両度也。於㆓続古今之時㆒者、万葉集沙㆓汰歌人人丸、赤人、左大臣諸兄公㆒、古今集序内、数箇条相論。源氏、狭衣、寝覚等物語、条々之外、付㆑歌付㆑詞、二百十九箇条篇目、為世曾不㆑可㆓存知㆒云々。云㆓勅問之儀㆒、云㆓対決之次第㆒、為兼一身伝㆓授之㆒。（一三一頁）

これに関しては、『井蛙抄』雑談に二条為世の発言も残っている。

集治定之後、所存相違事ども一巻に書て、常磐井入道相国のもとにつかはす。為兼延慶訴陳時、勅撰々者故実二百余ケ条秘事を祖父入道より相㆓伝之㆒よし書たるは其事也。為教卿、常磐井相国に随逐之間見及歟。詞書に百首にと侍るを、百首歌にとあるべきかなど体の事共也。ちちとしたる大旨、なにか秘事にてもあるべきと云々。（九三頁）

二つの記述を総合すれば、『続古今集』撰集過程において為家と追加撰者たちとの間で意見の食い違いがあり、集が完成した後、為家が二百あまりの不審点を書き連ねて西園寺実氏に送ったが、それを故実として伝授されたと為兼が称している、ということになろう。

ここで問題にしたいのは、その二百余箇条の中に含まれていたという「源氏、狭衣、寝覚等物語」が、いかなる内容を論じていたのかということである。『源氏物語』については、先述した行平詠の問題が第一に考えられる。その他、物語が和歌批評の場で用いられる可能性としては、本歌本説の指摘、珍しい歌語や歌枕の用例の引用という形があり得よう。当時、『源氏物語』『狭衣物語』の物語取りはごく一般的であり、名所や歌語も注目されていた。

しかし、『夜の寝覚』となると、歌学書、和歌注釈書、歌合判詞等にその名が現れることは皆無に等しいし、物語取りの確例もなく、『続古今集』との接点を見出しがたい。もちろん現存する『夜の寝覚』に大部の欠巻があることは考慮せねばならないが、そもそも『夜の寝覚』という物語が、和歌批評、それも勅撰集批判という場において、論拠として通用するだけの資格を備えていたかという点に疑問を感じる。たとえば『八雲御抄』は、枝葉部、言語部、名所部に挙げる歌語等の典拠として、『源氏物語』を百度以上、『狭衣物語』を十数度用いるのに対し、その他の作り物語は『うつほ物語』二例のみ、しかも「雖レ非二指南一、彼古言也」（三一一頁）と断った上での引用である。『源氏物語』『狭衣物語』とその他の物語との格差は相当大きかったと思われ、『夜の寝覚』をはじめ「等」の字の暗示するその他の物語が、それぞれ個別に論じられるような場合を想定することは難しい。

『延慶両卿訴陳状』に挙げられた「万葉集沙汰」とは、『続古今集』両序（仮名序は基家の起草）の草案に、『万葉集』を聖武天皇の御代の撰と記していたことをめぐる議論である。[22]『古今集』仮名序の「ならの御時」の解釈をめぐって、『万葉集』成立の時代は歌学上の一大争点であり、すでに藤原清輔、顕昭らによってさまざまに考究されていた。その中で人麻呂、赤人の生存年代や橘諸兄撰者説などが論争の対象となったのである。つまり、「人丸、赤人、左大臣諸兄公」は、『万葉集』の成立時期という一つの問題の中で取り上げられたことになる。「源氏、狭衣、寝覚等物語」も同様に、一括して、一般に物語というものとして論じられたと考えた方が妥当なのではなかろうか。

そこで注目されるのが、『続古今集』に収載された『浜松中納言物語』の歌である。「源氏、狭衣、寝覚」という物語列挙の順序は、次に示すように、『無名草子』『物語二百番歌合』『明月記』という、御子左家に関わりの深い三つの文献に共通している。しかもそれらはいずれも続いて『浜松』を挙げ、五番目以下の順序は各々異なる。

『無名草子』――源氏・狭衣・寝覚・浜松・玉藻に遊ぶ・とりかへばや・隠れ蓑・今とりかへばや・心高き・朝倉・岩うつ浪・海人の刈藻・末葉の露・露の宿り・みかはにさける（以下略）の順に論評する。

『物語二百番歌合』――前百番は左に源氏、右に狭衣を番え、後百番は左に源氏、右に寝覚・浜松・みかはにさける・朝倉・袖ぬらす・心高き・とりかへばや・露の宿り・末葉の露・海人の刈藻　の順で番える。

『明月記』天福元年（一二三三）三月十九日条――月次物語絵の記事で、源氏・狭衣を「於レ歌者抜群」と別格視し、寝覚・浜松・心高き・袖ぬらす・朝倉・みかはにさける・とりかへばや・末葉の露・海人の刈藻・玉藻に遊ぶと列挙する。

ついでながら、定家筆『更級日記』奥書も、孝標女の作品として、「寝覚・浜松・みづからくゆる・朝倉」と並べている。

しかし、同じく物語名を列挙する『源氏一品経』や『和歌色葉』の記載順序はまったく異なっており、「源氏、狭衣、寝覚、浜松」という順序は必ずしも世間一般の通念ではなく、御子左家の価値観に基づくものであったと思われる。そして、いうまでもなく御子左家は歌道の家であり、三種の文献がいずれも物語の和歌に深い関心を寄せていることから考えても、かかる評価が物語の和歌を重要な基準としていたことは疑いない。このように、定家を含め御子左家の人々が上位に位置づけた『源氏物語』『狭衣物語』『夜の寝覚』の和歌でさえ、これまで勅撰集に入集したことはなかった。それをもってしても、勅撰集に物語作中歌を収載することの不当性は明らかである。にも関わらず、よりによって物語の中でも第四位に過ぎない『浜松』から二首も採歌した追加撰者を、御子左家の当主為家ならば、非難したくもなるであろう。「源氏、狭衣、寝覚等物語」は、このような物語歌入集批判の論拠として持ち出されたものと推測する。

『風葉集』編纂の動機という問題に戻ると、樋口氏の言うとおり、『続古今集』の『浜松』歌への批判が引き金となった可能性は高いと思われるが、その淵源を尋ねれば、この為家の論難にたどり着くのではなかろうか。「所存相違事ども」を送られた実氏は大宮院の父であり、実氏を通じてその内容が大宮院のもとに伝わることは多分にあり得る。あるいは、為兼の姉で大宮院に仕えた為子が、祖父為家の見解を聞き知っていたとも考えられよう。いずれにせよ、物語歌収載に対する為家の批判が大宮院の近辺に伝わり、それを解消する方策として、『続古今集』の処置をあからさまに否定するのではなく、物語の和歌のみからなる、しかも勅撰集に匹敵する別個の集を作成して『続古今集』の対とするという、より積極的な手段が選ばれたのではなかろうか。『風葉集』成立の事情をこのように考えた方が、撰者が為家と推定されることについても、為家自身の失錯を償うためと説明する樋口氏説より、自然に納得されるように思う。

歌壇の指導者にして撰者の一人でもあった為家自らによる勅撰集への異議申し立ては、反御子左派撰者たちへの私憤にとどまらぬ、公的な重みを持っていたはずである。それを刺激として、『続古今集』の失を正す目的で『風葉集』が作成されたのだとすれば、物語歌をも網羅することによって当代の和歌集成事業を完成させる役割を担っていたという、本書における推論は補強されるであろう。『風葉集』に様々な点で『続古今集』を意識した形跡があることや、『続古今集』入集の『浜松』歌二首をいずれも採っていないらしいこと(23)も、『風葉集』が『続古今集』の対と意識されたという推定を裏づけてくれよう。

さらに、為家のいわば「難続古今」に物語歌撰入批判が含まれていたとすると、それが後嵯峨院の耳にまで届いていた可能性も考えられる。自ら撰者の一人である為家が『続古今集』の欠陥をあげつらった真意は、実氏を通じて院にもその過ちを伝え、親撰者たる院の裁断を仰ぐことにあったと思われる。『続後撰集』と『続古今集』のいずれも、実氏邸への御幸の折に撰進の命が下っていること、完成直前の『続古今集』について院が実氏に意見を求めていること(24)などから知られるように、政界・歌壇双方の実力者である実氏は、院の勅撰事業を推進し補佐する立場にあった。物語歌撰集の企ても、為家の批判を目にした実氏あたりに想を発し、院に助言してその了承を得た上で、ただし物語歌であるゆえ、下命者の任は女性の大宮院に委ねて、実行に移されたのかもしれない。

推測を重ねる形になったが、『続古今集』の『浜松』歌が『風葉集』撰集の引き金となったという樋口氏説の趣旨に賛同しつつ、その背景に為家の批判があったと考えることによって、本書で論じた、『風葉集』の公的、政教的性格の傍証としたい。

（1）「和歌と物語のはざま――物語歌撰集の誕生――」（『文学・語学』第百十八号、一九八八年八月）、「物語歌合と物語歌集」（『和歌文学論集3　和歌と物語』風間書房、一九九三年）、「『風葉和歌集』の本性」（『中世文学』第四十号、一九九五年六月）等の諸論。

（2）中村忠行「物語歌の一側面」（宇津保物語研究会編『宇津保物語新攷』古典文庫、一九六六年）および注（1）「和歌と物語のはざま」。

（3）三角洋一「『おやこの中』と二条太皇太后宮式部」（『古代文学論叢第七輯　源氏物語及び以後の物語　研究と資料』武蔵野書院、一九七九年）。

（4）序文に、『うつほ物語』と『拾遺集』との共通歌、『住吉物語』と『後拾遺集』との共通歌を挙げ、「いづれも物語や先ならむとて漏るべきならねば、今これをのぞかぬなるべし」と述べる。

（5）福田秀一『中世和歌史の研究』（第三版、角川書店、一九八二年）。以下、御子左派の特徴については同書を参照したところが大きい。また、藤原光俊の伝記に関しては安井久善『藤原光俊の研究』（笠間書院、一九七三年）を参考にした。

（6）『日本書紀』（允恭紀）では初句「ささらがた」。「をぐるまの」とするものは、『綺語抄』『奥義抄』『袖中抄』など。

（7）ただし、八一九番は『古事記』に所見。

（8）引用は今井源衛編『王朝文学の研究』（角川書店、一九七〇年）による。

（9）本書第十三章注（37）参照。

（10）『尊卑分脈』による。

(11) 池田利夫『新訂河内本源氏物語成立年譜攷』(貴重本刊行会、一九八〇年)。
(12) 「すま」から「しが」へ変化する理由は見出しがたく、「しが」の方が原形だったかもしれない。当歌が須磨巻の本文の引歌として妥当か、本当に行平の作であるのか、そもそも行平の須磨謫居という事実が存在したのか等々、問題は多いが、ここでは立ち入らない。
(13) 引用は源氏物語古註釈叢刊による。大島本巻末『奥入』では後半部がやや異なり、「能宣朝臣歌似レ之」(新日本古典文学大系・四七頁)となっている。
(14) 有吉保『新古今和歌集の研究』(三省堂、一九六八年)。
(15) 『延慶両卿訴陳状』による。この為家の意向は、後にその子為氏が実現する。
(16) 巻二・二一〇番、巻八・一五二六番にも類例がある。三例とも現行訓は「たまかぎる」。なお、『万葉集』の歌番号は旧国歌大観番号を用いた。
(17) 現行訓「かぎろひの」。『古今和歌六帖』『人麿集』『赤人集』に所収。
(18) 引用は『中世の文学』による。
(19) 『久安百首』の主な伝本はすべて「雨ふるにはの」となっており(平安末期百首和歌研究会編『久安百首校本と研究』笠間書院、一九九一年)、『続古今集』諸本の中にも、「には」の形を本文あるいは異本注記として持つものがあるが、竟宴本に最も近いとされる前田家本を尊重して、最終的な決定本文は「かは」であったと考えておく。
(20) 他出資料では、次のような異同がある。

とのぐもり雨ふる川のさざれ波まなくも君はおもほゆるかも(『万葉集』巻十二・三〇一二番)

日のくもり雨ふる川のささら浪まてくも君がおもほゆるかな(私家集大成所収『人麿集』Ⅰ一八四番)

ひぐらしの雨ふる川のささら波まなくも人の恋ひらるるかな(『古今和歌六帖』四七五番)

(21) 『為家卿続古今和歌集撰進覚書』(大久保正編『国文学未翻刻資料集』桜楓社、一九八一年)による。
(22) 『後深草院御記』文永三年三月十二日条。

（23）ただし、恋部と雑部のそれぞれ一部が散逸しているため、断言はできない。
（24）『続史愚抄』文永二年十月十七日条。

第十四章　『風葉和歌集』雑部の構成について

一

散逸物語の復元等、物語史研究の資料として扱われることの多かった『風葉和歌集』を、一つの歌集として包括的に論じた先駆的な業績が、米田明美『「風葉和歌集」の構造に関する研究』（笠間書院、一九九六年）である。(1)米田氏は、先行勅撰集と比較しつつ『風葉集』の配列や構造を検討し、『風葉集』が勅撰集にきわめて近い体裁をとる一方、物語歌集としての特色も見られることを指摘した。たとえば、勅撰集に比べて離別部や哀傷部の比重が大きい点は、物語歌の特色を反映した『風葉集』の独自性といえる、というようなことである。

本章では、米田氏の論に導かれつつ、『風葉集』雑部の構成について考え直してみたい。ただし現在、雑部を完全な形で見ることはできない。『風葉集』全二十巻のうち現存しているのは巻十八までであり、そのうち巻十六～巻十八が雑一～雑三に該当する。現存していない巻十九がおそらく雑四であり、巻二十は雑体部であったと推定されている。雑四がどのようなものであったのか、断簡も残っておらず、推測するのは難しい。しかし、雑一～雑三を検討することにより、少しでもその手がかりを得ようという目論見のもと、雑一～雑三までの各巻の内容と配列、さらに雑部全体がどのような構成をとっているかを検討してゆく。

ただし、雑一については省略する。雑一は明らかに四季配列になっているからである。雑部の初めに四季配列の巻を置くのは、勅撰集では『新古今集』がはじめた方式で、それ以降の勅撰集にもほぼ受け継がれてゆく。『風葉集』の雑一も、そうした勅撰集の形式に倣ったという理解でよいであろう。残る雑二と雑三のうち、次節ではまず雑三を扱う。

二

雑三について、米田氏は次のように概括している。

雑三部は「行幸」の歌群を巻頭に置き、「海」「川」に関する歌語を持つ小歌群、「山」にかかわる歌語を含む小歌群、更に「真木柱」など住居を移すという内容の小歌群、そして山里での「寝覚」「道」にまつわる小歌群を並べ、巻末歌は草庵の戸を閉じる意となっている。一言で表現すると「旅」がそのテーマとなっていると考えられる。しかも出家や、理由があって地を移すという内容の詞書をもつ歌が多く、漂泊・流浪の旅という雰囲気が漂う。

具体的にどのような歌群構成になっているか、米田氏の著書にも詳細な一覧表があるが、私見を交えて整理したものを次に掲げる。数字は新編国歌大観の歌番号、（　）内には和歌に詠み込まれた歌語のうち、歌群の特色を示すものを抜粋した。

一三三一～一三三七　行幸
一三三八～一三五九　海（浦・住吉・海人・真砂・貝・波・渚・舟・みるめ）
一三六〇～一三六八　川（泡・涙の川・宇治川・泉川・布留川）
一三六九～一三八四　山（三輪山・吉野山・奥山・山路）
一三八四～一三九一　転居

一三九一～一四〇七　　山里（山里・寝覚・ほだし・山路・憂き世）
一四〇八　　　　　　　中宮行啓

この巻にはおおむね、海、川、山の地名を含む歌、または具体的な地名はなくとも地理に関する言葉を含む歌が集められているといえる。

こうしたあり方を考えるにあたって、福留温子氏の『新古今集』雑中に関する論考が参考になる。それによると、『新古今集』雑中所収歌は「名所歌枕所有歌群、山家・遁世歌群、故郷歌群の三種に大別」され、その三種は「内容的に、京の貴族の現実生活と切り離された憧憬・志向すべき世界で統一されて」おり、「また背景的には、名所歌枕・山家・故郷という京以外の場所で統一されている」という。(2)「京以外の場所」という基準は、そのまま『風葉集』雑三にもあてはまるであろう。

もっとも、雑三のうち「転居」の歌群には、必ずしも京以外の場所が舞台とは限らない歌もある。たとえば『源氏物語』の真木柱姫君が父の家を去り母の実家に移る時の歌などである。

　　母に具して父おとどのもとをいづとて、檜皮色の紙にかきて、柱の干割れたるにおし入れ侍りける

　　　　　　　　　　　　　　　　　　　源氏の紅梅右大臣北方

今はとて宿かれぬともなれきつる真木の柱は我を忘るな（一三八六番）

しかし、転居とは通常の居所を離れることであり、貴族社会において京とは通常の居所の象徴であると考えるならば、京以外の場所を詠む歌群との間に統一性を見出すことができる。つまり『風葉集』雑三には、日常とは異なる場所ないし地理を素材にした歌が集められ、それを基準に配列されていると考えられる。これは、米田氏のいうテーマ「旅」と重なるところも大きいが、

　　（心ち例ならずはべりけるによめる）　　　　　　　　けぶりにむせぶの姫宮新宰相

せきやらぬ涙の川に浮くあわのとまらずきえん程のかなしさ（一三六一番）

のように、旅とはまったく関係ない歌もある。これは、場所を表す「川」という語、およびその「川」に浮かぶ「泡」という語があることによって、ここに置かれているのだろう。

『風葉集』は、先行勅撰集の中でも最も近い時期に成立した『続古今集』からの影響が特に顕著であることが、米田氏らによって指摘されている。その『続古今集』は、名称その他さまざまな点で『新古今集』を強く意識した歌集である。『続古今集』雑中を見ると、やはり『新古今集』雑中に倣ったのであろう、名所を詠んだ歌や山里での歌などを中心に構成されている。「場所」を基準とした部類、配列のパターンが、『新古今集』から『続古今集』へと踏襲され、『風葉集』もそれを継承したと考えてよいであろう。

三

次に『風葉集』雑二についても同様に、まず米田氏によるまとめを引用し、続いて歌群構成を一覧の形で示す。最初に置かれている素材は「月」の歌群であるが、巻頭の五首は歌中に「月」を詠み込みながらも楽の音と管弦の遊びに関する場で詠じられた歌であり、巻末の音楽に関する歌群十四首と首尾対応している。以下「雲」「雨」「風」「露」「音楽」と素材ごとに束ねられているが、このような「月」「雲」等素材別に分けて配列しているのは、勅撰集雑部では通例であり、特に「月」に関する一連は「古今集」で採用されて以来大凡どの集の雑部にも見られるものである。先行の勅撰集の型を踏襲していると考えられるが、巻末の楽の音・楽器に関する一群は、他の集には見い出せず、「風葉集」独自の配列と言って良いであろう。平安・鎌倉時代の物語の型の一つ、音楽伝承・奇瑞譚を雑部において表現したわけで、物語歌集らしい構成と言えるであろう。

一二五三～一二九一　月　　※うち一二五三～一二五七は音楽関係
一二九二～一二九四　雲
一二九五～一二九七　煙
一二九八～一二九九　雨
一三〇〇～一三一〇　嵐・風
一三〇八～一三一六　露
一三一七～一三三〇　音楽

　このように雑二は、月の歌群にはじまり、以下、雲、煙、雨…と、歌に詠み込まれた歌語、素材によって、いくつかの歌群に分類することができる。このうち「月」から「露」までは、すべて天象に属する素材である。参考までに、数多くの歌語を集成した『八雲御抄』枝葉部より、項目のみを抜粋して挙げる。□で示したように、「月」から「露」まではすべて天象部に含まれている。

天象部　天・日・[月]・星・[風]・[嵐]・[雨]・[雲]・霞・霧・[露]・霜・雪・霰・[煙]・雷・晴
時節部　春・夏・秋・冬・年・月・日・暁・朝・夕・夜・時・旬・正月・二月・三月・四月・五月・六月・七月・八月・九月・十月・十一月・十二月
地儀部　地・山・嶺・丘・谷・坂・林・関・野・原・海・河・湖・池・沼・江・岸・淵・瀬・礒・堤・滝・溝・浜・嶋・巌・石・沙・橋・柵・井・水・凍・泡・浪・塩・潟・洲・沢・土・田
…（中略）…
人事部　心・思・恋・夢・命・音・寝・旅・遊・照射・狩・管絃・言・宣旨・歌…（以下略）
…（中略）…

雑物部　舟・船具・車・簾…（中略）…琵琶・箏・和琴・笛・笙・鼓…（以下略）

このように、雑二の大半が天象というテーマでまとめられているのだとすると、末尾にある音楽歌群はどう位置づけられるだろうか。『八雲御抄』枝葉部から音楽関係の言葉を拾うと、「管絃」が人事部にあり、琵琶、箏、笛などの楽器は雑物部に所属する。しかし、琴の音が風に通って聞こえてくる、あるいは、楽の調べが雲の上まで澄みのぼるといった表現がよくなされるように、音楽は天象との関わりが深いものでもある。特に物語において音楽が描かれる場合、その妙なる音色によって空の月や雲に異変を起こし、時には天人が舞い降りてくるというような、いわゆる奇瑞譚の形をとることが少なくない。

『風葉集』雑二の音楽歌群の冒頭には、まさにそのような奇瑞の場面で詠まれた歌が置かれている。

琴を弾きはべりけるに、稲妻しきりにして、雲のたたずまひただならざりければ

松浦宮の華陽公主

稲妻のさやかに照らす雲の上に我が思ふことは空に見ゆらし（一三一七番）

院の御賀に、春宮の御笛の音、雲ゐにすみのぼりておもしろきに、雲のけしき変はり、月の光まさりて、楽の声おなじしらべに吹きあはせたるに、女院御琵琶を弾きすまさせ給へるに、花の女七人、雲のかけはしより下りて、一返舞ひたるに、春宮、「をとめ子が花の一枝とどめおけ末の世までの形見にもせん」と吹かせ給へるに、えたへぬにや、花のかづら一房折りて、女院の御袖の上に奉るとて

有明の別の天乙女

この世にはいかがとどめん君と我むかし手折りし花の一枝（一三一八番）

御返し

女院

花の香は忘れぬ袖にとどめおけなれし雲ゐにたちかへるまで（一三一九番）

一三一七番は、『松浦宮物語』の華陽公主が琴を弾くと、稲妻が光り雲もあやしく騒いだという場面で、歌にも稲妻[3]、雲という天象が詠み込まれている。続く一三一八番・一三一九番は、『有明の別』巻三、主人公の女院と東宮の合奏によって天変地異が起こり、天女が舞い降りてくるという場面。和歌本文だけでは読みとれないが、詞書において管絃の場面であることを述べるとともに、「雲のけしき」「月の光」といった天象も描写されている。

これ以外にも、音楽歌群において天象が詠み込まれることは少なくない。それぞれの歌と詞書から音楽および天象に関する語を抜き出してみると、次のようになる（下段は詞書のみに見られる語）。

一三一七	稲妻・雲	琴
一三一八・一三一九		笛・琵琶・雲・月
一三二〇	風・月	琴・笛
一三二一	雲・月	琵琶
一三二二	雲・月	琵琶
一三二三	風・琴	
一三二四		琵琶
一三二五	箏	
一三二六	笛	
一三二七・一三二八	笛・月	
一三二九	笛	
一三三〇	笛・風	

以上のことから、雑二は末尾の音楽歌群も含めて、天象に関わる歌で構成されているといってよいであろう。

しかし、このように天象という基準で統一された雑部の例を、先行の勅撰集に見出すことはできない。先蹤のあった雑一や雑三と異なり、雑二の部類と配列方式は、『風葉集』が独自に考案したものなのである。

そして、このような巻を創出した理由は、まさにこの音楽歌群を、勅撰集的な部類、配列の中にうまく位置づけるためだったと考えられる。米田氏も指摘するように、物語には管絃の場面が頻出し、そこで詠まれた音楽関係の歌も少なくないが、勅撰集に代表される一般的な歌集において、音楽に関する和歌がまとまった歌群として収められている例は皆無といってよい。たとえば、琴の音を詠んだ名歌として知られる「琴の音に峰の松風かよふらしいづれの緒よりしらべそめけん」という斎宮女御の歌は、「松風入夜琴」という題で詠まれた二首の一つとして『拾遺集』雑上（四五一番）に入っているが、その前後に並ぶ歌は音楽と関係のないものばかりである。他の集でもおおむね同様で、音楽関係の和歌は散見されるものの、一つの歌群をなすことはない。

和歌の世界では必ずしも主流でない一方、物語には少なからず詠まれ、重要な役割を果たしている音楽関係歌を、勅撰集に倣った物語歌集においてどのように位置づけるか。その課題を克服するために、音楽と天象との関係が密であることに着目し、天象というテーマで統一した巻を創出したのであろう。

四

ここで、『風葉集』の仮名序に目を向けたい。仮名序には、春・夏・秋・冬にはじまる部立構成について説明する部分がある。

鶯の初音を聞くよりはじめて、神山の葵をかざし、鹿の音にふかきあはれをしり、夜半の時雨を思ひやるにいたるまで、また神仏の誓ひ、別れ旅の心、あしたの露ゆふべの雲に世をかなしび、ちとせの鶴ふたばの松に君を祝ひ、涙の色を袖にしのび、つらさにそへて憂きをなげき、糸竹の声に思ひをのべ、親子の道に心をまどはし、あるは長歌、物の名、折り句、連歌などやうのくさぐさの姿まで、すべて千歌あまりをあつめて二十巻とせり、

このうち傍線部「糸竹の声に思ひをのべ、親子の道に心をまどはし」が雑部に該当する。その前半「糸竹の声」とは管絃の音のことであるから、前節で考察した雑二の音楽歌群を指すことになる。物語歌集ならではの特色が顕著にあらわれたところを取り上げているわけである。

これと同様のことが、夏部について述べた波線部「神山の葵をかざし」についてもいえるようである。参考までに、先行勅撰集の仮名序において部立構成を説明した部分を列挙してみる。

『古今集』

それが中に、梅をかざすよりはじめて、ほととぎすを聞き、紅葉を折り、雪を見るにいたるまで、又鶴亀につけて君を思ひ人をも祝ひ、秋萩夏草を見てつまを恋ひ、逢坂山にいたりて手向けを祈り、あるは春夏秋冬にも入らぬくさぐさの歌をなむえらばせたまひける、

『新古今集』

春霞たつたの山に初花をしのぶより、夏はつまごひする神なび山の時鳥、秋は風に散るかづらきの紅葉、冬は白妙の富士の高嶺に雪つもる年のくれまで、みな折にふれたるなさけなるべし、しかのみならず、高き屋に遠きをのぞみて民の時をしり、末の露もとのしづくによそへて人の世をさとり、たまぼこの道のべに別をしたひ、あまさがる鄙の長路に都を思ひ、高間の山の雲ゐのよそなる人を恋ひ、長柄の橋の波に朽ちぬる名を惜しみても、心うちにうごき、言葉外にあらはれずといふことなし、いはむや、住吉の神はかたそぎの言葉をのこし、伝教大師はわがたつ杣の思ひをのべたまへり、

『新勅撰集』

春夏秋冬をりふしの言の葉をはじめて、君の御世を祝ひたてまつり、人の国ををさめおこなひ、神をうやまひ、仏にいのり、おのがつまを恋ひ、身の思ひをのぶるにいたるまで、部をわかち巻をさだめて、

『続古今集』

春は風しづかなるよにあくまで花を見、夏は寝ぬ夜の人におのれこと問ふほととぎす、秋はふたかみ山に明けゆく月ををしみ、冬はいぶきのとやまに雪ふかき年のくれまで、時につけたるなさけなるべし、いはむやまた、春日明神は卅一字をもちてさやけき月のよをてらす光をそへ、伝教大師は廿八品のうち法師品の如来のつかひをのべたまふ、したふ別れの道にはわが涙さへとどまらず、白鳥のさぎさか山にまつのやどりの夜をあかし、あふもかたほになる舟は風を待つよるべもなく、そこはかとなき空の雲はよもの嵐の峰に消え、わかの浦になくたづはあしべをさしてわたり、花もつきせぬ亀山のよはひさしき代となれば、つゆゆきしもきたるをりふしには、心うちにもよほし、言ほかにあらはさずといふことなし、

ごく簡略な『新勅撰集』を除き、『古今集』『新古今集』『続古今集』のいずれも、夏部については「時鳥」を取り上げている。実際、夏部において時鳥が最も重要な題材であることに、異論の余地はないと思われる。その中にあって「神山の葵」を取り上げる『風葉集』の独自性は際立っている。

『風葉集』仮名序が直接依拠しているのは、次の歌である。

祭の日、さきの斎院にきこえ侍りける　　しのぶぐさの中納言

今までもよそにやは見むもろは草そのかみ山になれしかざしを（夏・一四八番）

『しのぶぐさ』は散逸物語で詳細は不明だが、賀茂祭の日、すでに斎院を退いた女性に贈った求婚の歌であろう。「もろは草」は葵の異名。この歌の前後、一四六番から一五一番までの六首は、賀茂祭に際し葵を題材にして詠んだ

歌が連続している。この賀茂祭歌群に関しても米田氏の考察があり、先行勅撰集では賀茂祭を詠んだ歌はせいぜい二、三首しかないのに比較して『風葉集』はかなり多く、物語において賀茂祭が男女の恋の駆引きの場として頻繁に登場していたことの反映であろうと指摘されている。

つまり、『風葉集』仮名序は、雑部では音楽歌群を取り上げていたのと同様、夏部においても、物語歌集としての『風葉集』の特色があらわれた歌ないし歌群を取り上げているのである。もっとも、同じことがすべての部立にあてはまるというわけではない。また、雑部に関しては、「雑」という性質上、先行勅撰集の仮名序においてもそれぞれ独自の表現がなされており（各仮名序の傍線部参照）、特に一定の傾向は見出せない。

その上で改めて注目したいのが、『風葉集』仮名序の雑部について述べた部分の後半「親子の道に心をまどはし」である。現存する雑一～雑三にはこれに該当する和歌が見あたらず、おそらく散逸した雑四の一部に触れたものであろう。雑四の内容を推定するのは難しいとはじめに述べたが、仮名序のこの記述は数少ない手がかりの一つとなる。

もう一つの手がかりは、これまで見てきた雑一～雑三の構成からの類推、および相似た形式を持つ勅撰集からの類推である。『風葉集』雑部各巻の構成を、『八雲御抄』枝葉部の大分類を借りて図式的に示せば、雑一―時節、雑二―天象、雑三―地儀となろう。これは、『新古今集』や『続古今集』の雑上―時節、雑中―地儀に、天象を付け加えたという形である。『新古今集』雑下については、先に挙げた福留氏の論考において、雑中との比較という観点から、「作歌の個人的な背景（事情や心情や雰囲気）と切り離すことができない歌」が多いとされている。大きく括れば述懐歌ということになるだろうが、「雑」の中でも最後の巻であるだけに、巻全体としての統一性を見出すのは難しい。しかし、時節や場所という外的なものより、人間の生活や心情そのものに注目しているという印象は確かにある。『風葉集』雑四もそれに類する述懐歌中心の巻であり、時節、天象、地儀のいずれに属する歌語をも含まない、純粋な述懐歌が多かったのではないか。大雑把ではあるが、その程度の推測は許されるであろう。

そしてその中に、「親子の道に心をまどはし」という、親子の情愛を詠んだ歌も含まれていたはずである。しかも、対になっている「糸竹の声に思ひをのべ」、つまり音楽歌群とのバランスを考えれば、一首や二首ではなくある程度まとまった歌群として存在し、『風葉集』雑部の特色となっていたのではなかろうか。

親子の情愛を詠んだ勅撰集所収歌といえば、

人の親の心は闇にあらねども子を思ふ道にまどひぬるかな（『後撰集』雑一・一一〇二番・藤原兼輔）

がまず想起されるであろう。これをはじめとして、勅撰集においても親子関係の歌がないわけではない。しかし、音楽関係歌と同様、まとまった歌群として存在することはほとんどない。[4] 次に挙げるように、『新古今集』と『続古今集』の雑下には、それぞれ四首ほど親子関係歌の並ぶ箇所があるが、「たらちね」という語がしばしば使われているように、子から親への思いを歌ったものの方が多い。

『新古今集』雑下

題しらず　　（和泉式部）

たらちねのいさめしものをつれづれとながむるをだに問ふ人もなし（一八一二番）

熊野へ参りて、大峰へ入らむとて、年ごろやしなひたてて侍りける乳母のもとにつかはしける　　大僧正行尊

あはれとてはぐくみたてしいにしへは世をそむけとも思はざりけむ（一八一三番）

百首歌たてまつりし時　　土御門内大臣

くらゐ山あとをたづねてのぼれども子を思ふ道に猶まよひぬる（一八一四番）

百首歌よみ侍りけるに、懐旧歌　　皇太后宮大夫俊成

昔だに昔と思ひしたらちねの猶恋しきぞはかなかりける（一八一五番）

『続古今集』雑下

題不知　　　　　　　　　　　　　　　　　前大納言基良

たらちねの心の闇をしるものは子を思ふときの涙なりけり（一七六九番）

藤原隆祐朝臣

ことのはは身にこそしらねたらちねの形見ばかりにとふ人もがな（一七七〇番）

藤原光俊朝臣

たらちねのあらましかばと思ふにぞ身のためまでもねは泣かれける（一七七一番）

三首歌講じ侍りしに、述懐を　　　　　　　　前大納言為家

たらちねの道のしるべのあとなくは何につけてか世につかへまし（一七七二番）

『風葉集』仮名序の「親子の道に心をまどはし」は、先に引いた兼輔歌を踏まえており、どちらかといえば親から子への愛情が主のように思われる表現である。しかし、勅撰集にそのような内容の歌はさほど多くない。日常的な機会で詠まれることはあったとしても、晴の歌におけるテーマとして定着していたわけではないのである。

一方物語では、作品にもよるが、男女の恋愛に劣らず親子の情愛が丹念に描かれている場合もあり、親子の関係がストーリーを動かしていくことも少なくない。もちろん、和歌を必須とする恋愛の場面に比べれば、親子の関係は散文的に語られることの方が多かったであろう。それでもなお、物語の中から、親子の情愛を詠んだ歌、しかも兼輔歌を踏まえた歌を見つけることは難しくない。一例として、『源氏物語』賢木巻より、光源氏と藤壺の贈答歌を挙げる。

月のすむ雲居をかけてしたふともこの世の闇になほやまどはむ

おほかたの憂きにつけてはいとへどもいつかこの世を背き果つべき（賢木・一七四頁）

藤壺が突然の出家を遂げた直後の贈答で、「こ（子）の世」は二人の間に生まれた秘密の子（東宮）を暗示している。このうち光源氏の贈歌は『物語二百番歌合』に採られているが、『風葉集』の現存部分には二首のいずれも見られない。あくまでも「たとえば」の例に過ぎないけれども、たとえばこのような、一般の和歌と比較して物語ないし物語歌の特色というべき親子関係歌が、『風葉集』雑四において一定の比重を占めていたと推測される。

五

以上、推論を交えつつ『風葉集』雑部の構成を考えてきた。その過程において、物語歌ならではの題材といえる音楽関係歌と親子関係歌が重視されていたらしいことがわかった。『風葉集』仮名序は、物語歌の特徴について、「おほくはそへ歌の姿にかなひて」と述べている。「そへ歌」とは『古今集』仮名序に述べられた和歌六義の一つで、表面の意味の裏側に寓意の込められた歌をいう。実際、『風葉集』の四季の部を見ると、物語中の歌である以上当然といえば当然だが、表向き純粋な叙景歌のようでありながら、自然の景物に心情を託して詠んだ、まさに「そへ歌」の体をとっているものが大半である。『風葉集』の撰者は、一般の和歌と異なる物語歌の特徴について十分自覚的で、部類、配列や仮名序に反映させているのである。

『風葉集』は、物語歌を勅撰集の形に集成するという空前の試みであり、物語の中でこそ息づいている和歌を、すでに和歌の世界で確立されていた歌集という枠組みに、やや強引に押し込んだという一面がある。そのため、物語の側から見ても和歌の側から見ても、何かしら中途半端でぎこちない作品であるという印象は、あながち否定できない。しかし、そのひずみから、物語の歌と一般の歌、ひいては物語の世界と和歌の世界との間の差異が見えてくることもあろう。そうした意味でも『風葉集』が貴重な資料であることを指摘して、本章の締め括りとしたい。

（1）以下、米田氏の所説はすべて同書による。
（2）福留温子「「新古今和歌集」雑中の巻の性格――羇旅の巻・雑下の巻と比較して――」（犬養廉編『古典和歌論叢』明治書院、一九八八年）、「「新古今和歌集」雑中の巻の異質歌――君臣の主題の存在――」（『学習院大学国語国文学会誌』第三十三号、一九九〇年三月）。
（3）前掲の『八雲御抄』枝葉部では、天象部に「雷」がある。
（4）ただし哀傷部には、親が子の、あるいは子が親の死を悼む歌が連続して配置される場合がある。

【初出一覧】

第一章　『有明の別』の〈有明の別〉——題号の意味するところ——　『文学史研究』第四十七号、二〇〇七年三月

第二章　『有明の別』と文治・建久期和歌——定家ならびに九条家歌壇との関係について——　『文学史研究』第四十六号、二〇〇六年三月

第三章　『有明の別』と九条家　『国語国文』第七十七巻第三号、二〇〇八年三月

第四章　破局を避ける物語——先行物語の利用に見る『我身にたどる姫君』の一特徴——　『人文研究』第五十四巻第四分冊、二〇〇三年三月

第五章　『我身にたどる姫君』女帝の人物造型——兜率往生を中心に——　『国語国文』第六十八巻第八号、一九九九年八月

第六章　『我身にたどる姫君』の描く歴史（上）（下）　『国語国文』第六十九巻第九号・第十号、二〇〇〇年九月・十月

第七章　『松浦宮物語』と『我身にたどる姫君』——聖代描写について——　『人文研究』第五十二巻第三分冊、二〇〇〇年十二月

第八章　『我身にたどる姫君』の聖代描写の意義　『国語国文』第七十巻第四号、二〇〇一年四月

第九章　『我身にたどる姫君』巻六の位置付け　『京都大学国文学論叢』第二号、一九九九年六月

第十章　『我身にたどる姫君』巻六の後日談について——仏教的教誡の意義——　『文学史研究』第四十一号、二〇〇〇年十二月

第十一章　若紫巻「ゆくへ」考——付・『我身にたどる姫君』冒頭歌について——　『国語国文』第八十五巻第三号、二〇一六年三月

第十二章　中世王朝物語における物の怪——六条御息所を起点として——　『世界の中の『源氏物語』——その普遍性と現代性——』臨川書店、二〇一〇年二月

第十三章　『風葉和歌集』の政教性（上）（下）——物語享受の一様相——
・附論　『国語国文』第六十七巻第九号・第十号、一九九八年九月・十月

第十四章　『風葉和歌集』雑部の構成について　国文学研究資料館平成19年度研究成果報告『物語の生成と受容③』、二〇〇八年一月

あとがき

研究の動機はと訊かれるたびに、何か格好良い答えを用意しようと思っても、結局は物語が好きだからというところに落ち着いてしまう。たぶん中世の王朝物語の作者たちもそうだっただろうと想像することが、せめてもの慰めである。彼女（彼）らが物語を通して後の世に伝えたかったことを酌み取り、さらに後の世に伝えてゆく中継点の役割を、本書が多少なりとも担うことができればと願っている。

勤務する母校では、ちょうど新学期、大学院新入生の指導教員を決める時期である。顧みれば己の学生時代、自分の指導教員が誰なのか、そもそも指導教員という制度が何を意味するのか、正確には知らなかった。知らなくても別に問題はなかった。そんな大らかな環境でやりたい放題勉強できた幸せを噛みしめる一方、制度や専門分野の枠を超えて諸先生方から受けた教えの大きさに、あらためて思いを致している。安田章先生、日野龍夫先生、木田章義先生、大谷雅夫先生、島崎健先生、すでにその半数以上は泉下の人となってしまわれたが、本書の推敲を進めながらも、恩師たちの箇にして要を得たご指導の声は、常に聞こえていたような気がする。

最後に、本書の編集の労をとってくださった臨川書店の小野朋美氏に、心より御礼申し上げる。

二〇一七年四月

金光桂子

金光桂子（かなみつ　けいこ）

1973年、神戸市生まれ。
京都大学大学院文学研究科博士後期課程修了。
大阪市立大学大学院文学研究科助手、講師、
京都大学大学院文学研究科准教授を経て、現在、同教授。

中世の王朝物語　享受と創造

二〇一七年五月三十一日　初版発行

著者　金光桂子
発行者　片岡敦
印刷製本　創栄図書印刷株式会社

606-8204 京都市左京区田中下柳町八番地
発行所　株式会社　臨川書店
電話（〇七五）七二一－七一一一
郵便振替　〇一〇七〇－二－八〇〇

落丁本・乱丁本はお取替えいたします
定価は函に表示してあります

ISBN 978-4-653-04337-9　C3095